btb
Aus Freude am Lesen

btb

Buch

Am Anfang steht der »Fall Wenzel«: Der schweigsame Mitarbeiter von *andersWandern,* einer Berliner Firma für Wanderkarten, ist von einem Tag auf den anderen verschwunden. Olaf Gruber, Ich-Erzähler und Arbeitskollege, erhält von Firmenchefin Cora Trottenburg den Auftrag, Wenzel aufzuspüren. Mit einigen dürftigen Anhaltspunkten, vor allem einer in Sektoren aufgeteilten Karte der ehemaligen DDR, macht sich Gruber auf den Weg. Bald zeigt sich, daß Wenzel einen ehrgeizigen Plan verfolgt: Er sucht das sagenumwobene Heiligtum der Wenden – jenes geheimnisvollen Volkes, das vor tausend Jahren die Mark Brandenburg bevölkerte und dann fast spurlos verschwand. Bei seiner Reise ins Innere der Mark verliert Gruber Schritt für Schritt den sicheren Boden unter den Füßen. Fasziniert von den Spuren des untergegangenen Volkes, entdeckt er eine bis heute lebendige Vergangenheit, die sich in keinem Kartenraster verfangen hat. Zugleich gerät Gruber in die Fallstricke der Gegenwart, die ihn in Gestalt seiner schönen Chefin Cora mehr und mehr in den Bann zieht.
In seinem neuen Roman betreibt Jens Sparschuh (»Der Zimmerspringbrunnen«) eine subtile Archäologie des deutsch-deutschen Alltags – mit skurrilem Humor, genauem Blick und geschliffener Sprache.

Autor

Jens Sparschuh wurde 1955 in Chemnitz, dem damaligen Karl-Marx-Stadt, geboren. Von 1973 bis 1978 studierte er Philosophie/Logik in Leningrad, 1978 bis 1983 war er Assistent an der Humboldt-Universität Berlin. 1983 Promotion. Seither ist er als freier Autor und Schriftsteller tätig.

Jens Sparschuh bei btb

Der Zimmerspringbrunnen. Roman (72070)
Lavaters Maske. Roman (72681)

Jens Sparschuh

Eins zu eins

Roman

btb

Umwelthinweis:
Alle bedruckten Materialien dieses Taschenbuches sind chlorfrei und umweltschonend.

Der btb-Verlag ist ein Unternehmen der Verlagsgruppe Random House.

1. Auflage
Genehmigte Taschenbuchausgabe August 2004

Umschlaggestaltung: Design Team München
Satz: IBV Satz- und Datentechnik GmbH, Berlin
KR · Herstellung: Augustin Wiesbeck
Made in Germany
ISBN 3-442-73203-4
www.btb-verlag.de

»Das ist das Slawische,
was in Ihnen nachspukt;
latente Sinnlichkeit.«

THEODOR FONTANE, *Der Stechlin*

INHALT

Lockruf der Wildnis

Von einem *Fall* Wenzel zu sprechen, halte ich noch für verfrüht. Die Trottenburg sieht das übrigens ähnlich. Nachher klärt sich alles überraschend simpel auf – und wie stehen wir dann da.

Ihr Anruf kam kurz nach der Mittagspause.

»Du, Olaf, ich glaube, wir haben ein Problem.«

»Wenzel«, sagte ich.

»Kommst du mal bitte rüber.«

Ich weiß nicht, warum mir spontan Wenzel eingefallen ist. Für diesen halboffenen Augenblick zwischen Träumen und Wachen, in dieser Grauzone meines Denkens – ich hatte gerade meinen täglichen 5-Minuten-Büroschlaf absolviert, und mein Oberkörper lag noch abgeknickt über der Schreibtischplatte – muß ich ein Seher gewesen sein.

Ich sah: einen langgestreckten See. Ein paar Kiefern am Ufer, die mürrisch herumstanden; schief, gegen den Wind. Aber es war gar kein Wind. Nur ein paar Vögel, die sich in den Himmel fallen ließen. Unten, im schwarzen Wasser, schwammen Wolken vorüber. Ein Findling lag am Feldrand. Ein abschüssiger Weg. Auf dem hopste in eigensinnigen Schlenkern ein Autoreifen davon.

Das alles stand deutlich vor meinen Augen.

Rad ab! dachte ich noch.

Doch schon wenig später konnte ich mich an Einzelheiten

kaum noch erinnern. Das Bild zerfiel. So wie morgens ein Traum. Eben noch mit beiden Händen zu greifen, entzieht er sich – ein Schwindelgefühl, über einem Abgrund, hinterlassend – plötzlich ins Unterbewußtsein und läßt sich von dort schon nicht mehr zurückrufen. Je angestrengter ich mir das eben Gesehene klarmachen wollte, desto verschwommener wurde es. Am Ende blieb: die Erinnerung an einen Alptraum, der angeschmort nach Gummi roch und aus dem ein Autoreifen mit unbekanntem Ziel davonrollte.

Die Trottenburg erwartete mich schon. Kaum hatte sie mich in ihr Zimmer gelotst, schloß sie, was sie sonst nie tut, die Tür. Da ahnte ich, daß was passiert sein mußte. Normalerweise steht ihr Büro offen. Wenn man auf unserer Etage unterwegs ist (zum Kopierer, zum Kartenraum, zur Kochnische, zum Klo), kommt man also nicht dort vorbei, ohne im dunklen Eichenholzrahmen das höchst lebendige Bild unserer Chefin Cora Trottenburg zu sehen: wie sie, elegant in Schwarz, vor dem Weiß des Tapetenhintergrunds, telefoniert, diktiert, tippt, redigiert, Kaffee trinkt – oft in den riskantesten Kombinationen, manchmal auch, wie der indische Gott Shiva, mit werweißwievielen Armen alles gleichzeitig –, und trotzdem bleibt ihr immer noch Zeit für ein Nicken und/oder Winken nach draußen in den Flur, zu uns, zu den Vorübergehenden.

»Was ist denn los?« wollte ich wissen und zog mir einen Stuhl heran.

Sie antwortete nicht sofort. Dann fragte sie: »Wieso bist du eigentlich gleich auf Wenzel gekommen?«

»Keine Ahnung. Nur so eine …«, ich verdrehte die Augen.

»Ahnung«, vervollständigte sie leise.

»Genau.«

Seit Donnerstag letzter Woche ist Wenzel nicht mehr im Büro gewesen. Natürlich hatte ich das bemerkt, ohne mir aber groß Gedanken darüber zu machen. Das war nicht ungewöhnlich – schließlich gibt es laufend irgendwelche Besichtigungen vor Ort, Vermessungen und Abgleichungen, gerade wenn es in die letzte Phase geht. Außerdem, ich war ganz froh darüber, daß der Schreibtisch mir gegenüber ein paar Tage leer geblieben war, ich brauchte dringend Ruhe, um endlich meine interne Diskussionsvorlage wenigstens ein Stück weit voranzubringen.

Einem langfristig vereinbarten Gesprächstermin am Freitag, 11 Uhr, in Potsdam war Wenzel ebenfalls ohne Angabe von Gründen ferngeblieben. Der zuständige Abteilungsleiter vom Landesvermessungsamt hatte daraufhin bei der Trottenburg nachgefragt. Sie wußte aber nicht Bescheid – peinliche Situation. Eine Krankmeldung war bis heute nicht eingegangen.

»Und nun?« fragte ich.

»Heute vormittag habe ich bei ihm zu Hause angerufen. Seine Frau war am Apparat. Die wußte aber auch nichts. Am Mittwochabend, sagt sie, hat er seine Sachen gepackt, Rucksack, Blechkoffer, alles wie immer. Sie dachte, es ist wegen der Karte.«

Ich kniff die Augen zusammen, als sähe ich irgendwo, in weiter Ferne, die Lösung.

»Na sicher, Cora. Wahrscheinlich ist er wirklich einfach noch mal raus, weil er da noch irgendwo einen Fehler oder was gefunden hat, was weiß ich. Klar, genauso wird es sein.«

Sie sah mich nachdenklich an.

»Klingt überzeugend, was du sagst. Es hat nur leider einen winzig kleinen Fehler.«

»Nämlich?«

»Es stimmt nicht. Es kann gar nicht stimmen.«

»Ach so.« Ich lehnte mich im Stuhl zurück.

»Hör mal«, sagte sie, »du sitzt doch mit ihm in einem Büro. Du weißt genau, daß der nicht einfach so wegbleibt, ohne sich drei Wochen vorher abzumelden. Der hat auch noch nie einen Termin platzen lassen.« Sie ließ eine kleine Pause. »Da kenne ich übrigens ganz andere.«

»Danke«, sagte ich und sah über sie hinweg. Mein Blick lag auf den grauen Feldern, Wäldern und Sümpfen der Mark Brandenburg, die sich hinter ihrem Rücken auf der großen Oesfeld-Wandkarte von 1778 breitmachten.

Die Trottenburg bemerkte das. Sie beugte sich vor: »Aber dann, dann ist seiner Frau doch noch was eingefallen. Erst hatte sie gedacht, es ist ein Witz. Als er im Schlafzimmer seine Sachen in den Rucksack stopfte, fragte er sie, wieviel Paar Socken er einstecken soll.«

»Wieviel Paar ... und wo, bitteschön, ist da der Witz?«

»›Für wie lange ist es denn?‹ rief sie zurück, sie war nämlich gerade in der Küche.«

»Ja und«, ich nickte verständnislos – »was hat er gesagt?«

»Für immer.«

Lange stand ich nach diesem Gespräch am Fenster. Vom Hof aus muß ich ausgesehen haben wie eine Schaufensterpuppe, die man irrtümlich, fernab vom Publikumsverkehr, im 5. Stockwerk abgestellt und dort vergessen hat.

Unten, auf dem Parkplatz, umschlichen sich zwei große schwarze Autos, wie Raubkatzen. Es ging ihnen offensichtlich um die schmale Lücke, die der weghüpfende hellgrüne Fiat vorhin in die dichtgeschlossene Parkreihe gerissen hatte.

Die Entscheidung dort unten wollte ich noch abwarten und dann anfangen.

Die Trottenburg hatte mich beauftragt, eine genaue Aufstellung zu machen: a) mit welchen laufenden Vorgängen Wenzel derzeit befaßt ist – beziehungsweise, wie die Trottenburg sich ausdrückte: »... zuletzt befaßt war«; b) welche Konsequenzen sein längerfristiger Ausfall (das Wort »Totalausfall« vermied sie) für uns haben kann, sprich: die Panne mit dem Landesvermessungsamt. Mit anderen Worten: ich sollte seinen Schreibtisch durchsuchen – Terminkalender, Ausarbeitungen und so weiter, ob ich nicht irgendwo einen Anhaltspunkt finde, wo sich Wenzel zur Zeit aufhält, was mit ihm los ist. »Wir müssen«, hatte die Trottenburg zu mir gesagt, »den Tatsachen ins Auge sehen.« Ja, hatte ich da gedacht und genickt – kein schöner Anblick.

Seit Anfang der neunziger Jahre sitzt unsere Firma in dieser Büroetage, direkt unterm Dach des imposanten, unübersehbaren und auch ziemlich unübersichtlichen Gründerzeitbaus Schiffbauerdamm, Ecke Bartholdystraße. Das Messingschild *andersWandern*, unten am Eingang, ist eines neben vielen anderen: eine Unternehmensberatung, zwei Immobilienfirmen (eine davon, wie man hört, im Konkursverfahren), die Anwaltskanzlei Waller & Waller, ein Steuerberater (der sich sein Büro mit einem Tier in Überlebensgröße – halb Hund, halb Kalb – teilt) sowie eine dubiose litauische Im- und Export-Firma, LIMEX.

»Würde mich nicht wundern, wenn die mit Mädchen handeln – oder sogar mit noch etwas Schlimmerem«, meinte neulich Plögen, wir kamen gerade von der Mittagspause, als im 3. Stock eine von deren Sekretärinnen – lila Augenaufschlag usw. – ausgestiegen war.

»Gibt es denn noch etwas Schlimmeres?« fragte ich ihn, da ging es schon wieder aufwärts. Gebannt schüttelte er den Kopf und schnüffelte mit halbgeschlossenen Augen die Reste ihrer Parfümwolke ein, die sie uns (kleines Andenken!) in der Fahrstuhlkabine zurückgelassen hatte.

andersWandern ist gut erreichbar, fünf Minuten zu Fuß vom Bahnhof Friedrichstraße; man kann die Bahnhofskuppel vom Kochnischenfenster aus, wenn man sich weit genug hinauslehnt, sehen. Ebenso die Spree. Letztere steuert außerdem noch Möwen bei, die träge durchs steingraue Stadtbild segeln.

Etwas reger wird ihr Flugverkehr lediglich dann, wenn offene Touristenboote der Reederei Rödel – mit Bockwurst- und Brotverkauf an Bord – zwischen Reichstag und Museumsinsel unterwegs sind.

Früher war das Gebäude, in dem wir sitzen, Verwaltungs- und Stammhaus einer großen Berliner Maschinenbaufabrik. Wenn man das weiß, kann man das übrigens auch heute noch an zahlreichen Details im Haus erkennen, zum Beispiel an den stilisierten Zahnrädern, die das im Oval gewundene Treppengeländer bis hinauf ins fünfte Stockwerk verzieren, oder auch an den Eisenbeschlägen der Türen im ersten Stock, der ehemaligen Chefetage.

Gleich unten, wenn man die Eingangshalle betritt, steht man einem Alabasterrelief gegenüber (vielleicht ist es auch nur aus Gips): zwei nackte Männer mit Schürzen stehen breitbeinig an einem Amboß. Der eine, man sieht ihn halb von hinten, hält mit langer Schmiedezange ein Eisenstück. Der andere, ziemlich grimmig, ziemlich bärtig, holt gerade mit dem Hammer zum furchtbaren Schlag aus.

Nach dem Krieg, den das Gebäude, abgesehen von zwei Phosphorbombeneinschlägen im Dachstuhl, unbeschadet überstanden hat, waren in den unteren Etagen verschiedene Dienststellen und Büros untergebracht, eine Zeitlang, im 3. Stock, auch eine Filiale des Zentralen Patentamts – unterm Dach aber saß, seit 1951, der VEB Land- und Wandkartenverlag, eine der ersten Adressen für das Kartenwesen der DDR.

Sicher war das einer der ausschlaggebenden Gründe, ausgerechnet an dieser Stelle die neue Hauptniederlassung zu eröffnen: es ist zweifelsohne, zumal in einem fremden Gebiet, ein Standortvorteil, wenn man einen traditionsreichen Platz besetzt.

Ich stelle mir Karl-Erich Anders, den Seniorchef, vor, wie er damals in der Braunschweiger Firmenzentrale vor der Wandkarte auf und ab gegangen, auf und ab »gewandert« sein muß, um schließlich genau hier, in Berlins alter Mitte, feierlich und mit fester Greisenhand sein Firmenfähnchen einzupflanzen: ein strategisch wichtiger Punkt für das weitere Vordringen ins Innere des Landes, das damals noch über weite Strecken, links und, vor allem, rechts der Elbe, aus weißen Flecken bestand.

Das war 1990, also vor meiner Zeit.

Ich weiß davon nur aus den Erzählungen der anderen. Wieweit ich diesen Erzählungen allerdings trauen kann, weiß ich nicht. Die, die damals mit dabei waren, verklären diese Anfangsjahre oft zu einer »zweiten Gründerzeit«. Es sind zutiefst romantische Geschichten – von Neuanfang und Mannesmut, vom Aufbruch ins Unbekannte, durchweht von altem Pioniergeist. Eine Mischung aus missionarischem Ernst und Lockruf der Wildnis.

»Das Wasser lief ja hier nur so die Wände runter«, erzählte mir noch letztes Jahr, kurz bevor er in Rente ging, Herr Flemming, leitender Vermessungsingenieur der Firma – wir standen nebeneinander in der Herrentoilette.

»Sagenhaft!« Seine Augen leuchteten. »Wie das lief! Einfach so die Wand runter.« Beseligtes Kopfschütteln. Dann aber, ganz konzentriert, blickte er wieder auf die weißen Wandfliesen. Er schwieg ergriffen.

Die Erinnerung daran bewirkte offenbar eine Verjüngung in ihm, so etwas hatte er seit dem Kriegsende nicht mehr erlebt, er lebte auf, wenn er an diese wilde Anfangszeit in Berlin zurückdachte.

Erst 1996, bei einer Sanierung, waren die beiden Birken, die das Regenwasser regelmäßig zum Überlaufen gebracht hatten, aus der Hofdachrinne entfernt worden. »Wir fingen ja damals praktisch bei Null an«, erklärte er mir. Endlich war er fertig. Er spülte die schönen Erinnerungen hinunter, ging kurz in die Knie und zog den Reißverschluß mit einem Ruck hoch.

Ich hatte derweil diskret am Waschbecken gewartet und mir die Zeit mit Handwaschungen, Nagelreinigungen und ausgiebigem Händeabtrocknen vertrieben. »Damals, 1990, mitten in der Nacht über die A2! In Helmstedt, da mußte man noch so eine komische Schleife fahren, wo bis 89 die

Grenze war. Und dahinter: alles finster, nur 'n bißchen Mond. Den Kofferraum knackevoll, dabei war es nur gerade mal so das Allernötigste: Telefone, Faxgeräte, Faxpapierrollen, sogar Klopapierrollen.« Ich schüttelte mir die Hände über dem Waschbecken ab; ich schüttelte den Kopf. Vor meinem inneren Auge sah ich die tapferen Partisanen – wie sie bei Nacht und Nebel Berge von Klopapierrollen über die A2 in den Osten schmuggelten.

»Es gab ja *nichts*. Nicht mal 'ne Kaffeemaschine. Unvorstellbar! Das müssen Sie sich mal vorstellen.«

Ich versuchte es, vergebens.

Trotzdem, für einen Moment war ich nahe daran, mich persönlich bei Herrn Flemming für den ganzen Saustall hier zu entschuldigen. Doch dann nickte ich nur, schuldbewußt. Irgendwie hatte er ja recht.

»Kaffee«, mußte auch ich jetzt einräumen, »Kaffee war immer ein sehr ernstes Problem.« Und bitter fügte ich hinzu: »Wegen der Devisen.«

»Kaffee?« Flemming lachte kurz auf. »Junger Mann, alles war immer ein Problem.«

Ein glasklarer Blick in den Spiegel, entschlossen schob er den Kamm in die Brusttasche.

Als wir die Toilette verließen, fiel ihm wohl auf, daß ich die ganze Zeit über so brav auf ihn gewartet hatte, und er fand zum Abschluß doch noch ein paar tröstliche Worte: »Allerdings, das muß ich schon sagen ... die Menschen. Da brauchten wir seinerzeit wirklich, wie gesagt, nur mal mit 'ner Tüte Kaffee und so weiter anzurücken, und wir kamen sofort überall rauf und rein: Grundstücke, Flurstücke, Höfe, was weiß ich – alles kein Problem. Die Menschen damals waren, wie soll ich sagen, noch irgendwie ... zutraulicher.«

Fragend sah er mich an.

»Na gut«, sagte er, »ich muß machen, Menschenskind, ich hab ja nur noch 23 Tage.«

Das letzte hatte er schon nicht mehr zu mir, sondern eher

zu den Wandschränken im Flur gesagt, zwischen denen hindurch er sich mit seltsamen Ausfallschritten fortbewegte – sicher schon im Vorgefühl der nahenden Freiheit.

»Hallo, Cora, wie geht's«, rief er, als er am Chefzimmer vorbeikam.

»Danke – und selbst?«

Die Sache mit der offenen Tür begann im letzten Frühling, da hatte die Trottenburg ein Weiterbildungswochenende irgendwo in der Nähe von Lüneburg besucht. Ich erinnere mich noch genau daran, wie sie am Montag danach durch die Etage ging; nein, sie ging nicht, es war ganz anders als sonst: sie schwebte durch die Gänge und Büros. Sehr nachdenklich, sehr schweigsam. Manchmal hielt sie plötzlich inne und betrachtete lange etwas – eine leere Wand, ein Bild. Wir ahnten gleich nichts Gutes.

Einmal, auf dem Weg zum Klo, sah ich, wie sie bewegungslos vor unserer verwahrlosten Raucherecke, am Fenster hinter der Kochnische, verharrte. Als ich vom Klo zurückkam, schob sie an dem schweren Blumenkübel herum. Sie hatte inzwischen auch schon jede Menge Kippen aus dem Kiesbett unserer graugrün verstaubten Blumenmumien herausgesammelt und zu einem traurigen Häufchen zusammengelegt.

Ein paar Tage später, völlig unerwartet, kam sie zu mir an den Arbeitsplatz; Wenzel war gerade nicht im Raum. Eine Kurzvisite nach dem Motto: Blitz aus heiterem Himmel. Sie setzte sich auf einen Stuhl und erkundigte sich plötzlich nach meiner familiären Situation.

Alles aus! dachte ich sofort. So beginnen Gespräche, die mit einer Kündigung enden. Mein Gesicht glühte: ich wußte nicht, ob sie noch die bunt aufflatternden Patiencekarten auf meinem PC-Schirm gesehen hatte, die ich erst im allerletzten Moment, als sie schon ins Zimmer getreten war, hatte wegblenden können.

Der Computer surrte unheilvoll und fragte schriftlich bei

mir an, ob ich das Spiel jetzt beenden wolle. Blöde Frage. Die Trottenburg nickte mir aufmunternd zu. Ihre Hand berührte sachte meinen Unterarm. Der lag ausgestreckt Richtung Maus auf der Schreibtischplatte. Wie eine orthopädische Prothese.

Sie warf sich in den Stuhl zurück, verschränkte – eine Geste aggressiver Schutzlosigkeit – die Arme hinterm Kopf und fragte, ob ich nicht mal einen Moment Zeit hätte, man könne ja nicht pausenlos nur immer an die Arbeit denken.

»Ja, klar«, sagte ich, schob aber vorher ordnungshalber noch ein bißchen an den Papieren herum, die chaotisch auf meinem Tisch verstreut lagen.

Sie erzählte mir nun irgendwelche Einzelheiten aus ihrer Biographie, in die ich absolut keinen Zusammenhang bringen konnte – wann und wie sie zu *andersWandern* gekommen war, was sie ursprünglich nach dem Studium hatte machen wollen, wo sie gestern abend, nach dem Kino, essen war; verständnislos hörte ich ihr zu, bis ich endlich begriff: halt, Mensch! Das hier ist einfach nur ein persönliches Gespräch Chefin/Mitarbeiter zur Verbesserung des allgemeinen Betriebsklimas, kein Grund zur Panik – Entwarnung!

Nach und nach waren wir aber wieder zu unserem normalen Büroalltag zurückgekehrt, hackten stumm auf unsern Tastaturen herum, verglichen Quadrat für Quadrat unsere thematischen Wanderkarten (koloriert) mit den zugrundeliegenden Meßtischblättern, glichen das mit aktuellen Vorortbeobachtungen ab und suchten, wie immer, nach aussagekräftigen, einprägsamen Formulierungen für die diversen Orts- und Wegebeschreibungen unserer Routen. Auch die Kippen wanderten, wenn der Aschenbecher voll war, wieder gnadenlos dorthin, wohin sie gehörten: in den Blumentopf.

Nur die Tür zu Cora Trottenburgs Büro stand weiterhin offen.

Bei Flemmings Abschiedsfeier – wir saßen im Konferenzraum, die Tische waren auseinandergestellt – setzte er sich zu mir. Er trank sein Bier gleich aus der Flasche. »Letzte Ölung«, sagte er. Dann blätterte er mir die Fotos von seinem Zuhause vor. Es waren Aufnahmen von seinem Eigenheim in einem Vorort von Braunschweig. Sie sahen aus wie Aufnahmen von einem Eigenheim in einem Vorort von Braunschweig – abgebildet auf den bunten Angebotsseiten einer Immobilienfirma.

Oder man konnte auch an Polizeifotos denken, so wie man sie manchmal in den Nachrichten der Privatsender sieht – und wo man sich hinterher bestürzt fragt: wieviel menschlicher Abgrund (Gewaltpornographie, Ritualmord, Leichen im Keller) kann sich hinter so einem gepflegten Vorgarten, hinter so einer blütenweißen Fassade verbergen.

Auf einigen Aufnahmen war eine Frau abgebildet.

»Meine Frau«, erklärte Flemming ernst.

Außerdem waren noch Wintergarten, Gewächshaus, Doppelgarage und ein Swimmingpool zu sehen. Nach jeder Aufnahme sah Flemming mich fragend an.

»Schön«, sagte ich, »wirklich.«

Er nickte, als müsse er sich das auch immer wieder selbst bestätigen. »Ja, und dort werde ich dann also meinen Lebensabend genießen.«

Bis dahin hatte ich gar nicht gewußt, wie endgültig das Wort »Lebensabend« klingen kann – ich sah für Flemming plötzlich eine Spontanalterung voraus. Er klappte die Mappe zu, so als hätte er sich nun einer lästigen Pflicht entledigt, und kam dann unvermittelt auf die Hotelpension in der Auguststraße zu sprechen, wo er die letzten Jahre, jeweils von Montag bis Donnerstag, in einem winzigen Zimmer zugebracht hatte: »Mensch, was man da alles mitgemacht hat, nächtelang Krach und Krakeel.« Ungläubig schüttelte er den Kopf. »Zu Hause werde ich erst mal die Ruhe genießen.«

Fest entschlossen hatte er das gesagt – und dann war er mit seiner Fotomappe zu einem anderen Tisch weitergezogen.

So wie bei Flemming hatte die Verlegung der Firma nach Berlin Spuren im Leben fast aller Ex-Braunschweiger hinterlassen. Im Laufe der Jahre hatte es anderthalb Ehescheidungen gegeben, eine plötzlich ausgebrochene Alkoholsucht (das betraf einen Mitarbeiter der Herstellungsabteilung, der sich dann für mehrere Wochen zur Trockenlegung in eine Klinik im Odenwald begeben mußte), auch ein trennungsbedingtes Coming-out.

Plögen, von der Allgemeinen Kartographie, der in Braunschweig in einer, wie es hieß, glücklichen und stabilen Partnerschaft gelebt hatte, entdeckte eines Tages, beziehungsweise eines Nachts, im wilden Berlin sein wahres, in der Provinz lange unterdrücktes Ich, gegen das er entweder nicht mehr ankommen konnte oder einfach nicht mehr ankommen wollte. Wie und wo sich das zugetragen haben soll, darüber gingen die Pausenmeinungen weit auseinander.

Er zog nach Friedrichshain zu einer jungen Frau (mit Kind). Von einem Tag zum anderen war dann der Mann mit dem Seehundsbart verschwunden, der bis dahin mattglänzend und zuversichtlich, im Format 9 x 13, von Plögens Schreibtisch aus jedem zugelächelt hatte, der die Allgemeine Kartographie betrat.

So hatte jeder hier im Haus seine Geschichte. Bis auf Wenzel. Der hatte keine Geschichte. Wenzel war selbst Geschichte.

Liegt ein Skelett in der Wüste

Wenzel war damals, als *andersWandern* ins neue Domizil unterm Dach einzog, einfach mit übernommen worden. So wie die Bürostühle und leeren Schreibtische – eine Mischung aus dreißiger Jahren und wackliger DDR-Zeit –, das rostbraune Linoleum, das überall durchgetreten war, so daß man schon die darunterliegenden Dielenbretter ahnen konnte, und das an mehreren Stellen, besonders in den Türbereichen, Bruchstellen aufwies; die surrenden Neonröhren hinter Blechlamellen, schwarz vor Fliegenschiß; die Berge von unbrauchbarem Kohle- und Durchschlagpapier.

Die hartnäckigste Hinterlassenschaft aber – so die einhellige Meinung – war der Geruch. Er hing in den Räumen und war trotz tagelanger Lüftungen nicht hinauszubewegen. Sobald man morgens die Etage betrat, roch man es wieder: die Vergangenheit hatte ihre Duftmarke gesetzt und hielt unsichtbar die Räume besetzt.

Eines Tages kam dann alles, der ganze Büroschrott von Jahrzehnten, auf den Sperrmüll.

Bis auf Wenzel, der saß, wo er immer saß, nämlich im langgestreckten Bürozimmer am Ende des Flurs. Dort »bewohnte« er, wie Flemming das ausdrückte, aber lediglich das kleine Areal vorn am Fenster – den großen hinteren Teil des Raumes nahmen Regale und Schränke ein, in denen die gesamte Produktion von VEB Land- und Wandkarten abgelegt und archiviert war: Schullandkarten, Faltblätter für den Erdkundeunterricht, Hefte für Campingfreunde und Wandertouristen, FKK-Zeltplatzführer, auch Kartenfehldrucke und Belegexemplare von Nachauflagen.

Am Eingang dieses verstaubten Weltreiches saß also Wenzel, der nicht nur genau darüber Bescheid wußte, wo jede einzelne Karte (in welchem Maßstab, zu welchem Zweck, wann und wo aufgenommen) im Archiv zu finden war – er war auch eine Art Hobbyexperte für die Geschichte der Mark Brandenburg. In seinem früheren Leben soll er mal Geschichte studiert haben. Aber nicht bis zu Ende. Ob er damals exmatrikuliert worden war oder von selbst aufgehört hatte – ich weiß es nicht. Er spricht nicht darüber. Wie er überhaupt sehr wenig spricht.

Schade, deswegen habe ich ihm, glaube ich, auch nie erzählt, daß ich selbst mal Geschichte studiert hatte.

An Wenzels Arbeitsplatz jedenfalls stehen Fontanes »Wanderungen durch die Mark Brandenburg« ebenso wie »Die deutschen Stämme« von Obermüller oder Brosiens »Preußische Geschichte«.

Und da sich niemand sonst in dem unübersichtlichen Bestand unserer Vorgängerfirma auskannte, wurde er als Sachwalter dieses Erbes, als »lebendes Inventarstück«, mit übernommen. Er war, erzählten die anderen, weder begeistert darüber noch irgendwie überrascht; er nahm das als Selbstverständlichkeit hin. Nach wie vor betrat er morgens immer als erster die Büroetage, verließ sie dafür abends meist sehr pünktlich – und sooft man ihn etwas fragte, gab er, wortkarg zwar, beinahe knurrend, aber immer absolut zuverlässig die erwünschte Auskunft.

Auch nach dem großen Ausmisten war eines jedoch auf der Etage verblieben: der Geruch. Schwächer, aber immer noch vorhanden. Und gerade in dieser Zurückhaltung penetrant, da man der Versuchung, genau hinzuriechen, nur schwer widerstehen konnte – und schon hatte man ihn wieder, via Nase, im Kopf und wurde ihn nicht mehr los.

Dann kamen die Fußbodenleger, die Elektriker, die Maler. Als alles frisch renoviert war, weiße Wände, weiße Decken und überall grauer Kunststoffußboden ausgelegt, hatte man den Geruch endlich besiegt. Glaubte man.

Bis jemand, um einen Atlas oder ein Meßtischblatt herauszuholen, einen der Einbauschränke im Flur öffnete. Auf seiner Flucht hatte sich der VEB-Land-und-Wandkartengeruch dorthin zurückgezogen und verschanzt – der letzte Hort des Miefes.

Das ist bis heute so geblieben. Sobald jemand an einen der Einbauschränke muß, und das geschieht zwangsläufig mehrmals am Tage, stößt der Mief drohende Schwaden hervor, so daß man sich nicht allzu sicher fühlen kann. Vor diesem Beharrungsvermögen kapitulierte man schließlich.

Besuchern, die auffällig die Nasenflügel blähen und sich fragend umblicken, sagt man am besten, daß man sich hier schließlich in einem »Traditionshaus« befinde.

Nach den schnellen, überraschenden Anfangserfolgen von *andersWandern*, die sicher auch mit der Neuartigkeit – zumindest, was östliche Verhältnisse betraf – der angebotenen Tourismusprogramme zusammenhingen, folgte schon bald, etwa ab Mitte der neunziger Jahre, eine Phase der Stagnation, wenig später sogar empfindlicher Rückschläge.

Andere Firmen drängten ins traditionelle Marktsegment – allen voran »Chaos-Reisen«, das mit dem Slogan »Wenn Sie nicht wissen wollen, wo Sie morgen früh aufwachen« für äußerst dubiose Busreisen warb. Diese wurden dann als touristisches Überraschungspaket (mit Vollpension) verkauft. Und was das Erstaunlichste war: immer auf Monate hin ausgebucht!

Man traf sich dazu um Mitternacht am Zentralen Busbahnhof beim ICC – und los ging die Fahrt ins Unbekannte, niemand wußte, wohin. Chef dieses Unternehmens ist übrigens ein gewisser Herr Fromm. – Wie der Name schon sagt!

Allein wenn man sich vor Augen hält, daß Chaos-Busrundfahrten durchs ehemalige DDR-Gebiet noch heute als »Reisen in die graue Vorzeit« angeboten werden und speziell die Tour – »Tort(o)ur«, wie es sinnigerweise im Prospekt heißt – durch die Mark Brandenburg unter dem sehr bezeichnenden Motto »Durch Mark und Bein« steht, ist damit eigentlich schon alles hinsichtlich der »Seriosität« von »Chaos-Reisen« gesagt. Fast überflüssig zu erwähnen, daß dieses Unternehmen seit Jahren unbeirrt mit Ikaros-Rundflüge kooperiert – ein deutlicher Hinweis darauf, daß man sich an eine geistig doch eher hartgesottene Kundschaft wendet, der es nicht nur am nötigen Geld für anspruchsvolle Individualreisen fehlt, sondern eben auch am kleinen Einmaleins (Ikaros! Rundflüge! – du lieber Himmel!) der klassischen Bildung.

Vor ein paar Monaten hatte ich mal das Vergnügen, einen Anrufer, der uns offenbar mit »Chaos-Reisen« verwechselt hatte, am Apparat zu haben; ich weiß also, wovon ich da spreche.

»Guten Tag.«

»Guten Tag.«

»Mein Name ist Wunisch, ich rufe nämlich aus Döbeln an.«

»Ach so. – Wie kann ich Ihnen denn da helfen?«

»Sie vermitteln doch diese ... äh ... Buserlebnisreisen.«

»Ja, nein, Herr Wunisch – eher nicht. Aber es kommt drauf an, was Sie da ...«

»Moment, Mo-ment. Ich hab hier doch was aus der Zeitung (Rascheln, Rascheln, Brille, Zeitung) – Eine vollklimatisierte Überraschungsbustour unter dem Titel ›Neuland unterm Pflug‹.«

(Letzteres klang nun allerdings aus Herrn Wunischs Mund wie »Neuland unterm Fluch«.)

»Hallo? Sind Sie noch dran?«

»Ich fürchte, Herr Wunisch, da sind Sie hier falsch.«

»Bin ich da nicht bei ›Chaos-Reisen‹?«

»Nein, ganz im Gegenteil.«

»Na, sagen Sie mal – wer sind Sie denn da?«

»Michael Scholochow«, sagte ich leise, einer plötzlichen Eingebung folgend. Dann, lauter: »Und ich bin sehr, sehr traurig über Sie, Herr Wunisch.«

»Wer sind Sie?«

»Ich bin Michael Scho-lo-chow!« rief ich ins Telefon. In diesem Moment war die Trottenburg ins Zimmer gekommen. »Störe ich?« fragte sie.

»Nein«, schrie ich. »Ja«, sagte ich, »Moment bitte.«

– »Herr Wunisch?«

Piep-piep-piep.

Liebenthal meinte einmal, im Grunde sind das Leute, die ihre Existenz unterhalb der geistigen Armutsgrenze fristen.

Sicher war die Inflation dieses, wie Karl-Erich Anders es seinerzeit treffend ausdrückte, »Knall-und-Fall-Tourismus« eine ernstzunehmende Schwierigkeit. Doch ebenso gab es jede Menge hausgemachter Probleme.

Ich kam zu *andersWandern*, als die Existenz der Firma fast auf dem Spiel stand. Ein knappes Jahr zuvor hatte die Trottenburg die Gesamtverantwortung für die Firma von Karl-Erich Anders übertragen bekommen, der sich – etwas beleidigt, wie es hieß – aus dem aktiven Geschäftsleben zurückgezogen hatte. Ihn selbst habe ich übrigens nur ein einziges Mal gesehen, bei einem Empfang in Berlin – ein freundlicher grauer Schatten der Vergangenheit, etwas verloren unter all den neuen Mitarbeitern, stand er herum und hielt sich an einem Weinglas fest.

Gleich am Anfang hatte die Trottenburg damals eine aufwendige Internet-Präsentation sämtlicher *andersWandern*-Angebote veranlasst. Viel Geld, vor allem aber Zeit und Ideen waren investiert worden – doch das Ganze hatte sich, wie mir Görne später mal erzählte, als großer Flop erwiesen.

Die Leute streifen eben normalerweise doch lieber mit Faltkarte und Wanderheft durch Wald und Wiese, statt virtuelle Reisen durch das Internet zu unternehmen.

Auch wenn man sich schon vorab eine ganz einfache Karte (Vierfarbdruck) zu Hause ziehen wollte, dauerte das viel zu lange, und das Resultat war, falls man nicht gerade über einen Drucker der Sonderklasse verfügte, eine bunt verwaschene Katastrophe.

Auf diese Weise war offenbar ein Großteil der anspruchsvollen, am gehobenen Individualtourismus interessierten Klientel verprellt worden.

Im September 1999 hatte ich zufällig, weil ich gerade in der Nähe war, eine Urania-Veranstaltung besucht. Im Anschluß daran sprach mich eine Frau an. Ihr waren meine zahlreichen Zwischenfragen – im Vortrag war die frühe Industrialisierungsgeschichte der Mark Brandenburg behandelt worden – aufgefallen. Das hatte sie interessiert, wie sich da jemand so genau auskannte. Im Unterschied übrigens zum Referenten, irgendein neuer, mir zumindest unbekannter Professor der Humboldt-Uni, der nur sehr ausweichend auf meine Fragen eingegangen war. Entweder wollte oder konnte er es nicht anders. Die Frau stellte sich als Cora Trottenburg vor, diplomierte Fachfrau für Touristik – und gegenwärtig, so sagte sie, mit dem konzeptionellen Neuaufbau von *andersWandern* beschäftigt.

Ich konnte mir darunter nichts vorstellen, diesen Firmennamen hörte ich an diesem Abend zum ersten Mal. Das sagte ich der Frau auch so. Sie nickte. Genau das war ja das Problem. *andersWandern* mußte nicht nur als Name im Osten bekannt werden, es mußte, wie es lange Jahre im Westen der Fall war, wieder zum Begriff werden.

Das Resultat war – die Trottenburg und ich saßen dann einen ganzen Abend lang bei einem finsteren Griechen. Unter verstaubten Tonkrügen, Netzen und Muscheln, die von der Decke herabhingen, spielten wir verschiedene Modelle durch, wie man die brandenburgische Industriegeschichte als speziellen Zweig der Regionalgeschichte für den niveauvollen Nahtourismus erschließen könnte.

Nach allem, was sie über Rückbesinnung auf das natürliche Umfeld, Bewahrung und Pflege gewachsener Räume, Wege weg vom Massentourismus und so weiter gesagt hatte, kam sie mir grün, genauer gesagt: grün-alternativ vor. Aber trotzdem, die Frau gefiel mir.

Auf ihre Frage hin erzählte ich, was ich bisher beruflich alles gemacht hatte. Noch während ich redete, fiel mir auf, was für ein Durcheinander es bei mir seit 1990 gewesen ist. Das war schon keine »wechselvolle Berufskarriere« mehr, das war schon eher ein Dauerlauf, von einer befristeten Stelle zur anderen. Abgesehen lediglich von einer etwas längeren Episode, und zwar als Wissenschaftsjournalist, wobei ich in meinem Leben nie richtig Journalist oder gar Wissenschaftler gewesen wäre (die Zeitung war dann 1993 auch endgültig eingegangen), wechselte es ständig. Was danach, ab 1993, folgte, nannte ich – in meiner internen Sprachregelung – verschiedene »Projekte«, an denen ich auf diese oder jene Weise mitgewirkt hätte.

»Sie sind ja sehr vielseitig interessiert«, sagte sie, »ein richtiges Multitalent.«

Aber ich glaube, sie ahnte da schon, daß es sich nur um verschiedene ABM-Stellen gehandelt hatte.

»Mir liegt der Osten ganz besonders am Herzen«, gestand sie schließlich nach dem – wievielten? – Metaxa. »Und wissen Sie«, sagte sie leise, »im Grunde fühle ich mich selbst wie jemand aus dem Osten.«

Bestimmt hat sie Probleme, dachte ich, sie ist nicht glücklich. Das hatte ich schon oft erlebt, daß Leute mit gescheiterter West-Karriere sich plötzlich für Ostler hielten.

Ich prostete ihr zu und schloß kurz die Augen.

Da die Einbeziehung von Ortskräften, das heißt in diesem Fall: von *Ost*kräften, in ihren Planungen oberste Priorität hatte, erhielt ich schon zwei Wochen später meinen befristeten Vertrag. Ich fing zum nächsten Monatsbeginn bei *anders-Wandern* an. Und kam, weil nirgendwo sonst ein Platz frei war, zu Wenzel ins Zimmer.

»Herr Wenzel kommt nämlich auch von hier«, sagte die Trottenburg mit einem verständnisvollen Seitenblick zu mir, als wir über den Flur zu meinem neuen Arbeitsplatz gingen. Und als ich nicht sofort losjubelte, fügte sie zuversichtlich hinzu: »Ich denke, Sie beide werden gut miteinander auskommen.«

»Tach«, sagte Wenzel.

Er stand kurz auf, schüttelte mir über die beiden Schreibtischplatten die Hand, dann setzte er sich wieder und beugte sich über seine Arbeit. Er übertrug irgendwelche Zahlen und Zeichen von einem Meßtischblatt in ein Heft.

Leise breitete ich meine Papiere aus und begann, die Seitenfächer des Schreibtischs einzuräumen. Dann wollte ich meinen Computer installieren. Bei der Suche nach einer Steckdose, die ich aber nicht fand, entdeckte ich etwas anderes: Herr Wenzel trug trotz der extrem kühlen Witterung nur Sandalen. Und nicht mal Socken!

»Liegt ein Skelett in der Wüste«, hörte ich ihn plötzlich oben sagen. Das Blut war mir zu Kopf gestiegen, hochrot kroch ich unter dem Schreibtisch hervor. Jetzt war ich doch ein bißchen verwundert, mit wem ich hier zusammengesetzt worden war.

Wenzel hatte das aber wie zu sich selbst gesagt, konzentriert blickte er – auch nach meinem Auftauchen – auf seine Arbeit.

»Also«, setzte er neu an und zog mit dem Lineal einen langen Strich, »liegt ein Skelett in der Wüste, und oben schweben die Geier. Was ist das, was die abgenagten Fingerknochen des Skeletts umklammern?« Er fragte das, ohne den Blick vom Papier zu heben.

»Weiß ich nicht«, sagte ich, ich lachte höflich, war aber doch erleichtert, daß endlich das unheimliche Schweigen gebrochen war.

»Wirklich nicht?« Wenzel sah, einen blauen Augenblick lang, erstaunt auf, dann beugte er sich wieder, den Kopf zur Seite gelegt, über seine Papiere.

»Na gut, ich helfe.« Er griff nach einem Radiergummi und rieb heftig auf dem Papier herum. »Es ist bunt und rechteckig und kostet im Laden 19,80 DM.«

Ich zuckte die Schultern. Da ruckte er mit dem Kopf nach links, ich folgte seiner Blickrichtung – und da sah ich es: auf einem Wandbord waren die neuesten Ausgaben der *anders-Wandern*-Faltkartenhefte aufgestellt.

»Alles klar«, fragte Wenzel; er bleckte kurz seine Zähne, für einen winzigen Moment war sein Kopf ein Totenschädel; dann pustete und wischte er die Radierkrümel vom Papier und wandte sich wieder seiner Abschreibarbeit zu.

Ich nahm mir eines der Hefte vom Bord.

Die Trottenburg hatte mich vorgewarnt. Als sie nur den Namen dieser Heftreihe nannte, hatte sich schon ihr Mund genervt verzogen. »Wenn Sie wissen wollen, was genau wir nicht wollen – da finden Sie es.«

Der Name für die Heftreihe ging auf eine Idee von Karl-Erich Anders zurück und stand, leicht schräg, in stilisierter Schreibschrift oben auf der Titelseite:

Land und Leute
gestern und heute

Die vollständigen Jahrgänge hatte die Trottenburg bci sich im Chefzimmer. Hinter Glas. Das sah zwar pietätvoll aus, aber auch ein bißchen wie eingeweckt.

Zum Beispiel das Titelbild Sommer 1956: Eine glückliche VW-Käfer-Familie, die auf einer leeren, sonnigen Bergstraße im Allgäu unterwegs ist. Die Autofenster sind heruntergekurbelt. Vater hält lachend das Steuer fest, denn Mutter, auf dem Nebensitz, hat ja die passende *Land-und-Leute*-Karte zur Hand. Die Kinder winken von hinten. Der weiße Hund staunt mit offenem Maul in die Landschaft.

Lange Jahre, so hatte die Trottenburg mir erzählt, war diese Heftreihe unangefochten das stolze Flaggschiff der Firma gewesen. Der in den fünfziger Jahren beginnende Motortourismus, der unter anderem einen so denkwürdigen Begriff wie den der »Autowanderung« hervorgebracht hatte, gab dem Verlagsnamen, damals noch als ANDERS WANDERN großgeschrieben, einen zusätzlichen Sinn.

So blieb es auch, als man später, im Zeitalter der allgemeinen Motorisierung, erneut gegen den Strom schwamm, beziehungsweise, um es etwas passender auszudrücken: die Marschrichtungszahl korrigierte und vorrangig auf Fuß- und Radwanderkarten setzte.

Anders war eben immer anders.

Mit dem Umzug nach Berlin änderte sich das allerdings.

Erstmals in der Firmengeschichte hatte man nicht auf die eigene, andere Stimme gehört, sondern war in einem, sicher entschuldbaren Zustand der Euphorie (aber damit verbunden: auch der mangelnden Zurechnungsfähigkeit!) dem lauten Ruf des Zeitgeists gefolgt und im Troß mit so vielen, vielen andern nach Osten gezogen.

Was am Anfang noch Ausnahme und Abenteuer war und für Momente durchaus wie ein belebender Neuanfang ausgesehen hatte, das egalisierte sich bald. Und eines grauen Tages mußte man sich ernüchtert eingestehen: *andersWandern* war plötzlich das geworden, was es bisher noch nie in seiner Geschichte gewesen war: eine Firma unter vielen anderen.

Fast in jedem Haus dieses Viertels, mitten in der neuen Ost-City, saßen inzwischen solche Glücksritter aller Couleur und hofften auf das große Wunder – *ex oriente lux*! –, das manchmal kam und manchmal eben auch nicht.

Der erste Goldrausch war vorbei, und man sah die frischen oder zukünftigen Bankrotteure in Katerstimmung herumsitzen, in den Cafés rund um die Friedrichstraße, und neue Pläne aushecken.

Das gute alte Markenzeichen der Firma jedenfalls begann zusehends zu verblassen: *Land und Leute* sank in der Wiederverkaufsrate unaufhörlich. Es sank in den Keller. Dort landeten dann auch die unverkauften Exemplare und Remittenden, in handlichen Bündeln zu jeweils 25 Stück, und warteten auf ihr unabwendbares Schicksal – die Makulatur. Mit *anders Wandern* ging es Schritt für Schritt bergab.

Ich war gerade ein paar Tage bei der Firma, als der Erkundungstrupp aus Prenzlau zurückkam. »Prenzlau – Perle der Uckermark« stand als eines der nächsten *Land-und-Leute*-Hefte auf dem Themenplan.

Wir trafen uns zum Ideenaustausch im Konferenzraum. Zu Beginn stellte die Trottenburg mich den anderen Mitarbeitern vor, im Anschluß sollte es auch noch einen kleinen Begrüßungsumtrunk geben.

Zunächst berichtete Herr Liebenthal von den ersten Eindrücken seiner Vor-Ort-Besichtigung. Das Ergebnis war niederschmetternd. Da es zum Konzept der *Land-und-Leute*-Hefte gehört, braunkolorierte historische Stadtansichten und Fotos von heute gegenüberzustellen, hatte Liebenthal zahlreiche Aufnahmen gemacht. Die gingen nun reihum. Die Gespräche verstummten.

»Donnerwetter, das sieht ja aus, als hätten die da noch die letzten Reste ihrer Mauer mit verbaut.« Flemming hatte als erster die Sprache wiedergefunden. Er hielt ein Foto hoch: die grauen Betonkästen eines Neubauviertels.

Inzwischen, das sah man auf anderen Fotos, war damit begonnen worden, rote Dachattrappen an die grauen Kästen anzumalen, was die Sache im Grunde aber nur noch schlimmer machte; die Kästen, auf ihre Weise als Kästen, waren ehrlicher.

»Vielleicht fällt uns das erst heute so deutlich auf«, meinte die Trottenburg, während sie nachdenklich die Fotos, die jetzt bei ihr angekommen waren, durchblätterte. »Früher, vor dem Fall der Mauer, schienen sich Osten und Westen ähnlicher zu sein. Der Widersinn der Grenze bestand ja gerade darin, daß sie ein Land willkürlich trennte. Und man achtete auch nicht so auf die Kleinigkeiten, wenn ihr versteht, was ich meine. Aber nun, von nahem betrachtet – ich meine: es riecht, es sieht komisch aus, es ...«

»Es ist einfach furchtbar«, faßte Liebenthal zusammen.

»Das hast *du* jetzt gesagt«, sagte die Trottenburg, ihr Blick streifte mich dabei kurz.

»Ohne diese künstliche Grenze treten nun die natürlichen Unterschiede wieder deutlicher hervor. Man grenzt sich erst mal ab. Völlig klar. Strukturell gesehen: die Grenze verläuft nicht mehr irgendwo im Raum, am Todesstreifen, sondern in verschiedenartigen Lebensauffassungen, in vierzig Jahren unterschiedlicher Stadt- und Landschaftsentwicklung. – Hast du das? Ich meine, vor allem das letzte?«

Ines, die alles mitstenographierte, nickte – ihre Lippen bewegten sich lautlos.

Auf einem anderen Foto wühlten Menschen in Abfällen.

»Nein«, erklärte Herr Liebenthal geduldig, »das hier war nur so ein 99-Pfennig-Markt. Da kriegt man alles zu kaufen, was man nie im Leben brauchen kann.«

Jemand wandte ein: »Aber trotzdem, vieles ist doch schon renoviert, modernisiert, richtig schick.«

»Ja gut«, sagte Liebenthal – er betrachtete noch immer die

Serie der Marktbilder. »Die Mauern sind frisch gestrichen. Aber die Frage ist doch: wie sieht es in den Herzen dieser finsteren Strolche aus?«

Was vor allem Verwunderung erregte: auf mehreren Fotos liefen erwachsene Männer am hellichten Tag in Turn- beziehungsweise sogar Schlafanzughosen durchs Straßenbild. Sie trugen Plastiktüten mit sich herum, manche auch offensiv dicke Bäuche.

Ich spürte, die anderen sahen mich an, als erwarteten sie irgendeine Erklärung von mir. Aber ich war ja nicht als Ethnologe hier angestellt worden. Und da ich selbst weitläufig zu diesem merkwürdigen Volksstamm gehöre, ist er mir tief in meinem Innern natürlich besonders fremd, nichts trennt so sehr wie eine gemeinsame Herkunft.

Mir war das allerdings auch schon aufgefallen: der Westmann drapiert seinen Bauch eher, zum Beispiel mit einem Hawaiihemd, während der Ostmann ihn kampfbereit vor sich herschiebt.

Kommentarlos gab ich die Fotos an Wenzel weiter, der aber auch nichts dazu sagte.

»Ich sage es ja immer«, sagte Herr Görne aus der PC-Abteilung, »die Wirklichkeit ist eine Computersimulation mit kleinen Macken, die allerdings nicht so leicht zu beheben sind.«

»Trotzdem«, sagte die Trottenburg, »ich verstehe nicht, warum die da dauernd in Freizeitklamotten herumlaufen müssen. Das sieht doch komisch aus.«

»Kann ja sein, daß die der Welt damit nur zeigen wollen, daß sie Freizeit haben«, sagte Liebenthal. »Mehr, als ihnen vielleicht lieb ist.«

Ein Foto zeigte einen Mann, der auf einer Bank saß. In seinem Schoß stand eine braune Bierflasche. Er umklammerte sie mit beiden Händen. Die Flasche sah aus wie ein erigiertes Glied.

Liebenthal hatte von einer ›Wegzugsprämie‹ gehört: wer

hier langzeitarbeitslos war und in einem anderen Bundesland Arbeit fand, der bekam, wenn er das Weite suchte, ein paar Tausender als Prämie – das Land hatte eine Sorge weniger. Auf diese Weise war es möglich, die Arbeitslosenquote zu senken und den Landstrich langsam und sozialverträglich zu entvölkern. Daraus ergaben sich interessante Perspektiven für den Tourismus: der Erholungssuchende, der seine Ruhe haben will, kann sich nun ungestört der Landschaft, ihrer reichen Tier- und Pflanzenwelt widmen, ohne dabei groß von Einheimischen behelligt zu werden.

Großes Kopfschütteln in der Runde.

Ein Bilderrätsel anderer Art waren die verwitterten Neubaublocks aus den 60er Jahren, die ziemlich unmotiviert mitten in Dörfern oder einfach, über Land, am Straßenrand herumstanden.

Herr Liebenthal hatte diese Erscheinung aus dem Autofenster heraus fotografiert; er war nicht näher herangegangen – und er hatte keine Erklärung dafür.

Ich meldete mich, hier konnte ich sachkundig einspringen. Die ostelbischen Junker mit ihren riesigen Besitzungen waren Großagrarier. Viele der kleinen Bauern, die dagegen nicht ankamen, verloren mit der Zeit ihre Selbständigkeit und mußten sich als Tagelöhner oder Landarbeiter verdingen. Nach dem Krieg stieß deshalb die Losung der Bodenreform »Junkerland in Bauernhand!« gerade hier auf offene Ohren. Als dann die Phase der Kollektivierung der Landwirtschaft einsetzte, wurde, nach einem kurzen Zwischenspiel, praktisch der alte Zustand unter neuem Vorzeichen wiederhergestellt. Der Bauer, der über Generationen an seiner Scholle klebte, existierte hier also schon lange nicht mehr.

»Das ist alles hochinteressant«, sagte Liebenthal. »Sie wollten uns, glaube ich, erklären, was es mit diesen Wohnblocks auf sich hat.«

»Gleich«, sagte ich, »gleich.« Aus dem Stapel hatte ich ein Foto herausgezogen und reichte es ihm über den Tisch. Auf einer abbröckelnden Wand war unscharf das alte Konsum-Zeichen zu erkennen.

»Ja und?« sagte Liebenthal, »das habe ich ja selbst fotografiert. Die Wand sieht wirklich traurig aus. Meinen Sie das?«

»Schauen Sie genau hin: das Konsum-K! Es ist aus einem Schornstein, der Strich links, und einer stilisierten Sichel zusammengesetzt.«

Liebenthal sah mich groß an: »Und was heißt das nun?«

»Es zeigt symbolisch die Verbindung von Stadt und Land. Arbeiter und Bauern – Hand in Hand. Man wollte damals die Lebensverhältnisse von Stadt und Land angleichen. Deshalb die Neubauten. In ihnen wohnten die sozialistischen Landarbeiter. Diese Wohnblocks sind das, was früher die Gesindehäuser waren oder die Katen der Tagelöhner.«

»Genau das ist es, was ich meine«, sagte die Trottenburg plötzlich, »wie die Geschichte Spuren in der Landschaft hinterläßt. Das fand ich doch sehr aufschlußreich, was Herr Gruber uns hier vorgetragen hat.«

»Man hat da praktisch gleich zwei Fliegen mit einer Klappe geschlagen«, ergänzte ich noch schnell, »man hat gelebt, wo nichts los war, und außerdem steckte man noch in so einer Neubauklitsche.«

Liebenthal betrachtete erst seinen Bleistift und dann mich sehr nachdenklich: »Sehen Sie sich mal diese neuen Eigenheimsiedlungen an. Am besten vom Flugzeug aus. Da könnte man denken, da hat jemand einfach nur Neubaublocks auseinandergekloppt und die Trümmer nach dem Zufallsprinzip in der Gegend herumgestreut. Die Dinger, diese Musterhäuser, sind genauso von der Stange. Also, was Ihre ›Angleichung der Lebensverhältnisse Stadt – Land‹ betrifft, da mußten erst wir kommen, um den Irrsinn hier komplett zu machen.«

Er lächelte mich an.

»Bist du jetzt fertig?« fragte die Trottenburg.

Nein, Liebenthal brachte zum Abschluß noch einige Statistiken, unter anderem zur Arbeitslosenquote in der Region, da war zumindest das Phänomen der herumstrolchenden Männer geklärt.

»Und wie ist denn das nun mit deiner Margarinefabrik?« wollte die Trottenburg schließlich wissen. Sie hatte die allgemeine Lethargie bemerkt, deshalb drehte sie sich betont interessiert zum angepinnten Stadtplan um. »Wo genau steht die eigentlich?«

Liebenthal schob seine Papiere zusammen.

»Die steht, um es ganz genau zu sagen, auf dem Abrißplan. Da kümmert sich nur noch eine Bürgerinitiative drum, www – weiß ich nicht mehr.«

Die Trottenburg nickte unzufrieden. Hier, das sah man, scheiterte gerade eine schöne Idee.

Als markanter Ausgangspunkt dieser speziellen *Land-und-Leute*-Tour hatte nämlich die traditionsreiche Wienholzsche Margarinefabrik dienen sollen. 1896/97 war sie in unmittelbarer Bahnhofsnähe erbaut worden – Kastellstil, roter Backstein. Die größte Margarinefabrik Brandenburgs und insofern ein einmaliges Industriedenkmal, auch weit über Brandenburg hinaus. Ursprungsort unter anderem solcher musterrechtlich geschützten, in den zwanziger Jahren in ganz Deutschland verbreiteten Marken wie »Blauband«, »Prenzlauer Gold« und »Winosa«. Infolge von Kriegs- und DDR-Einwirkungen war dieser imposante Gebäudekomplex in der zweiten Hälfte des Jahrhunderts jedoch mehr und mehr verfallen, die Reste waren unbrauchbar geworden. Genauso wie die im Grunde schön ausgedachte Konzeption für das diesbezüglich geplante *Land-und-Leute*-Heft.

Wenn auch das Prenzlau-Heft nie erschienen ist, in der Diskussion damals gab ich meinen intellektuellen Einstand. Ich meldete mich noch einmal. Die Trottenburg, die bis dahin in ihren Unterlagen gewirtschaftet hatte, hob erstaunt den Blick, daß ich gleich beim ersten Mal zweimal etwas sagte.

Zunächst ging ich kurz auf die von Liebenthal angesprochenen Probleme ein, kehrte dann aber zum Ansatz zurück, der – ungeachtet aller lokalen und temporären Schwierigkeiten – sehr vielversprechend und ausbaufähig war. Am Beispiel Margarinefabrik legte ich nun einige, aus meiner Sicht grundlegende Zusammenhänge dar: das Vorhandensein der zum Wandern geeigneten Wiesen- und Weidenlandschaft der Uckermark, die damit verbundene Tierhaltung, somit also das Vorhandensein von Milch und tierischen Fetten, und das gleichsam natürlich sich daraus ergebende Wachstum der Margarinefabrik aus diesem Boden – ein Beispiel regionaler Verwurzelung.

Bei »Verwurzelung« durchpflügte ich die inzwischen doch schon etwas abgestandene Luft im Konferenzraum mit den gekrümmten Fingern meiner beiden Hände.

Ich merkte, Herr Liebenthal wollte etwas sagen, und nahm deshalb den erwarteten Einwand gleich voraus.

»Gut«, sagte ich, »gut, wenn es auch in diesem einen Fall wegen spezieller Probleme noch nicht ganz so geklappt hat, so haben wir doch hier gewissermaßen einen Prototyp.«

Zum Schluß schlug ich noch einen weiten, visionären Bogen zum Wechselspiel Natur-Umwelt-Mensch und entwickelte aus dem Stegreif einige Ideen, die später entscheidend für meine Arbeit werden sollten.

Alle waren begeistert. Deutlich sah ich auf den Gesichtern Erstaunen, wie schnell jemand »von außen« zentrale Probleme erfaßt und neue, zukunftsweisende Perspektiven gezeigt hatte. Sogar der sonst so verschlossene Wenzel nickte mir freundlich zu, als ich mich wieder setzte.

Beim anschließenden Umtrunk gab es allerdings einen kleinen Zwischenfall. Jemand hatte aus dem grünen Rolladenschrank die Sektkelche geholt und nicht aufgepaßt.

Gerade wollten wir mit einem Schlückchen Prosecco auf unsere Zusammenarbeit und die weitere Zukunft von *andersWandern* anstoßen – da rasselte es los, der eiserne Rolladen war aus seiner Schneckenführung gesprungen und nach unten durchgeknallt, wo er mit furchtbarem Krachen, das noch lange in uns nachhallte, aufschlug.

Ein Schlüssel, ein Wort

»Und?«

»Ich weiß es nicht.«

»Aber, verdammt, vielleicht in seinem Schreibtisch, unter irgendwelchen Papieren, oder auf der Festplatte. Das gibt's doch gar nicht.«

»Doch. Offenbar doch. Ich hab jedenfalls nichts gefunden.«

Das stimmte sogar. Ich hatte natürlich sofort noch einmal seinen Schreibtisch kontrolliert, alles lag noch genauso da wie vorher, ich hatte nichts entdeckt, was ich nicht schon gekannt hätte.

»Mensch, es muß doch irgendwo einen Anhaltspunkt geben.«

Die Trottenburg sah mich an, als suche sie diesen Anhaltspunkt ausgerechnet bei mir; ich wich ihrem Blick aus.

»Ja, es hilft alles nichts, dann müssen wir eben noch mal überlegen: wo überall ist er in letzter Zeit gewesen, was hat er aufgenommen, mit wem hat er sich getroffen.«

»Vielleicht denken wir ja auch ganz falsch, und das hat gar nichts mit der Arbeit zu tun, sondern er hat bloß, was weiß ich, irgendwo eine Freundin und ...«

»Ja, und da nimmt er sein ganzes Vermessungszeug mit, klar.« Ein mitleidiger Blick traf mich.

»Tarnung«, sagte ich leise und kniff Mund und Augen schlau zusammen.

Wir schwiegen.

»Oder ob es vielleicht ein Problem für ihn war ... ich weiß nicht, hast du ihm eigentlich mal gesagt, daß ich ihn irgendwann mal ersetzen soll?«

»Olaf! Wenzel ist 58. Das mußte ihm doch klar sein.«

»Klar.« Ich nickte.

Die Trottenburg blätterte sich auf der Suche nach ihrem letzten Gesprächstermin mit Wenzel durch ihren Klappkalender; ich vertiefte mich in die Betrachtung meiner Fingerkuppen.

»Ich meine, er wird doch nicht ... nein, das glaub ich nicht.« Energisch schüttelte ich diesen Gedanken sofort wieder beiseite.

»*Was* glaubst du nicht?«

»Er könnte ja auch ein Überläufer sein, nicht wahr, und ist mit unserm ganzen Zeug zur Konkurrenz, sagen wir mal, zu den Chaosleuten. Das wäre ja auch eine Variante.«

Als ich sah, wie mich die Trottenburg da anstarrte, lenkte ich sofort ein: »Ach was, Wenzel doch nicht, nie im Leben, das war bloß so ein Gedanke, nur ein Witz, Cora, wirklich.«

»Damit würde ich nun überhaupt keine Witze machen, verstehst du – überhaupt keine!«

Wütend ließ sie ihren Kalender zuschnappen.

Mir fiel auf, wie schön sie eigentlich ist, gerade wenn sie sich aufregt und dieses natürliche Rouge auf ihr Gesicht kommt. Dabei könnte ich nicht einmal genau beschreiben, was an ihr so schön sein soll. Aber das ist vielleicht gerade das Schöne daran, daß man es nicht beschreiben kann – das Unbeschreibliche.

»Entschuldige«, sagte sie nach einer Weile. »Aber weißt du, in letzter Zeit kommt mir mein Job, kommt mir mein ganzes Leben hier manchmal vor wie ein einziges Krisenmanagement.«

»Ach, übrigens«, das fiel mir jetzt ein – meinerseits ein Versuch, den Frieden wiederherzustellen –, »an seine Festplatte bin ich noch gar nicht herangekommen. Ich kenne doch sein Paßwort gar nicht.«

»Gut, Olaf. Ich schick dir den Görne vorbei. Der macht dir das. Und halt mich auf dem laufenden, ja.«

Damit war ich entlassen.

Also gut, alles noch einmal von vorn.

Ich ging zurück in unser halbverwaistes Büro, setzte mich aber diesmal gleich an Wenzels Platz und ließ meine Blicke umherschweifen.

Aus Wenzels Perspektive sieht die kleine Welt unseres Büros ganz anders aus, kaum wiederzuerkennen. Mein Schreibtisch ist, von hier aus gesehen, das reine Chaos. Ich habe es wirklich geschafft, ihn in kürzester Zeit vollständig zuzumüllen. Kein Wunder. Den ganzen Tag telefoniere ich herum, mache mir Gesprächsnotizen, die lege ich zwischen den Briefen ab, die ich nicht zuordnen kann und die deswegen in mehreren Stapeln – und da jeden Tag eine frische Lieferung dazukommt: in wachsenden Stapeln! – auf dem Schreibtisch liegenbleiben, dazwischen meine verstreuten Ausarbeitungen, mit denen ich nicht richtig weiterkomme. Abends dröhnt mir der Kopf vom Telefonieren – und wenn ich mich ernsthaft befrage, was ich von früh bis spät gemacht habe, dann muß ich mir ehrlicherweise eingestehen: nichts.

Wenzels Arbeitsplatz hingegen ist beneidenswert leer, eine nackte Platte. Entweder klackert Wenzel den ganzen Tag auf der Tastatur seines PC herum, oder er überträgt Vermessungs- und Beobachtungsdaten in seine Kartenentwürfe.

Und sonst? Sonst sucht er manchmal für jemanden eine Karte oder ein Meßtischblatt aus dem Archiv heraus. Das war's dann schon. Und wenn nichts weiter anliegt, beschäftigt er sich eben mit seinem Kram.

Er schafft es auch (Wenzel: »Das Telefon ist das Einfallstor des Weltwahnsinns!«), daß er kaum Anrufe bekommt. Und wenn, dann sind die Gespräche meist sehr schnell beendet.

Bis auf diesen einen Anruf, vor zwei oder drei Wochen. Ich

hatte sofort den Eindruck, daß es sich da um etwas Entscheidendes handeln mußte. Lange hatte Wenzel, den Oberkörper nach vorn gebeugt, stumm zugehört. Ich vertiefte mich in meine Arbeit – und nebenbei notierte ich (bis ich es dann irgendwann aufgab), was Wenzel zu seinem unsichtbaren Gesprächspartner sagte: Ach! – Ja. – Ja. – Ja. – Natürlich. – Mh. – Mh. – Also dann. – Danke. – Ja. – Jaja.

Das hätte ich der Trottenburg ja mal so sagen können!

Wahnsinnig viele Anhaltspunkte ergaben sich daraus natürlich nicht.

Wahllos zog ich noch einmal, wie gestern schon, die Schreibtischfächer auf. Penible Ordnung auch hier: Mappe auf Mappe, Kante auf Kante. Die Fettstifte waren sogar, was ich ein bißchen übertrieben fand, nach Spektralfarben sortiert.

Dann schob ich die Fächer wieder zu und sah mich um. Kein Vergleich zu den anderen Arbeitsplätzen auf unserer Etage, wo Satellitenaufnahmen angepinnt sind, Comics, sogar Hundefotos (im Sekretariat) oder, in bunter Mischung, Ansichtskarten aus aller Welt.

Wenzel ist meines Wissens auch nie richtig verreist.

Doch, einmal. Da war er irgendwo am Meer. Nicht die übliche Pauschalreise freigelassener DDR-Leute, die dann braungebrannt wiederkamen. Nein, eher etwas in Richtung Bildungsurlaub. Er sah jedenfalls ganz blaß aus. Und als ich ihn daraufhin ansprach, sagte er (sinngemäß): »Ich hab jetzt genug von der Welt gesehen, jetzt muß die Welt was von mir sehen. Sonst ist es zu spät.«

Es gibt allerdings eine Auffälligkeit, die ich an Wenzel in den letzten Monaten festgestellt habe und von der ich nicht genau weiß, wie ich sie einordnen soll. Ungefähr alle zwei Stunden wird er unruhig, steht plötzlich auf, geht nach hinten zu den Archivschränken, zieht – und ich könnte schwören: völlig wahllos! – einen der dicken Atlanten heraus und verschwindet damit. Nach ca. zehn Minuten kommt er zurück, stellt den Atlas an seinen Platz und setzt sich wieder wortlos, als sei nichts gewesen, an die Arbeit.

Kurz vor Feierabend kam dann endlich Görne, unser PC-Experte. Schwungvoll nahm er auf Wenzels Drehstuhl Platz, schob eine Diskette ein, und wie ein Klaviervirtuose klimperte er auf den Tasten herum. Ich konnte nur staunen, was alles er mit Wenzels Computer, der entsprechend verwunderte Töne von sich gab, anstellte. Erfolg hatte Görne trotzdem nicht.

Obwohl ich davon überhaupt keine Ahnung habe, also einfach nur, um nicht so unbeteiligt an meinem Tisch herumsitzen zu müssen, stand ich, als es bei ihm überhaupt nicht voranging, auf und sah ihm ein bißchen über die Schulter.

Görne fragte, ohne mich anzusehen, nach Wenzels Geburtsmonat, Sternzeichen, der Geburtsstadt, nach seinen Hobbys, nach den Vornamen seiner Frau, seiner Kinder – ob er überhaupt Kinder habe.

Jetzt erst merkte ich, wie wenig ich eigentlich von Wenzel wußte.

Ich starrte auf Görnes Hinterkopf, wo inmitten des ansonsten dichten Haupthaares eine kreisrunde Stelle freilag. Deren Ausmaße, das sah ich jetzt zum ersten Mal, entsprachen exakt der *andersWandern*-CD-ROM, an deren Konzeption und Ausarbeitung Görne maßgeblich beteiligt gewesen war.

»Wust«, sagte ich plötzlich.

Görne sah kurz vom Schirm auf, ging zum Anfang zurück, tippte es ein – und wir hatten es.

»Ja, Mensch, Wust, hätte ich mir ja gleich denken können.« Er sah sich um. »Ist auch wirklich absolut naheliegend hier. Deswegen hätte ich nicht extra kommen müssen.« Mit einem Kopfschütteln sah er auf die Uhr, stand auf, ging.

Den gelben Memozettel, der am Bildschirmgehäuse angeklebt war, hatte ich jetzt erst entdeckt.

Es war kurz nach halb zehn. Die Durchsicht der Festplatte hatte so gut wie nichts gebracht, jedenfalls nichts Greifbares – also nichts, was ich nicht auch schon vorher gewußt hätte.

Dafür seitenlang Kirchen nebst Jahreszahlen – du lieber Gott! Wer sollte denn das alles lesen? Ich doch nicht. Im Ordner VERSCHIEDENES, wie schon der Name sagt – krauses Durcheinander, in das eine sinnvolle Ordnung nicht zu bringen war. Meist Verzeichnisse von Ortsnamen. An einer Stelle merkte ich allerdings auf; die Übereinstimmung mit dem Paßwort konnte natürlich auch ein Zufall sein.

»Die Wüste: Wust; Wust bei Brandenburg, Wust bei Havelberg; Wuster Damm; Wusterhausen; Wusterhusen; Wustermark; Wuster Schäferei; Wusterwitz; Wustrau Altfriesack; Wustrewe; Wustrow.«

Keine Ahnung, wozu das gut sein sollte. Für eine Wanderkarte jedenfalls war das nicht geeignet – eine Route, ich hatte nachgeschaut, ergab das auf keinen Fall. Und ob das sonst eine Rolle spielen konnte, war mir auch nicht klar.

An diesem Abend saß ich, wie ich das schon lange nicht mehr getan hatte, ganz allein in der Büroetage. Nachdem ich mir einen ersten Einblick in das Innenleben von Wenzels PC verschafft hatte, schloß ich mein Schreibtischfach (links unten) auf und holte unter allen möglichen historischen Ablagerungen (Ablagekram der letzten Monate) meine Ausarbeitungen heraus. Vorher hatte ich die Tür zum Flur geöffnet, um rechtzeitig zu hören, falls jemand draußen unterwegs sein sollte; nachts, hieß es, kämen manchmal die Computerfritzen noch einmal zurück und spielten irgendwelche verrückten Spiele oder lösten verwickelte Programmierprobleme, für die sie tagsüber nicht genug Zeit und Ruhe hatten.

Wenn man, wie Wenzel und ich, sich lange genug ein Büro teilt, weiß man natürlich vom anderen mehr, als einem (und sicher auch dem anderen) lieb sein kann. Ich rede jetzt gar nicht von Alltäglichkeiten, etwa von Wenzels Frühstücksgewohnheiten, die sich eigentlich nur als Mobbing bezeichnen lassen: wie er jeden Tag, pünktlich um 10, seine hellblaue Frühstücksbox öffnet, liebevoll den Inhalt betrachtet, kurz die Brotscheibe hochklappt, um sich zu vergewissern, womit sein Frühstücksbrot wohl diesmal belegt ist –

»Ja, es ist Käse, wie gestern, wie vorgestern, wie jeden Tag!«

Doch das sagte ich nie, ich schluckte es immer wieder hinunter. Sobald die himmelblaue Box auch nur aus der Dunkelzone seiner Aktentasche aufstieg und auf den Schreibtisch, also in meine Sichtweite geriet, räumte ich schon erzwungenermaßen freiwillig sofort das Feld, stand auf, flüchtete mich zum Kaffeeautomaten in der Kochnische. So bekam ich auch nicht mit, wie er wenig später das hartgekochte Ei an der Kante des Schreibtischs aufklopfte, die Schalen in den Papierkorb streuselte, wie er sofort am frisch, gleich in unserm Zimmer aufgebrühten Kaffee nippte, um dann ganz ernsthaft »Au, das ist jetzt aber heiß!« festzustellen, wie er beim Frühstück die Zeitungsseiten nicht wie jeder normale Mensch las, sondern Zeile für Zeile studierte, die Seite nicht einfach umblätterte, sondern umständlich umlegte und dann x-mal glattstrich.

Die ewigen Fragen des Daseins wie *Fenster auf?* oder *Fenster zu?* gehören sicher zum ganz normalen Existenzkampf, der zwangsläufig in jedem Büro ausgetragen wird, in dem zwei oder mehrere Menschen für acht Stunden am Tag oder länger zusammengesperrt sind.

Ganz grundsätzlich ablehnend stand ich allerdings einer anderen – sehr eigenen! – Marotte von Wenzel gegenüber, sie stand ganz oben auf der Liste der Angewohnheiten, die ich ihm, wenn ich denn die Macht dazu gehabt hätte, ein für alle Male kategorisch verboten hätte – nämlich: beim Telefonieren mit dem beschäftigungslosen Zeigefinger, einem Bleistift oder einem anderen spitzen Gegenstand in dem Ohr, das er gerade frei hatte, herumzupulen. Das war schon ein Grenzfall. Es sah jedesmal so aus, als würde er auf diese Weise einen fraglichen Gedanken in seinem Innern freikratzen oder das eben Gehörte auf der anderen Seite unauffällig wieder herauslassen wollen.

Das waren Situationen, in denen ich spürte, daß in jedem Menschen, womöglich unter einer sehr dünnen Oberfläche, ein tiefer Abgrund ist. Da half nur eins: schnell die Augen zu schließen und das gefährliche rote Flimmern vorbeirauschen zu lassen.

Wenn man also fragt, wie wir miteinander auskamen? Wir kamen miteinander aus. Mehr läßt sich dazu nicht sagen.

Schließlich hatte jeder seine eigenen Sachen zu tun, Berührungspunkte gab es da kaum.

Bis auf den einen Punkt, den wir nie berührten und der deshalb unausgesprochen zwischen uns stand. Die Trottenburg hatte mir das wenige Wochen nach meiner Einstellung gesagt. Im Zuge der Neustrukturierung der Firma sollte auch das Archiv transparenter gemacht werden (ich glaube, sie sprach damals sogar von »Glasnost«), so daß der Bestand jederzeit von jedem ohne Probleme genutzt werden konnte. Um das zu beaufsichtigen, genügte dann sicher auch eine halbe Stelle. Unter anderem deswegen war ich in dieses Zimmer gesetzt worden. Eines Tages sollte ich Wenzel ablösen und die wenigen dann noch anfallenden Archivarbeiten nebenbei mit erledigen.

Offiziell war das zwar noch nicht – und man wollte damit auch warten, bis Wenzel ohnehin ausschied. Er schien das aber schon frühzeitig geahnt zu haben. Und er fand sich damit ab. Nach wie vor verwaltete er den Altbestand, suchte Meßtischblätter heraus, legte die Originale von Detailkarten ab oder erledigte, was es sonst noch im Archiv zu tun gab.

Wollte aber keiner etwas von ihm, was manchmal ganze Nachmittage der Fall war, blätterte Wenzel sich durch seine Bücher und diversen Atlanten, die direkt neben ihm am

Arbeitsplatz standen, machte sich mit Bleistift Anmerkungen oder schrieb sich etwas heraus.

Wenn ich mit meiner Arbeit an der Neukonzeption für *andersWandern*, derentwegen ich ja vor allem eingestellt worden war, nicht richtig weiterkam, beobachtete ich ihn.

Ich beobachtete ihn oft.

Völlig in sich gekehrt, saß er da und schien für die Welt um sich herum keinerlei Interesse aufzubringen. Ich beneidete ihn um diese stille, abgeklärte Art seiner Beschäftigung.

Ganz anders bei mir! Einen halben Vormittag lang konnte ich mitten in meinem unbehebbaren Papierstau am Schreibtisch sitzen und gebannt die Goldfische, die ratlos hinter dem Glas des Computerschirms hin und her schwammen, anstarren, um dann, von einem Moment zum anderen, in einen mir unerklärlichen Zustand zu geraten.

Aus dem düsteren Gewölk, das sich über meinem Kopf zusammengezogen hatte, ging auf einmal ein Gewitter von Gedankenblitzen auf mich nieder. Elektrisiert, um nichts davon zu verpassen, von einem auf- und abschwellenden Donnergrollen in meinem Innern begleitet (die Goldfische waren längst erschrocken auseinandergespritzt), tippte ich den neuen Entwurf ein, nein: schlug ich begeistert in die Tasten, was mir – als Eingebung – von unbekannter Seite her eingeflüstert worden war. Es war wie bei dem automatischen Klavier, das ich mal in einer Hotelhalle gesehen hatte und dessen Tasten in raschem Wechsel von unsichtbaren Geisterfingern niedergedrückt worden waren.

Erst nachdem auch der allerletzte Punkt gesetzt und alles fix und fertig abgespeichert war, war ich zufrieden. Ich warf mich in den Stuhl zurück, legte erst mal eine längere Telefonrunde ein, sah zufrieden aus dem Fenster oder holte mir einen Kaffee und manchmal sogar ein Stück Kuchen aus der Reinhardtstraße.

Später, mit einigem Abstand, wollte ich das Geschriebene noch einmal lesen und eventuell Kleinigkeiten ergänzen oder

Fehler korrigieren. Dann kam aber etwas dazwischen. So vergingen ein paar Stunden oder vielleicht sogar Tage, und dann hatte ich wirklich die Distanz, die ich brauchte, um meine neue Konzeption von höherer Warte aus beurteilen zu können.

Ich setzte mich also zurecht und las, was ich da geschrieben hatte.

Mit jeder Zeile wurde mein Nicken langsamer, nachdenklicher, meine ursprüngliche Begeisterung wurde mir immer unerklärlicher, sie wich einer dunklen Ahnung, mein Atem wurde stockend und schwer, wie bei jemandem, der von der Last seiner eigenen Ideen fast erdrückt wird.

Ich seufzte – aber so, als wäre dies nur ein viel zu kleines Ventil für meine unter Hochdruck stehenden Gedanken.

Ich merkte, daß Wenzel ab und zu kurz aufschaute, und da ich ihm meine Niederlage nicht zeigen wollte, machte ich meiner Enttäuschung schließlich in einem tiefen Schnaufton Luft, der kampfeslustig und siegessicher klingen sollte und wahrscheinlich auch wirklich so klang.

Unterdessen hatte mein rechter Zeigefinger die rettende Taste schon erreicht. Und während ich entschlossen die Lippen zusammenpreßte und einen Triumphblick rundum schickte, beförderte ich mit einem unauffälligen Klick der Löschtaste die Seiten meines neuen Konzepts ins endgültige Aus.

So verbrachten wir unsere Tage.

Auf Dauer ist es natürlich unmöglich, zu zweit in einem Büro zu sitzen, ohne nicht doch früher oder später mitzubekommen, womit der andere sich beschäftigt, wenn er nicht beschäftigt ist. Mal bleibt ein Buch aufgeschlagen liegen, mal flattert ein Blatt zu Boden (»Bitte.« – »Danke.«), oder man kommt noch einmal ins Büro zurück, während der andere schon nach Hause gegangen ist.

Aber es hätte solch indiskreter Nachforschungen gar nicht bedurft. Eines Tages fragte ich Wenzel einfach, ganz beiläufig, so wie man jemanden nach der Uhrzeit fragt, worum es eigentlich in den Büchern gehe, die er da dauernd las.

Er sah kurz auf: »Um die Wenden.« Dann vertiefte er sich wieder in sein Buch.

Ich war enttäuscht.

Mir fiel nur ein, was ich früher mal in der Schule darüber gelernt hatte: »Das ist doch, wo die Dörfer alle auf ›ow‹ enden oder so, nicht wahr.«

Er hob noch einmal kurz den Blick, jetzt eher zweifelnd. »Nicht nur.«

Wir kamen nicht mehr darauf zurück. Und ich vergaß es, zunächst. Alles ging weiter wie bisher. Das heißt, mit meiner Neukonzeption ging es überhaupt nicht weiter, ich trat auf der Stelle, und wenn die Trottenburg mich fragte, mußte ich sie vertrösten.

Was mir an dem einen Tag noch als überraschende und überzeugende kartographische Antwort auf meine Frage nach der Verwurzelung des Menschen in der Landschaft erschienen war, ließ mich schon am nächsten Morgen wieder völlig ratlos zurück. Zum Beispiel Entwurf III (2. Variante):

Zum Thema »Die Erde mit menschlichem Antlitz« oder »Das Gesicht der Erde«:

der Landrücken, die Verkehrsadern, Flußarm und Flußknie, Mündung, Mund, Flußdelta (feucht, Sumpfgebiet = weiblich), Landzunge, Meerbusen,

das Becken des Stausees, im Herzen der Wildnis, im Auge des Taifuns,

der Ärmelkanal, die Windhose,

am Fuß des Gebirges, Bergkopf, Talkessel, Talsohle, (Gebirgskamm, Berggürtel, Bergsattel), der Kraterschlund und die Gletscherspalte (auch wieder weiblich!)

– muß fortgesetzt werden.

Ich wühlte mich durch Karten und Atlanten.

Früher in der Schule war das eine meiner Lieblingsbeschäftigungen gewesen, das machte ich manchmal sogar freiwillig zu Hause: mich in den Erdkundeatlas zu versenken.

Das Wiesengrün Mecklenburgs, wo man schon vom bloßen Hinsehen nasse Füße bekam. Das gemütliche Ocker des Südens, wie es orange und dann hellbraun wurde, je höher hinauf es ins dunkle Erzgebirge ging. Die roten Punkte und Flecken der Städte, verbunden durch die schwarzen Striche und Schlingen der Eisenbahnlinien. Das Schwindelgefühl, daß es das alles, was auf der Karte eingezeichnet war, auch in Wirklichkeit geben sollte.

Oder die Karten anderer Länder und Kontinente. Wenn man lange genug auf so eine Karte sah, konnte man im bunten Kartenbild versinken. Aus den Länderumrissen traten Gestalten hervor: mit verbogenen Nasen, gewölbten Stirnen, weit aufgerissenen Mündern.

Eines Abends, spät, es war im November, stand ich an der Straßenbahnhaltestelle unter einem schmutztriefenden Berliner Himmel und sah, was ich so bisher noch nie gesehen hatte: die Häuser waren alle verschwunden, die Lichter auch. Was hier so tat wie *Stadt*, war lediglich eine flüchtige Attrappe, mitten in die Wildnis gestellt. Dort hinten, wo ein Licht schien (oder schien es nur mir so?), war ein Irrlicht, und es führte geradewegs in einen Sumpf hinein: »Zur feuchten Ecke« oder so ähnlich. Außer mir standen nur noch ein paar frierende, völlig entblätterte Bäume auf der leeren Straße herum.

Eigentlich, dachte ich da, sind wir Nomaden, nur kurzzeitig vom Dienst des Umherirrens beurlaubte Nomaden. Die Möbel von der Stange, die paar Freunde, die paar altvertrauten Staubflusen unter dem Schrank – was sich eben so ansammelt mit den Jahren, das alles täuscht uns ein Zuhause vor, das es in Wahrheit nicht gibt. Es ist eine hilflose Kulissenschieberei vor dem großen Nichts. Wir stehen immer mitten in der Nacht, und immer weht uns die große Kälte an. Das ist die Wahrheit.

Zum Glück kam irgendwann die Straßenbahn und fuhr mich mitsamt meinen nachtschwarzen Gedanken davon. In die falsche Richtung, die aber seit einigen Tagen die richtige war. Ich war damals gerade umgezogen, etwas näher zum Zentrum, und wußte vom Gefühl her noch nicht so genau, wohin ich gehörte.

Ein paar Tage zuvor: mein letzter Gang durch die alte Lichtenberger Wohnung (das Haus gibt es heute nicht mehr). Ich war neben mir hergelaufen, wenn ich irgendwo stehenblieb, stand ich neben mir, und was ich sah, sah ich mit fremden Augen. Das kannst du alles vergessen, dachte ich. Die zusammengerollten Teppiche. Die von den Wänden abgerückten Schränke. Der ganze Krempel meines bisherigen Lebens, der umzugsbereit in Kisten und Kartons herumstand. Eigentlich war das alles Sperrmüll, Zeug, das ich nur nicht rechtzeitig genug weggeworfen hatte und nun zur Strafe dafür zeitlebens mit mir herumschleppen mußte.

Selbst Leonard Cohen hatte fremd und scheppernd wie ein Bauchredner durch den halb ausgeräumten Raum geraunt und genuschelt. Ich sah die hellen Rechtecke an der Wand – weiße Flecke, die sich kaum noch mit der Erinnerung an Bilder verbanden.

Aber vielleicht war es ja überhaupt auch umgekehrt gewesen: zuerst waren die weißen Flecke an der Wand – und ich hatte damals, als ich eingezogen war, nur provisorisch irgendwelche Bilder davorgehängt. So sah es zumindest aus. Ich konnte mich nicht mehr daran erinnern. Auch nicht daran, hier wirklich einmal gelebt zu haben – ebensowenig wie ich mir am nächsten Tag vorstellen konnte, jemals am Abend in die neue, nach frischer Farbe und nach sonst nichts riechende Wohnung zu kommen und zu denken: zu Hause, endlich.

Einen Teil der Kartons packte ich gar nicht erst aus, ich

wollte nicht gleich mein ganzes unerledigtes Vorleben einschleppen, lange beließ ich es bei einem Provisorium.

Damals blieb ich oft bis spät im Büro.

Und wenn ich mit meinem Pensum fertig war (fertig war ich eigentlich nie, es kam nur irgendwann der Punkt, wo es überhaupt nicht mehr weiterging), stand ich auf, ging um den Tisch herum und nahm mir eines der Bücher, die an Wenzels Arbeitsplatz standen.

Wenn es eine helle Erinnerung an diese Zeit gibt, dann waren es diese Nächte. Draußen war Stille – und ich versenkte mich in seine Bücher: »Geschichte der Wenden«, »Die Slawen in Deutschland«, aber auch spezielle Sonderdrucke las ich, wie »Frühe Slawen in der Notte-Niederung«, »Junge Siedlungsstätten auf dem Teltow. Ein Ausgrabungsbericht« oder »Germanische und slawische Brunnenfunde in der Siedlung Berlin-Marzahn«.

Wenzel, das wurde mir immer klarer, je mehr ich mich mit diesen verschollenen Wenden beschäftigte, ahnte wahrscheinlich gar nicht, auf was für einem Schatz er da saß. Ich verbrachte halbe Nächte über seinen Büchern. Es war wie manchmal im Wald beim Pilzesammeln: als würde man ein kleines Stück Moos hochheben wollen, dann noch eines, aber da sie miteinander verwachsen und verwoben sind, wird die freigelegte Fläche immer größer – und plötzlich wird der ganze verwurzelte Untergrund sichtbar, von dem man keine Ahnung hatte und über dessen federnde Oberfläche man bisher leichthin und ahnungslos gelaufen war.

Er hatte da eine Geschichte ausgegraben, die genau das hatte, was *anders Wandern* und leider auch allen meinen bisherigen Konzeptionen völlig fehlte: ein Hinterland, das noch kaum erforscht war und das jede Menge Geheimnisse barg.

Reiseführer, die uns nicht auch Expeditionen ins Unbekannte versprechen, taugen überhaupt nichts, hatte Karl-Erich Anders einmal geschrieben, und er hatte recht damit.

Eine Sache zum Beispiel, die mir schon immer aufgefallen war: die sagenhafte Menge verschwundener Städte in der Mark Brandenburg. Kaum ein See, von dessen Grunde her nicht nachts, nach irgendeiner Sage, die Glocken einer versunkenen Stadt läuteten. Zwar findet man so etwas auch anderswo, aber in diesem Fall hätte man eine ganz natürliche, plausible Erklärung für die Häufung derartiger Sagen: daß es vor Zeiten hier einmal eine andere, nämlich die untergegangene wendische Kultur gegeben hat.

Eines Sonntags war ich deswegen sogar, bloß weil der Name mich interessiert hatte, nach *Wendenschloß*, einem Ortsteil von Köpenick, gefahren, einem Villenviertel am Ufer der Dahme – die, wie ich es später fand, bei Fontane übrigens die »wendische Spree« genannt wird. Ein Schloß gab es dort natürlich ebensowenig wie eine andere Spur. Nur Ruderclubs und Ausflugskneipen.

Manchmal fragte ich Wenzel auch. Er wunderte sich wahrscheinlich, weshalb ich mich jetzt ausgerechnet für sein Privathobby interessierte, gab mir aber die Bücher, die ich brauchte, und, wenn es nötig war, auch knappe, knurrende Auskünfte. Wahrscheinlich dachte er sich nichts dabei. Er schenkte der Sache jedenfalls kaum Beachtung.

Nach einigen Wochen hatten sich aus dem Grau der Vergangenheit Umrisse und Konturen herausgelöst und für mich allmählich als »Kurzer Abriß zur Vorgeschichte« Gestalt angenommen.

Im 6. Jahrhundert, nachdem die ostgermanischen Stämme der Semnonen und Langobarden sich auf Völkerwanderung Richtung Westen und Süden begeben hatten, drangen vom Osten her slawische Stämme in das Land zwischen Oder und Elbe vor. Für ein halbes Jahrtausend begann die slawische Besiedlungsgeschichte dieses Raumes.

Jahrhunderte später, als die Germanen im Zeichen des Kreuzes zurückkehrten und 1. das Land christianisieren und

2. es auch wieder zurückhaben wollten, »... fanden sie, wenige Spuren deutschen Lebens abgerechnet, ein völlig slawisches, d. h. wendisches Land vor.« (Theodor Fontane, Die Wenden in der Mark ..., S. 14)

Es siedelten dort hauptsächlich die Obotriten (im heutigen Mecklenburg), die Liutizen oder Wilzen (in der Mark Brandenburg und in Vorpommern), die Sorben (in der Lausitz, im Meißener Land).

Diese drei Hauptgruppen unterteilten sich wieder in zahlreiche Untervölker, zum Beispiel: die Pomerani, am Ausfluß der Oder ins Meer (po morje, slawisch = »am Meer«); die Polaben, an der Elbe; die Lebusi, bei Lebus; die Redarier, von der Oder bis an die Peene; die Ranen, ein nördlicher Teilstamm der Liutizen, auf der Insel Rügen.

Weiter kennt man: Circipanos, Kyzinos, Linquones und Warnavos, Wagiri – und speziell in der Mark: Brizaner, Morizaner, Stodoraner, Spriavaner, Riezaner, Ukraner.

Da die Wenden selbst keine eigenen Schriftdokumente hinterlassen haben (abgesehen von Wachstafeln, in die mit einem Griffel die geleisteten Abgaben eingeritzt wurden), stammen in der Folge alle Nachrichten, die uns von ihrem Leben, ihrer Religion, ihren Sitten und Bräuchen überliefert sind, lediglich aus zweiter Hand, das heißt von den christlichen Bischöfen und Missionaren, die das Land zwischen Elbe und Oder bereisten. So kommt es auch, daß spätestens seit der Christianisierung (11./12. Jahrhundert) das Urteil über sie gefällt ist: man spricht von den *heidnischen* Wenden. Ein ideologisch begründetes Vorurteil, ein Fall von Siegerjustiz – wo die Missionare in den unwegsamen Wäldern und Sümpfen ihren eigenen Gott nicht fanden, fanden sie vorsichtshalber gar keinen.

Dabei huldigten die Wenden – wie vor ihnen zum Beispiel auch schon die alten Griechen – einem ganz gepflegten Polytheismus. Sie hatten mindestens 14 Götter, für jeden Fall einen – also alles, was man von dieser Seite her zum Leben und

Sterben braucht: einen Frühlingsgott, einen Kriegsgott, einen für Vernunftangelegenheiten, sogar einen ganz speziellen Gott (slawisch = bog), um morgens (jitro = der Morgen) hochzukommen – »Jüterbog«, den Gott der Morgenröte.

(NB: der ist mir der liebste und unbegreiflichste von allen!)

Wenn die Wenden nicht gerade mit ihren zahlreichen Göttern und Orakeln beschäftigt waren, gingen sie ihrer täglichen Arbeit nach: zumeist waren sie Fischer und Jäger, das Land zwischen Elbe und Oder bestand ja hauptsächlich aus Flüssen, Seen und Wäldern. Sie betrieben, wo das möglich war, aber auch Ackerbau, was Funde von Pflughacken und Sicheln belegen, widmeten sich der Bienenzucht, um Honig für den Met zu gewinnen, und kannten sogar den Bergbau.

Ihre Häuser wurden aus dem gebaut, was gerade vorhanden war: in den Sumpfgegenden waren das Eichen, aus denen Blockhäuser errichtet wurden, so wie es sie heute noch im Spreewald gibt; auf den Hochflächen wurden die Häuser bisweilen auch aus herumliegenden Feldsteinen zusammengesetzt. Oder aber die Wenden übernahmen einfach die verlassenen Wohnplätze der abgezogenen Germanen.

Die Wenden kannten kein Eigentum am Boden, dieser wurde gegen Abgabe eines Zinses genutzt. Sie lebten in großen Gemeinschaften. Bettler gab es bei ihnen nicht.

Andererseits griffen sie, was etwa die Altenpflege betraf, zu ziemlich ungewöhnlichen Maßnahmen. Wenn die Zeit heran war, wurden die alten, schwachen Eltern, die zu nichts mehr zu gebrauchen waren, mit deren Einverständnis! totgeschlagen oder lebendig begraben. Ähnlich verfuhr man auch mit überzähligen Töchtern.

»Die Raben, sie flogen wohl auf und wohl ab, sie krächzten ein Liedchen von Tod und von Grab.« So geht eines ihrer Lieder, das von den wendischen Sorben überliefert ist. Es sollen überhaupt die meisten Gesänge der Wenden, so berichten es die Chronisten übereinstimmend, sehr schwermütig geklungen haben.

Ihre Dörfer legten sie kreisförmig an, wobei die Giebel zur Straßenseite zeigten, die Langseite des Hauses aber dem Hof zugewandt war. Es entstanden die charakteristischen wendischen Runddörfer, eine Siedlungsstruktur, wie man sie auch heute noch, trotz mancher Ausfransungen, Verbauungen und Fernverkehrsstraßen, die sie durchschneiden, häufig in der Mark Brandenburg findet. Der entstehende freie Mittelplatz – später Standort für Kirche, Kriegerdenkmal, noch später für Telefonzelle und Altglascontainer – diente zu wendischen Zeiten dem geschützten Aufenthalt des Viehs während der Nacht oder in Kriegszeiten.

Die Kleidung der Wenden bestand aus einem kleinen Hut, einem wollenen Obergewand, Unterkleidern aus Leinen. Eine bestimmte Länge Leinewand galt ihnen im Tauschhandel als Maßeinheit. Diese Verknüpfung zeigt sich auch im sprachlichen Zusammenhang zwischen dem slawischen »plat« (= Tuch) oder »plat'e« (= Kleidung) und »platit'« – bezahlen.

Ihre Körpergestalt wird meist als klein und gedrungen beschrieben. Es herrschte Vielweiberei. Doch galt stets – um hausgemachte Konflikte zu vermeiden – eine Frau als die Hauptfrau.

(NB: sehr vernünftig!)

Einerseits sollen die Wenden sehr gastfreundlich gewesen sein, andererseits aber voller Heimtücke und Hinterlist. Möglich, daß letzteres eine Ursache auch im Charakter ihrer Gäste, der christlichen Missionare, hatte, die selbst ebenfalls nicht ohne Hintergedanken das Wendenland bereisten.

Daß die Wenden aber durchaus etwas verschobene Ehrbegriffe gehabt haben müssen, geht aus folgender überlieferter Maxime hervor: »Mit Freunden sollst du am Morgen teilen, was du in der Nacht gestohlen hast«.

Dörfer mit gleichlautenden Namen, unterschieden durch

ein vorangestelltes »Klein-« und »Groß-«, »Alt-« und »Neu-«, »Wendisch-« und »Deutsch-«, wie es sie häufig im Raum zwischen Elbe und Oder gibt, verweisen auf eine Nachbarschaft zwischen wendischen Ortschaften und den Siedlungen der germanischen Restbevölkerung, beziehungsweise deuten, ab dem 11. Jahrhundert, auf deutsche Neuansiedlungen hin.

Was bei archäologischen Ausgrabungen im 19. Jahrhundert vor allem erstaunte, war die Tatsache, daß man eindeutig wendische Fundstücke vornehmlich in »Groß-« oder »Deutsch-«Dörfern freilegte. Lange konnte man sich dieses Rätsel, wie zum Beispiel wendische Tonscherben mit dem typischen Kammstrichornament oder der Ringelverzierung an einen Ort wie »Deutsch-Wusterhausen« kommen, nicht erklären.

Dann, nach genauer Inspektion auch des weiteren Umfelds, wurde klar, daß hier ein Wechsel stattgefunden haben mußte. Als Neuankömmlinge im leeren beziehungsweise entsiedelten Land konnten sich die Wenden natürlich die besten, das heißt: geschützten, auf Inseln, Halbinseln oder Anhöhen gelegenen Plätze für ihre Siedlungen aussuchen.

Als, Jahrhunderte später, die Zeit der germanischen Ostexpansion und Kolonisierung begann, wurden die Wenden von ihren nun inzwischen angestammten Siedlungsplätzen, die jetzt deutsche Namen bekamen, wieder vertrieben; sie mußten sich irgendwo in der Nähe niederlassen, in der zweiten Reihe.

(NB: das Prinzip *Rückgabe vor Entschädigung?*)

Friedrich Wienecke beschreibt in seinem Aufsatz »Die Germanisierung der Mark Brandenburg«, 1900, woher die Ritter, die Träger der Ostexpansion waren, stammten: »Die Ritter waren meist nachgeborene Söhne von Adligen im westlichen Deutschland, die in ihrer Heimat keinen Rittersitz erwerben konnten. Der Kampf gegen die Ungläubigen war ehrenvoll; zudem lockten Beute und Besitz.«

Wenzels PC summte leise vor sich hin. Bevor ich ihn abschaltete, ging ich noch einmal, rein routinemäßig, den Ordner Briefe auf Wenzels Festplatte durch. Das hätte ich vielleicht nicht tun sollen.

Dok. 23:

»... jemanden vor die Nase gesetzt bekommen. Einen Aufpasser? Kann schon sein. Macht aber nichts – falls ja, kommt er zu spät. Habe mich entschlossen, das einfach als Kompliment zu betrachten.

Gestern ging es um das leidige Prenzlau-Projekt. Habe ich Dir davon erzählt? Inzwischen ist es, wie man hört, wohl endgültig gestrichen. Der Neue gab eine erste Vorstellung. Du liebe Güte! Falls er wirklich ein Aufpasser sein sollte, ist nichts zu befürchten.

Natürlich, es war nicht ganz falsch, was er sagte. Aber auch nicht ganz richtig. Viel Banales, intellektuell nur dürftig getarnt. Ein Konfusius!

Bevorzugt offenbar blumige Wendungen. Wörtlich, im Zusammenhang mit einer Margarinefabrik: › ... ist sie mit der Geschichte dieser Region, angesichts dieser speziellen Materie möchte man beinahe sagen: fest *verzahnt*.‹

Verstieg sich überhaupt zu allerlei Albernheiten und hielt das alles für sehr besonders.

Ein Ostler. Scheint aber trotzdem von Tuten und Blasen absolut keine Ahnung zu haben – das macht ihn eher sympathisch.

Die anderen waren ziemlich entsetzt. Im Vorbeigehen aufgeschnappt: ›Was hat denn die Chefin da bloß wieder aufgegabelt.‹ Am Ende war es schwierig, sich das Lachen zu verkneifen; der Mund tat schon richtig weh.«

Langsam klappte mein Mund wieder zu.

Wer, zum Teufel, waren übrigens »die anderen«? Sicher Liebenthal. Aber – wer noch?

Ich fand das schon *sehr* interessant, was sich alles auf Wenzels PC befand. Gut, ich nahm das einfach mal so zur Kenntnis. Ich selbst beschäftige mich ja auch manchmal während der Arbeitszeit mit anderen Dingen, obwohl es meines Erachtens schon einen Unterschied macht, ob man sich zur geistigen Erfrischung hin und wieder eine kleine Patience am Computer gönnt oder aber, wie es Wenzel offenbar tat, seitenlang am Firmen-PC Schmähbriefe an »Ralf«, offenbar einen Ex-Kollegen, schrieb.

Auch mit dem Brief, den ich vor 14 Tagen hier im Büro an Zötschke geschrieben hatte, verhielt es sich grundsätzlich anders. Ich hatte ihm eine Ideenskizze meiner neuen, inzwischen schon ziemlich ausgereiften Konzeption (Ziegeleien in der Mark) geschickt. Zötschke, mit dem ich früher bei »Wissenschaft heute« gearbeitet hatte, betreute inzwischen eine populärwissenschaftliche Schriftenreihe des Märkischen Museums. Es konnte der Sache, es konnte *andersWandern* nur dienlich sein, wenn meine Überlegungen auch anderswo ein Echo fanden.

Bisher hatte Zötschke sich noch nicht gerührt, was ich bedauerte. Gern hätte ich bei der internen Vorstellung meiner Konzeption auf einen demnächst erscheinenden Artikel verwiesen. Daraus wurde nun nichts mehr.

Immerhin bekam ich an diesem Abend auch noch mit, was für eine Bewandtnis es mit Wenzels rätselhaftem, mehrmals täglich zu beobachtendem Verschwinden aus unserm Büro auf sich hatte.

Dok. 31:

»... daß die Tür zum Zimmer der Chefin neuerdings stets offensteht, ist wahrscheinlich die unaufwendigste Methode, freundliche Kontaktbereitschaft mit absoluter Mitarbeiterkontrolle zu verbinden. Ich mag die Chefin trotzdem, auch wenn ich seitdem gezwungen bin, mir einen Atlas oder eine andere, schwer nach Arbeit aussehende Kopiervorlage aufzuladen, falls es mich (an ihrem Ausguck vorbei) außerplanmäßig Richtung Raucherecke zieht. Zum Glück, wie Du weißt, liegen Raucherecke, Kopierer und Klo in derselben Himmelsrichtung, am Südostende des Flurs.«

Vielleicht hatte ich Wenzel auch die ganze Zeit unterschätzt?

Als ich schließlich, und das war meine unwiderruflich letzte Amtshandlung, die Datei WOHIN DES WEGS im Ordner VERSCHIEDENES anklickte, dachte ich: aha, und ich hoffte, jetzt endlich zu finden, wohin die Sache läuft. Und was fand ich? – Einen völlig kruden Wirrwarr, der nur von jemandem geschrieben sein konnte, der selbst davor nicht zurückschreckte, einen Kollegen, mit dem er das Büro teilte, zu denunzieren.

Mein lieber Wenzel, das war's dann wohl, dachte ich nur, als mir der Drucker ratternd dieses merkwürdige Blatt herausrückte.

Hinter die bei Wenzel mit Ausrufezeichen versehenen Kirchen setzte ich drei große Fragezeichen. Keine Ahnung, wie das alles zusammenhängen sollte. Doch ich konnte der Sache vorerst nicht weiter nachgehen. Draußen stand auf dem Wochenplan für morgen, 14 Uhr: Vorstellung konzeptioneller Überlegungen – mit anschließender Diskussion (O. Gruber).

Oh, Gruber! Ich starrte auf den weißen Zettel am Schwarzen Brett und sah auf einmal schwarz.

Erfahrungen und Erwanderungen

Mein Vortrag näherte sich dem Höhepunkt. Eben hatte ich noch ein paar Statistiken gebracht, ziemlich trockenes Zeug, nun nahte das Ende der Durststrecke, ich nahm einen Schluck Wasser, weil ich spürte, jetzt, kurz vor dem Finale, mußte wirkungsvoll eine Pause gesetzt werden. Tiefes Ausatmen – leise, beschwörend fuhr ich fort.

»Es sind doch vor allem die grundlegenden Defizite des weltweiten Massentourismus, bei denen wir ansetzen müssen, damit *andersWandern* – und ich betone hier ausdrücklich das *anders* – wieder seinen Namen als alternatives Freizeitangebot verdient.

Sehen wir uns doch nur einmal kurz, für einen Augenblick, die Auswüchse des modernen Tourismus an. Was sehen wir? Wir sehen: im Flugzeug angeschnallte Passagiere, die dann, nach kurzem Bustransfer, vierzehn Tage lang bewegungslos mit Longdrink in der Hand am Pool ihres Hotels sitzen oder als rote, von der südlichen Sonne gebrandmarkte Körperteile massenhaft am Strand herumliegen. Das ist die Perversion des neuzeitlichen Reisens: Ortswechsel – und zwar: je weiter, desto lieber – von Bewegungslosigkeit zu Bewegungslosigkeit. Keine Chance, Urlaub vom eigenen Ich und den gewohnten Lebens- und Existenzformen zu machen. Denken wir hier nur an die – und wir alle kennen ja diese traurigen Bilder – Weihnachtsbäume in der Karibik.

Da wir uns selbst, zwangsläufig, überallhin mitnehmen

müssen und uns während der Urlaubsreise nicht einfach zu Hause lassen können, kann es auch auf der schönsten Karibikinsel nicht wirklich schön sein, jedenfalls nicht ›schön an sich‹.

Die reine, ungetrübte Freude wird schon insofern nicht aufkommen, weil wir uns selbst überall im Weg stehen. Der freie Blick auf eine Bucht zum Beispiel wird versperrt durch den Gedanken, wie schön es doch wäre, dort oben eine Terrasse zu haben. Man beginnt kleinkariert zu überlegen, ob man da oben, am Steilhang, überhaupt eine Baugenehmigung bekäme und wie teuer das wohl – im Vergleich zu einer Eigentumswohnung in Deutschland – wäre.

Weder kommt man richtig ins Land, mal abgesehen vielleicht vom peinlichen Foto auf dem Kamelrücken, noch kommt man zu sich selbst, für solche ›Extratouren‹ sind diese Hotelkomplexe – *Komplexe*! das sagt es doch schon – nämlich gar nicht gebaut. Man reist zum Spartarif nirgendwohin. Mit Vollpension – ins Nichts!

Wir bewegen uns also in einem Teufelskreis. Und der Teufel steckt ...«

»Im Detail«, glaubte jemand zu wissen.

»Eben nicht. Er steckt – in uns!«

Noch einen Moment ließ ich meine Worte im Raum nachhallen – jetzt war der richtige Zeitpunkt gekommen, um die von mir neuentwickelte Konzeption vorzustellen.

»Na ja«, sagte da plötzlich Herr Liebenthal; er lehnte sich weit in seinem Stuhl zurück, streckte die Arme nach vorn und legte die Hände flach auf dem Tisch ab, so daß die Arme die Schenkelseiten eines rechtwinkligen Dreiecks bildeten.

»Das Problem, daß wir uns selbst überallhin mitnehmen müssen, das fand ich schon sehr interessant. Aber, was schlagen Sie vor?«

»Dazu wollte ich gleich kommen.«

»Mh. – Vielleicht täusche ich mich. Aber inzwischen gibt es da ja doch schon gewisse Alternativen zum Massentourismus, nicht wahr. Neulich hab ich das irgendwo gelesen: so eine Trekkingtour ›Mit dem Fahrrad durch die Innere Mongolei‹, zum Beispiel. Oder diese Individualschnorcheleien in der Südsee. Auch die ganzen Safarigeschichten.«

»Ja gut, es ist bloß die Frage, ob wir das auch wollen«, mischte sich die Trottenburg hier ein. »Und daß die Robinson-Clubs, wo man Stille, Einsamkeit, Besinnung finden kann, inzwischen permanent überlaufen sind und sich die Leute dort ständig auf die Füße treten, das dürfte dir wohl auch bekannt sein.«

»Trotzdem, ich weiß nicht. Dieses, sagen wir mal vorsichtig: stark vereinfachte Bild des modernen Tourismus, dieses Schreckbild, das Herr Gruber uns hier gezeichnet hat – hilft uns das jetzt wirklich weiter? Ich finde, das ist doch alles, entschuldigen Sie bitte, ziemlich an den Haaren herbeigezogen.«

Ich nickte. Zu allem, was Liebenthal sagte, nickte ich. Eine alte Erfahrung – durch uneingeschränkte Zustimmung kann man jeden zur Verzweiflung bringen.

Liebenthal musterte mich jetzt auch ziemlich unschlüssig. Sein spitzer Bleistift, eingeklemmt zwischen Mittel- und Zeigefinger, wippte rasch hin und her.

»Vielleicht ist es am besten, wenn Herr Gruber seine Überlegungen erst mal zu Ende führt, bevor wir darüber diskutieren.« Damit beendete die Trottenburg das kleine Geplänkel, sie nickte mir zu: »Bitte, Olaf!«

»Gut, also, was ich nur sagen wollte, war: das internationale Tourismusgeschäft steckt unübersehbar in einer tiefen Identitätskrise. Äußerlich mögen die Zahlen ja noch stimmen, schließlich ist es momentan ja überhaupt *die* Wachstumsbranche. Aber je mehr es wächst, desto deutlicher wird auch: im Innern, da fehlt es völlig an einer Idee, an einer Philosophie – da ist es hohl. Die entscheidenden Fragen bleiben unbeantwortet, nämlich: ›Wo kommen wir her?‹ und vor allem ›Wo gehen wir hin?‹.«

Demonstrativ sah Liebenthal in diesem Moment zur Tür.

Ich ließ mich dadurch nicht beirren, laut erhob ich meine Stimme: »Investigativer Tourismus!« rief ich in den Raum – alles blickte erschrocken auf –, »genau das ist es, was mir vorschwebt.«

Kurz umriß ich nun, wie ich mir unser weiteres Vorgehen dachte.

»Der Begriff der ›Erfahrungen‹ ist durch den Begriff der ›Erwanderungen‹ zu ersetzen. Erfahrungen sind flüchtig, rauschen vorüber. Erwanderungen aber sind nachhaltig. Wer abends müde, mit wunden Füßen sein Tagesziel erreicht, der wird das so schnell nicht mehr vergessen. Die inzwischen wackelig gewordene Einheit von Körper und Geist ist das Zentrum dieser Erlebniswanderungen, bei denen der Mensch sich wieder ganzheitlich erleben und neu entdecken kann, nämlich auch als Teil eines Größeren, einer gewordenen, gewachsenen Umgebung, in ihrem Werden und Vergehen – kurz: *Zeit*!

Das ist der Schlüsselbegriff, der den Unterschied zum gewöhnlichen Tourismus markiert, wo alles nur darauf angelegt ist, sich die Zeit zu vertreiben. Genauer: man will dort *überhaupt die Zeit vertreiben*, in zeitloser Jugend fit und sportlich sein, gottgleich und sonnenstudiogebräunt, in alle Ewigkeit.«

»Amen«, flüsterte Liebenthal und sah zur Decke.

Ärgerlich blickte die Trottenburg von ihren Papieren auf.

»Das greift«, fuhr ich, ohne mich beirren zu lassen, fort, »sogar auf die Rentner über. Die dürfen nicht mal mehr in aller Ruhe ihren Lebensabend verbringen und altern, nein, sie müssen auch im Alter noch pausenlos aktiv sein. Weißhaarige Gespenster – mit ewig lachenden dritten Zähnen!

Ein Blick in die Prospekte der großen Anbieter zeigt, wohin das ungefähr führt.

Wir aber gehen – ganz bewußt – den anderen Weg.

Das Wandern, als maßvolle Bewegung an frischer Luft,

steigert die Wahrnehmungsfähigkeit: sowohl für das Außen (markante Punkte der Historie) als auch für das Innen (wir selber sind Teil dieser Geschichte). Die Wegweiser zeigen also auch nach innen.«

Ich ließ eine Pause. Dann folgte, worüber ich lange nachgedacht hatte – mein Schlußsatz: »Man geht wieder … in sich.«

Einen Moment lang war absolute Ruhe.

»Sollen das geführte Wanderungen sein?« fragte jemand in die Stille hinein.

»Nein.« Abwehrend schüttelte ich den Kopf. Vor meinem inneren Auge sah ich diese unsäglichen Prozessionen, diese Fähnlein aufrechter, fußlahmer Touristen, die einem in die Höhe gehaltenen bunten Stockschirm hinterhertrotteten und angesichts irgendwelcher Trümmerstätten synchron die Köpfe nach links und rechts drehten – und die Führung spricht in einem penetrant vertraulichen Tonfall, als habe sie noch gestern abend mit Hannibal oder Goethe bei Bier, Kartoffelsalat und Frankfurter Würstchen gesessen.

»Nein, wir sollten uns schon darauf verlassen, daß der *andere Wanderer*, mit unserem Material in Händen, selbst in der Lage ist, eine Gegend zu erfassen, zu *erwandern*.«

»Mh – und Sie haben da auch schon gewisse Vorstellungen, wie das mal aussehen soll, ich meine: konkret?«

Zustimmung suchend, sah sich Liebenthal um, dann blickte er mir treuherzig in die Augen, diese Frage sollte mir das Genick brechen.

Darauf war ich vorbereitet. Ich nickte freundlich zurück, stand auf und ging zur Tafel. Dort entrollte ich meine vorbereitete Übersichtskarte.

Liebenthal lächelte mir noch immer zu. Ich griff nach einem Zeigestock. Der Zeigestock fühlte sich gut an. Wie ein Schlagstock. Hart tippte ich mehrmals auf die Karte.

»Was wir hier, hier und hier sehen, ich meine die von mir rot markierten Kegelstümpfe, das sind Orte, wo sich im Berliner Umland, vor allem im Süden, Reste von Ziegeleien befinden.«

Ich ließ den Stock sinken. Und nun legte ich dar, warum gerade alte Ziegeleien ein bevorzugtes Ziel der von mir konzipierten *Erwanderungen* sein könnten.

»Man kommt zurück zu den Ursprüngen unserer Zivilisation. Schon die alten Griechen, die Vorsokratiker, sahen die vier Elemente Erde, Wasser, Feuer und Luft als Grundbausteine der Welt an.

Nebenbei gesagt: aus diesem Prinzip – im Prinzip zumindest – entwickelte sich damals auch unsere Mathematik. Ja.« Ich warf einen werbenden Blick zu den Kollegen von der Computerabteilung, die am äußersten Ende des Tisches saßen und fragend von ihren Rätselheften aufgeblickt hatten.

»Indem man nämlich aus einigen wenigen Grundbausteinen – Axiomen – das ganze große Zahlenreich errichtete, mit dem wir ja auch heute noch rechnen. Und Geometrie, wie wir alle wissen, heißt ja schließlich nichts anderes als Erdvermessung.

Aber gut, zurück. Betrachtet man nun die Arbeit in einer Ziegelei, so wird diese Deutung der Welt, also: das Zusammengesetztsein aus Grundbausteinen, hier in besonderer Weise sinnfällig. Es ist eine Schöpfung der Welt im Kleinen. Tonerde wird zerkleinert, mit Sand vermischt, mit Wasser befeuchtet, geformt, an der Luft getrocknet, dann im Feuer des Ringofens gebrannt und schließlich an der Luft gekühlt. Im Zusammenspiel aller vier Grundelemente also, Erde, Wasser, Luft und Feuer, entstehen die Grundbausteine der urbanen menschlichen Lebenswelt – Backsteine, aus denen Häuser und Städte gebaut werden.

Wie sieht das nun, das war ja die Frage, »konkret« aus?

Unser *anderer Wanderer*, der Berliner, sagen wir mal, kommt aus der Stadt, die aus Steinen gebaut ist und in der er sein bewußtes, helles, schnelles Leben lebt. Gegenwart – wohin er auch schaut.

Nun führt ihn eine Erwanderung hinaus in die Mark Brandenburg. Er sitzt im Sand, blickt hinaus aufs dunkle Wasser, ein kleines Lüftchen weht. Und angesichts der verfallenen, überwucherten Ziegelei, zu der unsere Erwanderungsroute ihn soeben geradewegs geführt hat, entdeckt er plötzlich: das Haus, in dem er in Berlin wohnt, und der Sand, auf dem er hier sitzt, das ist ja im Grunde eins, und das Wasser ...«

»Verwurzelung«, rief jemand.

»Genau«, sagte ich leise, ich hatte nicht mitbekommen, wer das gesagt hatte, »ganz genau.«

Liebenthal – das sah ich – grinste teilnahmslos aus dem Fenster, er hatte den Gesamtzusammenhang in seiner ganzen Tragweite wahrscheinlich gar nicht richtig kapiert. Doch darum kümmerte ich mich jetzt nicht. Um zu illustrieren, wie ich mir das im einzelnen dachte, ging ich kurz auf die Glindower Ziegelei in der Nähe von Potsdam ein und erläuterte einige mögliche Erwanderungswege, die ich auf der Übersichtskarte mehrfarbig eingezeichnet hatte: den direkten über Geltow blau, den längeren über Werder rot, die Tagesstrecke über Caputh grün.

Das Besondere an Glindow war: noch heute ist dort ein Hoffmannscher Ringbrennofen zu besichtigen, der bereits zu Fontanes Zeiten in Betrieb war. Insgesamt standen im 19. Jahrhundert etwa 50 Ringöfen rund um den Glindower See. Über die Havel wurden die Ziegel dann in die Berliner Innenstadt verschifft. Die Hälfte Berlins wurde, wie Fontane das nannte, »aus dem Kahn« gebaut.

Apropos: Fontane! Zum Abschluß, damit man sich das Gesagte auch bildhaft vorstellen konnte, brachte ich noch ein Zitat aus Fontanes »Wanderungen durch die Mark« – nun allerdings auf das südöstliche Umland, den heutigen Landkreis Dahme-Spreewald (LDS), bezogen, einen weiteren Schwerpunkt der märkischen Ziegelbrennerei. Fontane läßt dort die Wirtin des »Goldnen Sterns« in Teupitz zu Wort kommen:

»Große Spreekähne kommen und gehen jetzt täglich, das machen die neuen Ziegeleien. Überall hier herum liegt fetter Ton unterm Sand, und wenn Sie nachts über Groß-Köris hinaus bis an den Motzener See fahren, da glüht es und qualmt es rechts und links, als brennten die Dörfer, Öfen und Schornsteine, wohin Sie sehen. Meiner Mutter Bruder ist auch dabei. Er wird reich, und alles geht nach Berlin. Viele hunderttausend Steine. Immer liegt ein Kahn an dem Landeplatz, aber er kann nicht genug schaffen, so viel wie gebraucht wird.«

»Bist du die Strecke mal abgefahren?« fragte die Trottenburg.

»Ja, natürlich – die führt ungefähr hier entlang.« Mit dem Zeigestock fuhr ich ein Stück auf der Autobahn Berlin-Dresden.

»Das sieht interessant aus. – Autobahnausfahrten?«

»Ziemlich dicht: Mittenwalde, Groß-Köris, Halbe, Teupitz – alles ungefähr dreißig bis vierzig Minuten von Berlin. Also insofern, durchaus ganz naheliegend.«

Die Trottenburg nickte. »Ich denke, wenn wir uns das mal ein bißchen näher angucken, da könnte was dran sein. Ich weiß ja nicht, wie es den anderen ging, aber ich fand das, auch den Grundgedanken, sehr interessant, gerade diese geistesgeschichtliche Einbindung.«

Es folgte, lang und breit, eine Diskussion über mögliche Perspektiven des Tourismusgeschäfts. Der stille Herr Pausin, dem ich das eigentlich gar nicht zugetraut hätte, äußerte dabei einige sehr bemerkenswerte Gedanken.

Sinngemäß: in unser Urlaubsverhalten projizieren wir unbewußt den Charakter unseres Berufsalltags. Veränderungen in der Arbeitswelt führen deshalb auch zu Veränderungen im Urlaubsverhalten: während die einen immer mehr, bis zum Umfallen, rackern, werden die andern abgebaut, freigesetzt, frühpensioniert. Daraus ergibt sich, wahrscheinlich zwangsläufig, die neuerdings zu beobachtende, verhängnisvolle Zweiteilung in »Erlebnisurlaub« (pausenlose Aktivität) und sogenannten »Abhängeurlaub« (pausenlose Passivität).

An dieser Stelle hakte ich ein: »Und genau hier bieten sich ja die Erwanderungen an. Sie sind gewissermaßen der 3. Weg im gegenwärtigen Tourismus. Oder, wie es der bekannte Hamburger Freizeitforscher Horst Opaschowski sagt: Leben bedeutet *Erleben*.«

Unergründlich ruhten die braunen Augen der Trottenburg auf mir. Sie nickte nachdenklich. Dann ein rascher Rundumblick, der an Liebenthals halbaufgerichtetem Zeigefinger hängenblieb.

Liebenthal sah mich an. »Ich sehe da ein Problem«, sagte er. Die andern blickten aufmerksam zu mir herüber.

»Diese ›Erwanderungen‹, sie richten sich ja an den Individualtouristen. Das ist gut und schön – zunächst erst einmal gedacht. Aber ist es nicht so, daß Sie da genau die falsche Zielgruppe im Blick haben? Müssen wir uns nicht doch eher um den Massenmenschen kümmern? Gut, der Massenmensch war zunächst sicher eine fixe Idee aus dem Osten. Aber eben nur eine *Idee*. Richtig zur Perfektion gebracht, zur Wirklichkeit werden kann er, wie so vieles andere auch, erst hier im Westen. Nicht mehr nur als spinnerte Einheitsideologie, die den Leuten die Köpfe vernebelte, sondern durch und durch – als bestimmendes Lebensprinzip. Ich weiß, das ist nicht schön, aber es ist so.«

Sein Blick streifte die bunt auf dem Tisch ausliegenden Hefte und Broschüren der Konkurrenz.

Er beugte sich zu mir herüber: »Im Osten habt ihr den Kollektivismus ja erst mal hinter euch gebracht, und jeder privatisiert, so gut oder so schlecht es eben geht, nun vor sich hin. Bei uns im Westen muß man diese Erfahrung bis zur letzten Konsequenz erst noch machen. Uns steht das alles noch bevor, fürchte ich. Hier gibt es noch so eine kollektive Phantomsehnsucht, die erst mal, vorübergehend, im Massentourismus einen gewissen Halt findet.«

Ich war empört – wahrscheinlich, weil es stimmte, was er sagte. Ich haßte ihn dafür. Er hatte da, wahrscheinlich ohne es zu ahnen, einen kritischen Punkt meiner Konzeption berührt. Das sah ich jetzt auch. Ich lächelte ihm zu: Du Mistkerl! – und machte mir für später eine sachdienliche Notiz.

»Meinst du nicht, daß das ein bißchen zynisch ist?« fragte die Trottenburg.

»Ja«, sagte Liebenthal, »ich glaube schon, daß es der Wahrheit ziemlich nahekommt.«

Da sich sonst niemand weiter dazu äußern wollte, fragte die Trottenburg in die Runde: »Gut. Gibt es vielleicht jetzt noch andere Fragen?«

Niemand antwortete.

»Also nichts, nichts weiter dazu?«

»Doch. – – – Wo ist eigentlich Wenzel?«

Ehe die Trottenburg etwas sagen konnte, antwortete ich für sie: »Der ist entschuldigt. Er ist unterwegs. Draußen.«

Als ich vor ungefähr einem dreiviertel Jahr damit anfing, mich mit der Geschichte der märkischen Ziegeleien zu beschäftigen, hatte Wenzel mir den Tip gegeben, diesbezüglich mal in Fontanes *Wanderungen* nachzusehen. Ich war, weil ich damals noch ganz am Anfang stand, dankbar für jeden Hinweis, notierte mir das auch sofort auf einem kleinen gelben Merkzettel, den ich dann allerdings verlegt oder verklebt haben muß.

Wochen später, ich ging gerade leise fluchend daran, meine noch weit auseinanderlaufenden »*Erwanderungs*«-Überlegungen zu einer schlüssigen Konzeption zusammenzubündeln, lagen eines Morgens ein paar Blatt Kopien an meinem Arbeitsplatz.

Die Fontane-Stellen!

Ich sah zu Wenzel hinüber.

»Schon gut«, sagte der. Er hatte sie tatsächlich herausgesucht und für mich kopiert. Gerührt über soviel Teamgeist, den ich bisher von ihm gar nicht gewohnt war, vertiefte ich mich sofort in die Lektüre, und schon bald merkte ich: genau das war es, was mir bisher noch gefehlt hatte und was alles zusammenhielt – der menschliche Blick. Es nützte ja nichts, nur pausenlos schweres philosophisches Geschütz in Gestalt toter alter Griechen aufzufahren.

An diesen Vormittag erinnere ich mich noch sehr gut. Die Sonne schien in unser schmutziges Fenster. Ich sah jetzt endlich wieder Land mit meiner Konzeption und trug, innerlich beschwingt, in meine Übersichtskarte einige ehemalige Ziegeleistandorte im Südosten ein.

»Wie kommt das bloß hierhin?« Das hatte ich mehr zu mir selbst gesagt, als ich für einen Moment von meiner Karte zurückgetreten war, um mir einen Gesamtüberblick zu verschaffen.

»Was?« hörte ich Wenzel sagen.

Erstaunt wandte ich mich um. So redselig wie an diesem Tag kannte ich ihn gar nicht.

»Na ja«, sagte ich, »wenn man sich das mal anschaut. Andere Städte liegen am Meer oder an einem großen Fluß, wo es Häfen gibt, Verkehr und so weiter. Oder in einer blühenden, fruchtbaren Landschaft. Wenn man aber auf Berlin zufährt, da fährt man durch eine ziemliche Einöde, nicht wahr, märkischer Sand, Kiefernwälder – und man erwartet eigentlich nicht, daß da noch was kommt, schon gar nicht eine Millionenstadt, oder?«

Schweigend ging Wenzel nach hinten. Er kam mit einem großen Atlas wieder, den er auf dem kleinen Beistelltisch – ich hatte ihn schnell freigeräumt – auswälzte. Eine Karte zeigte die Oberflächengestalt der Berliner Umgebung, deutlich war das Berliner Urstromtal zu sehen – zwischen der Hochfläche des Barnim im Norden und der südlich gelegenen Teltow-Hochfläche.

Wenzel erklärte es mir.

Die ersten Siedler fanden hier nur Sümpfe und Moore vor.

Genau dort, wo später Berlin und Kölln entstanden sind, war die günstigste Stelle, um trockenen Fußes dieses Urstromtal zu überqueren. Im Nordwesten ging das wegen des havelländischen Luchs nicht, im Südosten nicht wegen der vielen Seen und der Ausläufer des Spreewalds – Sumpf! So führte die älteste Handelsstraße von Tempelhof über Kreuzberg und Prenzlauer Berg – also Berge! wo man vor Überschwemmungen sicher sein konnte – Richtung Nordosten.

»So ungefähr.« Mit dem Finger zog er einen Strich, schräg durch Berlin. »Deswegen.«

So hatte ich das bisher noch gar nicht gesehen.

»Es gibt eben immer noch eine Geschichte davor«, sagte Wenzel leise. Er klappte den Atlas zusammen und trug ihn nach hinten.

»Jedenfalls, danke noch mal für die Kopien!« rief ich ihm hinterher. Wenzel war inzwischen irgendwo hinter den Regalen verschwunden und unsichtbar geworden.

»Bedanken Sie sich bei Fontane«, kam es von dort.

Das war wieder Wenzel, so wie ich ihn kannte.

»Du siehst, da ist noch jede Menge zu tun«, sagte die Trottenburg zu mir, als ich nach dem Vortrag im Konferenzraum meine Ausarbeitungen zusammenpackte und die Karte einrollte.

»Noch viel Erfolg, Herr Kollege.« – Liebenthal! Er verließ als einer der letzten den Konferenzraum. Ich nickte ihm hinterher. Dann waren die Trottenburg und ich allein.

»Hast du auf seiner Festplatte was gefunden?«

»Nein, nicht so richtig.«

Ich dachte an die Briefe. Aber ich bin nicht jemand, der fremde Briefe liest und das dann auch noch zugibt.

»Also, ich hab gestern noch mal seine Frau angerufen. Sie war inzwischen auch bei der Polizei. Die haben das zwar alles aufgenommen, aber ... Weißt du, wieviel Leute pro Jahr in Berlin als vermißt gemeldet werden?«

»Na, ein paar Dutzend, schätze ich mal.«

»Ungefähr 8000!«

»8000?«

»Ja. Da kannst du dir ja vorstellen, daß die da nicht gleich eine Großfahndung nach ihm einleiten.«

»8000 … Und die sind dann alle – weg, futsch, aus? Glaub ich einfach nicht.«

»Die meisten kommen schon zurück, sicher, nach ein paar Tagen oder Wochen. Es ist ja auch nicht verboten, plötzlich mal einen Ortswechsel vorzunehmen, Luftveränderung.«

»Das meine ich doch«, sagte ich und zog ein Gummi straff über die zusammengerollte Karte.

»Olaf – wir sind gerade dabei, ein völlig neues Profil für *andersWandern* zu entwickeln – und plötzlich ist der Mann, wo alles abgelegt und gesammelt wird, wo wichtige Fäden zusammenlaufen, einfach verschwunden. Sagt kein Wort und ist einfach weg. Das gefällt mir nicht.«

»Und was schlägst du vor?«

»Du bist von deinen Ziegeleien freigestellt, und – was ich dir schon Montag gesagt habe –: du kümmerst dich erst mal darum, wie wir ihn wiederkriegen.«

»Dich hat meine Konzeption nicht so richtig überzeugt, was?«

»Doch, schon, das war schon … doch … interessant.«

»Aber?«

»Versteh doch endlich: ich möchte, verdammt noch mal, wissen, wo der Wenzel sich rumtreibt. Ist das so schwer zu kapieren? Er ist schließlich ein Mitarbeiter und –«

»Klar, und du bist die Chefin. Und wie stellst du dir das vor? Ich hab absolut keine Ahnung, wo der abgeblieben ist.«

»Du wirst doch wenigstens wissen, woran er zuletzt gearbeitet hat, oder?«

»Die Kirchenaufstellung«, erinnerte ich mich.

Die Trottenburg stützte den Kopf auf. »Stimmt. Da war mal die Rede davon. – Wozu brauchst du das eigentlich?«

»*Ich?* – Na, hör mal, das hab ich mir doch nicht ausgedacht, das kam doch von dir.«

Sie schüttelte den Kopf. »Verstehe ich nicht. Verstehe ich alles nicht. Er sollte dich ein bißchen unterstützen, falls du mal Fragen hast oder so. Aber ich habe ihn nie beauftragt, nie, irgendeine Kirchenaufstellung zu machen.«

Ich grinste. »Vielleicht ist er ja im Auftrag einer geheimen Sekte unterwegs.«

Mich traf ein verärgerter Lidschlag. »Was ist das genau mit den Kirchen? Hast du da was gefunden?«

»Ja, in seinem Computer. Seitenweise. Brandenburg, Mecklenburg, auch ein bißchen Sachsen und Sachsen-Anhalt. Kirchen: alle 12. Jahrhundert oder älter, jedenfalls: steinalt. Und immer das gleiche, was er da aufgenommen hat: Standort, Bauart, baulicher Zustand.«

»Und sonst nichts?«

»Sonst nichts. – Doch, Moment.«

Das hatte ich mir extra für den Schluß aufgehoben. Ich zog aus der Aktentasche das Blatt WOHIN DES WEGS, das einzige, was ich mir aus dem Wenzelschen Sammelsurium ausgedruckt hatte. Wenn überhaupt etwas, dann war es dieses Kreuzworträtselblatt, das die Trottenburg überzeugen mußte, daß es ziemlich unmöglich war, Wenzel dort draußen irgendwo zu finden.

»Es ist ein Kreuz! Die Kirchen – ohne es zu wissen – sind der Schlüssel! Aber nur zur ersten Tür. Knotenpunkte des Netzes. Die andere, darunterliegende Legende, heute breit übers Land verstreut. Von ›oben‹ bis ›unten‹ alles noch einmal durchkämmen: also 20 B – 26 C – 35 CD / 43 A – 44 A – 52 D – 71 C – 98 D (wo sich die weiße und die schwarze Macht direkt gegenüberstehen.) Kann es ein Zufall sein, daß mein Auto weiß ist? Nein, natürlich nicht. Schuchardt ist schließlich auch kein Idiot gewesen! Scherben bringen Glück. Schimmelreiter, Siehdichum.«

Die Trottenburg las mit unbewegtem Gesicht. Dann ließ sie das Blatt sinken. Wie eine Hoffnung. »Schon ein bißchen seltsam, oder?«

»Ein bißchen?« Mein Mund verzog sich: »Und so jemand traut sich, Briefe zu schreiben, in denen ...«

»Ja?«

»Ach, nichts.« Ich winkte ab. Zum Glück hatte sie sich wieder dem Blatt zugewandt.

»Ich weiß nicht. Also für mich machte er bisher immer einen ziemlich zusammenhängenden Eindruck. Und nun das? Wer weiß, was ihn da in seinem Innersten nicht zusammenhält.«

»Hast du eine Ahnung, wer Schuchardt ist?«

»Nein. Hat meines Wissens auch nie hier gearbeitet. Vielleicht vor meiner Zeit.« Sie drehte ratlos das Blatt in ihren Händen: »*Siehdichum* ... – was das nun wieder heißen soll.«

»Nicht, daß du das falsch siehst. Das ist so ziemlich das einzige, was hier einigermaßen klar ist. *Siehdichum* – ich habe extra noch mal auf einer Karte nachgesehen – ist eine Ortschaft, und zwar westlich des Tollense-Sees, in der Nähe von Neubrandenburg. Wir waren dort mal zusammen auf Tour. Liegt übrigens in einem von seinen Feldern, 35 CD. Das sind übrigens Planquadrate, ich habe nachgeschaut, auf einer 1:200 000 – DDR-Karte.«

»Na, immerhin, das ist doch ein Anhaltspunkt.«

Sie schloß die Augen und dachte laut nach: »Wenn ich etwas suche oder mich an etwas erinnern will, was mache ich da? Ich gehe noch einmal den ganzen Weg zurück, Schritt für Schritt – und irgendwann finde ich es, irgendwann fällt es mir wieder ein. – Oder?« Sie sah mich an.

»Mh«, sagte ich ohne rechte Überzeugung.

»Und die anderen Planquadrate – was ist da?«

»Das geht von der Ostsee, Insel Rügen, bis hinunter in die Oberlausitz. Also eine komplette Urlaubsreise, wenn man so will. Das kostet. Und das kann dauern. – Aber bitte. Bitte.« Ich zuckte die Schultern.

»Olaf, du fährst jetzt einfach mal los und guckst dich um, ja? Das muß doch herauszukriegen sein, was es mit diesen komischen Kirchen auf sich hat. Und vielleicht findest du ihn ja sogar irgendwo.« – Zweifelnd sah ich sie an. – »Ganz zufällig. Kann doch sein.«

Ich schob meine Stifte und Blätter in die Aktentasche und zurrte stumm die beiden Lederriemchen fest.

»Und nebenbei kannst du ja gerne auch noch weiter nach locations gucken, was deine *Erwanderungen* betrifft, meine ich, wo das alles vielleicht doch noch ein bißchen überzeugender, ein bißchen –«

Ich sah sie kurz an, sie verstummte sofort. Dafür war ich ihr dankbar.

»Du rufst mich an, wenn du was gefunden hast, ja?«

Über die Dörfer

Von einem Tag zum andern war es Frühling geworden.

Die Bäume standen zwar noch in Schwarz, und dort, wo ihre sperrigen Äste und Zweige in den Himmel stachen, war das Blau zersplittert. Aber als ich am Vormittag im *anders-Wandern*-Opel die Stadt Richtung Norden verließ, war oben nichts als eine große, eine himmlische Leere. Alles war möglich. Es lag etwas in der Luft, mild und verlockend zog es mich hinaus. Ich fuhr ins Blaue hinein, drehte das Autoradio voll auf und war selbst ganz aufgedreht.

An Pankow Vinetastraße vorbei. Das erinnerte mich an meinen Auftrag.

In der Nähe hatte ich Wenzel mal in seiner Wochenendlaube besucht. Das war im Oktober, vor meinem Kurzurlaub; über Nacht hatte ich noch eine Druckvorlage korrigieren müssen und sollte sie auf dem Weg an die Ostsee bei ihm abgeben. Erst hatte ich seine Parzelle nicht gefunden und war, Privatwege rauf, Privatwege runter, *Auf eigene Gefahr,* wie kleine Schilder mich immer wieder ermahnten, in der Kleingartenanlage »*Endlich Daheim II*« herumgeirrt. Schließlich, als ich gar nicht mehr weiterwußte, fragte ich eine Frau, die andächtig in ihrem Blumenbeet kniete.

»Nicht zu verfehlen«, knurrte sie.

Sie observierte mich scharf von unten durch das Drahtgeflecht ihres Zauns – es sah aus, als habe sie jemand in ihrem Garten eingesperrt. (Aus dem Schuppen kamen Sägegeräusche. Vielleicht sägte auch ihr Mann sich gerade durch irgendwelche Gitterstäbe?) »Dort hinten, wo das alles so wuchert. Der züchtet Unkraut oder so was.« Ihr fleischfarbener Gummihandschuh wies in die Richtung, aus der ich gerade gekommen war. »Können Sie ihm ruhig so sagen, daß ich Ihnen das so gesagt habe«, sagte sie und versenkte sich wieder in ihr Beet.

Sie hatte recht, es war wirklich ein verwunschener Garten, ein letztes kleines Fleckchen Natur in dieser Schrebergartenanlage. Kniehohes Gras. Sträuchergestrüpp, ziemlich undurchsichtig. Ein verwachsener Apfelbaum, dessen einer Ast sich bedrohlich über die Dachpappe des Vorbaus hermachte. Neben der Holzlaube, am Ausfluß der Regenrinne, stand als Auffangbecken, auf Ziegelsteinfüßen, eine grüne Badewanne.

Wenzel saß auf der Veranda. Barfuß, in Pullover und Cordhosen. Er las in einem Buch. Auf dem Tisch stand eine Schreibmaschine. Mich hatte er gar nicht bemerkt.

Einen Briefkasten gab es nicht, auch keine Klingel. Ich mußte ihn von der Gartentür aus rufen. Aber es war sowieso besser, ihm die Papiere persönlich auszuhändigen.

Er kam, nahm die Unterlagen entgegen, blätterte sie Blatt für Blatt durch. Dann fragte er plötzlich, ob ich nicht wenigstens auf eine Tasse Kaffee hereinkommen wolle. Ich war noch unentschlossen. Da fiel ihm ein – er sah auf einmal ganz ratlos den Weg hinunter –, daß er gar keinen Kaffee dahatte. Das war auch besser so, ich mußte sowieso weiter, und Wenzel mußte nicht erst Eisenkette und Vorhängeschloß, mit denen die Tür gesichert war, entfernen.

Irgendwo hinter der braunen Lärmschutzwand, an der ich vorbeifuhr, lag jetzt diese Kleingartenanlage und wartete auf den Frühling und auf warme, endlose Sommerabende.

Eigentlich, das sagte ich mir schon seit Tagen, konnte ich mich doch freuen: dienstlich ein paar Tage blauzumachen, und zwar im Grünen, das gerade überall groß im Kommen war. Bei dieser Gelegenheit ein bißchen nach Wenzel Ausschau halten. Warum nicht. Die Chance, ihn zu finden – was im einzelnen wohl eher peinlich wäre –, war nicht sehr groß.

Ich wußte zum Beispiel auch gar nicht, was ich zu ihm hätte sagen sollen, würde ich ihn tatsächlich irgendwo entdecken. »Sie – hier? Was für ein Zufall!« kam schon mal gar nicht in Frage, dazu kann ich nicht gut genug lügen.

Andererseits zeigte mir die Beurlaubung für diese fragwürdige, im Grunde hoffnungslose Suchaktion aber auch, daß meine *Erwanderungen* doch nicht so angekommen waren, wie ich mir das vorgestellt hatte. Warum sonst konnte mich die Trottenburg auf einmal für unbestimmte Zeit entbehren.

Weil du entbehrlich bist, sagte meine innere Stimme.

Ich nickte.

Vielleicht aber, versuchte ich mich zu trösten und schaltete in den 5. Gang, konnte ich unterwegs ja tatsächlich noch etwas finden, was für die *Erwanderungen* zu gebrauchen war und ihnen etwas mehr Überzeugungskraft verlieh.

Auf den Berliner Ring. Der drohend erhobene Zeigefinger des Fernsehturms wurde immer kleiner. Berlin verschwand im Rückspiegel.

Aufbruchstimmung, auch draußen, in der Natur – nach den letzten Nachtfrösten hatte sich die eisige Erstarrung der Felder gelöst, die aufgebrochenen Erdschollen lagen schwarz und feucht unter dem Himmel herum, inspiziert von Krähen, die spitz über das Feld hüpften, so als wollten sie sich keine nassen Füße holen.

Dreieck Schwanebeck. Auf die Autobahn Richtung Prenzlau, die erstaunlich leer war. Ich nutzte das für eine längere, stumme Zwiesprache mit Liebenthal, der jetzt irgendwo im Berliner Büro herumsitzen mußte, wobei ich noch einmal alle Argumente für meine *Erwanderungen* und das Thema Ziegeleien vorbrachte. Wahrscheinlich versuchte ich deshalb, ihn um jeden Preis zu überzeugen, weil ich selbst nicht so richtig überzeugt davon war. Das war es wahrscheinlich. Nach anfänglich erbittertem Hin und Her wurde Liebenthal immer kleinlauter, und es gelang mir schließlich, ihn restlos zu bekehren. Am Ende mußte er zugeben, daß ich in allen Punkten recht hatte. Er bedauerte es, mich immer schon unterschätzt zu haben. Er war den Tränen nahe.

Ich auch! Dabei war ich immer schneller geworden und kurzzeitig in einen Zustand der Raserei verfallen.

Es war ein Rückfall: nach 1989 war ich nachts oft wie ein Gejagter durch regelrechte Blitzlichtgewitter gedonnert. Damals wäre es eigentlich naheliegend gewesen, mich am Lastschriftverfahren zu beteiligen; per Dauereinzugsermächtigung hätten die fälligen Bußgelder dann sofort unbürokratisch vom Polizeipräsidenten abgebucht werden können.

Mit der Zeit hatte sich das aber bei mir gelegt, war ich etwas ruhiger geworden, zumindest auf der Straße.

Jetzt, bei Tempo 200, stand alles still, hatte sich die Piste derart verengt, daß es auf diesem immer schmaler werdenden Grat nur noch eine einzige Bewegungsmöglichkeit gab – und zwar schnörkellos nach vorn, nicht nach links, nicht nach rechts, nur nach vorn sehen, irgendwo, in nicht allzu weiter Ferne, auf die ich blindlings, starren Auges zuraste, stand wahrscheinlich schon die Schallmauer für mich bereit, *ich möchte mir lieber nicht auf der Autobahn begegnen* – das war der vielleicht klarste Gedanke, der mir in diesem Moment durch den Kopf schoß, und mit inzwischen 205 Sachen schoß dieser Gedanke zusammen mit mir über die Fahrbahn, unter Brücken hindurch, kurzer Schlagschatten bei 210 … – es war ein Rausch, der erst verflog, als ich entsetzt den Fuß vom Gas zog und nach einer Weile rechts wieder einzelne Baumgruppen und Bäume auftauchten. Ich traute mich nicht zu bremsen, erst bei 180 tippte ich vorsichtig zum ersten Mal das Bremspedal an.

Kurz darauf fegte mich ein Halogendoppelscheinwerfer gnadenlos zur Seite. Ich starrte dem silbergrauen Phantom fassungslos hinterher und verpaßte dabei beinahe meine Ausfahrt.

»Nachdem wir zweimal kurz im Stau gestanden haben, erreichen wir gegen vier Uhr nachmittags die Autobahnausfahrt Stülnow-Süd. Von dort geht es über die gut ausgeschilderte B 19, vorbei an Stülnow, das durch Reste einer mittelalterlichen Stadtmauer, Klammer auf, und einen Storchenturm, Klammer zu, sowie ein gut erhaltenes Stadttor aus dem 13. Jahrhundert bemerkenswert ist, in Richtung Dobrower Land.«

»Nee«, hatte Wenzel damals gesagt, »so würde ich das eher nicht schreiben.«

»Was?«

»Na, das mit dem Stau.«

Ich hatte mein Diktiergerät ausgeschaltet und aus dem Autofenster gesehen. Wo er recht hatte, hatte er recht. Es war eines der wenigen Male, wo wir beide zusammen unterwegs gewesen waren. Ich hatte eine Schleusenanlage aus dem 19. Jahrhundert, die Dobrower Schleuse, auf dem Programm, Wenzel, wie üblich, seine Kirchengeschichten.

Heute, wenn ich darüber nachdenke, fällt mir auf, daß er sich für die Kirchen, die es zahlreich an unserer Strecke gab, kaum interessiert hat.

Er hatte mich vor der Schleusenanlage abgesetzt. Dort sollte er mich zwei Stunden später auch wieder abholen. Schon nach kurzem Inspektionsgang war mir klar: der ganze rostige Schleusenkomplex war – zumindest vom Erwanderungsstandpunkt aus gesehen – ein einziger Flop. Ich hatte mir das alles viel größer, viel imposanter vorgestellt. Kein Mensch würde für das bißchen Backstein und Eisen auf grüner Wiese einen längeren Fußmarsch auf sich nehmen. Und weit und breit auch kein Schiff. Nichts.

Doch – ein Mann. Der saß bei der Schleuse herum. Er trug eine Schiffermütze, mit Goldanker, und reparierte an einem uralten Fahrrad herum.

»Im Sommer, da müssen Sie wiederkommen«, sagte er, »da kommen sie her mit ihren Kanus, mit ihren Paddelbooten und das alles – die ganzen Berliner, sag ich mal.«

Ich bedankte mich und wußte, daß ich nie wiederkommen würde.

Unentschlossen streifte ich noch ein bißchen herum. Dann lief ich die Dobrower Landstraße entlang, in die Richtung, in die Wenzel zurückgefahren war. So konnten wir uns auf keinen Fall verfehlen.

Schon von weitem, da hatte er mich noch gar nicht bemerkt, sah ich ihn. Er stand auf einer Wiese, in seinen Händen hielt er eine aufgefaltete Karte. Das sah auf die Distanz komisch aus: als würde da jemand unter freiem Himmel herumstehen und Zeitung lesen.

Ab und an änderte er seinen Standort, scharrte mit der Schuhspitze oder -sohle im Boden, blickte auf, blickte wieder auf seine Karte, die er dann zusammenfaltete und einsteckte. Mit großen, ausholenden Schritten maß er nun querfeldein eine Strecke ab. Er sprang über einen Entwässerungsgraben. Auf der anderen Seite blieb er stehen, sah sich wieder um – da sah er mich; ich war inzwischen hinter den Alleebäumen hervorgetreten und die Böschung hinaufgeklettert.

Wenzel hob nur kurz den Arm.

Wie auf ein Signal flogen Krähen auf.

Jeder andere hätte vielleicht wenigstens kurz gewunken – aber nicht Wenzel, auch was die Körpersprache betraf, war er alles andere als redselig.

Die Krähen hatten sich ein Stück weiter niedergelassen. Ich ging zu ihm hin.

Aus der Vogelperspektive sah das sicher wie ein Western aus. Zwei Männer auf freiem Feld, einer geht auf den anderen zu – wer zieht zuerst? Ich zog beide Hosenbeine hoch und sprang kurzentschlossen über den Graben.

Drüben erklärte ich Wenzel, und strich mir die Hosen wieder glatt, wie die Sache mit der Schleuse ausgegangen war (nämlich gar nicht), und daß ich deshalb schon etwas früher als vorgesehen fertig sei. Er nickte, als habe er nichts anderes erwartet.

Was er selbst hier gemacht hatte, erzählte er mir nicht. Natürlich nicht. Noch einen Moment standen wir herum. Wenzel nahm eine Zigarette aus der Schachtel und schnipste sie an. Er hielt die Zigarette zwischen Daumen und Mittelfinger, zog kräftig daran, kniff die Augen zusammen und sah zur Seite.

Dann gingen wir zum Auto, es stand am Rand eines struppigen Feldwegs. Da wir noch Zeit hatten, fuhren wir nicht gleich zurück nach Berlin, sondern weiter, Richtung Groß-Dobrow. Wenzel wollte sich dort etwas ansehen.

Nach dem Ortseingangsschild am schwarzen hölzernen Turm der Freiwilligen Feuerwehr vorbei, scharf links, Richtung Dobrow-Ausbau, noch einmal halb links. Dann war die Straße zu Ende. Wir stellten das Auto ab.

»Ihr werdet euch nasse Füße holen«, rief eine alte Frau uns hinterher, als sie gesehen hatte, welchen Weg wir einschlugen; sie hatte uns über einen Brennessel-Bretterzaun beobachtet. »Paßt bloß auf!« Dann war sie kopfwackelnd weggewatschelt, über den verschissenen Hühnerhof – in eines der kleinen Stallgebäude, sie mußte sich bücken, um hineinzukommen, so niedrig war die Tür. Es war das letzte Gehöft des Dorfes. Dahinter begannen die Dobrower Wiesen.

Wenzel schob seine Hände flach in die Taschen. Wenn er sich etwas in den Kopf gesetzt hatte, prallte so etwas an seiner regenabweisenden Allwetterjacke ab. Mit zusammengekniffenen Augen sah er dorthin, wo der See sein mußte.

Ich faltete die Karte, Maßstab 1:5000, die Wenzel im Auto aus seiner Brusttasche gezogen und mir herübergegeben hatte, auseinander und vergewisserte mich noch einmal: der Weg hinunter zum Großen Dobrower See war eindeutig als Wanderweg ausgewiesen. Also los! Wenzel, mit seinen dicken Profilsohlen, ging voran.

Als wir ein Stück gelaufen waren, sagte er, was ich die ganze Zeit über gedacht hatte: »Alte Hexe.«

Doch schon nach einigen hundert Metern merkten wir, daß sie recht gehabt hatte: der Fahrweg, dessen zwei Furchen sich immer tiefer in den Boden gegraben hatten, beschrieb eine Wendeschleife. Und Schluß.

Ein alter Kühlschrank, ohne Tür, der sein ganzes spärliches Innenleben (ein rostiges Skelett aus ehemals weißen Einsatzgittern) ausbreitete, war hier abgeladen worden. Er stand schief, halb in den Schlamm gedrückt, durch diese Schräglage sah es aus, als würde er gerade angestrengt über sein weiteres Schicksal nachdenken. Ein Haufen zerbrochener Ziegelsteine – grau und verkalkt, wahrscheinlich ohne jede Erinnerung daran, was sie früher einmal, im vermörtelten Verbund, dargestellt hatten. Teile eines Kachelofens: die Asche und der herausgewaschene Fugenlehm hatten sich mit der nassen Erde zu einer schmierigen, rötlichbraunen Masse vermengt.

Das waren die letzten Reste der Zivilisation, über die Gras zu wachsen begann. Hier war die Welt zu Ende.

Nur ein schmaler, von Brennesseln überwucherter Trampelpfad führte noch ein Stück weiter. Doch bald schon begann die Erde unter unseren Füßen zu vibrieren, der Boden gab nach, Schritt für Schritt verwandelte er sich in Morast, bis es endgültig kein Vorwärtskommen mehr gab. Auf den letzten paar Metern hatte der nasse Boden unter uns tatsächlich zu *schmatzen* begonnen – was insofern eine zutreffende Beschreibung ist, als man wirklich den Eindruck haben konnte, die Erde wolle uns im nächsten Moment verschlingen.

In der Ferne sahen wir den silbrig-grauen Schilfgürtel. Dort hinten mußte der See liegen.

Diesmal folgte ich der B 19 weiter, fuhr an Groß-Dobrow vorbei und nahm das Gebiet nördlich der Dobrower Seen, das sogenannte Alte Dobrower Land, ins Visier.

Um überhaupt einen Anfang zu machen, hatte ich mir vorgenommen, zunächst sämtliche Kirchen in 35 C – also einem der von Wenzel markierten Areale – aufzusuchen. Wer weiß, vielleicht war ja an dieser Kirchengeschichte mehr dran, als wir dachten; eine nähere Inspektion erbrachte womöglich Aufschlüsse, wie weiter in dieser Sache, bei dieser Suche zu verfahren war.

Im Gebiet 35 C (7 x 11 cm auf der Karte, entsprechend 14 x 22 km in der Natur, das heißt: eine Fläche von 308 km^2) gibt es exakt 21 Dorfkirchen. Die hatte ich auf meiner Liste in die Reihenfolge einer bequem abzufahrenden Tour gebracht. In den folgenden Tagen also: Pilgerfahrt, von Kirche zu Kirche, über die Dörfer.

Außerdem blieb mir auch gar nichts anderes übrig. Ich konnte ja schlecht einfach Leute auf der Straße ansprechen und fragen: »Guten Tag, haben Sie vielleicht zufällig den Herrn Wenzel aus meinem Büro gesehen?«

Und wenn mich nun tatsächlich jemand gebeten hätte, Wenzel zu beschreiben – da wäre mir nicht viel eingefallen.

Hager, das ja. Etwas größer als ich. Geheimratsecken, obwohl im Zusammenhang mit Wenzel dieses Wort unpassend war. Man sollte vielleicht besser sagen: im Stirnbereich gelichtetes Haar – oder genauer: »zwei Lichtungen«. Die dünnen, angegrauten Haare ordentlich zurückgekämmt. Hakennase. Schmaler, asketischer Mundstrich. Die Gesichtsfarbe: rötlich. Entweder deutete das auf gesunde Frische oder extremen Bluthochdruck hin; aber das zu unterscheiden, dafür habe ich nicht den Blick.

Die beste Beschreibung wäre: »Er ist das genaue Kontrastprogramm zu mir.« Rein äußerlich hätte es auch kaum gegensätzlicher sein können: meine Blässe, die leichte Neigung zu phlegmatischer Fülle. Ein Außenstehender würde vielleicht sagen: dieser Mensch kämpft gegen sein Übergewicht. Das Problem war nur – und ich als Insider wußte es: dieser Mensch kämpfte gar nicht dagegen. Besondere Kennzeichen: keine.

Die kleine, ungeschickt vernähte Narbe an der Stirn (= Treppensturz, 3. Lebensjahr) zählt nicht, sie ist (noch) von Haaren verdeckt. Meine Haare, auch schon grau, stehen widerspenstig nach allen Seiten vom Kopf ab, sie sehen aus wie ständig auf der Flucht.

»Das einzige, woran man sich bei dir festhalten kann, sind deine Augen.« (Zitat Ulrike). Ich vergewisserte mich im Innenrückspiegel, stimmt: ein scharfer, stahlblauer Blick!

Nach Alt Ragun. Nahm eine Abkürzung übers Feld. Diese erwies sich jedoch als Betonbohlenweg, eher für Traktoren geeignet, zahlreiche Verwerfungen, Bruchstellen usw. An einer Ausweichstelle, wo nicht verbaute Betonteile herumlagen, mußte ich schnell rechts raus, weil mir ungebremst ein Jeep entgegenbretterte. Dann eine Kurve und Katzenkopfpflaster, hohe Bäume. An die Stämme waren rote Fahrradrückstrahler genagelt. Kurz vor Alt Ragun eine Katze auf der Straße. Der Kopf lag friedlich zwischen den Vorderpfoten, die Augen geschlossen. Der Rest von ihr: lila-weißer Matsch, seltsam krümelig – in Richtung Alt Ragun breitgefahren. Entsetzt fauchte ich auf, meine Finger umkrallten das Lenkrad. Dieser kleine Straßenholper (unterm Hinterrad, links), der einmal Katze gewesen war, erschütterte den ganzen Wagen, auch mich, den Insassen. Ein leichter, ungedämpfter Stoß – direkt gegen mein Herz.

Das Innenleben einer Katze hatte ich mir ganz anders vorgestellt.

Ich hielt an, fand aber nichts, womit ich die Katzenreste hätte zur Seite räumen können. Erst hatte ich den Jeep im Verdacht, aber der Spurenverlauf wies eindeutig in die entgegengesetzte Richtung. Außerdem mußte sie schon länger hier liegen; schillernde Fliegen hatten sich auf ihr niedergelassen. Der Himmel oben – ein flimmerndes Blau.

Die Kirche in Alt Ragun, obwohl ich sie zweimal umkreiste und von allen Seiten anschaute, erbrachte nichts Nen-

nenswertes. Außerdem kam ich nicht hinein – zugeschlossen.

Nummer 1 auf meiner Liste: abgehakt.

Zwischen schwarzem Kriegerdenkmal, 1. Weltkrieg, freigeharkt, und dem rehbraunen, hochaufragenden Pyramidenstumpf eines sowjetischen Ehrenmals (stark überwuchert, aber oben mit einem noch weithin sichtbaren rubinroten Stern versehen) war ein China-Imbißwagen ins Bild gerollt. Seltsames Stilleben: Gruß aus dem Reich der Mitte – oder gelbe Gefahr? Unentschieden gehe ich weiter. Über der fettfleckigen Glastheke baumeln rote Lampions – doch keinerlei Verlockung davon. Liebe geht durch den Magen. Aber die Nase steht dem im Wege. Blick auf die Uhr: noch viel zu früh, um sich zu vergiften.

Weiter nach Medwitz.

Kirche in sehr gutem Zustand, muß erst vor kurzem restauriert worden sein. An der Friedhofsmauer: die marmorne Grabstätte eines preußischen Generals aus der Zeit der Befreiungskriege. Palmenzweig kreuzt Schwert. Auf der schwarzen Grabplatte ein kleines Medaillon mit dem Bild des Generals: edle, entschlossene Gesichtszüge, die spärlichen Haare nach vorn gekämmt oder gelegt, was entfernt an einen alten römischen Feldherrn erinnert.

»Hier ruht in Frieden …« hebt die goldene Inschrift routiniert und gedankenlos an. Aber – kann ein General das wirklich? Diese Grabinschrift war sicher nicht mit ihm abgesprochen. Vielleicht nicht gerade ehrabschneidend, aber es wirkt doch deplaziert – ein Fauxpas.

Zum Vergleich dazu, das hatte ich mal während eines Mittagspausenspazierganges entdeckt, als Beispiel für eine äußerst passable und einfühlsame Grablösung: auf dem Dorotheenstädtischen Friedhof in Berlin gibt es hinten, wo es zur Charité geht, die imposante Grabanlage eines Berliner Ofenbaumeisters, Friedrich Eduard Hoffmann, der Erfinder der Ringöfen. Und dieses sofort einleuchtende Memorial besteht aus nichts anderem als aus den schlichten grünen Ofenkacheln seiner Firma.

Am Dorfrand von Medwitz wächst (wuchert!) eine neu entstehende Eigenheimsiedlung ins leere Feld. Dadurch rückt der eigentliche, inzwischen zerbröselnde alte Dorfkern an den Rand. Die Bäume an der Hauptstraße brutal gestutzt: kopflose Soldaten, Krüppel.

12 km weiter, in Wulkien: maroder Zustand der Kirche. Zu*stand* – fast schon eine Übertreibung, viel steht da nämlich nicht mehr. Schwerer Dachschaden – Schindeln am Boden, verstreut. Ein- und ausfliegende Vögel durch das Dachgestühl, den lichten Glockenturm. Der Himmel scheint durch. Eine Wand (Westseite) mit Holzpfeilern abgestützt. Es sieht so aus, als würden sie nebenbei auch den Himmel abstützen. Unter dem abbröckelnden Mörtel kommt schwarzbraun der von Würmern filigran zerlöcherte Balken zum Vorschein, wahrscheinlich erblickt er das erste Mal seit über 300 Jahren wieder das Licht der Welt. Immerhin: ein Bauzaun ist aufgestellt – aber wahrscheinlich nicht ernst gemeint, das heißt: nicht im Hinblick auf eine bevorstehende Bautätigkeit, sondern lediglich, um Personenschäden durch herabfallende Teile zu vermeiden.

Das wäre ja auch, überlege ich mir, ein zu peinlicher Unfall, und nicht sehr imagefördernd: eines stürmischen Frühlingstages wird ein treuer, andächtiger Kirchenbesucher von seinem eigenen Gotteshaus, mit Hilfe eines herabsegelnden Dachziegels, direkt und ohne Vorwarnung ins Jenseits befördert.

Der Wetterhahn thront auf dem Ganzen wie auf einem Misthaufen.

Fahrt nach Krummeck. Das Dorf – menschenleer in der weißen Mittagssonne. Zweifel, ob auf diese Weise, auf diesem Wege überhaupt etwas zu erreichen sein wird: ich kratze doch nur an der Oberfläche herum.

»Die Kirchen«, hatte Wenzel geschrieben, »sind der Schlüssel! Aber nur zur ersten Tür.« Doch schon diese erste

Tür bleibt mir ja verschlossen. Ich stehe davor, wie in Ragun, und habe keine Ahnung, was genau dahintersteckt.

Kurze Pause an einem See.

Später an einer stillgelegten Zuckerfabrik vorbei. Roter Backstein, schwarze Fensterlöcher. An der ganzen Straßenfront war ordentlich Scheibe für Scheibe eingeschmissen worden. Mein Gott, da hatte sich aber jemand Mühe gegeben! Sicher war hier ein insgeheimer Ordnungsfanatiker am Werk gewesen, der nur im Moment noch nicht wußte, wohin mit sich in der Welt.

Am Nachmittag die Kirchen in Dorf-Telchow und Pretteln ebenso ergebnislos angeschaut und – abgehakt.

In Leupin ist die Kirche ein rechteckiger Feldsteinbau, erste Hälfte des 13. Jahrhunderts. Holzturm, Fenster, schmiedeeiserner Besatz der Tür – alles gut erhalten. Kein Anhaltspunkt.

Bratwurst mit Kartoffelsalat, aber wenig Hoffnung auch in Borgenhausen – abgehakt. Weiter.

Nachtrag: die Verkäuferin am Würstchenstand übrigens ausgesprochen freundlich. Einzige Irritation: ihr unnatürlich gebräuntes Gesicht, es paßte nicht ganz ins Grau der Umgebung. Billigreise oder Sonnenstudio? – das war hier die Frage, konnte im nachhinein natürlich nicht mehr eindeutig geklärt werden. Aber vermutlich die Bräune doch nur aus der Steckdose.

In Ormytz hinter dem Dorfanger, eine Keramikwerkstatt. Kurzes Innehalten – eigentlich nur wegen einer plötzlichen, sehr vagen Idee hinsichtlich der Ziegeleien und *Erwanderungen*. Doch dann ist es zu spät – der Verkaufsraum ist offen, die Keramikerin hat mich schon kommen sehen, sie erwartet mich.

Sie trägt indianische Sacksachen, einen unergründlichen, bis zu den Waden reichenden Rock, Stoffstiefel, mit roten Perlen besetzt, eine bunte Zottelweste, an der Wollbommeln herabhängen, ein lila Tuch ist als Stirnband um den Kopf geknotet.

Vor zwanzig Jahren muß sie einmal schön gewesen sein, denke ich. Ihr schwarzgefärbtes Haar sieht aus wie eine Perücke, es verstärkt den ersten Eindruck: Indianersquaw – hat sich irgendwie in ihrem Leben verlaufen und nun ihre Zelte in der Mark Brandenburg aufgeschlagen.

Das Haus ist kalt; alles ebenerdig. Es riecht nach Ofen und fauligen Eiern. Auf dem Herd steht eine Kanne mit Yogitee.

»Nein, vielen Dank, ich nicht«, ist meine Antwort auf eine diesbezügliche Frage.

Im Ausguß daneben: schmutziges, hartverkrustetes Eßgeschirr, Rotweingläser, aber auch Werkzeuge: Pinsel, Messer, Schaber, Gummischalen.

Sie erzählt mir (offenbar hat sie die Autonummer gesehen), daß sie auch aus Berlin kommt und schon ewig nicht mehr dort gewesen ist. »Lohnt es sich?« fragt sie mich.

Ich nicke, dann zucke ich die Schultern: »Kommt ganz darauf an.« (Dumme Frage, dumme Antwort.)

In der Endphase der DDR ist sie aufs Land gezogen. Sie war Schauspielerin in Berlin, am Theater, dann auch im Fernsehen. Ihr kurzer, prüfender Blick, ob ich sie erkenne. Ich erkenne sie nicht. Aber das hat nichts zu bedeuten. (Doch! Für sie schon – das merke ich jetzt. Da ist es aber schon zu spät.)

Es ging einfach nicht mehr, sagt sie auf einmal – nichts. Sie sieht mich an, als müsse ich das sofort verstehen. Das Komische ist: ich verstehe es, sofort.

Während wir uns unterhalten, füllt sich der Raum allmählich mit Katzen. Beiläufig schlendern sie herein oder rollen sich plötzlich unter dem Holzregal oder einem Stuhl hervor, springen mit gelungenem Überraschungseffekt von Aufsätzen und Schränken – es werden immer mehr. Lautlose graue, braune, schwarze und gefleckte Unwesen, von überall her; jedesmal schrecke ich leicht davon zusammen. Nicht nur, daß sie sowieso schon überall sind, sie haben jetzt auch noch die Lufthoheit erobert: ihr Geruch macht sich im Raum breit.

Katzen sind auch das durchgängige Hauptmotiv der Keramikarbeiten, die ich mir jetzt endlich anschauen soll. Schalen und Vasen, auch Zierkacheln, Untersetzer und Handtuchhalter, sogar Klingelschildfelder, Serviettenringe. Ich laufe die Regale ab und nicke – das ist neutral, das kann alles bedeuten.

Die Katzen, in Hausherrenmanier, beobachten mich dabei. Stolz sehen sie mich an, als erwarteten sie irgend einen Kommentar zu diesem ganzen kläglichen Katzenkeramikkleinkunstkram. – Krrrrr, mache ich, als eine von ihnen mir (meinem linken Hosenbein) zu nahe kommt. Beleidigt wendet sie sich ab, schüttelt unsere flüchtige Berührung aus ihrem lausigen Katzenfell.

Man merkt, sie haben hier im Haus das Sagen.

Ich sage nichts; sage nicht, daß ich das ganze Zeug ziemlich gräßlich finde. Schließlich nehme ich aber doch einen Kerzenständer. Das Fußstück – eine kreisrund zusammengerollte Katze. Ein Ohr ist abgebrochen, der Schwanz hat einen Riß. Offenbar ein Fehlstück, und nicht sehr schön. Aber diese lädierte Katze nehme ich – und plötzlich weiß ich, warum: in memoriam an den breitgefahrenen Katzenrest heute früh, kurz vor Alt Ragun.

Die Keramikerin, das sehe ich, ist enttäuscht. Hatte sie sich mehr erwartet? Erst will sie gar kein Geld dafür nehmen, der Katzenkerzenständer war nicht ausgepreist, er stand auf dem Fußboden, gleich neben dem Abfalleimer.

Ich lege trotzdem einen Geldschein auf den Tisch.

Dann bedanke ich mich noch einmal und gehe hinaus, ins Warme. Als ich das Auto wende, sehe ich, daß sie am Fenster steht und herausschaut.

Dienstag, Nachmittag.

»Sind Sie der rote Opel, der oben am Waldrand steht?« Ich nicke. Obwohl – ganz so stimmt das ja eigentlich nicht.

Der Mann richtet sich auf, läßt aber den Pinsel nicht aus der Hand. Feindselig starrt er mich an. Sein Hund sieht zu Boden.

»Dachte ich mir schon. Dann sehen Sie mal zu, daß Sie da wegkommen. Aber 'n bißchen plötzlich. Da ist nämlich 'ne Ausfahrt. Hängt übrigens auch ein Schild dran. Allerdings nur für Leute, die *lesen* können.«

Herausfordernd fixiert mich der kleine kugelige Mann, scharfe Augen, die aus dem rotbläulichen Gesicht hervorstechen.

Gott schuf den Menschen nach seinem Bilde – in diesem Fall muß Er sich wahrscheinlich einen verwirrten Moment lang (in einen *teuflischen* Zerrspiegel blickend?) als überdimensionierten Gartenzwerg empfunden haben.

Der Gartenzwergmann nickt bekräftigend. Dann schaut er wieder nach oben – zum Waldrand.

Ich hatte mir, das war eine der letzten Stationen dieses Tages, die Lotzendorfer Kirche angesehen. Ganz normale Dorfkirche, nichts Besonderes. Beim Heraustreten war mir in der Ferne ein weiterer Kirchturm aufgefallen, der sich augenscheinlich am Dorfrand – nicht jedoch auf meiner Liste! – befand. Es war aber nur, wie ich wenig später feststellte, die kleine Friedhofskapelle am Wald.

Der Mann ist wieder vor seinem blöden Zaun in die Knie gegangen und pinselt weiter.

Ich ziehe den Autoschlüssel aus der Hosentasche und will gerade los, weil ich keine Lust habe, weiter mit diesem komischen Kerl herumzudiskutieren. Ein paar Schritte, die kleine Anhöhe zum Wald hoch –

»Was suchen Sie denn hier?« fragt da der Mann durch die Zaunlatten hindurch, zwar immer noch mißtrauisch, aber auch sichtbar zufrieden, daß ich so ganz ohne Widerspruch das Feld räume.

»Das geht Sie schon mal gar nichts an.«

»Vielleicht kann ich Ihnen ja helfen.«

Überrascht von diesem plötzlichen Sinneswandel, knurre ich, so leise und so einsilbig es eben geht: »Ich suche einen Kollegen von mir.«

»Ach so.«

»Der muß hier irgendwo sein. Vielleicht hat er sich ja verlaufen. Weiß ich nicht genau.«

»Einen Kollegen … was machen Sie denn so, wenn man mal fragen darf?«

»Ich komme aus Berlin.«

»Das hat man ja gesehen.« Wieder dieser höhnische Blick.

(Nein! Gott kann sich nicht derart vergessen haben!)

»Ich komme von einer Firma, wir machen Landkarten. Reiseführer. Das ist ein kartographischer Verlag, falls Ihnen das was sagt.«

Der Mann richtet sich auf und legt seine Unterarme über Kreuz auf einem der noch nicht gestrichenen Zaunpfosten ab. »Und Ihr Kollege, der ist nun weg? Mh, ein Kartenonkel, der sich verlaufen hat. Das ist ja auch mal was Neues, was?«

Stimmt, muß ich ihm innerlich recht geben, obwohl mir sein Grinsen mißfällt.

Zufrieden mit sich und der Welt, da er sich offenbar noch nie in ihr verlaufen hat, es auch nicht vorhat und sich das wohl auch nicht vorstellen kann, guckt er mich an. »Wie soll der denn aussehen, Ihr Kollege?«

Ich habe keine Lust auf weitere Erörterungen, deswegen winke ich nur müde ab. Der Gartenzwerg aber, unbeeindruckt davon, scheint dennoch nachzudenken.

»Nee, ich hab hier niemanden beobachtet. Wäre mir sicher auch aufgefallen. Ich passe schon auf.« (Das habe ich gemerkt!) Wieder dieser scharfe Blick.

»Obwohl …« Er steckt den Pinsel in den Topf und blickt auf.

»Ja?«

»Vor paar Monaten.«

»Und wie sah der aus?«

»Na, wie der eben so aussieht. Mit einem Schimmel.«

»Mit einem Schimmel?«

»Mensch, das war der Weihnachtsmann. Sonst kommt hier niemand vorbei.« Er lacht kurz und bellend auf. Der Hund, der schon die ganze Zeit über brav neben ihm auf den Hinterpfoten sitzt, betrachtet mich mitleidig.

Blöder Hund. Ich will jetzt endlich los, da fragt der Mann plötzlich: »Haben Sie sich schon mal Gedanken über die Azteken gemacht?«

»Über ... nein«, sage ich, »wieso denn?«

»Montezuma und so weiter? Mensch, Sie – es verschwinden ganze Länder, ganze Völkerschaften von der Landkarte, warum soll da nicht auch mal ein einzelner Mann verschwinden können? Spurlos.«

Kopfschüttelnd wendet er sich um. »Denken Sie mal darüber nach, was ich Ihnen gesagt habe. – Na denn«, sagt er und verschwindet mit seinem Farbtöpfchen in der grünen, vom Zaun eingerahmten Bildfläche seines Grundstücks.

Er hat nicht unrecht, dachte ich, als ich wütend den Wagen anließ.

Warum suchte ich Wenzel eigentlich? Warum *wirklich*? Doch nicht bloß wegen der Trottenburg und weil die so ein Theater um ihn machte und mir deswegen sogar diese dämliche Landverschickung hier angehext hatte.

Nein. Mit einem Mal wußte ich es. Wenn schon, dann suchte ich ihn, weil ich ihm auf die Spur kommen wollte, weil ich unbedingt sein überraschtes, völlig verdutztes, erschrockenes Gesicht sehen wollte, wenn ich ihm dann plötzlich im Maßstab 1:1 gegenüberstehen würde.

Dann, mein lieber Wenzel, werden wir ja sehen, wer »von Tuten und Blasen keine Ahnung hat« – und wer nicht!

Sah eine wilde Müllkippe am Waldrand. Der Zivilisationsdreck war – nach kurzem Zwischenaufenthalt – hier gleich in die Natur weiterverfrachtet worden.

Wenn man nicht mal so ein Stück Natur unbehelligt lassen kann! Diese Schweine, dachte ich. Nahm das aber sofort zurück. Das sind Menschen gewesen. Ergo: dieser Dreckhaufen – ein stummer Zeuge menschlichen Verhaltens.

Nebenbei bemerkt: die Welt ist wahrscheinlich nicht mehr zu retten. – Kann das Auswirkungen auf die *Erwanderungen* haben? Prüfen.

Weiterfahrt. An einem See vorbei, kurzer Stop.

Mit geschlossenen Augen, von nahem betrachtet, hat Liebenthal übrigens auch hier unrecht. Neulich, als es um den Text für einen Seerundwanderweg ging, gab es in der Mitarbeiterkonferenz eine aufgeladene Diskussion darüber, was man alles an einem märkischen See hören kann. Die von Liebenthal behaupteten Frösche jedenfalls nicht. Hier nicht!

Beim Geräuschesortieren fällt zuerst das Aneinanderschlagen der im Wasser schwappenden Kähne auf. Dann orte ich akustisch ein Flugzeug, das oben eine große Anflugrunde dreht. Fernes Rauschen, wahrscheinlich von einer Autobahn.

Am Abend: Übernachtung in einer Hotel-Pension über Land, an der B 19. Laut, aber sauber – das ist mein erster Eindruck. Mein zweiter (gegen 0 Uhr): sauber, aber laut.

Umständehalber blieb mir daher gar nichts anderes übrig, als zu lesen. Von Wenzels Bücherbord hatte ich mir alles, was einigermaßen einschlägig aussah, mitgenommen. Für alle Eventualfälle stand also ein großer braungelber Versandkarton mit Büchern, Broschüren und Ablichtungen hinten im Auto.

In dieser Nacht, als draußen ein unbegreiflicher Verkehr an mir vorüberrollte und die Autolichter wie Suchscheinwerfer über Wand und Zimmerdecke glitten – mich entdeckten sie aber nicht, weil ich, die Decke über den Schultern, im Bett lag und Bücher und Broschüren durchblätterte! –, kam ich zu drei wertvollen Einsichten:

1. Alle Wege führen nach R. (wird später erklärt!)

2. Es ist alles noch schwieriger, als ich mir das bisher immer vorgestellt hatte. (Ist an und für sich auch ohne weitere Erläuterung klar, stimmt aber auf jeden bzw. in jedem Fall – wie übrigens auch das Gegenteil davon stimmt!)

3. »Schuchardt!«

Nach Wenzels Notiz »Schuchardt ist schließlich auch kein Idiot gewesen!« hatte ich zuerst auf einen ehemaligen Kollegen getippt, dann jedoch kurz an dieser Deutung gezweifelt, weil ich ja inzwischen wußte, wie Wenzel über Kollegen, auch über solche, die mit ihm in einem Büro saßen!, dachte und schrieb. Schließlich hatte ich, um das Prozedere abzukürzen, am nächsten Vormittag, in der Kaffeepause, Herrn Pausin gefragt, ob es vor meiner Zeit mal einen gewissen Schuchardt bei *andersWandern* gegeben habe. Er konnte sich aber nicht daran erinnern. Und Cora ja ebensowenig.

Nun also hatte ich es schwarz auf weiß: Carl Schuchardt war der Autor des Buches »Arkona – Rethra – Vineta«, Berlin, 1926, das ich, es war inzwischen schon halb 2 geworden, andächtig in den Händen hielt.

»Zwei große Heiligtümer hat es im deutschen Slavenlande gegeben, Rethra und Arkona. Arkona, das noch heute seinen Namen trägt, liegt offenkundig auf der Nordostspitze von Rügen, durch einen riesigen Wall gegen das Land abgegrenzt. Saxo Grammaticus erzählt seine Eroberung durch die Dänen i.J. 1168 und beschreibt auch seinen großen Holztempel mit dem mächtigen Bilde des Swantevit im Innern. Ausgrabungen sind in der Burg aber bisher nur in kleinem Maßstabe gemacht worden und haben nur spätslavische Scherben, von Baulichkeiten nichts zutage gefördert.

Rethra hat im Gau der Redarier gelegen, der im wesentlichen das heutige Mecklenburg-Strelitz ist. Die genaue Stelle ist aber trotz jahrzehntelangen Suchens und Grabens bis heute nicht festgestellt, und zwar deshalb nicht, weil man die älteste und wichtigste Nachricht über die Burg, die von Thietmar von Merseburg, in einem wesentlichen Punkte mißverstanden hat.«

Ich spürte, daß ich hier an einem Punkt angelangt war, wo es allmählich heiß wurde.

»Ich hatte in dem Programm der Untersuchungen, für die ich Mittel aus der Wentzel-Heckmann-Stiftung erbat, eine Ausgrabung in Arkona, die den Burgplan klarstellen und, wenn möglich, den Tempel nachweisen sollte, als Endziel der slavischen Reihe aufgestellt. Von Rethra hatte ich nicht gesprochen, um nicht den Anschein zu erwecken, als ob ich einem Phantom nachjagen wollte. Ich hegte aber die stille Hoffnung, daß im Laufe der Untersuchungen von selbst auch auf dies wichtige Objekt Licht fallen würde. Und das ist nun in der Tat geschehen. Ein Ausflug der Berliner Anthropologischen Gesellschaft nach Neustrelitz im Juni des Jahres 1921 hatte dort die Altertumsforscher des Landes so zahlreich zusammengeführt, daß man eine volle Übersicht und Aufklärung über die Burgen des in Betracht kommenden Gebietes erhielt und ich nach meiner neuen Interpretation der Thietmar-Stelle ohne Schwierigkeit die Wahl treffen konnte, die dann auch bei einem Besuch des Platzes sich bewährte ...«

Noch beim Weiterlesen griff meine linke Hand blind in den Versandkarton, der offen neben dem Bett stand, und wenig später hatte ich Wenzels Karte in der Hand – und Gewißheit: Kap Arkona, an der Nordostspitze von Rügen gelegen, befand sich in einem der Wenzelschen Planquadrate, und zwar in 20 B!

Jetzt verstand ich auch, weshalb ausgerechnet den Redariern und den auf Rügen lebenden Ranen, so wie ich das schon mehrfach in der Fachliteratur gelesen hatte, eine zentrale Rolle unter den wendischen Völkern zukam. Natürlich: sie verwalteten die beiden Hauptheiligtümer der Wenden – Rethra und Arkona, die großen Kultorte, die gleichermaßen als Opferstätten sowie für diverse Orakelbefragungen dienten.

Bisher hatte ich die Wenden nur immer als vollbärtige Ostzausel fröstelnd in ihren naßkalten Runddörfern an qualmenden Feuerstellen sitzen sehen, aber sie hatten ja auch ihre großen Versammlungsorte. Verständlicherweise mußte sich das Augenmerk der christlichen Missionare vor allem auf diese Tempel, die wendischen Machtzentren und Metropolen, gerichtet haben.

Als ich unter diesem Blickwinkel Wenzels Bücher durchsah, stellte ich fest, daß es über Arkona jede Menge Beschreibungen und Berichte Reisender gab. So ist zum Beispiel vom Götterkult in Arkona das Folgende überliefert:

»Einer der vornehmsten Abgötter der Wenden hieß Swantevit, der insonderheit auf der Insul Rügen zu Arcona einen ansehnlichen Tempel hatte. Daselbst stund sein Bildnis von Holz, wie ein ungeheuerer grosser Riese, hatte 4 Menschen-Köpffe und 4 Hälse, einen Flitz-Bogen in der linken Hand, ein Horn mit Wein gefüllet in der Rechten; ein grosses Schwerdt an der Seiten, dessen Gefäß und Scheide von Silber, einen kurzen Rock am Leibe, wie auch Sattel und Zaum von ungemeiner Grösse, bey sich hängend.

Der Tempel des Swantevits stunde auf einem ebenen weiten Platze mitten in der Stadt, das Gebäude war ziemlich weitläufftig. In der äussersten Hall oder Umgang sahe man allerhand Silber eingeschnitzet, worin man den Heydnischen Götzendienst, die Art zu opffern, und dazu gehörige Instrumenten, sammt einigen Centauris und Schlangen-Bildern wahrgenommen. Durch das innerste des Tempels war eine Wand gezogen. Der erste Theil war mit Carmesin rothen Tuch ausgeschlagen; die andere Abtheilung ruhete auf 4. ansehnlichen Pilaren, und war alles mit kostbaren Decken und Prunck-Tüchern überzogen: doch ward nur eine Thür zu diesem Götzendienste eröffnet. An dem scheinbarsten Ort präsentirte sich der Swantevit wie wir denselben schon beschrieben haben. Ohnweit hiervon hiengen an der Wand köstliche Sattel, Zäume, Sporn und Pferde-Schmuck, ingleichen Schwerdt, 300. schneeweise Pferde hielte man dem Abgott auf dem Stall, deren Fütterung und Pflege die Priester verrichteten. Der Hohepriester hatte aber das allerbeste in seiner Aufsicht, und machte dem Volcke weiß, daß der Swantevit darauf ritte und wider die Feinde der Wenden tapffer stritte, dannenhero man es mannigmal schwitzigt und staubigt in der Stadt herum führete, und dem Pöbel die preißwürdigen Thaten des Götzen heraus strich. Dieses Pferd wurde auch an statt eines Oraculs gebraucht. Der Ober-Priester brachte gewisse Stäbe mit sonderbaren Characteren herfür, man legte sie in einer Reihe nach einander auf die Erde; welche Stäbe nun das Pferd mit den Füssen berührte, daraus weissaget er zukünftigte Dinge.«

(Kopie aus: Johann Heinrich Zedler, Großes Universallexikon aller Wissenschaften und Künste, welche bishero durch menschlichen Witz und Verstand erfunden wurden, Leipzig und Halle, 1747, Ein und Vierzigster Band, Wie – Wend, S. 2007–2008.)

Und Rethra?

Die Stelle, wo man die Metropolis Slavorum, manchmal auch Riedegost oder Radegast genannt, finden kann, steht bei Thietmar von Merseburg (* 976 – † 1019) im Chronikon: »Est urbs quaedam in pago Riedirierun Riedegost nomine, tricornis ac tres in se continens portas (una quaeque per singula cornua), quam undique silva ab incolis intacta et venerabilis circumdat magna. Duae eiusdem portae cunctis introeuntibus patent; tercia, quae orientem respicit et minima est, tramitem ad mare iuxta positum et visu nimis horribile monstrat.«

Bei meiner Durchsicht hatte ich bemerkt, daß überall in Wenzels Papieren, wo von Rethra die Rede war, die jeweiligen Seiten mit Lesezeichen oder farbigen Büroklammern versehen waren – und das Wort selbst hatte er an allen Stellen, wo es auftauchte, dick mit Bleistift eingekreist.

Im Jahre 955, so hieß es in »Pierer's Universal-Lexikon der Vergangenheit und Gegenwart«, war es zerstört worden, dann wiederaufgebaut – und 1150 von Heinrich dem Löwen noch einmal zerstört worden. Seitdem galt es als verschwunden.

Über dieser zweiten großen Kultstätte der Wenden schien noch immer ein Dunkel zu liegen. Schon die Frage, wo genau es sich einst befunden haben soll, war, im Unterschied zu Arkona, nicht geklärt.

Auch Schuchardt, in den ich zunächst große Hoffnungen gesetzt hatte, schien in dieser Sache offenbar noch nicht das letzte Wort gesprochen zu haben. Unter Wenzels Papieren gab es zu diesem Thema etliche Veröffentlichungen auch jüngeren Datums. An mehr als 30 (!) verschiedenen Stellen soll Rethra in den letzten Jahrhunderten »lokalisiert« worden sein; gefunden hatte es jedoch bisher niemand. (Schon 1378 hatte ein Ernst von Kirchenberg, der im Auftrag von Albrecht II., Herzog von Mecklenburg-Schwerin, Helmolds Slawenchronik übersetzen sollte, mit der Suche begonnen – und dann ergebnislos abgebrochen.)

Was die Suche wohl vor allem erschwert hatte, war, daß die wenigen Augenzeugenberichte, die es ohnehin nur gab, einander widersprachen: *in (oder an) einem See gelegen, rings von einem Hain (oder Wald) umgeben.* Die exakteste Angabe – und hierin wenigstens stimmten alle Quellen überein – lautete, daß es sich »4 Tagesreisen von Hamburg entfernt« befunden haben soll.

Ich mußte den ADAC-Atlas gar nicht erst aufschlagen. Bedenkt man, daß es damals kaum befestigte Wege gegeben haben dürfte – die einzige große Handels- und Heerstraße, die zu damaliger Zeit durch dieses Gebiet führte, war die »antiqua via« von Hamburg nach Wollin , so waren für eine Tagesreise 40, allerhöchstens vielleicht 50 Kilometer zu veranschlagen. Ich kam also auf ungefähr 180 Kilometer. Mit anderen Worten, wenn das alles so stimmte, mußte ich mich hier, wo ich gerade war, mitten in einem historisch verminten Gebiet befinden!

Die Wenden, deren sagenhafte Metropole Rethra war, sind in grauer Vorzeit aus den weiten Ebenen und Steppen des Ostens gekommen. Und sie sind untergegangen – ein Volk, das beinahe spurlos im Frühnebel der Geschichte verschwunden ist.

Viel von ihnen ist nicht übriggeblieben. Ihre Hinterlassenschaften belaufen sich auf zugeschüttete Burgwallanlagen, über die Gras wächst und die man höchstens noch als Hügel, als leichte, schwer zu erklärende Erhebungen in der Landschaft wahrnimmt. Das Holz ihrer Häuser ist vermodert, die Steine, aus denen sie aufgeschichtet wurden, sind verstreut. In der Erde liegen Tonscherben, ein knirschendes Erbe. Hin und wieder, wenn ein Feld frisch aufgepflügt wird, kommt etwas davon ans Licht. Meist wird es nur als wertloses Zeug angesehen und landet zwischen Brennesseln, Findlingen und Bierbüchsen am Feldrand. Mögliche Fundorte erkennt man übrigens an einer kaum wahrnehmbaren Grau- oder Schwarzfärbung des Bodens; dort waren früher Feuerstellen. Die beste Zeit für die Suche ist das Morgengrauen, da blendet die Sonne noch nicht alle Farbabstufungen zwischen Fundstelle und Umgebung aus.

Manchmal ist da eine seltsame Stimmung über dem Land, schwer zu beschreiben. In der Dämmerung, morgens oder abends. Oder im Herbst, wenn Licht und Dunkel sich nicht entscheiden können, die Zuordnungen sich lösen und das Land zeitlos, zwischen den Zeiten, davonzuschweben scheint. Vom Fluß steigt Nebel auf. Da liegt etwas von Durchreise und

Unbehaustheit, Fremde über dem Land, das einen frösteln macht.

Als die Wenden damals von der Weltbühne, die noch gar keine richtige war, abgegangen waren, sind sie davongetrottet – ins Namenlose. Doch nicht ganz. Ein paar seltsame Namen, die uns quer im Mund liegen müßten, an die wir uns aber gewöhnt haben und die wir gedankenlos nachsprechen, haben sie uns zurückgelassen.

Namen, heißt es, sind Schall und Rauch.

Dinge sind Schall und Rauch – Städte werden zerstört, versinken in Schutt und Asche. Und in Vergessen. Ist das Geschrei verhallt, und hat sich der Rauch verzogen, wird auf den Trümmern weitergebaut. Die Namen aber, selbst wenn man keinen Sinn mehr damit verbindet, bleiben.

Bis man auch die vergißt.

Wer wüßte denn noch, daß Schwedt vom slawischen »zveth« kommt und Licht heißt. Erst wenn man dort gewesen ist und die Helle über der weiten Oderlandschaft gesehen hat, wird man den Sinn dieses Namens verstehen. Oder daß Doberlug das »gute Luch« ist.

Draußen rauschte ahnungslos ein Auto vorbei.

Seltsame Vorstellung: daß es hier, vielleicht sogar ganz in der Nähe, nicht nur irgendeine der vielen wendischen Burgwallanlagen geben sollte, sondern, von Erde zugeschüttet, von Gesträuch überwuchert, von Gras überwachsen und – seit sie im Boden versunken war – von niemandem mehr betreten, die *Metropolis Slavorum* oder zumindest Reste dieser letzten, noch nicht georteten heiligen Stätte der Wenden.

Zwar brachte mich das alles Rethra noch nicht näher, »See« und »Wald« waren einfach als Bestimmungsgrößen viel zu unbestimmt (außer ein paar Feldern und Wiesen gab es hier schließlich gar nichts anderes als »Seen« und »Wälder«), und welche Rolle Wenzels Kirchen dabei spielten, wußte ich auch noch nicht, aber wenigstens war mir nun eines klargeworden: nämlich, wie Wenzels Notiz »Schuchardt ist schließlich auch kein Idiot gewesen!« zu verstehen war.

Das klang doch – anders ließ sich das gar nicht verstehen – wie die Rechtfertigung von jemandem, der sich (ebenfalls) mit einer Sache beschäftigte, die andere für ein Phantom hielten: Rethra.

Ich war zu müde, um die vielen Fäden zusammenzuziehen; zu munter, um einzuschlafen. So schwebte ich im Halbschlaf dem aufdämmernden Morgen entgegen.

Herr im Haus

In Retzehof, an der Straßengabelung, erkundigte ich mich bei einem Mann, der wie ein Wegweiser in der Gegend herumstand, nach der günstigsten Strecke Richtung Wiesebusch. Das war die Nr. 11 auf meiner Kirchenliste; die wollte ich erst noch abarbeiten, bevor ich weitere Schritte in Richtung R. unternahm.

Der Mann sah an mir vorbei – nickte dann, als habe er den ganzen Vormittag nur auf diese Frage und die Gelegenheit, endlich darauf zu antworten, gewartet. Da hätte ich eigentlich schon gewarnt sein müssen!

Umständlich erklärte er mir nun Vor- und Nachteile der beiden möglichen Strecken. Immer jedoch, wenn ich mich schließlich bedanken und endlich losfahren wollte – halt!, da fiel ihm noch etwas Neues ein. Zum Beispiel, das hatte er vorhin ja ganz vergessen, die neue Ausbaustelle auf der B 19, oberhalb von Cremmin. Da müßte man also schon vorher, hinter dem Forsthaus, nicht zu übersehen – da ist auch ein Schild, rechts die Straße nach Julich nehmen und …

Ich schaltete den Motor ab und stieg aus.

Schließlich konnte ich nicht wie Graf Koks im Auto sitzen bleiben, während dieser hilfsbereite Zeitgenosse mit Händen und Armen immer neue, verschlungene Wege in die Luft zeichnete, mir nützliche Fingerzeige gab, nur um mich so verläßlich wie möglich an allen Baustellenampeln und Fährnissen vorbei nach Wiesebusch zu dirigieren.

Während wir sprachen, hatte ich allerdings den Eindruck, daß etwas mit ihm nicht ganz in Ordnung ist. Der Mann – er war nicht viel älter als ich – litt unter einer heimtückischen Art nervöser Konvulsionen. Immer wieder ruckte, während er sprach, sein Kopf kurz und abrupt zur Seite, seine Augen wurden ganz schmal. Ein kleiner irritierender Aussetzer jedesmal. Mir war auch aufgefallen, daß der linke Arm in seinen Bewegungen fahrig, zittrig und stets ein wenig hinterher war – wie ein Echo des rechten.

Schließlich hatten wir es: ich sollte überhaupt nicht mit der B 19 fahren, sondern ganz anders, über Wetschow und Schönfeld. Etwas länger zwar, aber sehr viel kürzer – von der Zeit her.

»Wollen Sie sich nicht mal«, fragte der Mann auf einmal, als ich nun endgültig aufbrechen wollte, »mein Haus angucken?« Seine Stimme klang gepreßt, und noch während er das fragte, hatte er sich halb umgewandt. »Dauert auch nicht lange.«

Verständnislos sah ich ihn an. Unauffälliger Blick zur Uhr, gut, der Mann hatte sich schließlich auch Zeit für mich genommen. Ich schloß das Auto ab, folgte ihm und fragte mich, warum ich ihm folgte.

Am Gartentor ein postkartengroßes Namensschild, *Hans und Marlis Friedrich*, aus Messing. Wir betraten das Grundstück, die Gartentür fiel hinter mir ins Schloß, die Falle schnappte zu. Ich hatte sein Reich betreten.

Vorn auf dem Grundstück stand ein verwitterter Bauwagen. Der hatte vorhin, von der Straße aus, die Sicht versperrt. Jetzt erst sah man den Torso des zweistöckigen Einfamilienhauses ganz.

Im Garten, der in dem Sinne noch gar kein richtiger Garten war, sondern bloß wüstes Baustellenland, war die Erde aufgewühlt, es wurden Abflußrohre verlegt oder waren irgendwann dort verlegt worden. Dazwischen kleine Inseln zertretenen und zerfahrenen Rasens. Nur rechts, am Zaun, hinter einer Betonmischtrommel, gab es den tapferen, handtuchgroßen Versuch eines Beetes.

Dort, wo einmal das Dach sein sollte, schlappten gelbe, mit Holzleisten befestigte Plastebahnen. Über eine wacklige Brückenkonstruktion aus kalkverstaubten Bretterbohlen gelangten wir zum Hauseingang. Außen war das Haus noch unverputzt. Innen hingen elektrische Leitungen in langen Schlaufen an den Wänden herunter.

»Donnerwetter«, sagte ich, um überhaupt etwas zu sagen. Meine Stimme klang hohl in diesem Vorraum. Herr Friedrich nickte. Er ging voran. Öffnete Türen zu leeren Zimmern. Wir stiegen über Kabelrollen, Schuttecken. Unter einem tropfenden Rohrknick im Keller stand ein halbvoller Wassereimer, den ich beinahe, als wir die Treppen hinuntergetappt waren, umgetreten hätte.

Ganz klar war mir zwar nicht, welchen Sinn diese Baustellenbesichtigung haben sollte, aber lange würde das Ganze ja wohl nicht dauern.

Als wir, vom Keller bis zum Boden, einmal ganz durch waren und nichts, keine Kammer, keinen Seitenflur, wirklich nichts ausgelassen hatten, sagte ich abschließend: »Tolles Haus wird das, Herr Friedrich.«

»Wissen Sie, was mich der ganze Spaß hier gekostet hat?«

Um Gottes willen – er wollte mir jetzt doch hoffentlich nicht diese Bauruine verkaufen! Dennoch, um kein Spielverderber zu sein – diesen Gefallen konnte ich ihm ja noch tun –, überschlug ich rasch ein paar Zahlen im Kopf: Grundfläche – geschätzt 800 m^2, multipliziert mit Boden- und addiert mit Baupreisen, wie sie in solchen verlassenen Überlandregionen wohl üblich sind, plus minus x – das machte ungefähr …

Doch ehe ich mit meiner Rechnung fertig war, beantwortete er seine Frage selbst.

»Mein halbes Leben.«

Seine heiser gebrochene Stimme, dabei dieser seltsam

triumphierende Blick; da merkte ich, daß ich jetzt nicht einfach so gehen konnte. Also gut, noch eine Viertelstunde. Die Augenbrauen kritisch hochgezogen, sah ich auf die Uhr; und zwar so, daß auch er das sehen mußte.

Er bat mich ins Wohnzimmer, ins *zukünftige* Wohnzimmer. Dort campierte er in einer Ecke am Fenster.

Es herrschte in diesem Winkel des Zimmers eine kleine, traurige Ordnung: ein Teppichstreifen war ausgerollt. Ein Feldbett stand da. Eine Stehlampe. Ein Kofferfernseher. Auch eine elektrische Heizsonne. Auf einem Tapeziertisch, der vor der nackten Wand stand, lagen Rechnungen, Quittungen, Verträge – alles ordentlich abgelegt und ausgebreitet, sofort griffbereit, wie es aussah. Vorn, neben der Tür, summte schwermütig das ältere, rundliche Modell eines DKK-Kühlschranks. Obenauf stand eine Kiste mit Apfelsaftflaschen.

Herr Friedrich klappte mir einen geblümten Campingstuhl auseinander, auf einmal erblühten rote Astern aus dem Muster des Imprägnierstoffs von Stuhllehne und -sitzfläche, das machte diesen tristen Raum noch trister. Herr Friedrich selbst setzte sich auf das durchhängende Feldbett. Von unten blickte er zu mir auf.

»Ja, was soll ich nun sagen«, sagte er.

Dann fing er plötzlich an zu erzählen. Während er sprach, waren seine Hände unentwegt beschäftigt. Nicht nervös, auf eine beruhigende Art pulten sie geduldig an herumliegenden Kabellitzen herum, strichen die Decke glatt oder hoben etwas, einen Fussel oder eine Schraube, vom Fußboden auf. Er saß nach vorn gebeugt, die Ellbogen auf den Knien abgelegt – wie ein Angler, der im Trüben seiner Erinnerungen fischt.

Mitte der 70er Jahre – »am 30. Mai 1975« – war seine Großmutter (»unsere Oma«), der dieses Grundstück gehörte, in ein Pflegeheim gekommen. Seine Frau und er, sie bewohnten damals noch mit den Kindern (Mirko und Steffi – oder so ähnlich) in Oranienburg eine winzige 3-Zimmer-

Neubauschachtel – viel zu klein, aber eben ohne jede Chance, jemals dort lebend wieder herauszukommen.

Die Kinder wurden größer – die Wohnung aber nicht. Eines Tages stand der Entschluß unwiderruflich fest, hier, in Retzehof, ein Einfamilienhaus zu bauen.

Er und seine Frau (»Marlis«, wie er immer wieder sagte – und das klang so, als müßte ich sie kennen und schon seit Ewigkeiten per du mit ihr sein), die beiden begannen damit, Wochenende für Wochenende hierherzufahren. Sie rissen die alte, kalte Kate ab, auch den Stall, setzten die Pfosten für einen neuen Zaun, hoben die Fundamentgrube aus. Gingen auf die verschiedenen Ämter.

Zwar hatte ich schon oft Geschichten über Leute gehört, die in der DDR ein Eigenheim bauen wollten – die einen verloren ihr erspartes Geld dabei, die anderen ihren Verstand, manche auch beides –, aber das ganze Ausmaß solch eines tollkühnen Planes war mir nie richtig bewußt gewesen.

Gelegentlich, bei Geburtstagsfeiern, konnte es vorkommen, daß es von jemandem hieß: *Der da, der baut gerade ein Haus*. Ehrfürchtige oder auch mitleidige Seitenblicke auf solche Leute, die wie vom Schicksal ihrer Mission Gezeichnete herumstanden oder gewichtig, mit einem Glas in der Hand, herumliefen; sie lebten in einer anderen Welt. Trafen zwei oder mehrere von ihnen aufeinander, dann war jemand, der nicht dazugehörte, schnell »draußen«: diese Leute verständigten sich in einer Art Geheimsprache aus Abkürzungen und Zahlen-Buchstaben-Kombinationen, die kein normaler Mensch verstand (»Ich hab in Gransee noch sieben verzinkte Vierneuner mit Rundöffnung«), mysteriösen Orts- und Wegebeschreibungen, Namen, vielleicht sogar Decknamen (»Frag einfach nach Ulli, ja – Ulli, das genügt«). Uneingeweihte konnten nichts damit anfangen.

Im Kommunismus, der kommenden Gesellschaft, sollte es kein Geld mehr geben – alle sollten nach ihren Bedürfnissen leben. Der erste Schritt in diese Richtung war bereits getan, richtiges Geld hatten wir im Osten ja schon lange nicht mehr. Nur mit der Bedürfnisbefriedigung, da haperte es noch. So kam es, daß der Tauschhandel (= »primitive Form des Handels, bei dem unmittelbar Ware gegen Ware getauscht wird«) Schritt für Schritt, mit der weiteren Entwicklung der Gesellschaft, an die Stelle des offiziellen Geld-Ware-Verkehrs getreten war.

Einzig bei den irreführend so genannten »blauen Fliesen«, von denen hin und wieder in solchen halbkonspirativen Gesprächsrunden die Rede war, verhielt es sich anders.

Aber das bekam ich erst sehr viel später, und eher zufällig, mit. Es muß in einer der romantischsten Phasen meines Lebens, also etwa gegen Ende der 70er Jahre, gewesen sein, als ich von dem irrwitzigen Gedanken beseelt, kurzzeitig geradezu davon besessen war!, die düstere Tropfsteinhöhle rechts neben der schmalen Küche meiner Lichtenberger Ausbauwohnung (Hinterhof, links, parterre) in so etwas wie ein Bad verwandeln zu wollen.

Trauriger Anlaß dafür war meine damalige Noch-Freundin Ulrike. Eines Nachts saß sie auf dem Klo. Da hörte ich draußen, wie ein Rotweinglas zu Boden fiel. »Ulrike«, hatte ich aus dem warmen Bett gerufen, »Ulrike, ist was?«

Eine Antwort auf meine Frage bekam ich übrigens nicht. Nie.

Kurz darauf – Sekunden später! – wurden mir nur einzelne Bruchstücke des soeben Geschehenen, stückweise und ziemlich zusammenhanglos, zwischen haßhellen Tränenspritzern und hektischem Kleideraufsammeln, nachgeliefert, genauer: wütend an den Kopf geschleudert. Sie hatte sich, auf dem Klo sitzend, plötzlich, Aug in Aug, einer tropfnassen, Männchen machenden Ratte gegenübergesehen, die sich »ungerührt!« den Bart dabei geputzt hatte. – Ulrike machte es mir vor, immer wieder, immer wieder kratzte sie sich mit den Fingernägeln in ihrem schönen, bleichen Gesicht herum. Hellwach, wortlos stand ich da. Sie war wie irre; ich konnte ihre

Hände – konnte *sie* nicht festhalten. Schlußpunkt dieser nächtlichen Szene war eine »für immer!« und ewig zugeschmissene Wohnungstür.

Alles aus.

Dann lernte ich Nelly kennen. Ich beschloß, irgendwas mit dem Bad zu machen. Der Plattenspieler spielte Manfred Krug, ich dämmerte auf meinem gemütlich müffeligen Sofa dahin, betrachtete nachdenklich die braunen, aschebestäubten Mülltonnen, die sich im Hofquadrat vor meinem Fenster ausgiebig sonnten, und malte mir das ganze Projekt in den allerschönsten Farben aus: ich wollte es nun ausgerechnet in BLAU (Meer! Weite! Frische!) realisieren, mit blauen Fliesen also das ganze dürftige Nochüberhauptnicht-Bad in einen Bädertraum verwandeln – eine fixe maritime Idee stand dahinter.

Als ich dann mit meinem maschinegetippten Inserat »Suche dringend 16 m² *blaue* (!) Fliesen gegen Barzahlung, sofort!« bei der Anzeigenannahme der *Berliner Zeitung* am Alex auftauchte, schüttelte die Frau hinterm Schalter einfach nur den Kopf, im nächsten Moment war ich Luft für sie. Luft!

Das verstand ich nicht! Da zeigte sie mir, während sie, ohne zu lesen, ihre Unterlagen durchblätterte – tatsächlich, und ich habe mich *nicht* getäuscht –, kurz einen Vogel. Die Leute in der gewundenen Schlange grinsten zustimmend. Als ich aber hartnäckig blieb und damit den ganzen Verkehr aufhielt, ich wollte nicht weichen und bestand auf dem genauen Wortlaut meiner Anzeige!, sagte sie: sie lasse sich doch von so einem wie mir nicht provozieren, hier sei keine illegale Geldwechselstube.

Eine *was* ist das hier nicht? schrie ich entnervt zurück, ich verstand gar nichts mehr. (Erst Wochen später klärte mich jemand darüber auf, daß der Begriff »blaue Fliesen« unter Eingeweihten als Codewort kursierte: nämlich für wirkliches Geld, Westgeld, das blaue Wunder der Hunderter.)

Die Frau hinterm Schalter hatte sich endgültig von mir abgewandt. Nur noch: wenn ich unbedingt Ärger haben wolle, dann solle ich mich lieber gleich an die zuständigen Organe wenden, dann würde ich schon sehen, die würden mir schon helfen.

Ge-nauuuu, knurrte jemand.

Kann er ja gleich einen Ausreiseantrag stellen, meinte ein anderer.

Eben, befand ein Dritter.

So blöde kann man ja gar nicht sein!

– Der Nächste, bitte.

Das alles hatte ich gründlich vergessen. Nur manchmal, später, wenn ich mich durch die Wohnungstauschseiten einer Zeitung blätterte und auf Annoncen stieß wie: »Biete 2-Zi.-Neubauwhg., Kü. u. *Naßzelle*«, überrieselte mich kalt der Schauer einer unheimlichen Erinnerung – und eine alte Ratte pfiff mich ins Dunkel einer Lichtenberger Vergangenheit zurück, ein Rotweinglas fiel zu Boden – und wieder und wieder fiel endgültig, ach Ulrike, eine ferne, blöde Tür ins Schloß.

Herr Friedrich hatte mir ein Glas Apfelsaft eingeschenkt, naturtrüb. Er sah mich bekümmert an. Wahrscheinlich merkte er, daß ich mit meinen Gedanken woanders war. Aber es schien ihm schon zu genügen, daß ich überhaupt bei ihm saß.

Normalerweise verfügt jeder Mensch über ein Leben. Mit dem Hausbauprojekt änderte sich das für Herrn Friedrich; er begann nun, ein Doppelleben zu führen. Die Woche über: ganz normal Hauptbuchhalter im Reifenwerk. Im Kofferraum seines kleinen Autos aber, unter Decken und Säcken verstaut, lag in ständiger Bereitschaft, für alle Fälle, die blaue Arbeitskluft.

Am Wochenende sah man ihn dann zuversichtlich im PKW mit Kleinanhänger über die weiten Landstraßen der Republik tuckern – einen heißen Tip im Ohr, oder auf einem kleinen Zettel, handschriftlich notiert, eine gewisse Adresse in der Nähe von Anklam, welche 2 Sack Zement bedeuten konnte.

Manchmal fuhr er mit Marlis auch nach Berlin, in den INTERSHOP am Bahnhof Friedrichstraße. Aber nur, um sich einen Überblick zu verschaffen. *Diese* Abkürzung seines Leidensweges war ihm im allgemeinen verwehrt – als Hauptbuchhalter (an leitender Stelle) war es geboten, die ohnehin nur spärlich besetzte Westverwandtschaft (eine Tante nebst undurchsichtigem Anhang in und um Wiesbaden) besser ganz zu vergessen.

Im landesüblichen Tauschhandel hatte er also nur wenig Verwendbares in die Waagschale zu werfen, so mußte er alles, was ihm fehlte, durch übermäßigen Fleiß kompensieren. Es wäre natürlich ganz anders gewesen – das sagte er mir, wörtlich, so –, »hätte er damals zur herrschenden Klasse gehört, als einfacher Lagerarbeiter im Reifenwerk wäre in dieser Hinsicht manches einfacher gelaufen.«

Aber es half nichts. Und niemand.

Ich selbst hatte zu dieser ganzen Schwarzbauexperten-Szene, diesem zwielichtigen Milieu, kaum Tuchfühlung. Es ging mich nichts an. Mit meinem Loch in Lichtenberg hatte ich mich zwar nicht angefreundet, aber irgendwann doch abgefunden, zumindest eine Art Waffenstillstand geschlossen. Brach ein Stück nasser Diele nach unten weg, regte ich mich nicht mehr groß darüber auf, sondern nagelte einfach ein altes Brett darüber und hoffte, daß es länger halten würde als ich.

Mir war die Unterwelt dieser »Aktivisten der (nicht-)sozialistischen Arbeit«, die überall, wo sie auftauchten, beständig an einem feinmaschigen Netz aus Beziehungen und Dienstleistungen knüpften, zutiefst fremd – das ging mir sicher ebenso wie den anderen gewöhnlich Sterblichen: den ewig nörgelnden Mietern, *Nicht*-Hausbauern, *Nicht*-Kämpfern.

Ihren schier aussichtslosen Kampf führten die Eigenheimbauer an einer unsichtbaren Front. Auf den ersten Blick konnte einem das wie eine kriminelle Vereinigung vorkommen. Aber eher war es wohl so etwas wie eine illegale Widerstandsorganisation, die zum heimlichen Kampf angetreten war: sowohl gegen das Einheitswohnen in der von Wind und Wetter ergrauten Platte wie auch gegen das andere, sehr viel individuellere Leiden in den sachte zerfallenden Altbauhöhlen; immer bereit: und sei es auch für ganz überraschende Blitzeinsätze, etwa wenn ein nächtlicher Anruf sie von einem Moment zum anderen in ganz entlegene Landesteile rief, wo von jemandem (sehr unbestimmt) ein bestimmtes, dringend benötigtes Einzelteil gesichtet worden sein sollte – verchromte Wasserhähne zum Beispiel, in Sangershausen, oder ein 40-Liter-Gasdurchlauferhitzer in Zittau.

Und schließlich: was war denn von jenen finsteren Gestalten zu halten, die sich früh um 4 vor den Baumärkten – nein! hier erinnerte sich Herr Friedrich wirklich besser –: vor den Auslieferungslagern der *»VEB Zentralen Baustoffversorgung«* einfanden und sich dann wirklich, nachts, auf leerer Straße, ich habe es selbst gesehen, zu einer ordentlichen Schlange formierten und warteten und warteten, um pünktlich 7 Uhr, wenn sich das große Tor auftat, bereit und zur Stelle zu sein.

Einmal, *ein*mal in meinem Leben, habe ich selbst in so einer Schlange gestanden. Das war, als mein blauer Fliesentraum gerade grausam ausgeträumt war und mir jemand den heißen Tip gegeben hatte: in so einem Fall – *Holz*!

Anstelle des karibischen Blaus also, ersatzweise, eine etwas bescheidenere Lösung: eine Rundumverkleidung aus Kiefernholz. Warum nicht. Nelly war zu einem Weiterbildungslehrgang in Erfurt; ich hatte anderthalb Wochen Zeit.

Da stand ich nun, einer von vielen, früh dreiviertel 5 vor der Baustoffversorgung, *hier stehe ich, kann ich denn anders?* – ich fror entsetzlich.

Gegen 5 kursierte eine Thermoskanne. Sie gab zwar nur lauen Kaffee her, aber, was wichtiger war, auch einen kleinen Schluck wärmenden Gemeinschaftsgefühls.

Ab und an machten eine treffende Bemerkung oder ein dünner, fröstelnder Witz die Runde – unsere Männerrunde, die ansonsten mürrisch auf der Stelle stand, von einem Bein auf das andere trat und vor sich hin schwieg. »Das wird jetzt wohl die große Warenanlieferung sein«, sagte zum Beispiel einer, als in der Tiefe der Nacht das einsame, klägliche Knattern eines herannahenden Mopeds zu vernehmen war.

Dann war es wieder lange still.

Jeder stand für sich allein. Stand es irgendwie durch. Mal den Schwerpunkt auf dem einen Bein, mal auf dem andern. Oder man schwebte einfach davon: die Gedanken verließen den frierenden Körper, krochen klamm und heimlich ins warme Bett zurück, oder wanderten schon voraus: die zwei herbeiersehnten Umdrehungen des kleinen Zeigers (der zu dieser frühen Stunde noch völlig reglos in einem beneidenswerten Tiefschlaf zu verharren schien), weiter!, weiter!, auf die 7, die magische 7.

Die Normaluhr stand verlassen auf ihrer kleinen Verkehrsinsel gegenüber dem Haupteingang. Eine erleuchtete Betonpalme im Dunkel. Um diese Zeit floß hier noch nichts, keinerlei Verkehr. Alles lag ruhig da. Die ganze Szenerie sah aus wie die Theaterkulisse zu einem modernen Stück, in dem absolut nichts passiert. Das änderte sich erst gegen halb 6, als die erste Welle des Berufsverkehrs anrollte.

Endlich war es soweit. Irgendwo ging Licht an. Dann tat sich wieder lange nichts. Dann öffnete sich eine kleine Tür. Ein Mann kam langsam über den Hof. Er schob das Tor auf. Dabei tat er so, als würde er uns nicht sehen. Vielleicht sah er uns wirklich nicht, weil wir inzwischen unsichtbar, zu Nachtgespenstern, geworden waren.

Unsere geisterhafte Versammlung löste sich auf. Doch so sehr wir, die wir nun geordnet hineinwankten, uns in allen denkbaren Punkten (Herkunft und Hobbys, Schuhgröße und Kragenweite, Konfession und Konfektion) auch unterschieden, jetzt, in diesem Moment, gab es nur noch einen einzigen Gedanken, der uns verband und zugleich, weil er uns zu potentiellen Konkurrenten machte, trennte: Spundholz – heute oder nie!

Der Holzplatz lag ganz hinten, am äußersten Ende des Geländes, unter freiem Himmel; der war an jenem Morgen zartrosa. Aber die Wochen zuvor hatte es geregnet.

Ich weiß nicht mehr, wie, aber ich schaffte es – vielleicht auch, weil die anderen sich so merkwürdig zurückhielten –, mir einen ausreichend großen Posten Spundholz zu sichern. Froh, so viel Holz ergattert zu haben, lud ich das nasse Zeug ins Auto. Ich zitterte – vor Anstrengung, vor Kälte, vor Freude. Zu Hause kochte ich mir eine Kanne Kaffee. Und da ich jetzt ganz munter war, richtig flirrig, begann ich sofort mit den Arbeiten, ohne, wie ich es eigentlich vorgehabt hatte, mich noch einmal hinzulegen.

Was ich bis dahin immer für einigermaßen solides Mauerwerk gehalten hatte, stäubte mir als feines, graues Pulver entgegen und vermischte sich mit dem herumliegenden Sägemehl. Wegen der porösen Wand sicherte ich die eingebrachten Dübel zusätzlich mit Streichhölzern. Rabitzwand, so lautete, wie ich es später von einem Fachmann erfuhr, die korrekte Bezeichnung für diese Art von Gemäuer.

Ein Grauschleier hatte sich über alles gelegt, mein kleines finsteres Waschverlies war eine Großbaustelle geworden. Meine Augen brannten. Jeder Blick tat weh: das Sandpapier, das ich seit dem frühen Morgen gesucht hatte, mußte mir wahrscheinlich in die Augenhöhlen geraten sein!

Unter der Wanne, ganz überraschend, hatte ich auch noch eine Erinnerung an Ulrike gefunden – ein grüner Splitter ihres damaligen Glases. Ich barg ihn vorsichtig. Die Finger blieben unverletzt, zum Glück. Nur ein kleiner Stich im Herz.

Das Zusammengestückelte, das sich aus den undurchschaubaren Gesetzen der Tauschgesellschaft, den glücklichen Zufallsfunden, ergab – das alles hatte, wie ich später noch oft bemerkte, bis in die Gegenwart hinein sichtbar Spuren an und in Häusern, Wohnungen, Garagen und Wochenendlauben im Osten hinterlassen. Manchmal waren sie wie schlechte Träume – zusammengewürfelt aus Restposten, verpaßten Gelegenheiten.

»Haben Sie denn auch Erfahrungen, ich meine jetzt Hausbau und so?« hörte ich auf einmal Herrn Friedrichs Stimme.

»Flüchtig«, sagte ich, »nur sehr flüchtig. Ich hab mal, aber das ist schon lange her, ein Bad saniert.«

»Komplett?«

»Na ja.«

»Dann wissen Sie ja sicher, was das menschlich bedeutet.«

Ich nickte und schloß kurz die Augen.

Jedenfalls, fuhr Herr Friedrich fort – er sah mich scharf an, ob ich jetzt auch wieder ganz da sei –, während er auf der Suche nach Baumaterial war, übernahm Marlis das andere, nicht weniger schwierige Amt: die Gänge zu den Ämtern und Behörden. Das hieß: Anträge schreiben, warten, Genehmigungen einholen, warten, Ablehnungen abholen, Gänge zum Rat des Kreises – ewige Kreisgänge.

Das stimmt, ich erinnerte mich: die DDR verteidigte damals ihren Grund und Boden mit Klauen und Zähnen. Ehe man ein Haus, diesen kleinen roten Punkt auf Karten unterhalb des 1:30 000-Maßstabes, eine der kleinsten Einheiten, die eine Karte beflecken können, in die Landschaft setzen durfte, mußten schon mehrere kleine Wunder geschehen.

»Heute ist das ja alles sehr viel einfacher«, sagte ich.

Auf der Fahrt hatte ich überall die großen Aufsteller der Immobilienmakler gesehen. Im Hintergrund lag noch nichtsahnend die Wiese in hoffnungsvollem Grün. Auf dem Schild davor, das der Wiese kalt den Rücken zeigte und ihr so – äußerst raffiniert – den Blick in ihre eigene Zukunft verstellte, war ihr weiteres Schicksal schon auf einer kolorierten Bauskizze vorgezeichnet: bis zum Horizont war sie mit virtuellen Reißbretthäuschen zugebaut.

»Ihr Traum vom exklusiven Wohnen – 16 Doppelhäuser!« Offenbar war es der Traum jener verhuscht gezeichneten Spielzeugmenschen, die zum Zwecke der Vervollständigung mit auf das Zukunftsbild dieser 16-Doppelhäuser-Landschaft geraten waren und die, noch etwas ratlos, die Lücken zwischen den Häusern auffüllten.

Herr Friedrich starrte mich an: »Die verscherbeln doch heutzutage das Land, als würden sie es bezahlt bekommen.«

»Also, ich glaube, ganz ehrlich, Herr Friedrich, wenn das richtige Immobilienfirmen sind, dann bekommen die das auch richtig bezahlt.«

Er nickte betrübt, als sei das jetzt eine vollkommen neue Einsicht, die erst noch gründlich verarbeitet werden mußte.

Damals, 1990, aber sollte alles besser werden.

Er kündigte im Reifenwerk, dessen Zukunft ungewiß war. In dieser entscheidenden Bauphase war es sowieso besser, vor Ort zu sein. Beim Volksgut Retzhof bekam er eine Stelle als Buchhalter. Es gab viel zu tun in dieser Zeit. Die Bestände mußten aufgelistet werden, die Bilanzen der letzten Jahre waren exakt zu dokumentieren, das heißt: es mußten die planwirtschaftlichen Korrekturen – man kann auch Fälschungen sagen –, die sich mit den Jahren eingebürgert hatten, wieder herausgerechnet werden, damit sich unterm Strich ein realistisches Bild der wirtschaftlichen Leistungskraft des Volksguts ergab. Er arbeitete von früh bis spät – und von spät bis früh. Ganze Nächte saß er über den phantastischen Abrechnungsbögen, deren seltsame Mathematik seine Gefühle, rein fachlich, zwischen Abscheu und Bewunderung pendeln ließ.

Dann war alles fertig.

Und eines Tages war es plötzlich mit dem »Volksgut Retzhof« vorbei. Das Schild wurde abgeschraubt. Und weil die

Schrauben verrostet waren, mußten sie herausgebohrt werden. Herr Friedrich hatte frei, war frei, konnte nach Hause gehen, Hans im Glück – nach Hause, endlich.

Jetzt konnte alles beginnen. Er stürzte sich in die Arbeit – wohin sonst hätte er sich auch stürzen sollen?

Handwerker, die ihn früher nicht mal eines halben Seitenblickes gewürdigt hatten, schickten ihm, den sie auf seiner Baustelle herumfuhrwerken sahen, nun auf einmal buntglänzende Angebotsflyer ins Haus. Die flogen bei ihm aber – nach kurzer Zwischenlandung im Briefkasten – gleich weiter, in die blaue Altpapiertonne.

Nein, jetzt nicht mehr. Das verbot ihm sein Stolz. Bis hierhin hatte er alles alleine geschafft, den Rest jetzt auch noch.

Außerdem wurde das Geld knapp.

»Das einzige, was heute überhaupt noch zählt, ist Grund und Boden, Besitz.« So faßte er die Lage zusammen. Er hatte die Stimme erhoben, sie hallte im leeren Raum.

Ich sah mich mitfühlend in der Bauruine um und nickte.

»Was sagt denn Ihre Frau dazu?« fragte ich nach einer Weile.

Herr Friedrich blickte ernst zum Kühlschrank und schwieg. Er schien in sich hineinzuhören: »Wir leben zur Zeit getrennt. Sie hat mich ... sie ist ausgezogen. Erst mal.«

Fairerweise schüttelte ich fassungslos den Kopf.

»Doch«, sagte er, »ich versteh sie. Das kann man doch verstehen, oder? Sie ist wieder in Oranienburg. Sie muß über unsere Beziehung nachdenken.«

»Wie lange, ich meine – wie lange ist sie denn schon weg?« fragte ich mitfühlend.

»Das werden, warten Sie mal, jetzt im Juni werden das zwei Jahre.« Und rasch fügte er hinzu: »Da ist natürlich auch einiges zu bedenken, was unsere Beziehung angeht, nicht wahr.«

Stille. Die Uhr tickte nicht. Es gab keine Uhr. Die Zeit stand auf der Stelle, sie traute sich nicht weiter nach vorn, ins Ungewisse.

Auf einmal aber federte ein blauer Springteufel, Herr Friedrich!, hoch. Im nächsten Augenblick stand er neben mir, dann am Tapeziertisch und legte feierlich wie zum Bibelschwur seine Hand auf einen Sigma-Ordner: »Aber die Bank, die ist wenigstens jetzt auch raus, seit Anfang des Jahres. Hier, alle Kredite abbezahlt. Alles unbelastet.«

Ich nickte ihm zu. »Na, sehen Sie, Herr Friedrich, vielleicht wird ja auch alles noch gut.«

»Wer weiß.«

»Und, Ihre Frau, vielleicht kommt sie ja doch eines Tages wieder.«

»Ich gehe in die Küche«, sagte er leise, »ich gehe also in die Küche« (etwas lauter), »setze Kaffeewasser auf, für vier Tassen, und sage – so, über die Schulter hinweg, verstehen Sie –, sage ich: ›Nun guck dich doch bloß mal um, Marlis.‹« Er hatte keinen Moment überlegen müssen, offenbar stand ihm die Szene – Rückkehr der verlorenen Ehefrau – schon seit langem so vor Augen; er hatte die Lider jetzt halb geschlossen.

Ich sah mich um und nickte. Es war wohl besser, ihn jetzt mit seiner Traumfrau allein zu lassen, außerdem mußte ich auch weiter. Leise erhob ich mich.

»Warten Sie, ich bring Sie noch.«

Er nahm meinen Stuhl und wollte ihn zuklappen. Dabei bemerkte ich, daß er seinen linken Arm kaum gebrauchen konnte, er preßte das Stuhlskelett ungeschickt mit dem rechten Arm gegen sein Bein, bis es endlich klappte – zu!

Ich hatte ihm helfen wollen, doch er war stolz, es allein geschafft zu haben.

»Hier«, er krempelte seinen linken Ärmel hoch. »Die Idioten, die! Dachten wohl, es ist wie früher – eine Baustelle und keiner da, der aufpaßt. Und daß man da einfach alles so mitnehmen kann. Die dachten wirklich, hier wohnt keiner mehr.«

Er lachte. Schräg über den Unterarm lief eine lila Narbe.

»Aber die haben auch was abgekriegt«, sagte er. »Na aber.

Ganz klassisch, Faust 1 und Faust 2.« Er fuchtelte mit der rechten Hand in der Luft herum.

»Alles in Ordnung, Herr Friedrich?« fragte ich.

»Alles in OBI«, sagte er und strich die Jacke wieder glatt.

Dann brachte er mich hinaus.

»Herr Friedrich, ich –«

»Danke.« Er schob mich zur Tür hinaus. »Und wie gesagt: über Wetschow, Schönfeld und – na, Sie werden sich schon zurechtfinden.«

Abends, Hotelpension »Märkischer Reiterhof«.

Das war eine Zimmerflucht von 1 bis 5, etwas verloren, oben, in der Galerie einer riesigen, gespenstisch ausgeleuchteten Reithalle. Die Halle war leer.

Das riecht hier aber gut nach Heu, dachte ich naturverbunden. Dann, als ich genauer hinsah, merkte ich, daß es frische Sägespäne waren, wonach es so roch. (Bei den Erwanderungen, wenn es je dazu kommen sollte, darf nicht außer acht gelassen werden, daß 99% der Städter vollentwickelte Wahrnehmungskrüppel und Sinneslegastheniker sind – das notierte ich mir lieber gleich.)

Ich saß in meinem Zimmer, der Nummer 3. Die Bücherkiste hatte ich diesmal gleich im Auto gelassen, ich war zu müde. Weil die Zimmer 2 und 4 nicht belegt waren, gab es nichts zu hören. Und weil es keinen Fernseher gab – auch nichts zu sehen.

Ich beobachtete eine Fliege.

Die Fliege kroch gerade aus meinem Bierglas hervor und flog torkelnd mit unbekanntem Ziel davon. Mit dem Finger fuhr ich nachdenklich durch die Bierlache auf der Glasplatte des Nachtschränkchens. Bei den Wenden wurde aus dem Met-Rest, welcher im Horn übriggeblieben war, auf gute oder schlechte Ernte geschlossen.

Schluß für heute! Zeitig fiel ich ins Bett – und in einen seltsamen Zustand zwischen Wachen und Schlafen. Ich dachte an Herrn Friedrich, der jetzt ein paar Kilometer weiter wie Friedrich der Große auf einem einsamen Feldbett lag und von einer unerreichbaren Marlis träumte, von einer Bank, auf der sie saßen … Aber, halt!, die Bank war ja raus. Das hatte ich ganz vergessen. Meine Hände, zu Fäusten geballt, lagen auf der Decke. Es muß einen schon nachdenklich stimmen, in einem Land zu leben, dessen identitätsstiftende Geistesgröße ausgerechnet »Faust« heißt. Dann ging ich durch ein Dorf. Aus den Fenstern starrten mich die einäugigen Eingeborenen an. Sie riefen im Chor: »Inzest, Inzest / gab uns den Rest!« Das wunderte mich. Beziehungsweise: das wunderte mich gar nicht.

In dieser Nacht schlief ich katastrophal. Erschreckend einfallslose Träume – von Pferden! Als ich, ich weiß nicht wie, von einem weißen Pferd gefallen war und flach und steif auf dem Rücken lag, in meinem harten Bett, schweratmend – meldete sich die Wirklichkeit als fernes Wiehern aus einem Stallgebäude zu Wort.

Angesichts dieser Banalität war ich verstört, einen Moment lang regelrecht deprimiert. Das Innenleben meiner Träume hatte ich bisher eigentlich immer für kaum entwirrbar, kaum ausdeutbar gehalten.

Später schreckte ich noch einmal hoch. Im Traum hatte ich tatsächlich »Na, du weißer Schimmel, wie geht es dir?« gesagt, es noch beim Aussprechen zutiefst bereut und mir vor Schreck auf die Lippe gebissen.

Lange lag ich wach und leckte mir die blutige Unterlippe.

Das Pferd hatte im Traum mit mir gesprochen. Erst sehr vernünftig über das Wetter und so weiter, dann wurde die ganze Geschichte undeutlich sexuell.

Wahrscheinlich war das hier ganz standesgemäß sogar eine Roßhaarmatratze, auf der ich lag und an der es lag, daß ich im Traum sonstwohin galoppierte.

Mir gingen die letzten Tage durch den Kopf, und ohne das Licht anzuknipsen – der Mond funzelte als Laterne herein –, nahm ich ein Blatt und setzte noch einiges auf die Liste, was mir ergänzend und aktualisierend zu meinem »Kurzen Abriß der Vorgeschichte« eingefallen war.

Dann, endlich, schlief ich ein. –

Am nächsten Morgen konnte ich die ineinander verhakte Strickmusterschrift, mein schräg und krakelig Geschriebenes, kaum entziffern. Als ich es entziffert hatte, konnte ich es kaum verstehen. Als ich es verstanden hatte – – – aber ich verstand es damals, glaube ich, gar nicht.

Die Ehrenmale. Die Kultstätten.

Das Nacht&Nebel-Verhältnis der Wenden zum Gemeinschaftseigentum (vgl. dazu auch die sogenannten »Klaui's«, die kleinen zweirädrigen PKW-Anhänger, die landesweit in der DDR im Einsatz waren), Herr Friedrich!

»Leninstraße«, »Straße der Deutsch-Sowjetischen Freundschaft«. Die Rückbenennungen in »Königstraße« usw.

Greift hier das Prinzip: Rückgabe vor Entschädigung?

Der Siegeszug der Soljanka. Fettaugen sehen dich an.

Die ausgeprägte FKK-Baderei im Osten. Heidnisches Relikt – oder was sonst?

Hierzu: bei den alten Gelehrten, z. B. dem Geographen Adam von Bremen, wurde die Ostsee »die Scythische See« oder einfach »das Heidenmeer« (!) genannt.

Kleidung: »Die Kleidung der Wenden bestand aus einem kleinen Hut, einem wollenen Obergewand ... usw.«

Gehört hierher – als historische Krönung – Erich Honeckers kleiner Speckhut?

Ein Beweisstück.

Aber wofür, wogegen?

Der bis heute in der sorbischen Lausitz, rund um Kamenz, geübte Brauch des Osterreitens. »Ich denke, mich tritt ein Pferd.« Swantevits Schimmel? Die wahren Götter – wahrscheinlich immer nur mit 1 PS unterwegs.

Etwas Stammeskunde

ZEHN FRAGEN VON ALLGEMEINEM INTERESSE

Woher kamen die Wenden?

Bekannt ist, daß sie aus dem Osten kamen. Das erste Mal tauchen sie als »Venether« kurz am Horizont der Geschichte auf – und zwar im 46. Kapitel von Tacitus' »Germania«, wo dieser die Völkerschaften (Finnen, Sarmatier und so weiter) östlich des germanischen Stammesgebietes beschreibt. Ursprünglich war dies die Bezeichnung für die Illyrier, später wurde sie auf die im Nordosten Europas siedelnden Slawen übertragen. Als ihr Herkunftsgebiet wird im allgemeinen der Balkan angenommen. Manche Forscher leiten zum Beispiel die Sorben von den Serben her! Östlich reicht ihr Ursprungsland bis hin zur Küste des Schwarzen Meers.

Bedingt durch die Nähe ihres westlichen Siedlungsgebiets zum Adriatischen Meer, wird sogar, etwa in Zedlers »Großem Universallexikon«, ein Zusammenhang von Wenden (»Venethern«) und Venedigern angenommen.

Häufig findet sich in der Literatur auch eine Gleichsetzung von Wenden und Vandalen, ein Irrtum, der dadurch entstanden ist, »weil beyde Völcker, Vandalen und Wenden, an etlichen Orten einerley Sitz inne gehabt«. Schon 1737, im »Schlesischen Historischen Labyrinth«, ist diese falsche Namensgebung gerügt worden – trotzdem fand sie weiter, meist in diffamierender Absicht, Verwendung, etwa wenn der Vorleser Friedrichs des Zweiten, Henri de Catt, die Lausitzer Sorben als »Vandales« bezeichnete, oder wenn Voltaire, nach dessen Bruch mit Friedrich, diesen kurzerhand als »Vandalenkönig« titulierte.

Namentliche Erwähnung bei Tacitus finden bereits zwei Teilstämme der Wenden: die Rugier an der Ostseeküste und auf der Insel Rügen, und die Lemovier zwischen Weichsel und Oder.

Thietmar von Merseburg und Adam von Bremen begannen, die Nachrichten vom Leben und Treiben der auf den ersten Blick finster anmutenden Bewohner dieser größtenteils bewaldeten Gegenden zu sammeln. Vorstöße ins Innere des unwegsamen Landes waren anfangs naturgemäß nur per Schiff möglich. Deswegen findet man auf alten Karten zunächst lediglich die großen Flüsse, Elbe, Peene und Weichsel, verzeichnet; später, nach weiteren Expeditionen, kamen Havel, Spree und Schwarze Elster hinzu.

(Vorzumerken für »Die Erde mit menschlichem Antlitz«: In unserer historischen Betriebsblindheit sehen wir immer nur die eigenen Spuren; die Karte zeigt uns nicht das Bild der Welt, sondern nur jenes Bild, das wir uns gerade von ihr machen.

Frage: warum sahen früher die Karten schöner aus?

Wenn ein geflügelter Engel, halbverdeckt von einer Windrose, mit aufgeblasenen Backen ganz links, am äußersten Westrand das Weltenplans, Wind macht, ist das schön und vielleicht auch plausibel. Wenn ein anderer Engel, der wie ein dickes dreijähriges Kind aussieht, einen Vorhang lüftet – und dahinter kommt die bunte Karte der Welt erst richtig zum Vorschein –, dann ist das nicht nur schön und plausibel, sondern wahrscheinlich sogar wahr.)

Was bedeutet eigentlich der Begriff »Mark«?

Antwort darauf gibt uns Christoph Obermüller in seinem Buch »Die deutschen Stämme«, S. 433f.: »Alle germanischen Sprachen kennen das Wort Mark, und zwar ziemlich übereinstimmend in der gleichen Bedeutung, die immer unmittelbar oder mittelbar mit dem Begriff der Grenze zu schaffen hat. Das althochdeutsche ›marka‹ und das entsprechende mittelhochdeutsche ›marc‹ bedeuten Grenze und Grenzgebiet, das angelsächsische ›mearc‹ gleicherweise Grenze und Landgebiet. Auch im etwas entfernter verwandten Gotischen bezeichnet ›marka‹ die Grenze, dagegen ist in dem dem Gotischen sonst näherstehenden Altnordischen ›morc‹ die Bezeichnung für Wald. Offensichtlich war aber auch hier Grenze die ältere Bedeutung, von der die Bedeutung Wald erst abgeleitet ist, denn in der germanischen Frühzeit wurden die Grenzen meist durch Wälder gebildet.«

Was ist vom Alltagsleben der Wenden bekannt?

Da bis auf die teils ideologisch, teils subjektiv eingefärbten oder vom Hörensagen diktierten Berichte der christlichen Eroberer keinerlei schriftliche Überlieferungen existieren, geben archäologische Funde die verläßlichsten Aufschlüsse. Untersuchungen von Siedlungsstätten zeigen, daß die Wenden, wo es nicht natürliche Vorkommen von Steinen gab, fast ausschließlich in Holzhäusern, die in Blockhaustechnik errichtet wurden, lebten. Weit verbreitet waren quadratische Grundrisse mit einer durchschnittlichen Grundfläche von 16 m^2. Meist bestanden die Häuser aus nur einem Raum. Das Dach war mit Stroh oder Rohr gedeckt. Die Tür befand sich an der Südseite, die Herdstelle, nebst Rauchabzug, an der Nordwestseite. Der Fußboden war gedielt oder bestand aus Lehmtennen.

In »Die Slawen in Deutschland«, herausgegeben von Joachim Herrmann, Berlin, 1970, S. 146, heißt es in diesem Zusammenhang: »Die Gleichheit der Häuser und – soweit sich das schon beurteilen läßt – auch der Gehöfte deutet an, daß eine tiefgreifende soziale Differenzierung innerhalb der Bauernschaft noch nicht erfolgt war.«

(NB: Vergleiche mit Plattenbau und Musterhaussiedlung!)

Ein äußerst erstaunlicher Fund wurde jedoch 1980 bei Erschließungsarbeiten auf dem Gelände eines späteren Neubaugebiets an der Notte, im Süden Berlins, zwischen Königs Wusterhausen und Schenkendorf gemacht. (Vgl.: Bernd Fischer: »Frühe Slawen in der Notte-Niederung bei Königs Wusterhausen«, in: Heimatkalender für den Kreis Zossen, 1985). Die dort freigelegten länglich-ovalen Gruben aus frühslawischer Zeit, d. h. dem 6. und 7. Jahrhundert, enthielten neben den üblichen Keramikscherben, die die exakte zeitliche Zuordnung überhaupt ermöglichten, und diversen Tierknochen relativ viel Eisenschlacke sowie erhebliche Mengen von Holzkohleresten, Asche und zerglühten Steinen.

Man deutete diese Fundstellen zunächst als normale Abfallgruben; doch dem widersprach die auffällige Reihung der Gruben sowie deren strenge Nordost-Südwest-Ausrichtung. Das legte den Gedanken nahe, daß diese Gruben (als Keller) zu einer einstmals darüber befindlichen Häuserreihe gehört haben könnten. Daß es sich dabei nicht um gewöhnliche Hausunterkellerungen gehandelt haben dürfte, geht aus den geringen Abmessungen der Gruben hervor (zwei von ihnen maßen 3 x 1 m, je eine von ihnen 4 x 2 m beziehungsweise 5 x 2 m). Vor allem wegen der reichlich in ihnen vorgefundenen Feuerungsreste, Holzkohle und Asche, die sich bei der Ausgrabung deutlich gegen den hellen märkischen Sand abzeichneten, kam man schließlich zu der Vermutung, daß es sich hierbei womöglich um einen unterirdischen Ofen, die frühe Form einer Fußbodenheizung, gehandelt haben könnte.

Die in verschiedenen wendischen Siedlungen ausgegrabenen Knochenreste lassen nach der Häufigkeitsverteilung den Schluß zu, daß Rind und Schwein die mit Abstand größte Bedeutung gehabt haben, dann folgten Schaf und Ziege. Geflügel spielte eine untergeordnete Rolle. In Berlin-Köpenick wurde in einer Schicht des 12. Jahrhunderts ein Eselsknochen gefunden. Hunde gab es natürlich auch.

Weit verbreitet war die Pferdekultur. Ibrahim ibn Jacub, der 945 das Land der Wenden bereiste, berichtete, daß das Land so reich an Pferden sei, »daß solche von dort ausgeführt werden«.

Eine besondere Rolle spielte bei den Wenden die Fischerei. Fundstücke zeigen, daß sie vom Angelhaken bis zur Fischreuse alles kannten, was zum Fischfang benötigt wurde. Die später in deutschen Städten existierenden Fischerkieze gehen auf wendische Ursprünge zurück.

Die an den unterschiedlichsten Stellen aufgefundenen Gebrauchsgegenstände zeigen ein überraschend reiches Bild des wendischen Alltagslebens. Nicht nur, daß es äußerst differenzierte Werkzeuge bei ihnen gab, sie kannten auch Kämme, Pinzetten, sowie viele Arten von Spielzeugen.

In einem Gräberfeld bei Sanzkow in der Nähe von Demmin konnte man an einem Schädel den Nachweis erbringen, daß die Wenden es sogar verstanden haben, lockere Schneidezähne durch Umkleiden mit einer Kittmasse und das Anbringen eines kleinen Bronzeplättchens künstlich zu befestigen.

Die Wenden glaubten an viele Götter– wie stand es bei ihnen aber mit dem Aberglauben?

Noch heute geistern, besonders in der Lausitz, diverse Geschichten, Sagen und Legenden durchs Land, manchmal sind es auch nur Sprüche und Wortspiele, die ihren Ursprung im wendischen Volksglauben haben. Dabei ist dieser Aberglaube längst nicht so blind, wie es den Anschein hat. Äußerst hellsichtig diente er oft dazu, wichtige Einsichten weiterzugeben. Das ist etwa in der Sage »Der Hirt bei Jesau« der Fall: »Zwischen Jesau und Deutschbaselitz weidete ein Hirt gern seine Schafe auf einem Felde, das heute wüst liegt und von großen Steinen übersät ist. Er saß oft unter einer Eiche, schaute den Wolken nach und träumte. So überhörte er einmal das Mittagsgeläut im Dorf und vergaß, seine Herde heimzutreiben. Die Schafe lagen satt und schläfrig zu seinen Füßen. Da zeigte sich plötzlich die Mittagsfrau. Sie stierte ihn boshaft an und verlangte: ›Erzähl mir von deinen Schafen!‹ Der Hirt, zu Tode erschrocken, suchte alles zusammen, was er nur wußte, und erzählte stotternd. Aber die Zeit schlich gar langsam dahin, und es war kaum eine halbe Stunde vergangen, da wußte er nichts mehr zu sagen. Ängstlich hoffte er auf den Schlag der Turmuhr im Dorf – aber die Mittagsfrau stand unbarmherzig neben ihm. Was dann geschah, weiß niemand. Als er mit der Herde nicht heimkehrte, suchten ihn die Leute. Doch sie fanden nur einen größeren Felsblock und viele Steine um ihn herum. Die Mittagsfrau hatte Hirt und Herde zu Stein verwandelt.« (aus: »Sagen der Lausitz«, Bautzen, 1979)

Auch in einem Gedicht Peter Huchels (»Wendische Heide«) findet diese Sage einen späten Nachklang: »Wendische Heide, weißes Feuer, / du Bütte Gold und Mittagsspuk, / die Grille huschte, schrillte scheuer / am Stein, der keinen Schatten trug.«

Es ist sehr vernünftig, die Geisterstunde nicht für Mitternacht anzusetzen, da schläft man sowieso, sondern sie lieber zur Mittagsstunde schlagen zu lassen, wo die Sonne am höchsten steht und die Dinge von Natur aus keinen Schatten werfen, sich also in Wesen ohne Schatten verwandeln. Da die Lausitz einer der heißesten Landstriche Deutschlands ist, hat es durchaus Sinn, mittags dort eine sogenannte Mittagsfrau herumzuschicken. Eine respekt- und angsteinflößende Gestalt, die aufpaßt, daß die Leute, die auf dem freien Felde arbeiten, wenigstens in der größten Hitze des Tages einen kühlenden Schattenplatz aufsuchen. Tun sie es nicht, ist die Mittagsfrau zur Stelle und bestraft die Säumigen: entweder mit einem Sonnenstich oder sogar mit dem Tode durch Hitzschlag. Nach der Sage nämlich verlangt die Mittagsfrau, daß man ihr bis zum Glockenschlag eins etwas erzähle. Wer es nicht schafft, den trifft ihre Sichel. Einmal gelingt es einem

Mädchen, die Mittagsfrau zu überlisten, und zwar indem es jedes Wort langzieht und die Geschichte vom Flachs, die es erzählen soll, mit so vielen dazugehörigen und überhaupt nicht dazugehörigen Details ausschmückt, daß die Stunde von zwölf bis eins auch wirklich unbemerkt vergeht und das Mädchen gerettet ist.

Ein ähnlich vernünftiger Aberglaube rankte (oder wand?) sich um die Schlangen. (NB: Exempel für eine sehr kluge Art, mit Unabänderlichem umzugehen!) Da es Schlangen, zum Beispiel im feuchtwarmen, an Flußarmen und Gräben reichen Spreewald sowieso in großer Menge gibt, war es wahrscheinlich das Naheliegendste, sich lieber gleich mit ihnen zu arrangieren, zumal sie sich von Mäusen und Würmern ernähren und auf diese Weise die lebenswichtigen Mehlvorräte des Hauses schützten. So galten sie also bei den Sorben der Niederlausitz als Glücksbringer des Hauses, man glaubte, daß in jedem Hause zwei Schlangen wohnen – ein Gospodar (= der Herr), eine Gosposa (= die Herrin).

Daß der wendische Schlangenkult gerade in der Lesart christlicher Missionare als Beweis »widerwärtiger Abgötterey« verstanden werden mußte, kann einen nicht verwundern.

Anderes hingegen, wie etwa die von den Wenden Lutken genannten Zwerge, die sich einer Sprache bedient haben sollen, die dadurch charakterisiert war, daß alles in der Verneinung ausgedrückt wurde, gehört wohl ganz ins Reich des Märchens.

Kann es nicht aber auch sein, daß die Überlieferungen, die wir etwa von den grausamen Bestattungsritualen der Wenden haben, bewußt gestreute Horrorgeschichten sind, um die Wenden als gottlose Heiden zu diffamieren?

Ja. Das kann durchaus sein.

Aber?

Aber andererseits gibt es Augenzeugenberichte, die solche Vorkommnisse tatsächlich zu bestätigen scheinen: »Des Grafen und Herren von Mansfeld eheliches Gemahl, eine Tochter des Grafen von Lüchow, wie sie auf eine Zeit ihre Eltern heimsuchen will, und sie über die Lüneburger Heide gefahren, ist sie in ein Holz gekommen, und allda ein erbärmlich Geschrey eines alten Mannes gehöret. Sie schicket einen ihrer Diener ab, zu erkundigen, was da wäre, nach dem der Diener nicht so bald wieder kam, wie sie wohl vermeynte, ist sie selbst vom Wagen gestiegen, gehet hin zu sehen, was da wäre. Da fand sie einen alten betagten Mann gebunden, und einen andern, der ein Grab machte. Dieser gab ihr zur Antwort ohn einigen Scheu, dann er wüßte anders nicht (dieweil es bey ihnen ein alter Gebrauch) dann er thäte ihm recht. Ich habe hier, sagte er, meinen Vater, der ist nun in sein Alter gekommen, und kann nicht mehr arbeiten, den will ich hier begraben: die Fürstin straffet ihn seiner bösen Handlung, er solte ja billig seines leiblichen Vaters schonen, denselben nicht also schändlich tödten, denn es wäre wider Gottes Geboth. Sie gab ihm etwas Geld, damit solte er seinen alten betagten Vater erhalten. Dieses ist geschehen im Jahr 1406 ungefehr. Andere unter den Wenden sind noch grausamer gewesen, die haben ihre betagten Eltern getödtet ihr Fleisch gegessen und dieselben also in ihrem Bauch vergraben.«

Kann man angesichts derartig grausiger Rituale die Wenden überhaupt mit menschlichem Maß messen?

Daß es durchaus auch menschlich bei ihnen zuging, belegt ein archäologisches Fundstück von der Halbinsel Wollin. (In einer von den Mappen lag ein Zeitungsbericht darüber, den Wenzel irgendwo ausgeschnitten hatte.) Nach tausend Jahren kam hier nämlich eine kleine Betrügerei ans Licht, die uns die Wenden sehr vertraut erscheinen läßt. An einer wendischen Opferstelle wurde ein vollständig erhaltener Lederbeutel mit Opfergaben gefunden. Während sich oben, für die

Priester gut sichtbar, wertvolle Glasperlen in dem Beutel befanden, war er darunter mit Tonscherben und noch weiter unten mit Steinchen und zerborstenen Schneckengehäusen aufgefüllt.

Woher stammt der Name des Hauptgottes der Wenden – Swantevit?

Die Herkunft dieses Namens ist unklar. Eine oft kolportierte, aber sehr umstrittene Deutung gibt Ludwig Giesebrecht in seinen »Wendischen Geschichten«, Berlin, 1843: »Ludwig, Karls des Großen Sohn, habe vor Zeiten das Land der Ranen dem heiligen Veit in Corvey dargebracht, denn er habe das Kloster gestiftet. Von Corvey aber seien zur Zeit des zweiten Ludwig Mönche von besonderer Heiligkeit ausgegangen, die, begierig nach dem Heil der Wenden, sich Gefahr und Tod unterzogen hätten, um das göttliche Wort zu verkündigen. So seien die Heidenboten viele Landschaften jenes Volkes durchwandert und zuletzt auch zu den Ranen gelangt, hätten in fester Zuversicht gepredigt und das ganze Eiland gewonnen, worauf sie dort ein Bethaus zu Ehren Christi und zum Gedächtnis St. Veits gestiftet. Aber später hätten sich die Verhältnisse geändert, die Ranen seien vom Glauben abgefallen, hätten die Priester und alle Christen vertrieben und den Glauben in Aberglauben verkehrt, indem sie einen Tempel errichtet und ein großes Bild St. Veits gemacht, das sie seit der Zeit unter dem Namen Svantovit als den höchsten Gott anbeteten.«

Alle Abgaben, die sie leisteten, kamen von nun an nur noch dem heimischen Svantovit (oder Swantevit) zugute.

»Bischof Berno unternahm es von Deutscher Seite her zuerst, das tief gesunkene Volk, auf dem, wie man meinte, der Zorn Gottes und der Menschen ruhte, zum Glauben zurück zu führen. Er besuchte Rügen, predigte, vermuthlich nach dem Frieden von Strela (1165), fand aber kein Gehör.«

Relikte dieser insularen Eigenart waren noch bis in die allerjüngste Vergangenheit zu verspüren! Ich besuchte Rügen zuletzt 1988 und habe dort, und zwar in Glowe, schwerste Harthörigkeit (in Tateinheit mit absoluter Maulfaulheit!) bei einem vollbärtigen Riesenranen beobachten können – das war der Zeltplatzwart von Glowe, der unsern Worten damals keinen Glauben, ja, ich glaube, nicht einmal richtig Gehör schenkte und uns nachts, dreiviertel elf, bei strömendem Regen, einfach den breiten Rücken zuwandte, um uns einem ungewissen Schicksal auf der Insel zu überlassen.

Gab es Spuren des Swantevit-Kults ausschließlich auf der Insel Rügen?

Nein. Im Dorf Rodau, in der Nähe von Gera, so behauptet es zumindest das von H. Bächtold-Stäubli herausgegebene »Handwörterbuch des Deutschen Aberglaubens«, Bd. 3, S. 1074, soll es ein verfallenes Gemäuer geben, das die Bezeichnung »Roder Schwand« trägt. Es wird vermutet, daß es sich hierbei um eine Opferstelle für Swantevit handelt.

Auch in der Nähe von Oschatz gab es bis ins 18. Jahrhundert ein Dorf, das »Schwantewitz« hieß.

Hat es wirklich noch lange nach dem Sieg der Deutschen einen heimlichen König der wendischen Sorben gegeben?

Das gehört offenbar ins Reich der Sage. Im Buch »Sagen aus Heide und Spreewald«, Domowina-Verlag, Bautzen, 1991, heißt es dazu: »Nachdem der Sorbenkönig in Burg sein Ende gefunden hatte, erzählte man sich von ihm auf andere Art. Danach sollten Nachkommen einer sorbischen Königsfamilie noch um 1700 im Spreewald gelebt haben, von den Sorben als ihre rechtmäßigen Herrscher heimlich verehrt. Freilich sei dieser ›König‹, äußerlich gesehen, ein Bauer wie jeder andere gewesen. Er hätte aber noch Krone und Zepter des alten sorbischen Königs besessen, und die Sorben gehorchten ihm in allen Dingen. Sie zahlten sogar jährlich einen Zins an ihn. Dabei wurde alles so geheimgehalten, daß es keinem Fremden je gelang, ihn aus der Bevölkerung herauszufinden. Soviel glaubte man zu wissen, daß die Königswürde über Jahrhunderte hinweg in der gleichen Familie bewahrt worden war, und unlängst sei das letzte Glied dieser sorbischen Bauern verstorben, ohne der Nachwelt eine Kunde von ihrem Königstum zu hinterlassen.

Es ist erwiesen, daß der Kurfürst Friedrich Wilhelm von Brandenburg nach seinen eigenen Worten von der Existenz dieses sorbischen Königs überzeugt war. So hatte er natürlich ein großes Interesse, den geheimen Nebenbuhler ausfindig zu machen – aber es ist ihm nicht gelungen. Da wurde ihm doch einmal, als er sich im Spreewald befand, ein kräftiger, schlanker und schöner Jüngling als ›Sorbenkönig‹ bezeichnet. Ein alter Bauer aber, der den Verrat bemerkt hatte, schrie den jungen Menschen zornig an: ›Kerl, was stehst du hier und gaffst! Geh an die Arbeit!‹ und schlug ihn dazu noch mit seinem Stock. Durch diese List bewirkte er, daß der Kurfürst kopfschüttelnd von dem Jüngling abließ und der Sache nicht weiter nachging.«

Das Blaue vom Himmel

Es war kalt in der Kirche, du lieber Gott! Fehlanz war die Nummer 17 auf meiner Liste, Zeit für eine kleine Einkehr, kurzes Innehalten.

Ich saß in der letzten Bankreihe und ließ mir die sehr spezielle Duftmischung aus Naphthalin, feuchtem Gemäuer und vergangenen Zeiten zu Kopfe steigen. Die klammen Hände rieb ich aneinander warm. Von der Wand schaute mir gelangweilt ein 1671 gestorbener Geistlicher dabei zu; unbewegt, aus der riesigen Halskrause seines weißen Mühlsteinkragens, sah er auf mich herab.

Die Sonne hatte sich an diesem Vormittag noch ziemlich bedeckt gehalten. Diffus drang milchiges Licht durch die hohen Fenster herein. So blieb vorerst auch der Kontrast zwischen dem dunklen Holz von Kirchengestühl, Altar und Kreuz und den frischgekalkten weißen Wänden unentschieden grau und seltsam weichgezeichnet.

Kurz rekapitulierte ich, wie weit ich bisher gekommen war.

Noch nicht sehr weit, lautete das nüchterne Fazit. Ich hatte inzwischen etwa vier Fünftel des fraglichen Areals systematisch ausgeforscht, nun stellte sich ernsthaft die Frage, ob ich mit dieser Kirchengeschichte nicht doch völlig auf dem Holzweg war.

Fest stand nur: Wenzel hatte tatsächlich so eine Kirchenaufstellung gemacht. Aber wenn er wirklich Rethra suchte (woran ich nicht zweifelte) – weshalb hieß es da bei ihm: die Kirchen sind der Schlüssel? Das brachte ich nicht zusammen.

Ich mußte an die auf einer Pazifikinsel vergessenen japanischen Soldaten denken, die nicht mitbekommen hatten, daß der Krieg schon lange vorbei war. Man hatte sie, als eine immer noch gefechtsbereite Einheit, erst Mitte der 50er Jahre, ganz zufällig, wiederentdeckt. Wer weiß, auf was für einem verlorenen Posten ich inzwischen saß.

Ein lauer Luftzug streifte mich im Nacken; ich sollte unbedingt mal die Trottenburg anrufen, fiel mir ein. Da bemerkte ich, daß jemand neben mir stand. Ich wandte mich um. Der Pfarrer! Er betrachtete zufrieden meine gefalteten Hände und nickte mir zu. Lautlos ging er an mir vorbei.

Als ich mich später auf dem Kirchhof umsah, den Kirchenbau von außen betrachtete und die Grabinschriften studierte, kam er zu mir, sprach mich an: »Suchen Sie eine bestimmte Grabstelle? Kann ich Ihnen vielleicht behilflich sein?«

»Nein«, sagte ich, »ich gucke einfach, einfach nur so.«

Sanft lächelte er.

Er war jünger als ich. Auf den ersten Blick hatte er seltsam zugeknöpft gewirkt, aber das lag, wie mir jetzt klar wurde, sicher nur an seinem geschlossenen obersten Hemdknopf. Das Gesicht war offen, voller Sommersprossen. Etwas bleich vielleicht.

»Wenn Sie mich schon fragen«, sagte ich – einem Kirchenmann konnte ich mich schließlich anvertrauen –, »ich suche jemanden, der ist vielleicht mal hier gewesen, der hat eine systematische Aufstellung der Brandenburger Kirchen gemacht und –«

Ungläubig starrte er mich an. »Sie sind *deswegen* hier!«

»Ja, schon«, sagte ich verwundert.

»Ich wußte es.« Er schüttelte den Kopf.

»Der Mann heißt Wenzel«, sagte ich.

Der Pfarrer nickte bekümmert. Mir schien, daß er noch

bleicher geworden war. Mit der Hand fuhr er sich durch sein spärliches, graues Haar, er trat auf der Stelle herum, lief ein paar Schritte auf und ab, schließlich stand er zwischen mir und den Grabreihen, so als wolle er mir den weiteren Weg versperren.

»Wenn Sie da etwas Genaueres wissen, also, ich finde, da habe ich auch ein Recht, das zu erfahren.«

»Kommen Sie«, sagte er leise, »ich erkläre Ihnen das alles, in aller Ruhe, ja.«

Wir gingen zum Gemeindehaus, in meinem Kopf ging es durcheinander: Fehlanz – plötzlich, per Zufall, eine Spur gefunden ... Ich legte mir schon zurecht, wie ich es der Trottenburg erklären, besser noch: wie ich es ihr als meinen persönlichen Erfolg verkaufen konnte: »nach Tagen mühsamer, aufwendiger Suche, nach dazugehörigen Nächten voller Schlaflosigkeit in äußerst zweifelhaften Überlandmotels, von denen du dir in deinem zivilisierten Westgehirn wahrscheinlich nicht einmal eine ungefähre Vorstellung machen kannst ...«.

Die Wände des Gemeinderaums waren vollgehängt mit bunten, gutgemeinten Kinderzeichnungen. Sachen aus Stroh gab es auch. Auf den bekleckerten Tischen lag Malzeug herum. Hinten, bei der Dritte-Welt-Ecke aus Sperrholz und Pappe, öffnete Pfarrer Glauwitz – so stand es auf dem Schild zu lesen – eine Tür.

In seinem dunklen Amtszimmer saßen wir uns dann gegenüber. Zwischen uns, von den Ausmaßen einer Tischtennisplatte, die spiegelnde Oberfläche eines alten Schreibtischs.

Nachdem der Pfarrer mir grünen Tee eingegossen hatte, lehnte er sich abwehrend in seinem Lehnstuhl zurück.

Beim Nippen, über die Tassenränder, ein schnelles, abschätzendes Pingpong der Blicke. Auf dem kurzen Weg hierher mußte es bei ihm einen Sinneswandel gegeben haben. Entgegen seiner Ankündigung, mir »alles« erklären zu wollen, hatte er sich nun hinter seinem Tisch verschanzt und offenbar für die entgegengesetzte Variante entschieden: abwarten, Tee trinken.

Also gut, machte ich den Anfang. Schließlich wollte ich ja wissen, woran ich hier war. Ich erläuterte ihm kurz die Gründe, die mich hierhergeführt hatten, erwähnte auch mehrmals noch den Namen Wenzel, was jetzt allerdings keine besonderen Reaktionen mehr auslöste. Im Gegenteil, je länger ich redete, desto mehr löste sich seine Anspannung. Als ich fertig war, saß er völlig locker, den geneigten Kopf auf die Faust gestützt, in seinem gedrechselten Lehnstuhl.

»Interessant«, sagte er, um mir aber gleich darauf zu eröffnen, daß er mir nun doch nicht weiterhelfen könne. Er trank, wahrscheinlich abschließend gemeint, den letzten Schluck aus seiner Tasse.

»Aber«, sagte ich. Weiter kam ich in diesem Moment nicht.

»Entschuldigen Sie«, sagte er, »ich dachte im ersten Moment – aber es ist wirklich eine ganz andere Angelegenheit, damit haben Sie nichts zu tun. Seien Sie übrigens froh.«

Ich konnte meine Enttäuschung kaum verbergen: »Aber als ich vorhin von der Kirchenaufstellung sprach –«, beharrte ich.

»Es tut mir leid, wirklich«, sagte er.

»Sie sagten doch, ich hab es doch noch im Ohr, was Sie gesagt haben, Sie sagten: sind Sie *deswegen* hier. – Weswegen?«

Statt einer Antwort sah er lange aus dem Fenster.

Gut, dann eben nicht. Ich trank aus, stellte die Tasse ab. Aufbruchbereit griff ich nach den beiden Stuhllehnen.

»Bis jetzt«, sagte er da auf einmal, »habe ich noch mit niemandem darüber gesprochen. Es gibt auch niemanden hier, mit dem ich darüber hätte sprechen können.«

Er sah mich zweifelnd an. »Vielleicht soll es auch so sein.«

Rasch zog er aus einem der Schreibtischfächer einen Stapel Papier hervor und legte ihn auf den Tisch.

Where Do I Start? stand auf dem obersten Blatt.

»Eine ganz, ganz blöde Geschichte«, sagte er.

Ich hatte mich wieder hingesetzt, und dann hörte ich mir also an, was der Pfarrer zu beichten hatte.

Anfang der 90er Jahre hatte Glauwitz die Pfarrstelle in Fehlanz übernommen. Der alte Pfarrer Olbrich war im Frühjahr 1992 gestorben. Über 60 Jahre hatte der mit seiner Haushälterin hier im Pfarrhaus gewohnt. Kurz vorher, im Februar 1992, hatte Olbrich noch seine Haushälterin beerdigt, seine letzte Amtshandlung – dann war er selbst gestorben.

Im Dorf hatte man Pfarrer Olbrich und seine Haushälterin immer für Geschwister gehalten, was aber nicht stimmte.

Die beiden mußten hier gelebt haben wie im 19. Jahrhundert. Von den Vorgängern hatten sie die gesamte Einrichtung übernommen, ohne etwas daran zu verändern. Der modernste Gegenstand im Haus war wahrscheinlich der uralte Telefonapparat, der unten im Flur an der Wand hing. Ein altes Röhrenradio gab es auch noch, im Eßzimmer.

Die Büroausstattung bestand im wesentlichen aus einer ziemlich verklemmten *Continental*-Reiseschreibmaschine. Aber, immerhin, sie war noch soweit funktionstüchtig, daß der alte Pfarrer – Glauwitz hatte die entsprechenden Handzettel in der Ablage gefunden – unter anderem die Einladungen zu den Gartenfesten der Jungen Gemeinde darauf tippen konnte. Diese Abende unter dem Titel »Gott und die Welt in Fehlanz« veranstaltete ein Jugendpfarrer aus Parchim auf Einladung Olbrichs jedes Jahr am letzten Juniwochenende, hinterm Haus, im verwilderten Pfarrgarten.

Einer der Einheimischen, der Glauwitz beim Einräumen half, erzählte ihm, als sie im Geräteschuppen den großen Grillrost fanden, diese alljährliche Feier sei immer so etwas wie der kulturelle Höhepunkt im Dorfleben gewesen. Er selbst habe dort zum ersten Mal in seinem Leben *Stones*-Platten gehört.

Das war also ein kleiner Etappensieg für die Kirche im großen Glaubenskrieg, der jahrzehntelang zwischen ihr und dem atheistischen Staat geführt worden war. Im Kampf um die Seelen der Landjugend – Konfirmation oder Jugendweihe? – machte sie hier Boden gut.

Eigentlich, so sagte Glauwitz, hätte man das ganze altertümliche Haus, so wie es war, zum Museum machen müssen. Schon allein die Vorratskammer: die eingeweckten Stachel- und Johannisbeerjahrgänge, jeweils mit Etikett versehen – eine Jahrhundertchronik in verstaubten Gläsern. Batterien von Obstweinflaschen standen in einer dunklen Ecke herum. Auf den Regalen: große bauchige Essiggläser mit eingelegtem Gemüse. Auch getrocknete Pilze gab es, sie hingen, an langen Schnüren aufgefädelt, von der Decke herunter und verströmten einen scharfen, durchdringenden Geruch.

Oben, auf dem Dachboden, lagerten, gut in zartgraue Spinnennetze verschnürt, die Hinterlassenschaften mehrerer Landpfarrergenerationen – Koffer und Körbe, Truhen, kleine Möbel, zum Beispiel ein altertümliches Schulpult mit schwarzen Tintenklecksen, Spazierstöcke und Regenschirme; Staub zu Staub.

»Wirklich, ein Museum«, sagte Glauwitz. Aber, es mußte auch die Arbeit in der Gemeinde weitergehen. Nach wie vor heirateten Leute, sie starben, Kinder wurden geboren, mußten konfirmiert werden. Also kümmerte sich Glauwitz zunächst um das Nötigste.

Eines Tages, es war im Spätsommer 1992, er stand auf der Leiter vor dem Haus und versuchte die Glühbirne über dem Eingang auszuwechseln, klingelten bei ihm zwei Herren. Sie waren in einem großen dunklen Auto vorgefahren, belgisches Kennzeichen. Die Männer hatten schwarze Anzüge an. Der eine sprach fließend Deutsch, der andere kam aus Salt Lake City, Utah; er hieß Mr. Smith jr. und lächelte. Wie und als was sie sich ihm damals vorgestellt hatten, daran konnte sich Glauwitz nicht mehr genau erinnern.

Auf ihre Bitte hin zeigte er ihnen Kirche und Pfarrhaus. Sie waren beeindruckt von dieser, wie sie es nannten, »mutigen Missionsstätte«.

Als sie nachher bei ihm im Büro saßen, fragten sie ihn, ob er nicht auch ein Büro habe?

Das ist hier, sagte Glauwitz und breitete seine Arme aus.

Erstaunt sahen sie sich um, leise sprachen sie miteinander, dann ging – während Mr. Smith jr. weiterhin im Büro saß und voller Zuversicht lächelte – der andere zum Auto und kam mit einem großen Paket zurück. Er stellte es auf den Tisch und sagte: »Das ist unser Geschenk, Herr Pfarrer.«

Es war ein Canon-Kopiergerät, Glauwitz konnte es nicht glauben – es kam ihm vor, so sagte er, wie ein Geschenk des Himmels, bisher hatte er wegen jeder Kleinigkeit immer zum Copyshop nach Perkuhn fahren müssen.

Die Männer legten ihre Jacken ab, hoben das fabrikneue Gerät aus der Verpackung und zeigten Glauwitz, wie es zu bedienen war, ganz einfach. Leises Kopfschütteln nur, als sie sahen, in was für einem Zustand sich die elektrische Anlage des Hauses befand: wacklige Steckdosen, die fast aus der Wand fielen, und wenn man am Schalter neben der Tür das Licht andrehte, hörte man im schwarzen Gehäuse des Lichtschalters ein geheimnisvolles Rauschen und Funkenknistern. Glauwitz wußte natürlich selbst, daß das alles brandgefährlich war, die Erneuerung der Elektroanlage im Haus stand auf seiner provisorischen Prioritätenliste ganz oben.

Die Männer beratschlagten kurz, dann boten sie ihm an, wenigstens seine Kirchenbücher, die in dunkelblaues Wachstuch eingeschlagenen Tauf-, Sterbe- und Trauregister der Gemeinde Fehlanz, beginnend im Jahre 1543, die hinter der Glasscheibe im Büroschrank standen, jetzt und hier, an Ort und Stelle zu kopieren, damit er, falls doch mal etwas passieren sollte, wenigstens ein Duplikat davon habe.

Er wollte diese großzügige Hilfe erst gar nicht annehmen, aber der eine von ihnen, der offenbar ein Belgier war, meinte, auf diese Weise könne man das Gerät ja gleich einmal ausprobieren.

Die beiden machten sich an die Arbeit. Es ging ihnen schnell von der Hand, Glauwitz brauchten sie dabei gar nicht. Mr. Smith jr. reichte die aufgeklappten Bücher zu, der Belgier schob sie in den Kopierer. Nach zweieinhalb Stunden waren sie fertig: auf dem Tisch lagen die noch warmen Kopien – und die Kirchenbücher, chronologisch geordnet, standen wieder dort, wohin sie gehörten, im Schrank. Die beiden hatten sehr ordentlich gearbeitet – nicht eine Seite der Bücher umgeknickt, kein Eselsohr, nichts.

Die Männer packten ihre Sachen zusammen und zogen ihre Jacken an. Glauwitz wollte sich bei ihnen bedanken, fragte, ob er ihnen nicht vielleicht mal einen Bildband über die Mark Brandenburg schicken könne, aber da sagte Mr. Smith jr. zu ihm – und zwar fehlerfrei: »Eine gute Tat ist sich selbst Lohn genug.« Der Belgier nickte: »Korrekt.«

Die beiden waren dann, so plötzlich, wie sie aufgetaucht waren, wieder verschwunden. Erst als sie weg waren, fiel Glauwitz ein, daß er nicht mal eine Adresse hatte, wohin er eventuell ein Geschenkbuch hätte schicken können.

»Ja«, sagte Glauwitz und strich sich müde mit der Hand über die Augen, »das war so ein Gefühl, wissen Sie, wie: *Der reiche Onkel aus Amerika war zu Besuch.*«

Das verstand ich. Aber wo war da das Problem?

»Kennen Sie die Latter-Day-Saints, die Heiligen der Letzten Tage?«

»Nein, nicht direkt.«

»Mormonen – das sagt Ihnen aber was?«

»Schon, davon habe ich schon mal was gehört, ja.« Ich versuchte, mich zu erinnern: war das nicht diese Sekte in Amerika, die dem Alkohol abgeschworen und sich statt dessen der Vielweiberei verschrieben hatte? Kein Wein – dafür aber jede Menge Weib und Gesang, oder so ähnlich.

»Seit 1830 gibt es die Mormonen als Religionsgemeinschaft. Sie schwören auf das Buch ›Mormon‹, und sie haben den Wüstenstaat Utah zur Blüte gebracht. Sehr fleißige Leute offenbar.« Schwermütig ruhte Glauwitz' Seelsorgerblick auf mir.

»Voriges Jahr, im August, war Veterinärrat Günzbrod, das ist hier bei uns der Tierarzt, mit seiner Frau drüben in Amerika. Sie sind mit dem Flugzeug nach Los Angeles, haben dort ein Auto gemietet, sind die Westküste rauf- und runtergefahren, durch die großen Nationalparks, Yosemite und so weiter, dann über die Rocky Mountains Richtung Ostküste. Eine Station auf ihrem Weg war Salt Lake City, die Mormonenhauptstadt, am Rand der Salzwüste. Soll übrigens ein bißchen wie Sofia sein, meint Günzbrod, schön grün. Aber, im Grunde, ich kenne Sofia gar nicht. Also von daher ...« Er zuckte die Schultern.

»Das ist ja auch egal. Jedenfalls haben sie dort das Mormonentabernakel besucht, das muß ein Riesenbau sein mitten in der Stadt, auch eine Ausstellung über den langen Marsch der Mormonen quer durch den Wilden Westen: Planwagen, Koffer, Haushaltsgeräte, Brillen, Bücher. Alles sehr interessant, alles natürlich sehr fremd.

So. Und dort gibt es nun auch eine *Family History Library*. Da kann man Ahnenforschung treiben. Das scheint überhaupt in Amerika ganz groß in Mode zu sein. Günzbrod hat nun dort spaßeshalber seinen Familiennamen eingegeben. Warum auch nicht, dafür ist es ja da.«

Glauwitz lehnte sich schräg in seinem Stuhl zurück.

»Sie müssen wissen, das ist hier eine sehr, sehr alte Familie. Die Günzbrods leben schon in der – ich weiß jetzt gar nicht wievielten – Generation in Fehlanz. Vor allem Handwerker, Tischler, Schreiner und so weiter. Dann gab es auch mal eine abgebrochene Schulmeisterlinie. Zuletzt einige Apotheker.«

Glauwitz beugte sich nach vorn, seine Blicke nun fest auf die Papiere geheftet, die zwischen uns auf dem Tisch lagen.

»Und wissen Sie, was bei dieser Familienrecherche herauskam? Sämtliche Vorfahren von Günzbrod – und das war ihm absolut neu, auch absolut unbegreiflich: Mormonen. Ich hab mir eine Kopie gemacht von dem Ausdruck, den er da drüben bekommen hat. – Hier.«

Er schob mir die Papiere über den Tisch, so als wolle er nie mehr etwas damit zu tun haben.

Ich blätterte die Seiten durch. In der linken Spalte standen untereinander in alphabetischer Ordnung die Namen der Vorfahren: von Adam Günzbrod bis Walburga Günzbrod. Daneben die Geburtsjahre.

Was mich wunderte, dieser *Pedigree Chart* reichte zurück bis ins 16. Jahrhundert: zum Beispiel – Melchior Günzbrod, geboren 2. August 1582, Blasius …

»Seit wann, sagten Sie, gibt es die Mormonen? Das geht ja hier noch viel, viel weiter zurück.«

»Genau. Aber das erkläre ich Ihnen gleich. – Gucken Sie erst mal rechts in der Spalte: LDS-Ordinances.«

»LDS …?«

»Latter-Days-Saints. – Schauen Sie unter B nach, das heißt Baptized, also getauft, beziehungsweise, ich würde in diesem Fall doch eher schon sagen ›mormonisiert‹.«

Ein Datum war hier überall angegeben, und zwar der 8. Januar 1993.

»Verstehe ich nicht«, sagte ich. »Das war wohl so eine Art Massenaufnahme.«

»Kann man so sagen, ja. Gar nicht mal so falsch. Nur, stellen Sie sich vor: das sind Leute, die sind vor einigen Jahrhunderten gestorben. Ich habe es selbst nicht so genau gewußt, aber ich habe mich erkundigt: die Mormonen sind die einzige Religionsgemeinschaft, die die postmortale Taufe kennt, die sogenannte mormonische Totentaufe. – Wissen Sie was?«

»Nein.«

»Am 8. Januar sind alle Günzbrods mormonisiert worden.«

»Ja.«

»Etwa ein halbes Jahr nachdem ich diesen seltsamen Besuch hatte ... Komisch, nicht? Ich sage Ihnen: die müssen damals jeweils zwei Kopien gezogen haben. Offiziell eine für mich, die zweite, ganz diskret, für ihre eigenen Zwecke. So muß das gelaufen sein.« Er schluckte. »Die machen auch gar kein Geheimnis daraus. Gucken Sie mal vorne, Seite 1.«

Ich blätterte mich vor – richtig: als *Publication Information* waren tatsächlich die Kirchenbücher der Gemeinde Fehlanz angegeben, 1992, *Contents*: Documentations of births, marriages etc.

»Und da ist niemand gefragt worden?«

»Fragen Sie mal jemanden, der 1632 gestorben ist.«

»Ja, und welchen Sinn soll das alles haben?«

»Das haben Sie doch eben selbst gesehen – diese lange Liste. Durch die Totentaufe können die Mormonen ihren Stamm beliebig erweitern. Das sind Seelenfänger! Bei den Mormonen ist es nämlich so: je mehr neue Mormonen ein Mitglied seiner Kirche zuführt, desto mehr Bonuspunkte sammelt er für die eigene Unsterblichkeit. Das ist ... ja, wie nun? ... wie bei Versicherungsvertretern. Mein lieber Mann, die haben hier richtig gewildert. Jeder Mormone, der neue Mormonen dazugewinnt, egal wie, erhält eine Art Kopfgeld – im übertragenen Sinne. Die Möglichkeit einer stellvertretenden Taufe ist zwar schon in den Korintherbriefen erwähnt – aber was die hier getrieben haben: nein! Günzbrod hat dann auch noch andere Namen aus unserer Gemeinde eingegeben – immer dasselbe Resultat.« Glauwitz lächelte, sehr müde auf einmal. »Wenn Sie so wollen – ich bin der Hirte einer Geistergemeinde.«

»Und – kann man da nichts machen?«

»Ich wüßte nicht, was. Ich habe vorsichtig mal bei anderen Pfarrämtern nachgefragt. Das erste Mal müssen sie in Thüringen und Sachsen aktiv geworden sein. Das war noch zu DDR-Zeiten, als der Honecker unbedingt in die USA eingeladen werden wollte. Er wußte, daß die Mormonen dort viel zu sagen haben und sehr einflußreich sind. Die besitzen Fluggesellschaften, Computerfirmen, Radiosender und so weiter. Damals hat er ihnen erlaubt, in der DDR einen Tempel zu bauen, in der Nähe von Freiberg. Das war der Anfang. Da muß es schon eine erste derartige Welle gegeben haben. Damals haben sie die Daten noch auf Mikrofilmrollen gespeichert. Das war so eine etwas nebulöse Andeutung, die ein Pfarrer aus Zwickau mir gegenüber gemacht hat, aus der ich das geschlossen habe, ich hab natürlich nicht näher nachgefragt, weil mir das peinlich war, aber ich bin offenbar nicht der einzige, dem das passiert ist.«

»Noch zu DDR-Zeiten? Das hätte man mal wissen sollen.«

»Warum?«

»Na, da hätte man ja damals vielleicht was im Hinblick auf Familienzusammenführung oder so drehen können.«

»Stimmt«, sagte Glauwitz. »Sehen Sie, darüber habe ich noch gar nicht nachgedacht.«

»Haben Sie denen das denn nicht angesehen, daß die nicht ganz echt waren? Wenigstens so eine Ahnung?«

»Auf ihre Weise waren die schon echt. Aber wissen Sie, da habe ich schon die seltsamsten Sachen in meinem Beruf erlebt: es gibt Menschen, die sind tief religiös – so tief, daß nichts, aber auch nichts davon nach draußen dringt. Und andere … nein, auf den Augenschein, den ersten Eindruck, kann man sich da wirklich nicht verlassen.«

Er lächelte matt. »Aber nun ist es ja sowieso zu spät. Ich habe gehört, die besitzen inzwischen zwei Millionen Mikrofilme und Hunderte oder sogar Tausende Kataloge. In einem atombombensicheren Bergwerk in den Rocky Mountains lagern die. Das sind Daten von, schätzungsweise, sechs Milliarden Menschen. – Wissen Sie, ich will nicht kleinlich sein. Ich bin sehr für die Ökumene. Aber das sind Abwerbepraktiken – nein, so geht es nicht. So ein Kirchenbuch, das ist ja, wie soll ich sagen, das komplette historische Inhaltsverzeichnis des Dorfes.«

»Und was hat dieser Herr Tierarzt ...«

»Günzbrod?«

»Ja – was hat der denn zu der ganzen Geschichte gesagt? War das nicht ein Schock für ihn?«

»Ach, der Herr Günzbrod, das ist ein ganz aktives Gemeindemitglied bei uns. Er singt auch im Kirchenchor. Er hat sich gewundert, ja sicher – aber das war nicht das Problem. Das Problem war eher seine Frau. Als sie von dieser Mormonengeschichte Wind bekam, war sie überhaupt nicht begeistert. Sie wissen ja vielleicht, bei den Mormonen gab es eine Zeitlang die Institution der Vielehe, das heißt ...«

»Ja, davon habe ich schon gehört.«

»Die war zwar, so habe ich es gelesen, seit 1890 bei ihnen offiziell untersagt. Und mehr als zwei Prozent waren es sowieso nie, die bei denen in Vielehe gelebt haben. Aber das genügt ja schon, daß es sich herumspricht und man sich da so seine Gedanken macht. Sicher gibt es hier, wie auch anderswo, eine gewisse Dunkelziffer. Aber, wie gesagt, ›Vielehe‹, so etwas merkt man sich eben im Zusammenhang mit den Mormonen. Das haftet. Frau Günzbrod stellte ihren Mann jedenfalls zur Rede. Ob es da nicht bestimmte Anlagen bei ihm gebe?«

»Das ist doch hirnverbrannt.« Ich grinste.

»Ja, sagen Sie das mal in so einer Situation. Er hat auch versucht, es ihr zu erklären. Da gibt es, wenn man ruhig darüber nachdenkt, ja auch wirklich gar keinen Zusammenhang, den man da nachträglich konstruieren könnte, überhaupt nicht, und man kann Günzbrod dafür nicht haftbar machen. Aber manchmal denkt man eben nicht ruhig nach. Da ist dann nach fünfundzwanzig Jahren Ehe bei den Günzbrods wohl einiges hochgekommen, es ging da, soweit ich das mitbekommen habe, um eine Sprechstundenhilfe aus Eberswalde, die ziemlich überraschend, obwohl Herr Günzbrod sie unbedingt halten wollte, nach der halbjährigen Probezeit gekündigt hatte; ich will das alles jetzt nicht weiter vertiefen.«

Bekümmert sah Pfarrer Glauwitz mich an.

»Aber wenn wir ehrlich sein wollen, das hat in der Mark Brandenburg, wo es schon immer ziemlich hin und her ging, ja eine lange Tradition.«

Er mußte meinen verständnislosen Blick bemerkt haben – gerade hatte ich mir das kleine, aber doch lebhafte Familiendrama mit Sprechstundenhilfe im Hause des Tierarztes vorzustellen versucht.

Glauwitz beugte sich nun, die bleichen Finger wie Stahlkrampen eines Reißverschlusses fest ineinander verhakt, weit über den Tisch nach vorn: »Denken Sie doch nur an das Zeitalter der christlichen Missionstätigkeit. Damals, als es darum ging, die Heiden, die hier draußen in den Wäldern lebten, zu bekehren ...«

»Sie meinen jetzt die Wenden?« Auf einmal war ich wieder hellwach.

»Ja. Damals hat man Kirchenbauten fast immer dort errichtet, wo sich vordem heidnische Kultstätten befanden. Oft direkt auf deren Trümmern.«

»Ach.«

Mehr konnte ich in diesem Moment nicht sagen. Ich spürte nur, daß es warm, nein: heiß geworden war – wahrscheinlich hatte ich endlich das gefunden (oder ich befand mich zumindest in dessen unmittelbarer Nähe), was ich die ganze Zeit, ohne es zu wissen, gesucht haben mußte.

»Die Kirchen hat man also auf den Trümmern der heidnischen Tempel errichtet«, wiederholte ich leise.

»Der Sinn ist doch ganz klar«, erklärte Glauwitz. »Die neue Religion löst den alten Kult ab und tilgt alles, was an ihn erinnern könnte. Und der einfachste Weg ist es da, die alten Überreste buchstäblich unter der neuen Kultstätte verschwinden zu lassen.«

»Natürlich«, fiel mir nun ein, »das ist ja auch sehr praktisch. Gewohnheitsmäßig trotten die zotteligen Wilden zu ihrer alten Kultstätte – und wenn sie dort eines Tages die Kirche eines neuen Gottes finden, nun, dann beten sie eben den an.«

»So kann man das natürlich auch sehen, ja.«

»Wenn man also, theoretisch, die alten Dorfkirchen wegsprengen würde, könnte man darunter sicher die alten heidnischen Fundamente entdecken?«

»Theoretisch«, sagte Glauwitz vorsichtig, »rein theoretisch – ja.«

»Die Kirchen«, flüsterte ich begeistert, »sind der Schlüssel!«

Skeptisch sah der Pfarrer mich an.

»Knotenpunkte des Netzes«, sagte ich leise.

Sein Blick war nun völlig verständnislos geworden.

»Aber vergessen Sie nicht«, fiel ihm ein (vielleicht hatte er Angst um die Kirchen), »bei den Heiden, das waren Holzbauten. Da ist sowieso nicht mehr viel erhalten.«

Ich nickte nachdenklich, verkniff mir aber alle weiteren Erörterungen – der Pfarrer war schon genug mit seinen Mormonen gestraft. Jetzt war mir einiges klargeworden! Ich war aufgestanden, um mich von ihm zu verabschieden.

»Danke.« Ich drückte ihm warm die kalte Hand. »Sie haben mir sehr geholfen. Sehr.«

Auch er war aufgestanden, unschlüssig. Dann hatte er sich noch einmal umgewandt und aus dem Fenster geblickt: »Verstehen Sie mich da nicht falsch. Ich glaube schon, daß der alte Hebbel recht hat: der einzige Ort, wo die Toten wahrscheinlich nicht sind, ist der Friedhof. Aber trotzdem, manchmal, wenn ich da draußen so über meinen Friedhof gehe, da habe ich ein ganz komisches Gefühl, ein Gefühl der Leere. Ich weiß nicht, ob Sie das verstehen.«

Doch, ich verstand es. Obwohl ich im Moment ganz von dem angefüllt war, was ich gerade eben begriffen hatte. Endlich! Ich hatte den Punkt, die Schnittstelle der beiden Geraden gefunden, die bislang stur und ohne Verbindung in meinem Kopf nebeneinander hergelaufen waren: Wenzels Kirchenaufstellung und die Geschichte der Wenden – das gehörte zusammen! Das waren zwei Seiten einer Medaille, beziehungsweise zwei Seiten einer tausend Jahre alten Münze, die von Grünspan angelaufen, halbzerfressen und ganz vergessen im Erdreich lag.

Auf dem Weg zum Auto ging ich durch die Reihen der alten, zum Teil umgesunkenen Gräber. Draußen, der Himmel war aufgerissen, blau. Plötzlich war mir, als würde der Boden unter mir schwanken, abbröckeln, wegbrechen. Der Gottesacker – eine leergeräumte Knochenstätte. Unter der Erde lagen Gebeine, ganze Skelette, ohne zu ahnen, daß ihre vormaligen Besitzer inzwischen zu Mormonen geworden waren. Die bemoosten Grabsteine waren nichts als Steine, die nichts mehr bedeuteten und ihren Sinn verloren hatten, seelenloses Geröll, seitdem die dazugehörigen Seelen vor ein paar Jahren, im Herbst 1992, in einem schwarzen Diplomatenkoffer heimlich in die Neue Welt, nach Salt Lake City im Staate Utah, ausgeflogen worden waren.

Und darunter? Eine Etage tiefer? Dort, noch eine Schicht weiter unten, im dunklen Innern des Erdreichs moderten vielleicht slawische Knochenreste vor sich hin, die vordem, als das hier noch eine wendische Begräbnisstätte war, auch schon einmal, ohne zu wissen, wie ihnen geschah, zwangsweise, ohne sich vom Fleck zu rühren, ihre Lage verändert hatten und sich damals, von einem Tag auf den andern, dann plötzlich auf einem christlichen Friedhof wiedergefunden hatten.

Nach einem irren Plan, alle tausend Jahre, wiederholte sich hier vielleicht alles. Mir wurde bei dieser Vorstellung schwindelig, und ich war froh, als ich endlich im Auto saß und mich am Lenkrad festhalten konnte.

»Hallo Cora.«

»Olaf! Wo bist du?«

»Im Moment – ich stehe in einer Zelle, irgendwo zwischen Parchim und ... Utah, würde ich sagen.«

»Und – sonst geht's gut?«

»Na ja, es sieht jedenfalls im Moment nicht ganz schlecht aus.«

»Gefunden hast du aber noch nichts.«

»Nein, noch nicht. Aber ich hoffe, bald. Ich suche nämlich gerade zur Feier des Tages verzweifelt nach einer Gaststätte, wo ich heute mittag mal was anderes als Pommes mit Bratwurst oder Schnitzel bekomme.«

»Aha. – Und deswegen rufst du an.«

»Cora, ich weiß, ehrlich gesagt, nicht, ob wir auf diese Weise irgendwie weiterkommen werden. Wir müssen, glaube ich, völlig umdenken. Das ist mir jetzt klargeworden. Ich habe inzwischen, ich weiß gar nicht wie viele Kirchen abgeklappert. Ohne Erfolg. Aber das hätte ich dir ja auch schon vorher sagen können.«

»Trotzdem schön, daß du dich mal meldest. – Wie geht es jetzt weiter bei dir?«

»Das erste Planquadrat habe ich fast durch. Morgen noch nach Rybnitz. Und dann sollten wir, finde ich, noch mal miteinander reden.«

Ich ließ eine kleine Pause, auf keinen Fall wollte ich ihr zu viel verraten, das mußte sich erst mal alles setzen. Ich durfte nicht noch einmal denselben Fehler machen: mit meinen *Erwanderungen* hatte ich mich viel zu früh, noch ehe die Sache richtig wasserdicht war, vorgewagt.

Deshalb, nur andeutungsweise: »Ich habe da inzwischen so eine Idee, noch etwas vage. So richtig bringe ich das alles zwar noch nicht zusammen, aber … da könnte was dran sein.«

»Du meinst, du hast eine Idee, wo wir ihn finden können?«

»Wo wir ihn suchen müssen. Ich ahne, was er sucht.«

»Mach es doch nicht so spannend.«

»Laß mir noch ein bißchen Zeit, ja.«

»Na gut. Aber nicht zuviel, hörst du. Soviel Zeit haben wir nicht. – Es muß doch jetzt auch sehr schön dort draußen sein, oder?«

Ich sah mich um. »Mh. Ja. Schön. Geht so. – – – Und wie geht es bei euch? Jetzt, wo ich so lange weg bin, müßte es doch mit der Firma steil bergauf gehen – – – Cora? Hallo, bist du noch dran?«

»Ja.«

»Hab ich was Falsches gesagt?«

»Nein.«

»Also gut. Ich mach jetzt hier jedenfalls erst mal mit den Kirchen weiter, damit wir das fertig haben, und dann sehen wir weiter, okay?«

»Okay.«

»Kennst du übrigens die Mormonen?«

»Ob ich ... ja klar, natürlich. Warum fragst du?«

»Die hatten Vielweiberei.«

»Olaf ... was heißt denn das jetzt wieder?«

»Nichts. Ist mir nur so eingefallen. Vielweiberei – und einiges andere mehr ...«

»Sag mal, es ist nicht ganz einfach für dich, so alleine da draußen, was. Du bist ziemlich einsam, stimmt's? Muß ich mir Sorgen machen?«

»Ja. Meine Karte ist gleich alle. Ich ruf dich wieder an, ja, gut, und tschüß dann.«

Diesmal ließ ich Groß-Dobrow links liegen – um exakt zu sein: rechts – und fuhr nach Rybnitz: ein Dorf an der Südspitze des Kleinen Dobrower Sees. Es befindet sich – und deswegen hatte ich es mir als nächste Übernachtungsstelle ausgesucht – genau im Zentrum von Wenzels Planquadrat 35 C.

Von der Stelle aus, wo sich die Straße gabelt und die B 19 über Groß-Dobrow weiter nach Norden führt, sah ich auch, bevor ich nach links abbog, in der Ferne die Wiese, auf der ich Wenzel damals aufgestöbert hatte. Für einen Moment überlegte ich, noch einmal dorthin zu fahren. Aber es brachte ja nichts, jetzt einfach so über die nasse Wiese zu stapfen, das konnte ich auch später noch tun.

Wenzel jedenfalls oder sein Auto (weißer Ford Mustang, älteres Baujahr) war von der Straßengabelung aus nirgendwo zu sehen gewesen. Warum auch. An solche Zufälle glaube ich einfach nicht.

Die schmale Straße nach Rybnitz: in unerwartet gutem Zustand. Das ist insofern erstaunlich, weil sie de facto eine Sackgasse ist, die in Rybnitz endet. Dahinter kommt nichts mehr. Nur noch die Dobrower Sümpfe. Nach meiner Karte hätte diese Verbindung eher so etwas wie ein befestigter Fahrweg sein müssen, bestenfalls eine Buckelpiste.

Nach ungefähr zehn Minuten erreichte ich Rybnitz. Am Ortseingangsschild begann wieder die alte Straße, eine in der Mitte aufgewölbte Holperstrecke, die mich wachrüttelte. Im Dorf, vor einem grauen zweistöckigen Haus, sah ich das Rot eines BILD-Ständers, ich stoppte.

Das Erdgeschoß des baufälligen Hauses war frisch weiß angestrichen. Im Innern hatte ein Discount-Laden sein chaotisches Warenlager aufgeschlagen. Alles war hier billig. Es sah aus wie die Fortsetzung des klassischen DDR-Dorfkonsums mit anderen Mitteln. Und es roch auch so. Reihen grüner Eisenregale, große braune Pappkisten, randvoll mit Chips und anderem Kram. Neonröhren an der Decke. Es war kalt.

Als ich den Laden betreten hatte, war das Gespräch zwischen den beiden vermummten Verkäuferinnen – über ihren Kitteln trugen sie blaue, ärmellose Wattejacken – verstummt. Offenbar fühlten sie sich durch meine Anwesenheit gestört. Sie beobachteten jeden meiner Schritte. Nicht gerade feindselig, aber doch so, daß ich mir wie ein unerwünschter Eindringling vorkommen mußte. Ich schritt unbeirrt den Mittelgang ab, zur Stirnseite. Dort konnte ich immerhin meinen Proviant, den Überlebensvorrat an Selters und Clementinen für unterwegs, auffüllen. Allerdings, in jedem der Beutel waren eine oder sogar mehrere Clementinen völlig zermatscht. Ratlos, mit spitzen Fingern hielt ich mehrere Beutel in die Höhe.

»Nur was Sie hier sehen«, erklärten die Verkäuferinnen stolz, »andere sind nicht.«

Schon klar, ihr süßen Tucken, ich glaub euch doch unbesehen, daß ihr nichts Besseres unterm Ladentisch habt und das dann womöglich heimlich verhökert. Schon mal, weil ihr hier nicht mal mehr einen richtigen Ladentisch habt, so wie man das von früher her kennt, ihr – – –

»Noch was?«

»Nein. – – – Danke.« Oder doch, wie wäre es mit einer Telefonkarte? Meine war fast leer.

Da war ich dann an ihrem unnahbaren Lächeln abgeprallt, das gab es hier, bitteschön, überhaupt nicht: »Nee, haben wir nicht, da müssen Sie schon rüber nach Groß-Dobrow fahren.«

Beim Bezahlen erkundigte ich mich nach Übernachtungsmöglichkeiten in Rybnitz.

»Gehören Sie nicht zum Schloß«, fragte die Verkäuferin an der Kasse, als sie meine Münzen in die einzelnen Fächer fallen ließ.

»Ich? Nein, wieso? Zu welchem Schloß denn?«

Aufmerksam sah sie mich von der Seite an.

»Dann soll er es doch mal im ›Deutschen Haus‹ versuchen«, mischte sich die andere ein, sie tauchte aus einer Kiste mit Katzenfutterdosen auf.

»Stimmt.« Die Kassiererin nickte ihr zu. Dann sah sie mich an, beziehungsweise an mir vorbei: »Hier um die Ecke, Am Dorfanger 1.«

Gut, ich brachte also meine Sachen zum Auto. Das ließ ich vor dem Laden stehen. Ich ging die Dorfstraße hinunter, zum Dorfteich. So konnte ich mir gleich mal ein Bild machen. Viel war nicht zu sehen. Die neue Zeit schien an Rybnitz vorbeigegangen zu sein, ohne sich sonderlich für dieses abgelegene Dorf interessiert zu haben. Zwar gab es hier und da vereinzelte Modernisierungsversuche, doch die waren entweder im Ansatz steckengeblieben, oder sie hatten kaum nennenswerte Spuren hinterlassen.

Irgendwo das neue, etwas aufgesetzt wirkende blaue Ziegeldach auf einem der putzbröckelnden Bauernhäuser. Eine helle Tür (wahrscheinlich frische Baumarktbeute), die mit ihren honiggelben, herausgewölbten Glassegmenten und den Messingbeschlägen wie ein Fremdkörper im einheitlich maroden Grau der restlichen Fassade wirkte; nur im Streubereich eines abgeknickten undichten Fallrohrs hatte sich grüner Wasserfilz auf der mürben Wand breitgemacht – eine nach unten hin immer breiter werdende Moosfontäne, die das Haus in die Natur zurückholen zu wollen schien.

Am Hauseingang gegenüber: die unendliche Traurigkeit bunter Glasbausteine, die die graue Seitenwand eines nachträglich errichteten Vorbaus durchsetzten. Ein Paar gelber Gummistiefel stand vor der Tür. Am Tor des Nebenhauses: ein Briefkasten, schneeweiß und unwirklich, versehen mit einem goldenen Posthorn.

Dachte man sich die paar bunten, neuzeitlichen Farbtupfer weg, was nicht sehr schwer war, konnte man sich sofort vorstellen, wie Rybnitz wieder in einem der vergangenen Jahrhunderte, wo es ganz offensichtlich hingehörte, versank.

Das »Deutsche Haus« hatte Ruhetag. Aber in einem der Fenster war ein Schild aufgestellt, das schon von weitem nicht zu übersehen gewesen war: Zimmer frei. Grünes Licht lief wie irre im Rechteck um das Schriftfeld, bis alle Lämpchen glühten, dann, auf einmal, wurde es kurz dunkel, und im nächsten Moment ging es, mit derselben Stupidität, wieder von vorn los. Ein Hauch Las Vegas.

Ich klingelte am Nebeneingang. Lange war nichts, dann Schritte hinter der Tür.

Die Besitzerin bat mich herein. Weil vorn alles zu war, erledigten wir die Anmeldungsformalitäten gleich hinten, im abgetrennten PRIVAT-Bereich. Auf der Türschwelle lag eine Fußmatte: »Haxen abkratzen!« Irgendwo im Haus bellte ein Hund. Dem Bellen nach zu urteilen (kleiner Resonanzkörper) ungefährlich, höchstens Kniehöhe.

Bevor wir hineingingen, hatte sich die Besitzerin, Frau Nachtwey, dafür entschuldigt, wie es bei ihr in der Wohnung aussieht. »Bitte, schauen Sie sich bloß nicht um.«

Sie hatte recht! Flur, Fensterbretter, Wohnzimmer – das alles war derart gewischt, gebohnert, geleckt, daß wahrscheinlich nur ein pensionierter Zuchthausdirektor seine helle Freude daran gehabt hätte.

Auf dem Sofa der Wohnzimmersitzgruppe saß ein Mann. Über ihm hing ein kleines Geweih. Es war rehbraun und wuchs aus dem eintönig gelben Blumenfeld der Wandtapete hervor.

»Das hier ist mein Mann«, sagte Frau Nachtwey. Und so, wie sie es sagte, fiel mir wieder ein, was ich früher, vor Unzeiten, mal in der Schule gelernt hatte: »mein« ist ein besitzanzeigendes Fürwort.

Der Mann von Frau Nachtwey sah aus wie ein vergessener Statist. Oder wie ein Haustier. Er sagte nichts. Vielleicht hatte er auch nichts zu sagen. Stumm begleitete er die Ausführungen seiner Frau – entweder nickte er (»Frühstück ab 7«), oder er schüttelte den Kopf (»Nein, kein Telefon im Zimmer«).

Nur einmal, als ich nach dem Schloß gefragt hatte, legte er ratlos seine Stirn in Falten, denn auch Frau Nachtwey war dazu nicht viel eingefallen: »Das Schloß? Ja, was da jetzt nun ganz genau drin ist, das kann ich Ihnen wirklich nicht sagen. Wir haben, auch früher, nie was damit zu tun gehabt.«

Da schüttelte auch ihr Mann den Kopf, um gleich darauf wieder nachdenklich zu nicken.

Ich nahm meine Schlüssel entgegen. Frau Nachtwey ging voran, um mir das Zimmer zu zeigen. Beim Hinausgehen sah ich, wie Herr Nachtwey nach der Fernbedienung griff, sich zurücklehnte und versuchte, seinen Arm in einem ganz und gar unmöglichen Winkel bequem auf der Rückenlehne des Sofas abzulegen, eine Besitzergeste, die verkrampft aussah, fast wie eine Amtsanmaßung. Komisch, daß der Arm dabei nicht einfach abfiel.

Den Gang nach links, Frau Nachtwey stieg vor mir die schmale Treppe hoch, meiner Phantasie waren Grenzen gesetzt. Dusche und Bad, das erfuhr ich im Vorbeigehen, waren über den Flur. Schräg gegenüber von meinem Zimmer: eine kleine Tür, auf der, bierdeckelgroß, ein nackter Engel in hohem, überaus kunstvollem Bogen seinen goldenen Strahl in einen ebenfalls goldenen Nachttopf lenkte.

Ob es hier wohl auch Frauen gibt, überlegte ich und sah mich, die Nasenflügel aufmerksam gewölbt und Witterung aufnehmend, im halbdunklen Flur um.

Frau Nachtwey war mein nachdenklicher Blick nicht entgangen. Lediglich ein weiterer Gast sei noch im Hause, sagte sie leise, der Herr werde aber schon morgen früh, sehr zeitig, abreisen. Dann hätte ich die ganze Etage für mich alleine. »Ihr Auto können Sie übrigens auf dem Hof abstellen. Das ist auch besser so. Wegen der Nachbarn.«

Ich warf einen kurzen, verstörten Blick ins Zimmer und ging gleich noch einmal los, um das Auto zu holen. Draußen war es inzwischen dunkel, der Tag fast völlig von der Bildfläche verschwunden. Es war nicht ganz einfach, unsern unförmigen *andersWandern*-Opel an dem schwarzen Saab, HH-Kennzeichen, vorbeizubugsieren. Zentimeterarbeit. Doch das mußte sein, ich wollte ausschlafen und nicht riskieren, morgen in aller Frühe die Ausfahrt, wo ich das Auto auch hätte abstellen können, freimachen zu müssen.

Ich weiß nicht, warum, aber es beruhigte mich – auch wenn ich beim Einparken über ihn geflucht hatte –, daß es noch einen anderen Auswärtigen hier gab.

Ich ging auf mein Zimmer, drückte den Schalter. Nach einem kurzen Moment des Überlegens sprang weißes Licht in die Neonröhre. Trotzdem blieb es merkwürdig dunkel.

Dann saß ich lange auf dem Bett und aß die Hälfte meines Clementinenvorrats. Ich zog einen Zettel aus der Aktentasche und machte mir eine wichtige Notiz für morgen: »Clementinen kaufen!«

Um in aller Ruhe mein weiteres Vorgehen zu planen und die bisherigen 35 C-Resultate auszuwerten, hatte ich hier Quartier bezogen. Aber vielleicht, dachte, hoffte ich! und sah mich in meiner trostlosen Behausung um, würde ich ja morgen, beim nochmaligen Kartenvergleich, viel schneller als erwartet zu Entschlüssen kommen.

Entschlossen warf ich das rote Plastiknetz, halb gefüllt mit Clementinenschalen und -kernen, Richtung Papierkorb und verfehlte diesen nur knapp. Ich brauchte ein Netz, um diesen blöden Wenzel endlich wieder einzufangen – das war es doch.

Wenn die Kirchen wirklich Knotenpunkte waren, dann ließ sich aus ihrer Verteilung zunächst doch nur ersehen, wo überall sich heidnische Kultorte befunden haben oder befunden haben könnten, nicht mehr, nicht weniger. Aber wie die Fäden zwischen ihnen, mit anderen Worten: die Straßen und Feldwege, die ich bisher abgefahren hatte, zu einem Netz zusammenlaufen sollten, in dessen Zentrum sich schließlich Rethra befinden würde, das sah ich überhaupt noch nicht. Außerdem hatte ich bisher erst eines von insgesamt acht Wenzelschen Planquadraten durchforstet. Und bis auf 20 B (Arkona!) entdeckte ich auch nirgendwo einen direkten Anhaltspunkt: Wälder und Seen gab es hier überall. Und jedes der Planquadrate befand sich auch im überlieferten 4-Tagesreisen-Abstand von Hamburg. Einzige Ausnahme war 98 D in der Lausitz, womit ich überhaupt noch nichts anfangen konnte.

Für heute wollte ich aber aufhören. So wie ich war, gleich in meinen Sachen, ließ ich mich zur Seite kippen, drehte mich auf den Rücken, verschränkte die Hände hinter dem Kopf und schlief sofort ein.

Um mich war es stockdunkel, als ich mitten in der Nacht aufwachte. Es war aber, wie ich wenig später auf dem grünschimmernden Zifferblatt sah, erst Viertel elf.

Draußen ging die Klospülung. – Immerhin, ein Lebenszeichen!

Ich ließ mich ins Kissen zurückfallen. Mit geschlossenen Augen und halboffenem Mund betrachtete ich den wegschlappenden Abspann des Alptraumfilms, der gerade durch meinen Kopf geflimmert war. Liebenthal, dieser zwielichtige Charakterdarsteller, hatte eine Rolle darin gespielt – aber was für eine? Sehr dunkel.

Ich knipste die Nachttischlampe an. Vor dem richtigen Schlafengehen mußte ich mir unbedingt gründlich die Zähne putzen. Links oben, ein plombierter Backenzahn, hatte mir im Laufe des Tages mehrmals eine Kurznachricht geschickt. Waschbeutel und Rasierzeug lagen aber noch unten im Auto. Also steckte ich die Schlüssel ein, stieg leise die Treppe hinunter.

Im Frühstücksraum brannte Licht. Von der Tür aus sah ich: zwei Plätze waren schon für morgen früh eingedeckt worden. Dieser Anblick beruhigte mich: auch diese Nacht würde ein Ende haben. Zufrieden schaltete ich das Licht aus.

»He«, sagte eine Stimme aus dem plötzlichen Dunkel, ein Stuhl wurde gerückt. »He!«

Sofort klappte ich den Lichtschalter wieder um.

Hinter dem schwarzen Aufsatzschrank, auf dem Teller- und Tassenstapel abgestellt waren und zusammengefaltete Servietten lagen, war ein Mann hervorgetreten. Der Mann, er war vielleicht fünfzig, war sehr groß. Er hatte einen weiten grauen Pullover an. Unterhalb der imposanten Bauchwölbung hing der Pullover fast lotrecht an ihm herunter. Um seinen Hals trug der Mann ein langes Stahlkettchen. Daran baumelte, in Brusthöhe, eine Lesebrille.

»Oh, entschuldigen Sie bitte, ich dachte, es ist niemand mehr hier.«

»Macht nichts«, sagte der Mann. Und seltsam trotzig fügte er hinzu: »Bis morgen bin ich jedenfalls noch da.«

»Es tut mir sehr leid, wenn ich Sie gestört habe.«

Er winkte ab.

»Ihnen auch?« fragte er plötzlich.

Ich war schon im Gehen, drehte mich noch einmal um. Er stand jetzt vor einem innerlich erleuchteten Glasschrank, Typ: hochkant gestellter Schneewittchensarg. Aus dem hatte er eine Bierflasche herausgezogen. Fragend hielt er die Klapptür halb offen.

Ich atmete durch. Warum nicht. Ein Bier, dann überstehe ich vielleicht diese Nacht im »Deutschen Haus« besser. »Machen Sie hier Urlaub?« wollte er von mir wissen.

»Nein.« (Seltsame Frage – auf so einen Gedanken wäre ich nie gekommen!) »Dienstlich. Ich bin dienstlich hier.«

Er nickte nur. Das war gut. Was hätte ich ihm auf Nachfrage auch antworten sollen? Daß ich einen Kartographen suche, der sich verlaufen hat? Das kam, erfahrungsgemäß, nicht so gut an.

Obwohl er nicht aussah wie jemand, der aus der Flasche trinkt, trank er sein Bier gleich aus der Flasche. Ich mußte an Flemming denken. Auch beim Trinken ließ der Mann mich nicht aus den Augen, beobachtete mich über den Flaschenrand.

Er sieht aus wie ein Ertrinkender, dachte ich.

Ich goß mir ein Glas ein.

»Und Sie?« fragte ich und prostete ihm aus der Ferne zu.

Er zuckte die Schultern. Einen Moment standen wir uns schweigend gegenüber. Dann ging er nach hinten. Ich folgte ihm wortlos mit Flasche und Glas in die abgetrennte Nische. Dort lagen auf dem ovalen Tisch, der diesen kleinen Seitenraum fast vollständig ausfüllte, Fotos, Aktendeckel, Papiere – auch alte Briefe, glaube ich. Das alles schob er beiseite. Ich setzte mich auf einen Stuhl, er quetschte sich auf die Eckbank.

»Ist es bei Ihnen oben im Zimmer auch so dunkel? Ich wollte mir noch was ansehen, aber ...« Er schüttelte den Kopf.

Mit einer Hand hatte er sich die an der Leine hängende Brille geangelt und ins Gesicht geschoben. »Sehen Sie mal, wo wir hier abgestiegen sind, das erste Haus am Platze –«

Auf meinen erstaunten Blick fügte er hinzu: »Sicher – auch das einzige. Aber, hier, das hieß auch früher schon ›Deutsches Haus‹.«

Auf dem Schwarzweißfoto, das er mir über den Tisch geschoben hatte, war vor dem »Deutschen Haus« – es war tatsächlich noch dasselbe Schild – eine Dorfgesellschaft aufgebaut. Die Erwachsenen ohne ersichtliche Ordnung, die Kinder aber der Reihe nach als Orgelpfeifen. Ein Sonntagnachmittag wahrscheinlich, irgendwann in den fünfziger Jahren. Damals gab es noch einen überdachten Vorbau, zu dem eine Freitreppe hinaufführte. Das angeschrägte Vordach ruhte auf spiralförmig in sich verdrehten Holzsäulen. Am Fuß der Treppe stand ein Leiterwagen, geschmückt mit grauen Blumen.

Auf einem anderen Foto war eine Schulklasse zu sehen.

Der Mann sagte halblaut Namen auf: »Der Gerd ... der Bernd ... der ... weiß ich nicht. Frau Ramin!«

Die schönen, ernsten Gesichter von Nachkriegskindern. Haarsträhnen übers halbe Gesicht. Abstehende Ohren. Viel zu enge Pullover, unförmige Jacken. Dünne Beine. Kniestrümpfe. Schwere Schuhe.

Die Lehrerin stand hinter ihnen. Die Kinder hatten ihre Blicke erwartungsvoll in die frohe Zukunft gerichtet, sie sahen mich an.

»Sie stammen von hier?« fragte ich ihn und gab ihm das Foto zurück.

Statt einer Antwort – nur ein flüchtiges Nicken. Und dann, ganz unvermittelt: »Ich glaub, ich krieg hier noch eine Krise.« Die Uhr an der Wand schlug elf. Ansonsten war es ruhig. Nicht einmal ein Hund bellte draußen.

»Nicht viel los hier, was?« faßte ich die behäbig tickende Stille zusammen und trank mein Glas mit einem Zug aus. Noch ein Bier trinke ich aber nicht, dachte ich, sonst schlafe ich ja gleich hier unten ein.

Aufmerksam sah mich der Mann an. Dann starrte er müde

ins nachtschwarze Fenster. »Von wegen ›nicht viel los‹. Ich sage Ihnen: dort draußen wartet das Abenteuer.« Und dann, in dieser Nacht, erzählte er mir seine Geschichte.

Bericht aus dem Krisengebiet

Die Nacht steckte mir noch in den Knochen, genauer: sie saß mir im Nacken, der ganz steif war, als ich gegen halb neun den Frühstücksraum betrat.

Draußen war es trübe.

Der Tag schien gar nicht richtig hell werden zu wollen, er verharrte im Halbschlaf. Wahrscheinlich war der Vorfrühling Anfang der Woche nur ein Strohfeuer gewesen, und die Sonne hatte sich völlig dabei verausgabt. Von Westen her zogen immer größere Fetzen grauer, fast schwarzer Wolken heran. Bald war alles zu.

Plötzlich, in Böen, trieb Regen gegen die Scheiben. Es klang, als würde jemand feinen Sand an die Fenster schleudern. Schauriges Wetter.

Ich trank meinen Kaffee und kaute an einem fragwürdigen Brötchen herum, das ich schon nach meinem ersten krachenden Bißchen im Verdacht hatte, aus der Tiefkühltruhe des Discount-Ladens zu stammen.

Der Frühstücksraum war leer. Rieben war offensichtlich, wie er das gestern angekündigt hatte, in aller Frühe abgereist. Wahrscheinlich hatte ich auch seinetwegen so schlecht geschlafen.

Ich sah aus dem Fenster.

Als ich mir die Einzelheiten seiner Geschichte in Erinnerung rufen wollte, kam sie mir noch unglaubwürdiger vor als in der vergangenen Nacht.

Ein Dorf, irgendwo in der Mark. Ringsum Wald, Dunkelheit, nur ein paar verstreute Lichter hinter schwankenden Ästen und Zweigen.

Es ist früher Abend, im Gasthaus des Dorfes ist ein Besucher angekommen. Auf der Rückfahrt von Berlin nach Hamburg will er für ein, zwei Tage dort Station machen, wo seine Familie, seine Eltern und sein Großvater, Opa Richard, bis Mitte der 50er Jahre gelebt hatten.

Damals, 1956, war er acht. Woran er sich noch genau erinnert: an diese letzte Nachtfahrt. Fast fünfzig Jahre ist das inzwischen her. Er hatte an diesem Abend schon im Bett gelegen und geschlafen – plötzlich geht die kleine Nachttischlampe an, er wird von seinem Vater aus dem warmen Bett gehoben, durchs dunkle Haus getragen. Der Vater riecht nach Leder, er hat die schwere Lederjoppe an. Das fällt dem Jungen zuerst auf.

Auf der Rückbank des Autos, das mit laufendem Motor unten im Hof steht, wird der Junge verstaut. Seine Mutter sitzt neben ihm. Sie legt ihm die Hand auf den Kopf. Wenn er die Augen kurz aufmacht, weiß er nicht, ob er wacht oder ob es nur ein Traum ist. Jemand weint. Aber das ist nicht seine Mutter. Sein Großvater? Opa Richard sitzt vorn auf dem Beifahrersitz. Auch im Auto liegt seine rechte Hand auf dem Knauf des Stocks. Sie fahren durch die Nacht. Draußen fliegt der Mond vorüber und bleibt schließlich irgendwo hinter schwarzen Chausseebäumen zurück.

Weshalb sie damals weggefahren sind – erst sehr viel später wird er das verstehen, obwohl er schon damals, in diesem letzten Rybnitzer Sommer, spürte, daß etwas nicht stimmte.

Die Leute aus dem Dorf, die immer wieder ins Haus kamen und mit dem Großvater sprechen wollten. Der aber hatte sich jedesmal versteckt, im Schuppen oder hinten am Kiefernwäldchen. Einmal sogar auf der Tenne, wohin auch der Junge, wenn er allein sein wollte, sich manchmal verkroch. Als der Junge den Großvater dort oben entdeckte, hatte der stumm kichernd den Zeigefinger an die Lippen gelegt und sich die Hand vor die Augen gehalten.

Oder: der dürre Mann aus der Kreisstadt. Mit einem schweren Motorrad, einer BMW-Beiwagenmaschine, war er angeknattert gekommen – hinter sich auf der Dorfstraße eine große Staubfahne herziehend. Er hatte sich lange mit dem Vater unterhalten. Sie standen vorn am Zaun. Der Vater hatte immer wieder genickt. Schließlich hatte der Mann laut gelacht und dem Vater seine Hand über den Zaun hingestreckt – der Vater hatte auch da wieder genickt, aber eingeschlagen hatte er trotzdem nicht.

Die halblauten Gespräche der Eltern in der Küche. Das Türenschlagen. Endlich das Machtwort des Großvaters, das er bis in sein Kinderzimmer hörte: »Das können wir der Trude nicht antun!«

Trude aber, die Großmutter des Jungen, konnte schon niemand mehr fragen. Die lag seit Jahren einige hundert Meter weiter, am Rand des Dorfs. Sie ruhte sich aus, die Hände erschöpft über dem eingefallenen Bauch gefaltet – so zumindest hatte der Junge sie zuletzt gesehen –, und betrachtete mit geschlossenen Augen das ganze Hin und Her in Rybnitz aus einer anderen Welt.

»Bis zum ersten Schnee
sind alle in der LPG!
Rybnitz = 100 %«

Auf der Festwiese am Feuerwehrteich, wo jedes Jahr der Erste Mai gefeiert wurde, flatterte dieses Transparent im kalten Frühlingswind.

Diejenigen aber, denen dieses rote Tuch überhaupt galt – außer der Familie des Jungen nur noch der alte Rietzsche Franz und die Findeisens, Neuansiedler aus Pommern –, waren diesmal gar nicht erst gekommen. Sie mußten es geahnt haben, oder jemand hatte es ihnen gesagt.

Nur der Junge strich schon am frühen Nachmittag an der Festwiese herum. Am Vortag hatte er beobachtet, wie dort

Buden aufgebaut wurden. Es gab einen Rummel, auch einen Schießstand, und er hatte sich mit seinen Freunden verabredet. Schießen durfte er noch nicht. Aber bei der Tombola gewann er einen Hornkamm.

Der erste Schultag nach den Sommerferien. Die Lehrerin nahm ihn, als die anderen auf den Schulhof hinausdrängten, beiseite: »Ihr seid nun also die letzten im Dorf.« Besorgt sah sie ihn an, legte ihre Hand auf seine Schulter und drückte ihn auf einmal fest an sich. »Du kannst ja nichts dafür, Junge.« Der weiße Kreideabdruck ihrer Hand auf seiner Schulter.

Das alles geht ihm während dieser Fahrt durch den Kopf. Die meiste Zeit aber schläft er oder dämmert im Gefühl unendlicher Geborgenheit: hinten, im warmen Auto der Eltern liegen, nicht wissen und nicht wissen zu müssen, wohin die Reise geht. Er ahnt nur, daß etwas unwiderruflich zu Ende ist. Er ist traurig darüber. Und froh.

Richtig wach wird er erst am nächsten Morgen. Hell bricht der Tag herein. »Christoph, wir sind da! Du hast alles verschlafen.« So hatte ihn die Mutter geweckt. Die Wohnung der Tante, wo sie zunächst untergekommen sind, liegt an einer großen Ausfallstraße, im ersten Stock. Lieber wäre er noch ein paar Tage in der Stadt geblieben, die er sich ganz anders vorgestellt hatte, grau – aber in Wirklichkeit ist sie bunt und laut. Es geht weiter: in ein Aufnahmelager, irgendwo bei Göttingen. Das ist ein Barackendorf. Sogar mit einem Appellplatz und Fahnenstangen. So wie in Rybnitz, auf dem Schulhof.

Nach ein paar Monaten zieht die Familie nach Hamburg. Dort hat der Vater eine Stelle bei den Wasserwerken bekommen.

Die Schule in Hamburg ist ganz anders als die in Rybnitz. Zum Glück ist der Dialekt, den sie hier sprechen, so ähnlich wie zu Hause. Das »zu Hause«, wenn er von Rybnitz spricht, muß er sich noch abgewöhnen. »Wie drüben« also.

1970 externes Abitur, und dann, weil ihm nichts anderes einfällt, Lehrerstudium.

Der Großvater lebt inzwischen in einem Seniorenheim. Ein langgestreckter mattgelber Kasten an der Außenalster. Unten im Foyer hängt ein großes braunes Holzkreuz. Daneben der Essenplan für die Woche. Lange, spiegelnde Korridore, die am Ende auf kleine quadratische Fensterluken zulaufen.

Manchmal besucht er den Großvater dort, und sie reden über früher. Meist erzählt der Großvater, und er hört zu. Rybnitz ist für ihn, er ist jetzt Mitte zwanzig, nur eine Erinnerung. Es liegt so fern wie die Kindheit selbst, in die man auch nicht einfach zurückfahren kann.

Dem Großvater aber ist er noch immer dankbar dafür – und das sagt er ihm auch so, laut und deutlich ins rechte Ohr –, daß er damals hart geblieben war und sie schließlich weggegangen sind.

Opa Richard sieht ihn ungläubig an, nickt flüchtig. Dann geht er an den Kleiderschrank und holt seine Bücher hervor. Sie sind in Packpapier eingeschlagen und zugeschnürt. Das ist der Schatz, den er hütet. Seine Hofbücher. In schwarzer schnörkelloser Schönschrift, die er dem Großvater gar nicht zugetraut hätte, stehen hier Jahreszahlen, Bestände, Ausgaben, Einnahmen – lange Zahlenreihen.

Nach dem Krieg hatte sich der alte Rieben verschulden müssen. Saatgut, Kühe und Pferde, das alles mußte neu beschafft werden – der Neuanfang kostete Geld, das er nicht hatte. Die Pferde waren gleich nach dem Krieg von der russischen Kommandantur in Groß-Dobrow zum Militärdienst eingezogen worden. Bei der Übergabe hatte der Großvater damals sogar eine richtige Quittung bekommen, in kyrillischer Schrift zwar nur, aber trotzdem; sie liegt noch bei den Unterlagen.

Jahre hatte es gebraucht, bis der Hof wieder schuldenfrei war. 1956 war es dann soweit. Noch kein Gewinn zwar, aber alle Schulden abbezahlt. Jetzt sollte es endlich wieder richtig losgehen, so wie früher. Aber es war nicht mehr wie früher.

Nicht nur, daß Oma Trude nicht mehr da war. In diesem Jahr begann auch in Rybnitz die große Kampagne zur Kollektivierung der Landwirtschaft.

»Wie gewonnen, so zerronnen«, war das Schlußwort des Großvaters, wenn er seine Hofbücher wieder verschnürte und im Kleiderschrank wegschloß.

Meist brachte ihn der Großvater dann noch ein Stück. Wenn das Wetter gut war und es mit den Beinen ging, setzte der alte Rieben sich unten vor dem Haus auf eine Bank und schaute ins Leere. Seine Lippen bewegten sich, als würde er sich mit Luftgeistern unterhalten.

Soweit also die Vorgeschichte. Dagegen war nichts einzuwenden. Was mich ein bißchen störte: die Sache mit dem Großvater am Schluß. Ein Segen wenigstens, daß der alte Rieben nicht noch den letzten Wunsch geäußert hatte, zu Hause, in der »Heimaterde«, begraben zu werden.

Natürlich weiß ich, solche Geschichten hat es damals wirklich und nicht nur einmal gegeben: alter Mann – in die Fremde verpflanzt – kann sich dort nicht mehr einleben – hält sich nur noch an seiner Vergangenheit und dem fest, was davon übriggeblieben ist, in diesem Fall die Hofbücher.

Was ich nicht weiß: warum ich dieser Erzählung mit wachsender Ungeduld, ja: mit Unbehagen, gefolgt war. Jemand schilderte mir die Szenen einer Flucht, die das Leben einer ganzen Familie über Nacht verändern wird – und ich?

Ich hörte zu und überlegte die ganze Zeit, ob ich oben, in meinem Zimmer, auch das Licht ausgemacht hatte, wie spät es inzwischen schon war und, als Rieben einmal für längere Zeit ergriffen schwieg, ob es wohl sehr pietätlos wäre, diese Pause zu nutzen, um mir ein neues Bier zu holen.

Vielleicht lag es daran, daß Geschichten, die einmal zu oft erzählt werden, sich von ihrem Ursprung entfernen und so ihre unmittelbare Wahrheit verlieren. Bei wiederholtem Gebrauch, bei jedem neuen Erzählen, nutzt sich die Geschichte ein bißchen mehr ab, die Fehlstücke werden routiniert ersetzt, und da der Erzähler doch schon die jähen Wendungen, auch das Ende der Geschichte, kennt, wirken seine Ratlosigkeit, sein Erschrecken, seine Erleichterung künstlich, wie publikumswirksame Illustrationen.

Ich weiß, es war ungerecht, wie ich mich hier zum Richter über fremde Lebensläufe machte; aber es war so.

Sollte denn der alte Rieben – bloß damit die ganze Sache eine unwahrscheinlichere Wendung nahm (die mir persönlich aber wahrscheinlich plausibler vorgekommen wäre!) – nun in Hamburg vielleicht plötzlich aufleben, zum Billardgroßmeister werden oder, was weiß ich, sich tagelang am Hafen, in dunklen Kneipen herumtreiben?

Sicher nicht.

Es kann auch sein, daß meine Unzufriedenheit damit zusammenhing, welche Rolle die Großmutter des Jungen in dieser Geschichte spielte.

Gut, sie war tot. Dafür konnte niemand etwas. Aber gab das den Leuten auch das Recht, einfach in ihrem Namen zu sprechen? So wie man es vielleicht schon immer mit ihr, beziehungsweise für sie, gemacht hatte? Was sollte sie auch groß sagen. Wahrscheinlich hatte sie sich ein Leben lang auf dem Bauernhof abgerackert. Vieh- und Landwirtschaft, das hieß doch: früh, Viertel 5, wenn die Kühe brüllten, in den Stall, dann in die Küche, dann aufs Feld, wieder in die Küche, in den Garten, und abends todmüde ins Bett fallen. Nie Urlaub.

Rechtzeitig hatte sie sich aus dem Staub gemacht, und ihr früher Tod hatte vielleicht gnädig einen ganz anderen Konflikt vermieden: wer weiß denn, was sie, hätte man sie damals fragen können, zur LPG gesagt hätte.

An dieser Stelle fielen mir die Mormonen, die ich zwischendurch völlig vergessen hatte, wieder ein.

Die Toten wenden sich von uns ab und lassen uns mit Fragen zurück, auf die sie uns keine Antwort mehr geben. Sie hüllen sich in Schweigen. Wäre es da nicht angemessen, sie in Ruhe zu lassen? Für einen Moment wenigstens sollten die Toten auch uns in Schweigen hüllen.

Aber darum ging es ja nicht.

Jetzt erst beginnt die eigentliche Geschichte. Und zwar an diesem Abend, als der Fremde wieder in Rybnitz ist, das erste Mal seit fast 50 Jahren. »Der Besuch des alten Herrn«, hatte Rieben gesagt; erst später verstand ich, was er damit meinte.

In der Gaststube sitzen die Einheimischen. Sie trinken Bier und Schnaps, so wie sich das fürs »Deutsche Haus« gehört.

Als der Gast eintritt und sich anmeldet: Rieben, Christoph – und daß er früher, in den fünfziger Jahren, mal hier gelebt hat, laut hatte er das gesagt und in die Runde hinein, so daß es alle hören konnten, verstummen plötzlich die Gespräche. Ein »erstauntes Aufschweigen«.

Seltsame Wendung. Hatte Rieben das so gesagt – »erstauntes Aufschweigen«? Nein, das war eher nicht seine Art, sich auszudrücken. Ich glaube, das hatte *ich* mir – nach dem, wie er mir seinen Auftritt geschildert hatte – so vorgestellt.

In den letzten Stunden hier in Rybnitz mußte etwas vorgefallen sein, was Rieben völlig aus dem inneren Gleichgewicht gebracht hatte. Der beschauliche Ton, in dem er mir seine alten Geschichten erzählt hatte, war jetzt völlig verschwunden. Jeder Abstand schien plötzlich zu fehlen. Rieben sprach nun hastig, beinahe panisch. Nur manchmal, ohne Zusammenhang, stockte er – ein kurzer Moment der Stille, wie eine Frage. Und ein ratloser, ungläubiger Blick zu mir. Und dann, mit einem Mal, sprach er ganz unbeteiligt weiter, wie aufgezogen, als sei es jetzt das Allerwichtigste, sich vor allem so genau wie möglich an jede kleine Einzelheit zu erinnern, um vielleicht auf diese Weise ein fehlendes Puzzle-Stück zu finden, das ihm zum ganzen Bild fehlte.

Er hatte sich an diesem ersten Abend noch kurz in der

Gaststube umgeschaut, aber nichts richtig gesehen, niemanden erkannt; dicker Rauch hing im Raum. Und die Einheimischen – die hatten, unbewegt und unbeteiligt, ihm wieder ihre breiten Rücken zugewandt. Die Gespräche gingen weiter, ohne sich um ihn zu kümmern.

Bald geht er auf sein Zimmer. In seinem Gepäck hat er die Familienchronik. Seine Mutter, die letztes Jahr gestorben ist, hatte sie ihm an seinem 50. Geburtstag übergeben. Morgen will er eine Runde durchs Dorf machen und sehen, ob er noch was erkennt und wiederfindet. Oder alte Bekannte trifft.

Am nächsten Tag ist er früh wach. Kurz nach den Vögeln. Er geht zum Fenster, öffnet es. Schließt die Augen und weiß, atmet es tief in sich hinein: er ist wieder da.

Der erste Gang, noch vor dem Frühstück, durchs leere Dorf. Was er nicht geglaubt hätte – alles noch am selben Platz: Kirche, Dorfteich und Häuser stehen, obwohl sich manches verändert hat, noch in der alten Anordnung. Warum denn auch nicht.

Die Bäume am Dorfplatz sind zwar inzwischen hochgewachsen, so daß die unteren Äste, an denen man sich früher hochhangeln und Einlaß ins zwitschernde Innere der Baumkronen erlangen konnte, unerreichbar geworden sind. Aber es sind noch dieselben Bäume. Sie sind nur älter geworden. So wie er. Und sie werfen mehr Schatten.

Beim Frühstück im »Deutschen Haus« unterhält er sich mit der Wirtin.

Ein paar Namen von Leuten, die ihm noch einfallen und die er ihr nennt, kennt auch sie. Aber viele sind schon gestorben oder anderweitig verzogen.

Und sie selbst, sie kommt ja eigentlich auch aus Raduhn, ein paar Kilometer hinter Groß-Dobrow. Erst Ende der 70er Jahre, als sie mit ihrem Mann das völlig heruntergewirtschaftete »Deutsche Haus« übernommen hatte, ist sie nach Rybnitz gezogen – also keine richtige Gesprächspartnerin, um über früher zu reden. Wer hier nicht mindestens in der dritten Generation lebt, der ist und bleibt ein »Zugezogener«.

Nach dem Frühstück bricht er zu seiner zweiten, großen Erkundungstour auf. Er hat jetzt auch die Familienchronik dabei und ein paar Fotos.

Die Leute im Dorf, denen er begegnet, sind nicht abweisend, im Gegenteil, alle sind ausgesprochen freundlich zu ihm.

Aber sobald er sich an etwas erinnert und jemanden danach fragt (»Entschuldigen Sie, stand hier nicht früher das Haus, wo die Findeisens wohnten?«), schütteln sie nur den Kopf: nein, stand hier nie, da müssen Sie sich irren.

Das ist gut möglich, es ist ja auch schon sehr lange her.

Oder er trifft Leute, die später hergezogen sind und die sich deshalb an nichts erinnern können.

Hinter der Schule, wo zu seiner Zeit der Sportplatz war, ist jetzt eine verwilderte Wiese, hohes Gras.

An einen Sportplatz hier erinnert sich niemand, der ist doch ganz woanders – am Ortseingang.

Stimmt, das hatte er gesehen, als er gestern abend angekommen ist; er hatte sich noch darüber gewundert.

Trotzdem, etwas stimmt nicht.

Als er endlich vor dem ehemaligen Rieben-Hof steht – eine Begegnung, die er, so lange es ging, hinausgezögert hat (aber jetzt steht er eben doch davor) –, ist dort alles zu. Die Jalousien sind heruntergelassen, die beiden Spalierlinden, die früher vor dem Haus an der Straße standen, hat man gefällt. Dadurch wirkt das Anwesen schutzlos, angreifbar.

Irgendwann in den 60er oder 70er Jahren muß das Haus neu verputzt worden sein. Aber wahrscheinlich stünde es heute besser da, sähe es vorteilhafter aus, hätte man ihm damals diesen billigen, inzwischen schon wieder abbröckelnden Graupelputz erspart.

Ein Mann, der kurz im Nachbargrundstück auftaucht,

nickt ihm zu. Doch ehe er ihn etwas fragen kann, ist der Mann in ein Auto gestiegen und davongefahren.

Rieben geht die Straße hinunter, zum Gutshaus.

Nach dem Krieg war dort im Erdgeschoß der Kindergarten untergebracht, und im ersten Stock die Dorfbibliothek. Die weiße Schrift *Kindergarten*, obwohl verwaschen, ist noch zu erkennen. Und im Seitenflügel ... Aber hier ist gar kein Seitenflügel mehr.

»War hier auch nie«, sagt ein Mann, der extra vom Fahrrad abgestiegen ist, als er Rieben so ratlos vor dem Haus hat stehen sehen und der ihn danach gefragt hatte. Er sagt das freundlich, aber bestimmt.

Der Mann kommt ihm bekannt vor. Ja, er ist einer von denen, die gestern abend in der Kneipe am Stammtisch gesessen hatten.

Der Mann steigt wieder aufs Rad. »Vielleicht verwechseln Sie das auch.«

Vielleicht. Aber plötzlich ist sich Rieben sicher, daß er das nicht verwechselt.

Langsam geht er zurück zum »Deutschen Haus«. Er sieht, wie ein paar Einheimische zusammenstehen, freundlich zu ihm herübersehen und leise miteinander reden. Halten die ihn für meschugge, weil er hier alles durcheinanderbringt? Er will im Zimmer noch einmal nachschauen, in dem Schuhkarton, ob er nicht doch ein Foto vom Gutshaus findet.

Er spürt, wie eine Wand wächst, eine Mauer aus freundlichem Nicken und Kopfschütteln.

Plötzlich – scharf bremst ein Auto neben ihm. Die Scheibe wird heruntergekurbelt. Der Fahrer, er hat einen eierschalenfarbenen Motorradhelm auf – ein Uraltmodell, das mit einer Vielzahl schwarzer Lederriemchen am Kopf befestigt ist –, schiebt sein Gesicht heraus und grient Rieben an – den Mund weit aufgerissen, zwei Reihen kleiner schiefer Zähne und dazwischen, erwartungsvoll, in Lauerstellung, eine blaurote Zungenspitze.

»Werner!«

Die Zunge verschwindet zufrieden im Mund.

Rieben hat ihn gleich erkannt.

Sie hatten jahrelang im selben Klassenraum gesessen. Niemand wußte damals so richtig, in welche Klasse Werner eigentlich gehörte. Von den Lehrern bekam er immer eine Extrabeschäftigung: Ausschneiden, Aufkleben, Sortieren. Ein ewiger Erstkläßler, bis er dann eines Tages doch seine acht Schuljahre abgesessen hatte und entlassen wurde.

Er sieht auch noch genauso aus wie früher: ein zeitloses dickes Kindergesicht, fast ohne Kinn, eine riesige, vorgewölbte Stirn. Brillengläser, dick wie Kompottschalen – es sind Verkleinerungsgläser. Die Augen dahinter – zwei winzige Sterne, Lichtjahre entfernt, in einer unerforschten Galaxie.

Wie es denn so geht, will Rieben wissen. Etwas anderes, was er Werner fragen könnte, fällt ihm im Moment nicht ein.

»Guuuuut!« Werner hat tatsächlich noch dieselbe quiekende Eunuchenstimme.

Das Auto, ein himmelblauer Trabant, röhrt auch im Leerlauf immer wieder auf, alle paar Sekunden muß Werner Gas geben, damit ihm die Kiste nicht unterm Hintern ausgeht. Bald steht Rieben in einer dichten blauen Abgaswolke.

Da fragt Rieben Werner noch schnell, bevor der ihm wieder davonfährt oder er selbst in den Abgasen umkommt: »Sag mal, Werner, weißt du noch, am Gutshaus, da war doch ein Seitenflügel, ich meine: da stand doch hinten noch was, oder?«

Werner preßt die Lippen aufeinander. Er überlegt. Dann strahlt er. »Klar, Mensch. Haben wir alles abgerissen, das ganze Zeug. Schöne Steine, du, die kriegst du nicht kaputt. Schamott! Mußt du mal gucken hier, bei den Garagen und so. Ist alles schön verbaut, das ganze Zeug.«

Werner nickt zufrieden.

Von einem Moment zum andern guckt Werner jetzt wieder

ganz ernst. »Man sieht sich!« ruft er gegen sein aufheulendes Auto an. Er tippt mit Zeige- und Mittelfinger kurz an den Helm, kurbelt mit beiden Händen die Scheibe hoch. Entschlossen zieht sich sein Gesicht zusammen. Er gibt noch einmal Gas, viel Gas, und knattert, den Blick starr geradeaus, davon.

Also doch! Rieben ist erleichtert – also doch.

Da sieht er den Mann von vorhin wieder. Der schiebt sein Fahrrad zurück, am Lenker hängen Einkaufsbeutel.

Rieben geht auf ihn zu: »Wissen Sie, was ich eben gehört habe?«

»Nein«, sagt der Mann freundlich.

»Am Gutshaus war *doch* ein Seitenflügel. – Ich wußte es, ich bin doch nicht blöd.«

»Ach so«, sagt der Mann, er nickt behutsam.

»Mein alter Schulfreund ... also jemand, mit dem ich zusammen in der Schule war, der hat mir das vor drei Minuten bestätigt.«

»War das der Werner?« will der Mann wissen.

Rieben nickt.

»Der Werner ... Klar, also wenn der Werner das sagt –«, der Mann lächelt ihn schlau an, »dann wird das schon seine Richtigkeit haben, nicht wahr. Der Werner, der weiß einfach alles.«

Noch ein kurzes Nicken – dann schiebt er mit seinem Rad ab. Ohne sich noch einmal umzudrehen.

Rieben starrt ihm hinterher. Er geht ins »Deutsche Haus«. Schaut in seinen Unterlagen nach, findet dort aber nichts zum Gutshaus. Legt sich hin, steht wieder auf. Streift am Nachmittag in der Gegend herum, im Wald, am See, wo er früher geangelt hat. Erst spät, als es dunkel ist, kommt er zurück.

Und an diesem Abend traf ich ihn dann – unten, im Frühstücksraum.

»Der Mann aus Hamburg –« wiederholte Frau Nachtwey verständnislos, als sie meinen Frühstückstisch freiräumte, sie hielt die Kaffeewarmhaltekanne gegen den Bauch gedrückt, »ja, was soll ich Ihnen da sagen. Der ist heute ganz früh los. Und wissen Sie was: beim Rausfahren, da hat er noch den halben Torpfosten mitgenommen – na ja, immerhin gerammt. Gucken Sie sich das nachher ruhig mal an. Das muß bei ihm einen ziemlichen Ratsch gegeben haben. Aber deswegen schreib ich ihm nicht extra. Ach was. Nee, mein Mann, der streicht das mal über, und dann ist die Sache vergessen.«

»Mir hat er erzählt, daß er mal hier gelebt hat. Da muß er doch noch jede Menge alte Bekannte getroffen haben?«

»Weiß ich nichts von. Und ich weiß auch gar nicht, was er hier eigentlich gesucht hat.«

Es klang wie: *Was er hier eigentlich zu suchen hatte.*

»Und es gibt hier niemanden, der ihn noch von früher kannte?« fragte ich. »Das kann ich mir nicht vorstellen.«

Die Wirtin nahm die schmutzigen Teller auf. »Ja schon, die haben schon über ihn geredet, am Stammtisch, vorgestern abend, als er hier angekommen ist.«

»Und?«

»Die wußten wohl auch nicht so richtig, was er hier wollte. Da haben sie wahrscheinlich erst mal auf stur gestellt. Vorsichtshalber. Das machen die hier immer so. – Mehr kann ich Ihnen da auch nicht sagen.«

Sie ging. In der Schwingtür zur Küche drehte sie sich noch einmal halb um und fragte, ob ich nicht vielleicht doch noch einen Kaffee wolle?

Nein danke.

Ich saß an meinem leeren Tisch, sah aus dem Fenster und versuchte zu verstehen, was für eine Geschichte das hier mit diesem Herrn Rieben aus Hamburg und den Einheimischen aus Rybnitz gewesen ist: eine kollektive Verschwörung, ein Komplott, um ihn irre und kirre zu machen? Aber warum?

Sie mußten doch ihre Gründe gehabt haben. Gute oder weniger gute – ich wußte es nicht.

Eines jedenfalls war klar: die alten dörflichen Informationskanäle schienen noch zu funktionieren – aus dem »Deutschen Haus« mußte die Nachricht, daß einer von den Riebens wieder da war, schnell in Rybnitz die Runde gemacht haben.

Und Rieben? Auf einmal stand er ganz allein da – *allein gegen die Mafia*. Der einzige Kronzeuge, auf den er sich im Zweifelsfall berufen konnte, war ausgerechnet dieser Werner, der hiesige Dorftrottel.

Hatten die Einheimischen Angst, vielleicht vor Rückübertragungsansprüchen – aber das war doch sicher schon alles längst verjährt. Oder war es einfach Rache an einem, der rechtzeitig das Weite gesucht hatte?

Vielleicht waren ja damals, nach dieser Nacht-und-Nebel-Aktion der Riebens, der »Republikflucht«, auch Kontrollkommissionen aus der Kreisstadt ins Dorf gekommen, und alle wurden befragt, und jeder mußte sich, was weiß ich, zu irgendwas verpflichten, und der Name Rieben war und blieb dann womöglich unauflösbar im Gedächtnis des Dorfes mit dieser Sache verbunden.

Draußen hatte der Regen nachgelassen.

Eine Frau in Kittelschürze, darüber eine rosa Strickjacke, radelte aufrecht durchs tropfnasse Fensterstilleben. Ihr grauer Lockenkopf steckte gut verpackt in einer durchsichtigen Plastikeinkaufstüte.

Und die Jungs von damals, die mir Rieben auf seinem Klassenfoto gezeigt hatte – wo waren denn die abgeblieben?

Die waren sicher längst in den unförmigen Körpern von Männern, um deren Bäuche Jahresringe gewachsen waren, auf Nimmerwiedersehen verschwunden. Wie in einem Versteck.

Vielleicht, daß die Kinder von früher manchmal noch ein hilfloses Klopfzeichen von innen gaben – im Herbst, wenn am Himmel Drachen flogen und das Herz der Jahr für Jahr älter werdenden Männer ein paar aufgeregte, außerplanmäßige Sprünge machte und sie für einen Moment überlegten, ob man nicht ... aber dann ließen sie es doch sein und machten das, was sie hier immer machten: sie fegten Laub, jagten über Baumärkte, betonierten einen Weg zu oder hackten den Beton wieder auf.

Selbst ihre Namen waren ja nicht mehr dieselben wie früher, längst bedeuteten sie etwas ganz anderes, sie hatten mit den Jahren ihren ursprünglichen Sinn verloren. Wenn jemand heute »Gerd«, »Heinz« oder »Dieter« heißt, dann ist das mit Sicherheit kein Kind – sondern ein langsam aus dem Leim gehender Mann über 50, schweren Schritts Richtung Vorruhestand unterwegs oder womöglich dort schon angekommen.

Man muß sich schon sehr genau überlegen, ob man nach 50 Jahren noch einmal dorthin zurückkehren will, wo man inzwischen ein Fremder ist.

Was müssen erst die alten Germanen empfunden haben, als sie damals, nach 500 Jahren, in ihr altes, inzwischen von den Wenden besiedeltes Stammland zurückgekommen sind? Sie kannten es doch nur noch aus Überlieferungen, als Legende. Das hatte die Sache damals wahrscheinlich sogar einfacher gemacht.

Aber gut, ich war schließlich nicht hier, um sozialpsychologische Studien über das Altern auf dem Lande anzustellen oder gruppendynamische Prozesse im Verhalten gegenüber Fremden zu untersuchen.

Bloß schnell weg hier! Und der schnellste Weg war: endlich herauszufinden, weshalb Wenzel ausgerechnet dieses Gebiet, dieses Planquadrat, in seinen Unterlagen besonders markiert hatte.

Ich holte meine Kartentasche aus dem Zimmer und ging hinunter zum Auto. Auf dem Hof entdeckte ich dann auch Riebens Hinterlassenschaft: eine breite, aber nicht sehr tiefe

Schrammspur (hellgrau) am Torpfosten. So schlimm sah es eigentlich gar nicht aus. Sicher war bei ihm nur ein bißchen der Lack ab.

Vielleicht hatte Rieben sich das alles ja auch bloß eingebildet, eine Art Verfolgungswahn.

»Gibt es hier eigentlich einen Werner?« fragte ich Frau Nachtwey, als ich meinen Kram ins Auto geworfen hatte.

Der Regen hatte aufgehört. Frau Nachtwey stand aber noch etwas unschlüssig mit ihrem Wäschekorb in der Tür.

»Nicht nur einen«, sagte sie.

»Also, ich meine jetzt einen mit einem Trabant.«

»Passen Sie mal bloß auf, wenn Sie dem irgendwo auf freier Wildbahn begegnen. Der ist nicht ungefährlich.«

»Wieso denn das?«

»Wieso? Zum Beispiel fährt der grundsätzlich, egal, was da kommt, auf Straßenmitte. Wir hier wissen Bescheid und fahren, wenn er irgendwo auftaucht, schnell rechts ran. Bisher ist das ja auch immer gutgegangen.«

»Stimmt es, daß er mit Sturzhelm Auto fährt?«

»Ja, das hat er mir auch mal erklärt, warum. Daß er sich nischt am Koppe holt.«

Da die Wolken sich nun endgültig verzogen hatten, ging sie hinters Haus, um die Wäsche aufzuhängen.

Rieben hatte völlig recht: hier draußen wartete das Abenteuer.

Schon auf dem Weg hierher hatte ich die vielen kleinen Holzkreuze bemerkt, mit Datum, Vornamen und einer Altersangabe versehen (meist um die 20). Sie waren, vor allem in unübersichtlichen Kurvenbereichen, an die Chausseebäume genagelt. Dahinter klemmten bunte Blumensträuße, ob echt oder Plastik, das konnte man im Vorbeifahren nicht erkennen, manchmal waren auch, schlicht und einfach, immergrüne Kränze angehängt.

Man fuhr hier wie durch einen riesigen Blumenladen.

Oder – da die zu beiden Seiten Spalier stehenden Bäume sich über der Straßenmitte zu einer hohen, eindrucksvollen Kuppel aufwölbten – wie durch die langgestreckte, grüne Trauerhalle eines Volkes, das soeben im Begriff stand, sich selbst zu dezimieren.

Wahrscheinlich probierte man die große Reisefreiheit erst mal im kleinen aus. Bis nach Italien ging es mit den gebrauchten Schrottkisten, die hier im Einsatz waren, sowieso nicht. Also raste man, was das Zeug hielt (aber das Zeug hielt eben nicht viel!), zur nächsten Kleinstadt oder auch nach Pasewalk oder Parchim oder Prenzlau – und zwar so, als sollte man bis zum Abend schon über den Brenner sein, um Pisa oder Padua anzusteuern.

Brandenburgs Chausseen brachen vielen das Genick.

»Ohne Airbag – wir sterben wie richtige Männer!« Auf der Heckscheibe eines Lada-Kombi (an der blauen Tankstelle hinter Stülnow) war mir dieser Schlachtruf in Form eines ovalen Aufklebers aufgefallen. Das ließ nichts Gutes ahnen – obwohl der Mann, der nachher mit einer Tüte Fruchtbonbons und einem Malheft aus dem Tankstellenshop gekommen und ins Auto gestiegen war, gar nicht so verwegen und halsbrecherisch aussah, wie man es nach dieser Kamikaze-Ankündigung hätte vermuten können.

Gerade vor ein paar Tagen hatte ich in der Zeitung eine Notiz gelesen: »Vorsicht, der Frühling naht!« Es war in dem Artikel warnend darauf hingewiesen worden, daß in Brandenburg wieder die Saison der illegalen Autorennen begann. Nachts, auf abgelegenen Landstraßen oder in leeren Gewerbegebieten, traf man sich – meist junge Männer im Alter von 18 bis 30. Bis zu 200 Wagen waren an solchen Ausscheiden beteiligt. Jeweils zwei der hochaufgerüsteten Kampfwagen traten gegeneinander an, um im K.-o.-System auf einer nur wenige hundert Meter langen Strecke den Sieger zu ermitteln, der dann in die nächste Runde weiterkam. Meist fanden diese Rennen, dieses märkische Roulette, an Wochenenden statt.

Aber gut, jetzt war Donnerstag vormittag, halb 11. Sogar die Sonne ließ sich nun wieder längerfristig blicken.

Mein Plan für heute sah vor, einmal das Dobrower Seengebiet ganz zu umfahren; das heißt: *ganz* ging das ja nicht – wegen des Sumpfgebiets am Südufer des Kleinen Dobrower Sees. Ich mußte also zunächst Richtung Norden, dann ein Stück auf der B 19 nach Groß-Dobrow, dort links ab und der kleinen Straße am Nord-, später am Westufer des Großen Dobrower Sees folgen, bis sie sich, etwa in Höhe des Verbindungskanals zwischen beiden Seen, teilte. Während die eine Straße von da ab fast schnurgerade genau nach Westen weiterführte, beschrieb die andere noch einen Halbbogen um die Ausbuchtung am Westufer des Kleinen Dobrower Sees; nach ca. 5 bis 6 Kilometern war diese Straße dann zu Ende.

Dort angekommen, würde ich nach ungefähr 30 Kilometern Fahrt fast wieder in Rybnitz sein, Abstand Luftlinie: noch drei, höchstens vier Kilometer. Aber eben Luftlinie. Dazwischen lagen die Dobrower Sümpfe.

Ich verließ Rybnitz. Es lag in friedlicher Untätigkeit. Stille. Nur ein paar Vögel versahen unverdrossen ihren Dienst.

Am Discount-Laden vorbei, am leeren Sportplatz. Ortsausgang.

Links der Straße ein dichtes Waldgebiet, dahinter der See. Von der Straße aus war er nicht zu sehen. Rechts, auf dem gewellten, flachhügeligen Land, lagen Felder und Wiesen ausgebreitet. Sie sahen aus, als könnten sie jederzeit zusammengerollt und irgendwo anders wieder ausgelegt werden.

Gerade hatte ich die scharfe Linkskurve passiert, und das Auto nahm unbeirrt wieder Kurs auf geradeaus – da zog mich etwas zurück. Jetzt mal langsam, dachte ich.

Vorsichtshalber fuhr ich bei der nächsten Gelegenheit rechts heran. Ich schaltete in den Leerlauf und starrte geradeaus.

Das kann doch gar nicht sein! Mir war, als hätte ich eben, kurz vor der Kurve, links in den Wald hinein, eine Straße gesehen – eine richtige Straße, fest ausgebaut, sogar mit Laternen.

Unmöglich! Ich beugte mich über den Nebensitz, wo die ausgebreitete Karte lag, Maßstab 1:20 000. Nein, keine Straße, nicht mal ein Weg, durchgehend war hier ein Naturschutzgebiet (NSG) eingezeichnet. Das hatte ich heute früh, als ich meine Route plante, ja auch so gesehen.

Ich wendete und fuhr trotzdem noch einmal zurück.

Kurz vor der Kurve verlangsamte ich, doch da tauchte hinter mir ein schnell größer werdender Getränkelaster auf, und ich mußte sehen, daß ich davonkam.

Eine Straße in den Wald sah ich nicht, natürlich nicht. Sie hätte, falls es sie gegeben hätte, bei diesem Maßstab ja auch eingezeichnet sein *müssen*. Wahrscheinlich hatte ich mir das nur eingebildet.

Am Sportplatz wendete ich. Von dem ganzen Hin und Her kam ich mir schon langsam blöd vor. Der Laster donnerte vorbei, Richtung Discount-Laden. Die Erde wackelte.

Ratlos hielt ich die Karte in der Hand. Um nicht noch mehr Zeit zu verlieren, nahm ich mir vor, einfach zu vergessen, was ich da glaubte gesehen zu haben.

»Suchen Sie was?« Ein Mann war vom Sportplatz herübergekommen und hing atemlos ins Autofenster herein.

»Nicht direkt«, sagte ich, »eine Straße, die eigentlich in den Wald führen müßte. Und zwar . . .« Ich griff nach der Karte.

»Nee, lassen Sie die mal stecken. Die Karten stimmen hier alle nicht. Das ist ein altes ZK-Jagdrevier. Die haben damals die Wege und alles falsch eingezeichnet, damit die keiner findet. Der halbe Dobrow ist ein Vogelschutzgebiet.«

»Ein Vogelschutzgebiet? Das wußte ich nicht.«

»Waren ja auch bloß die komischen Vögel von der Partei, kein richtiges Vogelschutzgebiet in dem Sinne, keine geschützten Arten und so. Und genützt hat es ihnen ja auch nichts. Sind ja nun doch mehr oder weniger alle ausgestorben, was.«

Er klopfte aufs Autodach, ich bedankte mich, er trabte wieder davon, und ich fuhr los.

Als ich zum zweiten Mal in Höhe der Kurve war, sah ich die Straße wieder. Sofort trat ich auf die Bremse, setzte schlingernd ein paar Meter zurück, blinkte nach links und bog kurzentschlossen in den dunklen Wald ein.

Grüne Stille umfing mich.

Tatsächlich, ich hatte mich nicht getäuscht: eine Straße – und zwar in erstaunlich gutem Zustand. Gepflastert, auch Laternen gab es.

Aus der Richtung Groß-Dobrow kommend, lag die Einmündung in einem totem Winkel, deswegen hatte ich sie bei der Rückfahrt wohl übersehen.

Jetzt erst bemerkte ich, daß in einem Baum an der gegenüberliegenden Straßenseite ein großer runder Spiegel, außen: rot-weiß gestreift, angebracht war.

Ich fuhr ein Stück in den Wald hinein. Feierliches Dämmer, ab und zu Lichtgesprenkel. Plötzlich wuchs vor mir aus dem Waldboden ein riesiger Fliegenpilz auf. Er hatte eine rundumlaufende Sitzbank, und unter dem Holzschirm saß man, wenn es regnete, bestimmt sicher und trocken. Hier, wo dieser hölzerne Pavillon stand, bog die Straße halb nach links ab. Nach etwa hundert Metern kam eine Steinbrücke, sie führte über ein Fließ, beziehungsweise über einen undurchsichtigen Graben, an dessen Grund ich ein Rinnsal, wahrscheinlich einen Zufluß des Kleinen Dobrower Sees, vermutete.

Schwere Granitkugeln lagen auf den Brückenpfosten. Zu beiden Seiten waren schmiedeeiserne Geländer angebracht.

In der Ferne sah ich eine Toreinfahrt, sehr weiß, sehr modern. Auch eine Überwachungskamera.

Im Wald, in langer Reihe, standen Betonpfosten herum, wie Wachleute. Das großmaschige Drahtgeflecht, das sie verband, erkannte man erst, wenn man genau hinsah.

Auf dem Waldboden verrostete das Vorjahreslaub. Wahrscheinlich war das hier ein Privatgrundstück. Wer weiß, wohin es führte, wenn man einfach weiterfuhr. Dann sah ich aber ein Schild, holzgeschnitzt, Stilepoche, ich würde sagen: *Kinderferienlager der 50er Jahre*, das in Richtung des Tores wies: »Schulungszentrum«.

Um so erstaunlicher, daß das alles hier nicht eingezeichnet war.

Ich wendete, fuhr zurück bis zum Pilzpavillon. Da fiel mir ein, es lagen ja noch jede Menge anderer Karten im Handschuhfach. Ich klappte es auf. Es ist übrigens das einzige Handschuhfach der Welt, das ich kenne, in dem tatsächlich unter anderem auch Handschuhe liegen, ganz billige zwar nur, aus dem Baumarkt, aber manchmal brauchen wir sie eben doch, wenn wir zum Beispiel Bodenproben entnehmen müssen. Die Handschuhe warf ich auf den Nebensitz und zog den ganzen speckigen Kartenstapel heraus. Damit setzte ich mich unter den Fliegenpilz.

Wenn ich etwas bei *andersWandern* gelernt habe: man kann nie genug Karten von einer Gegend haben, jede ist anders, immer wird man etwas Neues entdecken. Ein etwas eigenwillig gewählter Kartenausschnitt – und schon wird eine ganz naheliegende, natürliche Verbindung unsichtbar. Es gibt Maßstäbe, die eine bestimmte Relation einfach wie in einem Zauberzylinder verschwinden lassen, dafür allerdings mit jeder Menge winziger Details aufwarten. In einem anderen Maßstab erkennt man ganz selbstverständlich wieder den gesuchten Zusammenhang, weiß aber nun nicht mehr, was womit zusammenhängt, weil die Details verschwunden sind. Keine Karte stimmt oder ist »wahr«. Sie sind nur mehr oder weniger geeignet. Netze, die man auswirft. Sind sie zu großmaschig, fällt zuviel heraus; sind sie zu kleinmaschig, bleibt zuviel hängen, kleine Fische.

Oder, um im Bild zu bleiben, in dem ich mich gerade befand: manchmal sieht man den Wald vor lauter Bäumen nicht. Ich saß im Wald und fand diese komische Straße nicht.

Nirgendwo, auf keiner der Karten, war sie eingezeichnet oder überhaupt dieses ganze Gebiet aufgeschlüsselt. Die Vögel piepten ratlos. Ich schwieg.

Doch dann, ganz zuletzt, eine abgegriffene Faltkarte des VEB Land-und-Wandkartenverlags. »Wenzel« stand mit grüner Tinte rechts oben, in der Ecke. Ich klappte sie auf, begann sie auseinanderzufalten – da verstummten die Vögel. Wenzel, dachte ich nur, jetzt hab ich dich.

Eine Viertelstunde später stand ich in Rybnitz in der Telefonzelle und bemühte mich um eine Verbindung. Direkt zu der Trottenburg kam ich nicht durch, also über die Zentrale.

Ewig hing ich in der Warteschleife (»Bitte haben Sie einen Moment Geduld, Sie werden verbunden«). Nicht nur, daß mich diese ewig wiederkehrende Frauenstimme vom Band, die ungefähr alle zehn bis fünfzehn Sekunden beruhigend auf mich einredete (»Wir bemühen uns, Ihren Gesprächspartner zu finden, haben Sie bitte noch einen Moment Geduld«), regelrecht auf die Palme brachte – schließlich hatte ich eine wichtige Nachricht für die Firma und stand hier wie blöd in der Pampa herum und konnte zusehen, wie meine Telefonkarte im unerbittlichen finalen Countdown leer wurde –, ich fragte mich auch, was in meinem Leben alles schiefgelaufen sein mußte, daß ich (»Noch einen Moment Geduld, wir bemühen uns umgehend, die von Ihnen gewünschte Verbindung herzustellen«) bei einer Firma gelandet war, deren Telefonerkennungsmelodie, die regelmäßig zwischen diesen Sprechblasen losquäkte, ausgerechnet ein idiotisch plärrendes Instrumental von *Das Wandern ist des Müllers Lust* war.

(»Wir bemühen uns, Ihren Gesprächspartner ...«)

»Cora«, flüsterte ich wütend, befehlend in die Sprechmuschel, »Cora, bitte kommen! Aber sofort.«

Willkommen im Club der Verlierer

»Es ist schön, daß auf manche Sachen einfach noch Verlaß ist.«

»Tut mir leid«, sagte ich, ich war noch völlig außer Atem.

»Komisch, schon als ich in Berlin in den Zug einstieg, wußte ich, daß ich hier auf dem Bahnhof (sie mußte sich nach dem Schild umdrehen), ... auf dem Bahnhof von Groß-Dobrow jede Menge Zeit haben würde, mich innerlich ein bißchen aufs Landleben einzustellen und mich einzugewöhnen.«

Es war Freitag, kurz nach Viertel 5. Mutterseelenallein hatte die Trottenburg auf dem Bahnsteig herumgestanden und sich ratlos umgeblickt, als ich durch den Schaltervorraum gestürmt kam. Ich hatte sie schon von weitem gesehen. Sie war auch nicht zu übersehen gewesen, außer einer rotblauen Eisreklame war sie der einzige Farbtupfer im einheitlichen Bahnhofsschwarz.

»Die Schranke war unten, Cora.«

»Danke jedenfalls, daß du trotzdem noch gekommen bist.«

Ich nahm ihre Tasche, und wir gingen zum Auto, das ich mitten auf dem Bahnhofsvorplatz, quer zu jeder Parkordnung, einfach stehengelassen hatte. Bevor wir losfuhren, wollte sie sich aber unbedingt Wenzels Karte anschauen. Ich war gespannt, was sie dazu sagen würde, atmete tief durch und zog die Karte aus dem Handschuhfach. Dabei streifte mein rechter Unterarm ihr linkes Bein, ihr geheimnisvoll schimmerndes Elfenbein. »Danke«, sagte sie und nickte.

Dann vertiefte sie sich in die Karte. Sie war ganz konzentriert. Nur ihr Nackenhaar, der zarte Vogelflaum, vibrierte leicht über den hervortretenden Wirbeln, als sie den Kopf tiefer über die auseinandergefaltete Karte beugte. Ich sah, wie sich ihr Nacken zu einem süßen kleinen Buckelchen aufwölbte. Das nahm ihr etwas von der hundertprozentigen Perfektion. Mein Mund wurde trocken. Erst diese kleine Unvollkommenheit machte sie vollkommen – vollkommen schön und begehrenswert.

»Ist was?« fragte sie, kurz von der Karte aufsehend.

»Nein«, sagte ich.

Doch, Cora, deine Zähne, genauer: dein linker Schneidezahn! Der war mir auch schon immer aufgefallen. Und gerade jetzt, als du mich gefragt hast, gab es ein unerwartetes Wiedersehen. Eigensinnig, etwas nach innen eingerückt, tanzt er herausfordernd aus der Reihe. Wie bei der Tanzschule: alle Grazien stehen langweilig und frontal, eine neben der andern, zum Betrachter hin aufgebaut; nur das eine kleine Aschenputtel, das sich verträumt abwendet, an ganz etwas anderes denkt – und genau damit unbewußt alles Interesse auf sich zieht. Was für ein Glück, daß sich nie ein Kieferorthopäde an diesem kostbaren Unikat vergriffen hat!

»Wirklich komisch«, sagte sie.

»Das kann man wohl sagen, ja.«

Die Zufahrtsstraße, die ich gestern zufällig entdeckt hatte, war von Wenzel dick mit Filzstift eingezeichnet worden und das große Waldstück zwischen Rybnitzer Straße und See – rot eingekreist. *Hier!!!* stand hier.

»Aber deswegen hast du mich jetzt nicht hierhergerufen, oder?« Ungläubig blickte sie von der Karte auf.

»Nein, aber – schau mal *hier*!«

Mit dem Zündschlüssel tippte ich auf die kleine, leicht gekrümmt in den See hineinragende Halbinsel. Dort hatte

Wenzel dünn mit Bleistift ein Kreuz, so wie wir es üblicherweise für die Kennzeichnung von Kirchen verwenden, ein R. und dahinter ein Fragezeichen eingetragen.

»Ach so«, sagte die Trottenburg.

Richtig begeistert schien sie nicht zu sein. Das war auch noch gar nicht nötig. Wahrscheinlich würde ich sowieso erst morgen früh meinen Überraschungscoup landen können.

Hauptsache, sie war hier. Kurzentschlossen hatte sie zugesagt zu kommen. Vielleicht, weil sie für das Wochenende noch nichts vorhatte; vielleicht auch, daß sie einfach mal kontrollieren wollte, was ich hier draußen so trieb.

Ich blickte kurz zu ihr hinüber. Dieses Mäusezähnchen gab meiner sonst so akkuraten Chefin etwas Schräges, Leichtsinniges.

Um ihr das Ganze in seinen historischen Zusammenhängen richtig zu präsentieren, hatte ich am Nachmittag, bevor sie kam, noch einmal alle Rethra betreffenden Stellen verglichen. Dabei hatte ich endlich auch die Stelle in Thietmars Bericht gefunden, von der Schuchardt meint, sie sei bisher in einem wesentlichen Punkt mißverstanden worden.

In allen Schriften wird Thietmar ungefähr so übersetzt: »Im Redariergau liegt eine Burg, Riedegost geheißen, dreihörnig und dazu drei – in sich enthaltende – Tore (ein jedes wegen der einzelnen Hörner), welche allseitig ein großer, von den Einwohnern unberührter und verehrungswürdiger Wald umgibt. Zwei ihrer Tore stehen allen, die hinein wollen, offen; das dritte und kleinste Osttor mündet in einen Pfad, der zu einem nahe gelegenen, schauerlich aussehenden Meer (See) führt.«

Der springende Punkt ist das *tricornis*, das man bisher, Oesten folgend, immer als »dreihörnig« übersetzt und als dreieckig, dreizipfelig verstanden hat: *Horn* als ein ins Wasser ragender Landvorsprung, so wie z. B. das »Schildhorn« an der Havel; manchmal findet man auch die Bezeichnung »Hörning« für solche Landzungen.

Unklar, meint Schuchardt, ist nur, weshalb die Erbauer die Tore, so wie es diese Lesart nahelegt, ausgerechnet in die ausspringenden Ecken (Zipfel) gesetzt haben sollen, wo sie kaum zu verteidigen gewesen wären. Er schlägt deshalb vor, tricornis nicht in erster Linie als horizontal vorspringende Landzunge zu verstehen, sondern als das in die Höhe Springende (»Matterhorn« zum Beispiel). Er stützt sich dabei auf das klassische Latein, wo von tricornis genau in diesem Sinne die Rede ist, wenn Plinius und Solinus etwa von einem Ochsen sprechen, dem zufällig drei Hörner gewachsen sind.

Urbs tricornis, die »dreihörnige Burg«, wäre demnach also eine Burg mit drei aufragenden Türmen. Und wenn sie zugleich drei Tore hat, so liegt die Annahme nahe, daß jedes der Tore durch einen Turm ging, von wo aus es gut zu verteidigen war, so wie man es später auch in den meisten mittelalterlichen Städten findet.

Da gewöhnliche Burgen nur *ein* Tor hatten (so auch das slawische Arkona, über dessen einem Tor sich nach Augenzeugenberichten tatsächlich ein hoher Holzturm befunden haben soll), wäre das Merkmal der Dreitürmigkeit schon auffallend genug, um es, wie es Thietmar getan hat, gesondert hervorzuheben.

Um die Tempelburg von Rethra zu finden, so Schuchardt, muß also nicht ein dreizipfeliges Gelände gesucht werden, sondern ein slawischer Ringwall, der die Möglichkeit für drei Tore und drei Türme bietet.

Ich fand diese Erörterungen allesamt, soweit man das als Laie überhaupt beurteilen kann, sehr interessant. Leider kann ich kein Latein. Ich bereute wieder einmal, es nicht gelernt zu haben.

Mich traf ein skeptischer Blick der Trottenburg. »Was willst du mir eigentlich zeigen?«

»Mal sehen«, sagte ich, »wer weiß. – Noch ein bißchen Geduld, bitte.«

Wir fuhren los.

Die Karte lag noch immer auf ihren Knien. Eigentlich war das falsch. Es ist genetisch, noch aus tiefster Steinzeit, verankert, daß dem Manne die Kartenhoheit obliegt. Er ist der Jäger. Er streift draußen, in der fremden Welt herum, muß Spuren lesen, davon kann unter Umständen alles abhängen, während sie zu Hause in der Höhle sitzt und Feuer und Nachkommenschaft hütet.

Die Karte ist das Bild der Welt. Was liegt da näher, als daß der Mann dem Weib die Karte und mithin die Welt erklärt?

Da aber Karte und Welt oft auf unbegreifliche Weise nicht übereinstimmen, kann das Weib ja – solange der Mann die Karte liest und sich wundert – trotzdem diskret Ausschau nach dem richtigen Weg halten. So erreichen sie das Ziel und sind beide zufrieden. Die Karte wird ordentlich zusammengefaltet. Sie hat ihre Funktion erfüllt, sie hat den Mann beschäftigt und ihm ein gutes Gefühl gegeben. Der Rest ist egal.

Die Trottenburg hatte meinen Seitenblick bemerkt. Sie versuchte, die Karte zusammenzufalten, ließ es dann aber.

Am liebsten wäre ich ausgestiegen, hätte gesagt: so geht das aber nicht!, ihr die Karte aus der Hand genommen, sie auf der Kühlerhaube noch einmal ganz auseinandergelegt und dann noch einmal ganz ordentlich zusammengelegt. Lange standen wir an der geschlossenen Bahnschranke. Das mußte hier ein totes Gleis sein.

Die Trottenburg fragte mich, was ich bisher alles erlebt hätte, und wunderte sich über das seltsame Panoptikum von Leuten, denen ich begegnet war: »Sag mal, sind dir hier auch mal ganz normale Leute über den Weg gelaufen?«

»Entschuldige bitte – ich reise mit einem absolut irren Auftrag durch die Lande, da ist es ja wohl klar, daß sich der Blick etwas verschiebt und man mehr auf Abweichungen, Besonderheiten achtet. Sobald man mal nicht zielgerichtet durch die Welt läuft, ist man sofort Freiwild für die ganzen Geschichten, die einfach aus den Leuten herausschießen, wenn man sich länger als drei Sätze mit ihnen unterhält. Wirklich, ich komme mir allmählich schon vor wie ein durch die Lande reisender Beichtvater, ein fahrender Kummerkasten, in den jeder der Beladenen seine Sorgen und Nöte hineinschütten kann.«

»Den Eindruck habe ich allerdings auch. Aber du glaubst doch nicht im Ernst, daß wir auf diese Weise jemals Wenzel finden werden?«

Ich zuckte die Schultern: »Man muß nur nicht ganz genau wissen, was man sucht – und schon findet man was.«

Da ging es endlich weiter. Die Schranke war hochgegangen, ohne daß ein Zug vorbeigefahren wäre.

Rechts tauchte für einen kurzen Augenblick der Große Dobrower See auf.

Ich erzählte ihr, was mir der Mann am Sportplatz gesagt hatte. Von wegen Vogelschutzgebiet, im Gegenteil.

»Das mit den Vögeln, das war also völlig aus der Luft gegriffen? Ist ja irre.«

»Nicht ganz. Ich hab mich heute vormittag noch ein bißchen im Dorf umgehört. Es gab zwar ein Vogelschutzgebiet. Bloß nicht hier, wo es eingezeichnet war, sondern drüben, auf der anderen Seite vom See, wo es nicht eingezeichnet war, beziehungsweise nicht als solches deklariert war.«

»Sondern als was?«

»Das war, bis in die achtziger Jahre, militärisches Sperrgebiet. Ein Schießplatz der Russen.«

»Ich denke, ein Vogelschutzgebiet.«

»De facto war es wohl eines. Nach dem Abzug der Russen sollen Ornithologen dort ganz seltene Arten von Singvögeln entdeckt haben. – Frag mich aber jetzt bitte nicht nach den Namen.«

»Und die haben sich dort wohl gefühlt?«

»Offenbar ja. Durch die Kettenfahrzeuge war der Boden immer schön aufgewühlt, durchgepflügt. Würmer, Schnekken, Mäusenester – das alles lag obenauf, wie auf dem Präsentierteller. Und vor allem: kein Dünger. Rundum hast du hier ja überall diese intensive Landwirtschaft gehabt. Früher habe ich hier in der Nähe öfter mal gezeltet, am Carwitzer See. Nein, der ist hier nicht mit drauf. Der ist ungefähr dort, wo jetzt dein rechtes Knie ist, da, ja, noch ein bißchen, ein ganzes Stück weiter drüber. – Am Morgen, wenn du da aus dem Zelt gekrochen bist, hast du manchmal gedacht: Mensch, es hat über Nacht geschneit – so weiß waren die Felder.«

»Gab es denn dort Zeltplätze?«

»Schon. – Aber ich habe immer wild gezeltet.«

»Ganz alleine?«

»Nein, mit einer Freundin. Wieso?«

»Das klingt so romantisch – *wild gezeltet.* Wie hieß sie denn?«

»Hab ich vergessen.«

»Na hör mal, so was vergißt man doch nicht.«

»Das war in einem andern Leben. – Außerdem«, ich grinste, »jeden Sommer mit einer andern.«

Sie verzog die Lippen und sah aus dem Fenster.

»Jedenfalls, Cora, dieses umzäunte Sperrgebiet muß so etwas wie ein Vogelparadies gewesen sein. Und die meiste Zeit war wohl auch Ruhe. Nur ab und zu eine Schießübung. Vielleicht haben die Vögel das mit der Zeit ja auch für ein ganz normales Gewitter gehalten.«

»Stahlgewitter«, sagte die Trottenburg nachdenklich. »Das höre ich aber auch zum ersten Mal: das Militär dient der Landesverteidigung, indem es die Pflanzen und Tiere der Heimat schützt.«

»Ganz so ideal war es dann wohl doch nicht. Nachts, wenn Übung war, hörte man übers Wasser den Geschützdonner. Und am nächsten Tag trieben dann massenhaft tote Fische auf dem See.«

»Wie denn das jetzt?«

»Wenn sie mit ihren Übungen fertig waren, fischten die

Russen mit der übriggebliebenen Munition. Und zwar auf eine einfache, aber offenbar sehr effektive Weise: Handgranaten zünden, aufs Wasser – und alles, was in die Reichweite der Druckwelle geriet, wurde aus dem See geschleudert. Man brauchte dann nur noch mit einem Kahn oder Floß hinauszurudern und von der Wasserfläche abzusammeln, was man gerade haben wollte: Zander, Hechte, Aale. Den Rest ließ man treiben. Die Fische wurden dann am offenen Feuer geröstet. Die Rauchzeichen vom anderen Ufer zeigten jeweils das Ende eines Manövers an.«

»Nicht schlecht.«

»Der Nachteil war allerdings, es traf ohne Unterschied alle Fische – große, kleine, auch solche, die gerade Laichzeit hatten. Ende der 80er Jahre, als die Russen abzogen, war der Kleine Dobrower See beinahe leer. Dabei war er über Jahrhunderte einer der fischreichsten der Gegend, bis heute schwimmt ja noch im alten Rybnitzer Dorfwappen ein Hecht herum.

Nach der Wende wurde dann der versumpfte Kanal zwischen Kleinem und Großem Dobrower See neu aufgegraben, und irgendwann gab es dann auch wieder im Kleinen Dobrower See Fische. Auch der Fischreiher kam zurück. –

Das war wohl eher so eine speziell sibirische Art zu fischen«, schloß ich meinen Bericht.

»Nicht mal. So was habe ich auch schon in einem italienischen Film gesehen, bei sizilianischen Fischern. Die wurden dann allerdings von den Carabinieri gejagt.«

»Siehst du, hier geht es zu wie in Sizilien. Bloß ohne Carabinieri.«

»Nein du, wirklich, ich habe oft den Eindruck, wenn ich in der Mark Brandenburg unterwegs bin, irgendwo in Italien zu sein. Überall dieser trockene, sandige Boden. Knackende Äste. Die Kiefern, das sind ja eher schon Zypressen.«

»Und die alten grauen unrasierten Männer, die bewegungslos vor ihren Häusern herumsitzen«, ergänzte ich.

»Genau! Du hast recht. Wie in Süditalien. Warst du mal dort?«

Unmerklich schüttelte es meinen Kopf. Fehlte bloß noch – nein, jetzt kam es ja schon:

»Weißt du, wenn ich hierher fahre, das hat immer noch was von einer Expedition an sich.« Sie sah mich von der Seite an. »Verstehst du das?«

Ich sah geradeaus. »Wir müssen dort vorn rechts abbiegen, dann ist es nicht mehr weit.«

In ihrem Forscherdrang kam sie sich wahrscheinlich noch besser vor als Liebenthal, der den Osten lediglich als strategische Kampfzone betrachtete. Ich bereute schon, ihr überhaupt die Sache mit dem falschen Vogelschutzgebiet gesagt zu haben. Was ging sie das eigentlich an.

Mensch, Cora, wer weiß, was für Vogelschutzgebiete bei euch ans Licht kommen, wenn ihr mal Totalauflösung habt.

Du bist zufällig ein paar Kilometer weiter westlich geboren, aber manchmal redest du, als würdest du hier Flora und Fauna an den Ufern des Orinoko besichtigen.

Dabei, das muß ich zugeben, war sie eigentlich nicht überheblich. Aber das war fast noch schlimmer. Ein Affenforscher ist Affen gegenüber ja auch nicht überheblich.

Trotzdem: es ist doch erdenweit kein Stamm derart intensiv erforscht worden wie die Ostdeutschen. Und – was war dabei herausgekommen? Nichts, gar nichts.

»Nein«, stöhnte sie plötzlich, »sieh mal, dort.« Fassungslos schüttelte sie den Kopf.

Rechter Hand, das alte, dunkelrote Backsteinhaus am Ortsausgang von Groß-Dobrow war tatsächlich durch eine idiotisch angebrachte Satellitenschüssel auf unverantwortliche Weise geschändet worden. Diese komische Konstruktion sah aus wie ein illegaler UFO-Landeplatz.

»So was müßte man einfach«, hauchte die Trottenburg, »verbieten. Von Amts wegen.«

Ich zuckte die Schultern. Gut, aber wie stellte sie sich das praktisch vor? Sollten die Leutchen in dem Haus dort aus Gründen landschaftlicher Authentizität statt dessen lieber abends bei Kerzenschein in ihrer Stube sitzen und sich gegenseitig Grimms Märchen vorlesen? Kann ja sogar sein, daß das besser für sie wäre. Aber trotzdem, niemand – und ich schon gar nicht – gab der Trottenburg das Recht, das von ihnen zu verlangen.

Wir passierten die Zufahrtsstraße in den Wald, ohne daß die Trottenburg sie bemerkte. Das beruhigte mich.

Inzwischen hatte sie begonnen, mir von irgendwelchen Bauarbeitern vorzuschwärmen, die sie in der Bahn hierher kennengelernt hatte. Die Woche über arbeiteten sie in Berlin, auf verschiedenen Baustellen, jetzt, zum Wochenende, fuhren sie in ihre Dörfer zurück.

»Da hättest du mal zuhören müssen, wie die so reden. Die Leute hier sind so – – –«

Wie die Leute hier so sind, das erfuhr ich nicht mehr.

»Ist es hier?«

»Ja.«

Herr Nachtwey fegte die Einfahrt.

Im »Deutschen Haus« liefen gerade Vorbereitungen für eine größere Abendgesellschaft, aus der Küche brodelte und zischte es. Deshalb fertigte uns Frau Nachtwey nur im Vorbeigehen ab. Sie bat uns, die Anmeldung und alles weitere später zu erledigen. Wegen der Reservierung wollte sie nur von mir wissen, ob wir verheiratet seien.

»Nein«, sagte die Trottenburg; sie betrachtete gerade einen präparierten Wildschweinkopf. Für meine Begriffe hatte sie das etwas *zu* schnell, etwas *zu* entschieden gesagt.

»Das ist auch besser so«, erklärte ich Frau Nachtwey, »wir wollen uns nämlich hier in der Gegend noch was ansehen, dann machen wir das jetzt zuerst, solange es draußen hell ist, und kommen dann noch mal wieder wegen der Anmeldung.«

Wir nahmen also das Gepäck noch mal mit zurück zum Auto, ich wollte es nicht extra hoch auf mein Zimmer bringen.

Als wir im Auto saßen, sagte die Trottenburg: »Die Leute hier im Osten, ich weiß nicht, die sind noch so urwüchsig, so unverbraucht.«

So naturtrüb, ergänzte ich stumm und nickte Herrn Nachtwey zu, der sich kraftlos an seinem Besen festhielt.

Ich sagte nichts. Ich wunderte mich nur und drehte fahrig den Zündschlüssel herum – einen Moment zu lange hielt ich ihn fest, es kratzte. »Entschuldigung«, sagte ich.

»Ist ja nur das Firmenauto«, sagte sie und lachte mich an.

Das war so eine von ihren fixen Ideen, die man ihr nicht ausreden konnte. Wieso sollten ausgerechnet einer Diktatur lauter unverbrauchte Naturwesen entsprossen sein? Der Sozialismus – eine Quelle edler Wilder? Oder vermutete sie da sogar einen insgeheimen Zusammenhang: daß wir hier im Schongang gelebt hatten, unsere menschlichen Reserven nicht angerührt, sondern aufgespart und still, jeder für sich, gepflegt hatten. Für privat. Oder eben für später, also für jetzt. Anders kann man sich ja das »Unverbrauchte« schwer erklären. Oder?

Ein Gedankengang, dessen Ende irgendwo im Finsteren lag und den ich deshalb lieber nicht bis zu Ende ging. Wenn ich die Trottenburg so reden hörte, wurde mir das Land, aus dem ich kam, immer unbegreiflicher, immer mysteriöser.

Das Licht begann langsam, sich aus Rybnitz zurückzuziehen. Am Discount-Laden vorbei. Dort wurden gerade von unsichtbarer Hand die Stahlrollos heruntergelassen. Dunkelheit sprach sich herum.

Genau! Ich werde sie morgen vormittag aus erzieherischen Gründen, unter irgendeinem Vorwand, mal in den Dorfladen schicken. Am besten mit einem etwas komplizierten Auftrag: Disketten, eine überregionale Zeitung oder eine andere Unmöglichkeit. Da wird sie dann ihre reine Freude haben! Die beiden Dorfladenverkäuferinnen waren noch alte Schule. An denen konnte die Trottenburg ja mit eigenen

Augen mal die Spätfolgen einer Diktatur studieren. Vorgestern, als ich im Laden war und nach der Telefonkarte gefragt hatte und es als Antwort nur ein Kopfschütteln gab und – so wie ich das noch von früher her kannte und haßte – mit diesem leichten, unüberhörbaren Triumph in der Stimme: »Nee, haben wir nicht«, das hatte ich nicht vergessen, das hatte ich denen nicht vergessen.

Aber, wer weiß, vielleicht würde die Trottenburg das ja sogar gut finden: tolle Verkäuferinnen – weißt du, die springen nicht dauernd um dich herum und versuchen auch nicht, dir jeden Scheiß anzudrehen. Die haben noch Würde.

Zuzutrauen wäre es ihr.

»Du, stopp mal.«

Ich bremste scharf ab und fuhr rechts heran. »Wenn du mal mußt, hier ist es aber eher schlecht.« Rundum war freies Feld, freie Sicht.

»Quatsch. – Siehst du, dort drüben?«

»Nein. Was denn?«

Wir waren ein paar hundert Meter vor der Zufahrtsstraße in den Wald. Sie zeigte auf irgendwelche Bäume, die rechts in einer Senke standen. Auf ihren Knien lag Wenzels Karte.

»Die Straße, von der du mir gestern erzählt hast, muß dort vorn, kurz vor der Kurve, in den Wald hineinführen.«

»Klar, so hat Wenzel das ja auch eingezeichnet.«

»Ja, aber auch *ohne* Karte kann ich das sehen.«

Angestrengt blickte ich nach vorn oder tat zumindest so, ohne allerdings etwas zu erkennen.

Die Trottenburg bedeckte mit beiden Handflächen Wenzels Karte, sie sah mich an: »Früher, da war der Straßenbau noch eine richtige Kunst. Da hat man nicht einfach ein Asphaltband in der Gegend ausgerollt und fertig. Früher, da hatten zum Beispiel die Bäume am Straßenrand noch sehr verschiedene Funktionen, nicht so wie heute.«

»Stimmt«, sagte ich. Ich erzählte ihr von den traurigen Alleen mit den Blumenkreuzen. Zu meiner Hypothese, daß die

Bäume heute wahrscheinlich nur noch deswegen dastünden, damit die Leute Sonnabend nachts im Vollrausch volle Kanne dagegenknallen könnten, sagte sie nichts.

Sie nickte nur kurz, ohne weiter darauf einzugehen, und zählte mir an ihren Fingern vor, welche Funktionen die Bäume früher außerdem noch hatten: »Sie dienten der Begrenzung zum Feld, waren Wegweiser, wenn der Weg verschneit war. Vor allem, sie sorgten für das Mikroklima. Im Sommer gab ihr Blätterdach Schatten, dadurch wurde unten die Hitze geringer, es gab also weniger Staub. Bei Regen zogen die Baumwurzeln das Wasser an, so entstand kein Morast, die Wege blieben befahrbar. Das war also eine ganz genaue Balance. Um all diese Aufgaben erfüllen zu können, wurde je nach Beschaffenheit des Bodens entschieden, welche Bäume man wo und in welcher Dichte anpflanzte.

Deshalb findest du zum Beispiel in den Trockengebieten der Mark Brandenburg bevorzugt Linden und Robinien. Dort, wo es eher feucht ist: Schwarzpappeln, Erlen, Weiden. – Und jetzt sieh mal, dort hinten, in der Talsenke.«

Tatsächlich, wenn man genau hinsah, konnte man erkennen, daß die Weiden, die dort standen, obwohl sie nicht mehr ganz vollzählig waren, früher mal ein Spalier gebildet haben mußten.

»Und wenn du die Linie dieser Weiden verlängerst, kommst du genau an der Stelle an, wo wir wahrscheinlich gleich in den Wald einbiegen werden.«

»Richtig.«

»Irgendwann hat man diese Straße, die es sicher auf alten Meßtischblättern oder Karten noch gibt, aufgegeben, die Bäume gefällt und ein Feld angelegt. Nur mit Hilfe dieser paar übriggebliebenen Bäume kann man das rekonstruieren. Interessant, nicht?«

»Und warum hat man die Weiden da stehenlassen?«

»Weiß ich nicht. Wahrscheinlich, weil es sich in dieser feuchten Senke sowieso nicht lohnt, was anzubauen. – Olaf, das Wichtigste ist: man muß lernen, eine Landschaft zu lesen. Du guckst so. Hast du noch Fragen?«

»Ja. Zum Beispiel, woher du das alles so genau weißt.«

»Küster, Hansjörg: Geschichte der Landschaft in Mitteleuropa. Empfehle ich dir sehr. Hat mir der alte Reuter gegeben.«

»Was, den kennst du auch?«

»Ich habe sogar Vorlesungen bei ihm gehört. Wenn du jemals was über schöne Schiffspassagen oder herrlich verbummelten Eisenbahntourismus erfahren willst, dann lies seine Bücher.«

Ich nickte gedankenlos.

»Olaf, das ist keine Bitte, das ist ein Auftrag.«

»Okay, Chefin.«

Komisch, daß sie manchmal die Chefin hervorkehren mußte. Dieser Reuter schien ihr wirklich wichtig zu sein.

»Aber zunächst mal: Küster. Auch was dein Projekt, deine ...«

»Erwanderungen?«

»... ja genau!, was deine Erwanderungen betrifft: dafür könnte der ganz nützlich sein.«

Zumindest hatte sie das also noch nicht ganz vergessen.

»Toll«, sagte ich, »was du alles so im Kopf hast.«

»Sag mal, du hast mir doch am Telefon gesagt, daß du so eine spezielle Idee hast, was den Wenzel betrifft.«

»Ja. Aber das erzähle ich dir später.«

»Das hat was damit zu tun, wo wir jetzt hinfahren?«

»Wir sind gleich da.«

Wir hatten den Wald erreicht. Der war inzwischen schon ziemlich undurchsichtig. Mit den Scheinwerfern stocherte ich mich langsam vor. Am Fliegenpilz vorbei.

Ein Hase kreuzte mehrfach unentschlossen unsern Weg. Ich hatte den Eindruck, daß er sich ernsthaft etwas antun wollte, mehrmals saß er unbeweglich mitten auf der Straße und fixierte einäugig unsere Scheinwerfer. Dann mußte er es sich aber doch wieder anders überlegt haben – mit ein paar großen Sätzen war er schließlich im dunklen Dickicht verschwunden.

Über die Brücke. Langsam, im Schrittempo, fuhren wir auf die Toreinfahrt zu.

»Hier ist es«, flüsterte ich. Das Tor stand offen. Ich zögerte und beobachtete den Schwenk der Kamera, die uns beobachtete.

»Gesellschaft zur Erforschung regionaler Lebensformen e.V.« Die Trottenburg mußte sich weit vorbeugen, um das Schild über dem Klingelknopf zu entziffern. Fragend sah sie mich an.

Gerade wollte ich zurücksetzen oder aussteigen, da sagte die Gegensprechanlage aus dem grauen Torpfosten: »Kommen Sie, Sie werden schon erwartet.«

»Meinst du, wir sind hier richtig«, fragte mich die Trottenburg.

»Du hast doch gehört, wir werden erwartet.«

»Ich weiß ja nicht.«

Wir fuhren los. Im Rückspiegel sah ich, wie hinter uns das Tor langsam zurollte.

»Hast du eigentlich jemandem gesagt, wo wir sind?«

»Nein, nicht direkt. Wieso?«

»Nur so.«

Es war noch einmal eine ziemlich lange Strecke durch den Wald. Immerhin waren hier die Laternen eingeschaltet. Rechts tauchte plötzlich ein Parkplatz auf.

Unschlüssig stiegen wir aus und sahen uns um.

Ein Mann in Trainingsanzug trat uns aus einem dunklen Waldstück entgegen.

»Wir wollten bloß mal gucken, was das hier ist«, rief ihm die Trottenburg zu; zur Bestätigung lehnte sie sich, beide Hände flach unter dem Hintern, an die Autotür.

»Klar, das wollen wir doch alle. Ihr seid wohl gerade erst angekommen, was?« Der Mann streckte uns seine Hand hin.

»Und ich bin der Bernd. – Lebt euch doch erst mal richtig hier bei uns ein. Zur Anmeldung, falls ihr noch nicht da wart – immer geradeaus, und dann nach rechts. Klar?«

Die Trottenburg nickte; ich schüttelte den Kopf. Schweigend gingen wir an einer hohen Hecke entlang den leicht abschüssigen Kiesweg hinunter. Als die Hecke plötzlich aufhörte, sahen wir rechts die dunklen Umrisse des Schlosses: ein Turmvorbau, mehrere Runderker, sogar die zackige Andeutung einer Schloßzinne. Vor der Kulisse des Abendhimmels, der im Westen hochdramatisch mit ein paar letzten lila Querstreifen aufwartete, wirkte das Ganze, obwohl es sicher nicht übermäßig groß war, äußerst imposant.

Das Foyer war erleuchtet.

»Es war spätabends, als wir ankamen«, sagte die Trottenburg mit gedämpfter Stimme. »Ist doch interessant, Olaf, daß eine der wichtigsten Gestalten der deutschen Literatur genau so was ist wie wir und unbekanntes Land vermessen hat.«

»Stimmt.«

Als vorne das Tor hinter uns zugegangen war, hatte mich plötzlich mein Mut verlassen. Von mir aus hätten wir auch gern morgen, bei Tageslicht, noch einmal hierherfahren können. Das wäre sowieso besser gewesen. Die Trottenburg aber war wie ausgewechselt. Für sie schien jetzt erst die richtige Expedition (Kategorie: wild zelten!) zu beginnen.

Ich dachte an meine Lieblingsstelle aus dem ersten Band.

»Aber keine Sorge, Cora, falls plötzlich hinter der Hecke ein riesenhafter Grizzlybär auftauchen sollte und alle andern Landvermesser sich feige auf die Bäume flüchten – ich trete ihm entgegen, nur mit dem Taschenmesser in der Hand, und erlege ihn auf der Stelle. Ich rette dich. Ich bin nämlich gar nicht so ein Greenhorn, wie du vielleicht denkst. Hihihi, um mit Sam Hawkins zu sprechen.«

Verwundert sah Cora mich von der Seite an.

»Es geht nur so. Der gute alte Bärentöter liegt leider im Auto.«

»Entschuldige bitte, Olaf.«

»Wieso? Was denn? Das mache ich doch gern für dich.«

»Nein, ich hatte ganz vergessen, daß Kafka bei euch verboten war.«

»Ihr seid ein bißchen spät dran«, sagte die Frau am Anmeldetisch, als wir das Foyer betreten hatten. »Anreise war eigentlich bis 18 Uhr.«

Sie sah ihre Liste durch.

»Es kann sein«, sagte sie und blätterte streng den Bogen um, »daß es jetzt kein Abendessen mehr gibt.«

Die Trottenburg sah mich groß an und zuckte bedauernd die Schultern.

Am liebsten hätte ich ihr einen Vogel gezeigt!

»Oder sind Sie die Überraschungsgäste?«

»Ja genau«, sagte die Trottenburg da, völlig unverfroren – und auch völlig unerwartet für mich.

»Im gewissen Sinne schon – ja«, wollte ich, der Wahrheit zuliebe, das zumindest etwas zurechtrücken.

Endlich, die Frau hatte sich wieder in ihre Listen vertieft. Den Kopf zur Seite, versuchte ich mich in einer augenrollenden Gebärdensprache, doch die Trottenburg sah unbeirrt nach vorn und nickte, als die Frau sagte: »Hat er mir wieder nichts von gesagt. – Gut. Das geht dann sowieso extra. Die Gruppenzimmer sind jetzt natürlich schon belegt. Heute nachmittag war hier der Teufel los. Er müßte übrigens gleich wiederkommen.«

»Wer?« fragte die Trottenburg verdutzt.

»Der Doktor. Er war noch mal kurz draußen. – Und die Einzelzimmer sind auch alle weg. Da lege ich euch ... lege ich Sie in ein Gruppenleiterzimmer. Einverstanden?« Sie blickte kurz von ihrem Belegungsplan auf.

»Normalerweise achten wir schon darauf, daß Jungs und Mädchen getrennt schlafen. Aber gut, in diesem Fall: Zimmer 21, zweiter Stock, drüben im Bettenhaus. Dusche ist im Keller.«

Anstandshalber wollte ich wenigstens jetzt etwas sagen, erklären – aber die Trottenburg hatte schon nach dem Schlüssel gegriffen.

»Hier sind die Essenmarken. Wäsche liegt im Schrank. Der aktualisierte Plan hängt unten im Speisesaal aus. Und –« Sie hatte sich von ihren Listen und Schlüsseln gelöst, jetzt kam etwas Grundsätzliches: »Sie haben vielleicht schon bemerkt: wir achten in unserem Objekt auf Ordnung und Sauberkeit. Und wenn wir uns da alle ein bißchen mitverantwortlich fühlen, das heißt: ruhig auch mal ein Stück Bonbonpapier, oder was sonst herumliegt, aufheben, dann bleibt das auch so, und der nächste Durchgang freut sich. So. – Ach so, das hätte ich jetzt fast vergessen.«

Sie hielt uns zwei Schachteln hin, der Trottenburg eine rote, mir eine blaue. »Bitte!«

Wir griffen hinein, wie in eine Lostrommel. Die Trottenburg blind – offenbar zu allem entschlossen; ich eher zögernd.

»Darf ich noch mal kurz –«, die Frau nahm uns die Schilder aus der Hand und trug etwas in ihre Liste ein. Dann stand sie auf, trat hinter dem Tisch hervor, sagte: »Willkommen, Anneliese, willkommen, Horst« und überreichte uns, jeweils mit festem Händedruck versehen, die Namensschilder.

»Und bitte nachher nicht vergessen –«, sie tippte mit der Zeigefingerspitze an ihre Brust.

Verständnislos starrte ich sie an.

»– anstecken!«

»Ach so, klar«, sagte die Trottenburg.

»Spinnst du?« fragte ich sie, als wir endlich wieder draußen standen.

»Kann sein. Aber jetzt sind wir mal hier drin, und jetzt will ich auch wissen, was das hier ist. Du etwa nicht?«

»*Überraschungsgäste*«, schnaufte ich. »Ich faß es ja nicht.«

»Na ja, das war doch schon alles ziemlich überraschend, oder?«

»Du hast übrigens mitbekommen: wir schlafen in einem Zimmer, ja.«

»Hast du Angst?«

Ich konnte nur noch den Kopf schütteln.

»Du, ich kann mir auch was Schöneres vorstellen, wirklich«, sagte sie. Sie sah mich von der Seite an: »Du schnarchst doch nicht, oder?«

»Weiß ich doch nicht, was ich nachts alles mache, wenn ich schlafe. Ich beobachte mich ja nicht dabei. – Kommt ganz drauf an.«

Der Essensaal im flachen Anbau war leer. Hinten, in der Küche, wirtschaftete eine unförmige Essenfrau an einem badewannengroßen blechernen Abwaschkoben herum. Als sie uns kommen sah, watschelte sie heran, schob wortlos einen Teller mit belegten Broten in die Durchreiche und stellte eine Kanne Tee dazu.

Schweigend setzten wir uns an einen Tisch. Schweigend aßen wir, schweigend tranken wir. Der Tee war Kräutertee und wahrscheinlich sehr gesund. Er half aber wenig gegen die viel zu dicken Brotscheiben, bestrichen mit säuerlichem Quark, belegt mit käsigen Vierecken und bleichen Brühwurstscheiben. Ich schluckte, ich mußte das jetzt alles so schlucken.

»Mord an Ella«, sagte ich.

»Stell dich nicht so an … Horst!« Mutig biß die Trottenburg von ihrer Mortadellastulle ab und kaute mir demonstrativ vor.

»Wir sollten wenigstens mal im ›Deutschen Haus‹ anrufen, falls du wirklich meinst, daß wir heute hier …«

Sie nickte, zog ihr Handy aus der Tasche und wischte sich, immer noch kauend, die Krümel aus dem Mundwinkel.

»… also wenigstens mal Bescheid sagen«, sagte ich, »daß wir erst später, daß wir erst morgen kommen und so weiter, wo wir abgeblieben sind, das meine ich. Wie heißt das hier noch mal? *Gesellschaft zur* … Ich hab es vergessen, Cora. Weißt du, wo genau wir jetzt sind?«

»Ja«, sagte die Trottenburg wenige Augenblicke später. Sie klappte ihr Handy wieder zu. »In einem Funkloch. Ich probier es dann später noch mal.«

Beim Wegstellen des Geschirrs entdeckte ich neben der Essenausgabe eine Verkaufsvitrine. Auf gefalteten Papierservietten lagen Kekse, Hustenbonbons und Ansichtskarten aus. Darüber eine dünne Staubschicht.

Ich rief nach der Essenfrau und konnte sie überreden, obwohl sie keine Kasse dahatte, mir eine Flasche Wodka zu verkaufen. Vorsichtshalber. Nach dem Gesundheitstee hatte ich das dringende Bedürfnis, mich innerlich zu reinigen, zu desinfizieren. Die gläserne Handgranate hing locker in meiner Jackentasche. Sie fühlte sich kalt und gut an und gab mir den Halt, den ich wahrscheinlich noch brauchen würde.

Die Trottenburg war schon zum Bettenhaus vorgegangen, ich holte noch ihre Tasche aus dem Auto. Einen Moment überlegte ich, ob ich nicht einfach abhauen sollte. Aber das wäre unfair gewesen. Außerdem war ja das Tor zu.

Auf dem Rückweg, beim Heizhaus, sah ich einen Mann und eine Frau. Sie standen unter dem Peitschenmast einer Laterne und unterhielten sich.

»Es geht so!« rief er mir schon von weitem zu. »Ich hätte es mir schlimmer vorgestellt. Und Sie? Wie ist es bei Ihnen?«

»Mal sehen«, sagte ich. Ich sah ihn mir genauer an. Aber er schien mir nicht der Richtige zu sein, um endlich Klarheit zu bekommen, was das hier eigentlich war.

»Ich halt es nicht mehr aus«, flüsterte die Frau. »Das ist ... die Hölle.« Dann kicherte sie auf einmal.

»Sie kommt«, erklärte mir der Mann, wobei er zur Bekräftigung fest beide Augen zudrückte, »aus Bergedorf.«

Das Bettenhaus, soweit man das überhaupt erkennen konnte, war ein charakterloser, ziemlich unansehnlicher Neubau. Aber der Wald hatte seine dunklen Fühler schon nach ihm ausgestreckt, nachtschwarze Äste und Zweige kratzten an der Hauswand, die Wipfel der Kiefern überragten das Dach.

Die Giebelseite, auf der die abblätternden Reste eines Wandbildes, Pioniere und Kosmonauten, zu erahnen waren, lag halb versteckt hinter einem wirren, tragisch zerzausten Birkenwäldchen. Lediglich vor dem Eingang war eine größere Fläche freigelassen, ein Rondell, das vielleicht einmal als Appellplatz gedient hatte. Grobkörniger Kies. Eine Granitstele, die kopflos herumstand. Ein Fahnenmast. Es klimperte; wenn in kurzen Stößen Wind vom See kam, schlugen die Ösen der Fahnenhalter gegen die Stange.

Aus einigen Fenstervierecken drang trübes Licht nach draußen.

Auf dem unteren Flur schlurfte mir ein Mann entgegen. Er dampfte. Bademantel, Badelatschen, unterm Arm eine Badetasche. Er sagte nichts; ich sagte nichts. Wahrscheinlich kam er gerade aus dem Keller.

Kurz darauf polterte ein Trupp von Leuten die Treppe herunter. Sie steckten in verwaschenen Trainingsanzügen, so wie sie hier überall auf dem Gelände im Umlauf waren. Die Leute schienen trotzdem gut gelaunt zu sein und wollten von mir wissen, wie man zum Schulungsraum kommt.

Ich hatte vorhin im Foyer ein Schild gesehen und gab ihnen den Tip, es drüben im Schloß zu versuchen.

Sie fragten mich, woher ich denn käme oder ob ich etwa hier zum Haus gehöre? (Ich hatte immer noch meine Zivilsachen an.)

»Ich komme aus Berlin und bin Überraschungsgast. – Und Sie … und ihr?«

Ein Mann, mit dem Schildchen »Roland« versehen, antwortete: »Wir kommen aus Leipzig – und wir kommen mit vielem nicht klar.« Es klang wie auswendig gelernt. Stolz sah er mich an. Die anderen nickten und lachten.

Was mir auffiel: der Mann hatte unüberhörbar mit norddeutschem Akzent gesprochen.

Wenn du aus Leipzig kommst, dachte ich ihm hinterher, bin ich Horst.

An den Wänden im 2. Stock hingen Feuerlöscher, außerdem eine Plakatserie zum Thema Frieden und Völkerverständigung. Kinder, schwarze, gelbe und weiße aus verschiedenen Erdteilen, umarmten sich oder, auf einem anderen Plakat, tanzten, die Arme untergehakt, in einer langen, geschlängelten Reihe, wobei pro Kind jeweils ein Bein angewinkelt in der Luft hing.

»Ja?« Die Stimme der Trottenburg klang gedämpft und fragend.

Ich öffnete.

Sie saß an einem Tisch in der Mitte des Zimmers. »Ich komm nicht raus«, sagte sie und legte das Handy ab.

Gebannt blieb ich in der offenen Tür stehen: links eine Waschecke: Waschbecken, Spiegel mit Plastekonsole, zwei Zahnputzbecher, ein Handtuchhalter. Dahinter ein Schrank. Die Fensterpartie war in ganzer Breite mit einer orangefarbenen Gardine zugehängt. Ihr großflächiges braunes Muster aus Karos, Kreisen und Quadraten verdüsterte den Raum zusätzlich. In der Mitte, unter der Deckenlampe (der einzigen Beleuchtung), stand der Tisch mit zwei Stühlen. Auf dem einen saß die Trottenburg, sie lächelte mich matt an. Rechts, nachdem ich die Tür noch ein Stück weiter aufgemacht hatte, sah ich das Bett. Es war ein Doppelstockbett, aus Eisen.

Grinsend stellte ich die Tasche ab und drückte die Tür andächtig mit dem Hacken zu.

»Sag mal, ist das hier eine Zeitreise?« fragte sie mich.

»Sieht ganz so aus.«

»Und wenn das hier so eine Art Traditionsverein ist? Tief versteckt im Wald, kaum auffindbar, das ist doch alles irgendwie jenseits von Raum und Zeit.«

»Es zwingt uns niemand hierzubleiben«, sagte ich und setzte mich auf den Stuhl.

Mein Blick war an einem Bild hängengeblieben, das an der Wand zwischen Doppelstockbett und Fensterseite hing. Es zeigte einen Kran, der mitten aus einem Neubaugebiet aufragte. Unklar war, ob der Kran die Häuser zusammensetzte oder auseinandernahm. Schmutzige Wolken hingen an einem öden Himmel herum.

Das Bild kam mir bekannt vor. Mir war, als hätte es mich schon immer und überall, durch alle Stationen meiner Vergangenheit begleitet: Kindergarten, Schule und Hort – in all diesen Wartezimmern meines Lebens hatte es gehangen, auch im miefigen Fernsehraum der NVA-Kaserne.

Wenn man genau hinsah, war dieses Bild eine einzige stumme Anklage. Es sah aus, als habe der Urheber, aus einer tiefen Kränkung heraus, sich furchtbar am Impressionismus rächen wollen. Die hingewischten, hingetupften Farbkleckse überboten sich gegenseitig an Häßlichkeit. Ein Dissident mußte das gemalt haben. Wahrscheinlich wußte er das selbst nicht so genau und war offiziell sogar Nationalpreisträger oder Verdienter Künstler des Volkes gewesen. Aber, es half nichts: dieses Bild sagte mehr als tausend Worte.

Die Trottenburg hatte auf dem Weg hierher den Hausmeister getroffen und ihn nach dem Weg zum Bettenhaus gefragt. Als sie ihn aber in ein längeres Gespräch verwickeln wollte, hatte er sie einfach stehengelassen und gesagt: »Von mir erfahren Sie nichts. Nichts.«

Ich erzählte ihr, was ich inzwischen gesehen hatte.

»Und was sagst du dazu?«

»Entweder haben die hier alle einen Schuß –«

»Oder?«

»Irgendwie paßt das doch alles nicht zusammen, Cora. Hast du vorhin auf dem Parkplatz die Autos gesehen?«

»Ja.«

»Ich meine, was für Autotypen das waren? BMW, Mercedes S-Klasse. Also, die sahen mir überhaupt nicht nach *Hallo-ich-bin-der-Bernd* aus.«

»Stimmt.«

»Wahnsinn«, sagte ich. »Absolut der Wahnsinn.«

»Jetzt sagst du das auch so. Ich weiß noch, 89, als die Leute von euch das erste Mal bei uns im Westen vor einer Kamera standen und nach einem Kommentar befragt wurden. Erst fiel ihnen gar nichts ein, und dann war das ihr einziger Kommentar – und das war damals sogar das Wort des Jahres – ›Wahnsinn!‹.«

»Und – wie kam dir das vor? Bescheuert, nicht wahr?«

»Nein, gar nicht. Also, ich finde, das zeugte doch nun wirklich von erstaunlicher historischer Weitsicht, oder?«

Ich zuckte die Schultern, und sie schob mir einen Handzettel, den sie irgendwo aufgelesen hatte, über den Tisch.

18:00 Uhr – Abendessen, »erstes Beschnuppern«;

20:45 Uhr – Begrüßung, Einführung (Schulungsraum 1);

21:30 Uhr – »Gut aufgelegt!« Disco (Essensaal);

Der Sonnabend begann um 6:30 Uhr mit Frühsport. Dann gab es verschiedene Seminare, unter anderem: »Wir gehen in den Wald und erleben was«, Dia-Vorträge, Gesprächsrunden. Für 20 Uhr war Kino und anschließend ein »bunter Heimabend« vorgesehen.

»Ich komme mir hier vor wie in einem historischen Roman aus den frühen fünfziger Jahren.«

»Ist wohl auch so«, meinte auch ich, nach einem letzten prüfenden Rundumblick durchs Zimmer.

»Weißt du was«, sagte sie, »wir gucken uns das heute abend mal hier an, und morgen sehen wir zu, daß wir bald wieder verschwinden, ja.«

Morgen, dachte ich, da zeige ich dir vielleicht etwas, Cora, was du nie im Leben vergessen wirst.

Im Schrank, den sie schon inspiziert hatte, lagen Sportzeug und Trainingsanzüge. Wir suchten uns ein paar passende Stücke heraus und zogen uns um, wobei zunächst ich, dann sie den Raum verließ. Als wir losgingen, sahen wir aus wie die anderen.

»Mensch, Cora«, sagte ich, »du bist kaum wiederzuerkennen.«

»Kein Wunder. Ich bin es ja auch gar nicht.«

»Ach so.«

»Ich bin die Anneliese. Hast du das vergessen, Horst?«

Kurz vor neun betraten wir den Schulungsraum. Dort hatte der Einführungsvortrag gerade begonnen.

Selbsterfahrung im Doppelstockbett

»Schläfst du lieber oben oder unten?«

»Wenn es dir nichts ausmacht – ich würde ganz gern unten schlafen.«

Missionarsstellung also, na gut.

»Kein Problem, Cora.«

Sie nickte mir flüchtig zu, nahm ihr rosa Handtuch vom Haken, ihre Waschtasche und schlappte ab zur Dusche. Ich wartete einen Moment, lief zur Tür, hörte, wie sich ihre Schritte auf dem Flur entfernten, dann nahm ich all meinen Mut zusammen, nahm kurz Anlauf, und – ich wollte unbedingt wissen, ob ich das noch brachte (dreizwei-eeeeeins!) – mit einem irren Satz hechtete ich mich oben auf das Bett.

Zwar war die Landung etwas hart, und von der Wand rieselte Putz auf das kleinkarierte blaue Bettzeug, aber ich war zufrieden und wippte wohlig ein paarmal auf und nieder.

Im Ernstfall, dem Fall der Fälle!, könnte das nachher allerdings eine ziemlich wacklige Angelegenheit werden. Wie zur Bestätigung knarrte das Bett.

Nach dieser ersten Lageeinschätzung kletterte ich wieder herunter. Ich schraubte die Wodkaflasche auf, schloß die Augen und schickte eine eilige Flaschenpost ab, dann lehnte ich mich an die Wand.

Wir waren die einzigen, die sich nach dem Vortrag im Schulungsraum gleich aufs Zimmer verzogen hatten, die anderen waren geschlossen Richtung Essensaal abmarschiert. Dort hatte inzwischen auch die Musik zu spielen begonnen.

»Komm, laß uns lieber in die Kiste steigen«, hatte die Trottenburg mir im Schulungsraum, mitten in den Schlußapplaus hinein, zugeflüstert. Ich hatte weiterhin nach vorn geschaut, mechanisch geklatscht und genickt. Dann, kurz, hatte sich mein Kopf zu ihr umgedreht: die Lippen – fragend gespitzt, und aus meinen schmalen Augenschlitzen mußte ihr das blanke Unverständnis entgegengeflimmert sein; da erst war sie sich wohl der ganzen Tragweite dieses Satzes bewußt geworden, rasch hatte sie hinzugefügt: »Du, ich bin total müde.«

»Klaro.«

Immerhin wußten wir jetzt, woran wir waren.

In seinem Begrüßungsvortrag hatte uns der Seminarleiter, Privatdozent Dr. Müller (»... der eine oder die andere kennt mich sicher von den Themenabenden in Berlin oder in Hamburg«), kurz den Ablauf dieses Wochenendseminars umrissen.

Herr Müller, drahtiger Fünfziger, Karatelehrertyp, haarlos (auch keine Augenbrauen), Stahlbrille und, an der Jackenbrust, mit dem Namensschildchen »Eberhard« versehen, lief bei seinen Ausführungen mit federnden Schritten an der Stirnseite des Schulungsraums auf und ab. Er hatte etwas unbeschreiblich Japanisches.

Dieses Wochenende war Höhepunkt einer schon länger laufenden Kursreihe: »Wir – und das Andere«. Es ging darum, so zumindest hatte ich ihn verstanden, namenlose Ängste zu bändigen. Dazu mußte man ihnen aber zuallererst Namen geben, sonst konnte man sie nicht wie Raubtiere im Zirkus bei ihrem Namen rufen, die Peitsche knallen lassen und – besiegen.

»Wir arbeiten hier«, hatte Müller erklärt, »nach der guten alten, von manch einem schon längst abgeschriebenen Konfrontationstheorie. ›Tue das, wovor du Angst hast, und der Tod deiner Angst ist sicher‹, wie Ralph Waldo Emerson es klassisch ausdrückte. Das heißt, man begibt sich – unter Aufsicht – freiwillig in die Situation, vor der man am meisten Angst hat. Die positive Wirkung zeigt sich, nachdem man die Angstsituation erfolgreich gemeistert und überstanden hat, der heilsame ›Es-war-ja-gar-nicht-so-schlimm‹-Effekt.«

Wer nicht mehr angstbesetzt sei, könne, so Müller, sein Gefühlsrepertoire systematisch ausbauen und seine emotionale Intelligenz erheblich steigern.

Kurz hatte er auf seiner Wanderung innegehalten, er stand jetzt mit dem Rücken zum Spiegel des nachtschwarzen Fensters.

Wir sollten uns das aber bitte nicht so banal vorstellen, wie ihm das im Vorfeld schon verschiedentlich zu Ohren gekommen sei. Konfrontationstheorie – das heiße natürlich nicht, daß nun etwa hinter jedem zweiten Busch oder Baum ein Einheimischer, ein Mensch aus den hiesigen Breiten also, hervorspringen würde, um uns konfrontativ zu erschrecken, es heiße schon gar nicht Lockenwickler oder Kittelschürze. Dies hier – ganz ausdrücklich – sei kein Geländespiel in der terra incognita, auch keine Schnitzeljagd in fremde Seelenlandschaften.

Gemurmel, erleichtertes Gelächter. Man spürte, wie die Spannung im Schulungsraum sich löste.

Unbeirrt ernst richtete Müller seinen Blick auf uns: »Wo wir aber ansetzen werden: Xenophobie, zu deutsch: Fremdenangst, das ist vor allem, da wir uns selbst mehr und mehr fremd geworden sind – die Angst vor uns selbst.«

Da war auch das letzte Lachen im Raum verstummt, und es wurde ganz still.

Müller lächelte sanft. »Sie haben sich vielleicht gewundert, weshalb Sie alle hier so ein Schildchen bekommen haben. – Ich hoffe, alle haben das jetzt auch angesteckt. – Wir geben unsere alte Identität ab. Warum? Erst wenn etwas fehlt, merken wir, was es uns bedeutet. Ganz einfaches Beispiel: Sie suchen den halben Vormittag lang einen grünen Bleistift. Warum tun Sie das? Er kostet doch fast nichts, und man kann überall einen neuen kaufen. Aber es hängen vielleicht an diesem Stift Erinnerungen, bestimmte Gefühle.

Verlustängste! Davon wollen wir uns an diesem Wochenende lösen, freimachen. Wir wollen die Verlustängste verlieren, uns über die eigene Schulter schauen, aus einem anderen Blickwinkel die Welt – und uns selbst – betrachten, um dann anders, reicher, zu unserer alten Identität zurückzukehren. Auf diese Weise werden wir auch Menschen besser verstehen lernen, die in den zurückliegenden Jahren ihre alte Identität verloren haben oder, aus welchen Gründen auch immer, aufgeben mußten. Manche haben dabei, wenn ich das mal so pathetisch ausdrücken darf, wie es sonst nicht meine Art ist, ihre Seele verloren. Wir wollen helfen, sie wiederzufinden. So eine Seele ist ja doch mehr als ... als nur ein bißchen heiße Luft. Wir –«

»Wir müssen uns gegenseitig unsere Geschichten erzählen«, meldete sich an dieser Stelle ungeduldig ein grauer, zerbeulter Trainingsanzug zu Wort.

Müller schien sich durch diese Unterbrechung nicht weiter stören lassen zu wollen, er sagte nur einfach: »Ja.«

»Ja. Also«, setzte der Trainingsanzug noch einmal an, er war inzwischen ganz aufgestanden, »was mich betrifft, ich ...«

»Ja, danke, danke. Das kommt dann später noch dran. Danke erst mal.«

Müller nickte ihm zu, und der Trainingsanzug, nachdem er kurz, mit halber Oberkörperdrehung, in die Runde geblickt hatte, nahm umständlich wieder Platz.

»Ob die hier was genommen haben?« flüsterte ich. Mißtrauisch sah ich zu den orangefarbenen Pumpkannen, die auf dem Tisch neben der Tür standen.

»Glaube ich nicht«, flüsterte Cora zurück, die auch einen Becher davon getrunken hatte, »das ist original Früchtetee.«

»Trotzdem, die kommen mir hier alle gedopt vor.«

Es folgte nun Wissenswertes über die Vorgeschichte des Schlosses. Mehrere Jahrhunderte lang war es Stammsitz derer von Dobrow gewesen, eines alten märkischen Adelsgeschlechts, das sich schon unter Friedrich dem Zweiten große Verdienste um die Entwässerung der Mark Brandenburg erworben hatte, so zum Beispiel durch die Ansiedlung flämischer Bauern im Dobrower Luch.

Nach dem Krieg hatte man hier zunächst Flüchtlinge untergebracht, wovon noch heute einige Trennwände im Obergeschoß zeugten. Später war es für ein paar Jahre ein Kinderferienlager, und es begann zu verfallen.

Nach zahlreichen Um- und Anbauten und einer grundlegenden Sanierung diente es seit Anfang der siebziger Jahre als ZK-Erholungsheim. Die Jagdtrophäen im großen Treppenaufgang stammten übrigens aus dieser Zeit und nicht etwa, wie man das leicht vermuten könnte, aus vergangenen Jahrhunderten.

Im November 1989 hatten Bürgerrechtler das Schloß besetzen wollen, waren aber an Elektrozäunen, Absperrungen und diversen Sicherungsanlagen gescheitert.

Für kurze Zeit agierte hier nach der Wende *Rumpelstilzchen e. V*, ein, wie sich später herausstellte, »Verband zur Interessenvertretung ehemaliger hauptamtlicher Mitarbeiter des Ministeriums für Staatssicherheit«, eine Selbsthilfeorganisation, die sich dann folgerichtig von einem Tag auf den anderen auflöste und spurlos von der Bildfläche verschwand.

Hundert Prozent spurlos übrigens doch nicht. Bei Aufräumungsarbeiten hatte man im defekten Reißwolf tütenweise Papierschnipsel entdeckt. Sinnvoll zu einem Ganzen ließen sich diese allerdings nicht mehr zusammensetzen, obwohl der Reißwolf irgendwann, mitten in der Arbeit, seinen Dienst quittiert haben mußte und größere Papierbrocken unverdaut übriggelassen hatte: neben der englischsprachigen Bedienungsanleitung für eine vollautomatische Waschmaschine finnischer Produktion, einem Telefonbuch aus Schwerin, das schon lange verjährt war, und mehreren Jahrgängen einer Imkerzeitschrift (mit statistischen Angaben zu Populationsdichten in den Jahren von 1960–1966) waren auch Reste einer Pappschautafel gefunden worden, die man wohl vergeblich zu zerschreddern versucht hatte und deren übriggebliebenen Teile aussahen wie Puzzlestücke eines gigantischen Strickmusterbogens. Teilweise, das sah man, waren sie per Hand weiterzerkleinert worden. Hier ließen sich nur einige wenige Worte wie »Maßnahmeplan« oder »Operationsgebiet 2b« herauslesen.

Lediglich die Großbuchstaben der Überschrift hatte man vollständig zu einem Ganzen zusammensetzen können, wobei aber das Ergebnis »Zur Methode ›Das koreanische Pferd‹« rätselhaft geblieben war.

Dies war eines der dunkelsten Kapitel aus der wechselvollen Geschichte des Schlosses.

Dank großzügiger Unterstützung von Industrieverbänden und Banken sowie zahlreicher Spenden von Einzelpersonen konnte in den letzten Jahren diese in ihrer Art einmalige Anlage in ihrem Zustand erhalten werden. Bewußt war dabei auf eine kostspielige Modernisierung des Schlosses ebenso verzichtet worden wie auf eine nostalgische Zurschaustellung seiner jüngsten Vergangenheit. Ein DDR-Disneyland, wie man so etwas andernorts nicht selten findet, stand hier nie zur Debatte. Es sollte einfach alles so bleiben, wie es ist.

Dazu gehörte auch – an dieser Stelle war Müllers Stimme leiser geworden –, daß man das alte Personal vollzählig übernommen hatte. Wir sollten ihm jederzeit freundlich und höflich, ohne Scheu begegnen, uns jedoch nicht über eine gewisse Zurückhaltung wundern. Schließlich stammte ein Teil davon, besonders im Küchenbereich, noch aus Pionierferienlager- und ZK-Heim-Zeiten.

Aus alldem ergebe sich die besondere Eignung dieses Objekts, um Manager, Geschäftsleute und Führungskräfte aus

Wirtschaft und Verwaltung, die auf verschiedene Weise im und mit dem Osten zu tun hätten, also »direkte Feindberührung« hätten, so wie manche das nannten, mental auf die speziellen Herausforderungen eines Einsatzes in diesen Gegenden vorzubereiten.

Dazu gehöre auch, daß man in gemischten Gruppen arbeite. Gemeinsam mit Leuten von hier, aus dem Osten, die ebenfalls Sinn und Orientierung suchten, sich also auf ähnliche Weise mit einem Gefühl der Leere konfrontiert sähen, sollten einschlägige Erfahrungen gesammelt werden.

Eine Fernreise sei dazu also gar nicht nötig, der Osten sei nah, er beginne schon eine Autostunde von Berlin entfernt. Insofern sei das hier durchaus auch eine Grenzerfahrung.

Im Schloß selbst seien die Appartements natürlich mit allem nur erdenklichen Komfort ausgestattet, unsere Unterbringung im Bettenhaus, das heißt: der ehemaligen Kaserne der Wachmannschaften, diene aber genau dem obengenannten Zweck und sei deshalb integraler, unverzichtbarer Bestandteil des Seminarwochenendes.

»Kapierst du«, hatte ich der Trottenburg zugeflüstert, »das ist hier so was wie *Chaos-Reisen*, aber für die S-Klasse, für irgendwelche Geschäftsleute. Ich wette, die bezahlen ein paar tausend Mark dafür, bloß um für ein Wochenende auf einer knarrenden Pritsche zu schlafen.«

»Oder nicht.«

»Wie?«

»Oder eben nicht zu schlafen.«

»Genau«, sagte ich.

Die Trottenburg hatte sich eine Notiz gemacht, aber schnell ihr schwarzes Büchlein wieder zugeklappt.

»Eine Art encounter group«, erklärte sie.

»Eine – was?«

»Selbsterfahrungsgruppe.«

»Na ja, das werden wir schon noch erfahren«, meinte ich, den Blick nach vorn gerichtet.

Am Ende seiner Ausführungen hatte Müller sich in philosophische Erörterungen verstiegen und war bei Schopenhauers »Alles Leben ist Leiden« gelandet. Er hatte das dann in einer waghalsigen, am französischen Existenzialismus orientierten Umkehrung zu »Alles Leiden ist also Leben« verwandelt und seinen Vortrag mit der Aufforderung geschlossen: »Also leiden, nein: leben wir!«

Ich öffnete die Augen und sah mich um. Der Mann hatte völlig recht. Schon allein der Schock, den diese Leute empfinden mußten, wenn sie zum ersten Mal so ein Zimmer betraten.

Das Bett. Der Tisch. Der Stuhl. Die Deckenlampe.

An jedem erbärmlichen Stück der Einrichtung blieb mein Blick kleben. Kein Fluchtweg. Hier war man ganz auf sich zurückgeworfen. Das mußte man erst mal überstehen. Sicher eine hochgefährliche Phase – zumal bei so vielbeschäftigten Leuten, wie sie sich hier augenscheinlich zum Lehrgang versammelt hatten. Vielleicht war es bei ihnen schon Jahre oder Jahrzehnte her, daß sie das das letzte Mal erlebt hatten: sich selbst ausgeliefert zu sein, ganz und gar.

Sie sitzen wie Todeskandidaten auf dem Stuhl. Oder liegen auf dem Bett wie ein hingeworfenes Handtuch. Wenn sie das Fenster öffnen würden, könnten sie die Vögel hören. Oder den Wind. Aber sie öffnen das Fenster nicht.

Normalerweise drückt man doch beim Betreten der Wohnung das Radio oder den Fernseher an, um sich von einer bunten Woge fortspülen zu lassen, man hört den Anrufbeantworter ab, ruft im Büro an und meldet: »Ich bin jetzt zu Hause«, liest die Post, die gekommen ist, oder überfliegt wenigstens die Werbung. Wenn alles nichts hilft, kann man sich hinter eine Zeitung setzen und dort vor der Leere, die einen umgibt, verstecken. Ein Netz aus Nebensächlichkeiten und Beschäftigungen ist aufgespannt, das einen jederzeit auffangen kann.

Die einzige Lektüre, die es hier im Zimmer gab, war ein schreibmaschinengetipptes Blatt, das mit Heftpflasterstreifen an der Innenseite der Tür befestigt war: die Inventarliste. Sie war, soweit ich das sehen konnte, vollständig – bis auf mich, den momentanen Zimmerinsassen, der sie mit müden Augen studierte: Tisch (1), Stühle (2), Bettzeug: Laken (2), Kopfkissen …

Die Tür ging auf.

»Du, beeil dich, Lieber«, sagte die Trottenburg zu mir, »ich glaube, das warme Wasser ist gleich alle.«

Ich schloß die Augen halb und sog tief den Duft ein, den sie verströmte, es roch exotisch nach einem Duschbad. Axe Orient? Oder hatte sie gesagt: »Du, beeil dich lieber!«?

Sie funkelte mich an. »O love …«, hauchte sie.

»Was?«

»O– – –laf!!! Hörst du mir überhaupt zu? Das warme Wasser ist …«

»Ja, ja, natürlich.«

Als ich von der Dusche zurückkam, lag sie schon im Bett, die Arme brav angewinkelt, ein Buch in den Händen. Sie sah wie ein kleines Mädchen aus, das noch eine Gutenachtgeschichte liest.

Um den Hals trug sie ein dünnes Kettchen. Der Anhänger, den ich jetzt zum ersten Mal sah, funkelte mich an, es war ein silbernes chinesisches Schriftzeichen.

»Schön«, sagte ich.

Sie nickte, ohne vom Buch aufzusehen.

Ich stellte das Duschbad zurück in ihre Waschtasche. Sie hatte ihr Handtuch zum Trocknen quer über alle Haken ausgebreitet hingehängt, ich machte mir für mein Handtuch wieder den Haken frei, an dem es vorhin gehangen hatte.

Auf dem Weg zum Fenster, das wir zur Nacht ankippen mußten, um nicht im Mief zu ersticken, wischte ich im Vorbeigehen mit dem linken Zeigefinger kurz oben auf dem Schrank entlang. Kontrollblick: dreckig, natürlich. Ich merkte, wie ihre Blicke, Fernlicht, mir folgten, und schaltete auf Abblendlicht.

Dann füllte ich mir einen Zahnputzbecher halb voll Wodka, gurgelte und spülte mir damit den Mund. In kleinen Schlucken ließ ich die scharfe Lösung nebst einigen Resten des Abendbrotes in mir versickern, einen kleinen Rest spuckte ich aus.

»Machst du das eigentlich immer so?« fragte sie.

Ich blickte auf. Im Spiegel sah ich einen Posaunenspieler mit dick aufgeblasenen Backen und hinter seinem Rücken eine Frau, die ihm vom Bett aus, den Kopf auf die Faust gestützt, interessiert zuschaute. Unwillig schüttelte ich den Kopf.

»Cora –«, sagte ich mit gurgelnder Stimme, ich schluckte entschlossen den Rest Spülmittel hinunter, im selben Moment konnte ich nur noch – Mund auf, Augen zu! – wie ein sibirischer Tiger aushauchen – – – : »Cora, dir ist vielleicht nicht entgangen, daß mein Waschzeug, wozu natürlich auch eine richtige Zahnbürste gehört, einsam und allein drüben im ›Deutschen Haus‹ –«

»Das meine ich doch gar nicht.«

»Es war nicht meine Idee!«

»Ich meine –«, mit dem Zeigefinger wischte sie einen Strich durch die Luft, »– – ob du immer so die Schränke kontrollierst.«

»Das? – Ach das. Das ist bloß eine Erinnerung an meine Armeezeit. Inzwischen mache ich das überall so. Sogar in 5-Sterne-Hotels.« (Lüge! Ich war noch nie in meinem Leben in einem 5-Sterne-Hotel!) »Das ist ein Reflex bei mir. – – – So, ich bin jetzt fertig.«

Ich stellte das Glas ab. Sie drehte sich zur Wand um. Ich zog mich aus und legte meine Sachen auf dem Stuhl ab. Um diese merkwürdige Situation etwas zu überbrücken und um meinen Verrichtungen betont Beiläufiges zu geben, fragte ich sie: »Kennst du eigentlich den Unterschied zwischen Zivilisation und Kultur? Nein? – Zivilisation ist, wenn man eine Zahnbürste besitzt. Und Kultur –«

»– Kultur ist, wenn man sie auch benutzt, ich weiß«, sagte sie müde zur Wand.

Ich legte meine Socken ab: »Also, du mußt zugeben, ich bin immerhin zivilisiert.«

Sie antwortete mit einem unverständlichen Laut.

Letzter Rundumblick im Zimmer. »Du hast doch, nehme ich mal an, nichts dagegen, wenn ich mir die Wärmflasche mit ins Bett nehme.«

Ich sah, wie sie den Kopf schüttelte und sich die Decke zurechtzog. Oben, neben dem Kopfkissen, deponierte ich die Wodkaflasche, ging dann zur Tür, schloß ab und schaltete das Licht aus.

Ich hörte sie atmen. Vorsichtig tastete ich mich, diesem Geräusch folgend, vor, stützte mich mit beiden Händen auf und hievte mich entschlossen hoch. Ein Zittern ging durch das ganze Bett.

Still lagen wir übereinander.

»Cora?«

»Ja.«

»Nicht, daß du jetzt denkst, ich hätte irgendwie eine spezielle Schrankmacke oder so. Aber ich erklär dir das, ja.«

Ich schob mir das Kopfkissen zurecht. Die Arme gemütlich unterm Kopf verschränkt, sprach ich ins Dunkel. »Unser Feldwebel damals, bei der Fahne, der war – wie soll ich dir das sagen – schon ein bißchen anders. Stabsfeldwebel Koch, so hieß der. Kurz gesagt: Stabsfeld Koch. So ein kleiner Dünner. Der hatte Reinlichkeitsvorstellungen, die gingen ganz eigene Wege. Zu jeder Tag- und Nachtzeit konntest du damit rechnen, daß der plötzlich die Stube stürmte, sich vor einem Spind aufbaute, den Arm in die Höhe reckte, jeden von uns mit einem Scharfrichterblick fixierte, als ginge es jetzt um das Todesurteil – und dann, die Augen halb geschlossen, seinen Fingertest vornahm, oben, den Schrank entlang. Er war irgendwie von dem Gedanken besessen, daß überall dort, wo sein scharfer Blick nicht hinreichte, Dreck lauerte.

Wir hatten sogar mal überlegt, oben alle Schränke dick mit Bohnerwachs oder Stiefelfett einzuschmieren.«

»Und – habt ihr's gemacht?«

»Nein, wo denkst du hin. So schön war es in der Kaserne dann auch wieder nicht, das hätte Ausgangssperre bedeutet, mindestens. Wir haben nur darauf geachtet, daß immer genug Dreck oben lag. Wenn jemand die Stube ausfegte, verteilte er immer ein bißchen was davon oben auf den Schränken.«

»Das ist ja gemein.«

»Nein. Überhaupt nicht. Es hatte, wie soll ich sagen, einen tiefen Sinn. Wie eine Opfergabe mußt du dir das vorstellen.«

Ich nahm einen Schluck.

»Entschuldige, jetzt hab ich dich gar nicht gefragt, ob du nicht vielleicht auch einen Schluck ... einen kleinen Drink willst.«

»M-m. Ich hab mir schon die Zähne geputzt. – Und wie geht's weiter?«

»Na ja. Er kommt also. Reckt seinen neugierigen Finger in die Höhe, kontrolliert. A-ha! Weißt du, was er immer zu uns gesagt hat: ›Ich kenn doch meine Pappeimer!‹ Das hat er immer gesagt. Dann hat er auf die Uhr gesehen. ›In fünf Minuten, Genossen!‹«

»Mußtet ihr denn da alle Genossen sein bei eurer Armee?«

»Ach was. Wir mußten uns bloß so nennen. Das war aber auch so ein Systemfehler, ziemlich leichtsinnig. Wenn man da wieder raus war, hatte man ein für allemal genug von ›Genosse‹.«

»Und dann? Was war dann mit euerm Schrank?«

»Nach genau fünf Minuten kam Koch wieder, wir hatten inzwischen den Schrank oben ein bißchen abgefegt, das war alles wie einstudiert. ›Na seht ihr, es geht doch‹, sagte er. Und dann war es gut. Er ist gegangen, und wir hatten unsere Ruhe. Der Rest der Stube konnte aussehen wie Sau. Mein Spind damals, Cora, der sah innen schlimmer aus als mein Schreibtisch heute.«

»Na ...«

»Wirklich. So weit ist der nie vorgedrungen. Komischer Kerl.«

In Gedanken schritt ich an seiner Seite noch einmal die langen stinkigen Flure und das ganze öde Kasernengelände ab.

»Einmal, es war ein Sonntagvormittag im Juli oder August, da haben wir ihn beobachtet. Wir hatten uns schon gewundert, warum der den ganzen Morgen so nachdenklich, den Kopf tief gesenkt, in der Kaserne herumgeschlichen war.

Nun stand er auf dem Appellplatz. Da lag eine Zigarettenkippe, die dort nicht hingehörte. Er hatte Aufstellung davor genommen, breitbeinig, die Hände auf dem Rücken, und wartete erst mal ab. Es tat sich aber nichts. Das mußt du dir mal vorstellen: wie der so dasteht, intensiver Blickkontakt zwischen ihm und dieser blöden Kippe, die vor ihm am Boden liegt. Und als sie nicht von selbst verschwindet oder sich einfach in Luft auflöst, stapft er davon. Es sah immer so aus, als würde er durch eine einzige große Schneeverwehung stapfen müssen. So lief der immer.«

»Das muß ja, wie du das so erzählst, ein ziemlich fideler Verein gewesen sein, eure Volksarmee.«

»Ja«, sagte ich, »es war die Hölle.«

»Na, tu mal nicht so. Du hast es ja überstanden.«

»Aber wie! Du siehst doch, ich leide noch immer an den irreparablen Spätfolgen. Ich komme in ein Nobelhotel wie dieses hier und muß sofort anfangen, unkontrolliert sämtliche Schränke zu kontrollieren. Heute nacht habe ich bestimmt wieder Alpträume – vielleicht werde ich auch ein Werwolf, wer weiß.«

Ich nahm einen Schluck.

»Gott, stell dir mal vor, du bist mit so jemandem verheiratet«, sagte sie nach einer Weile.

»Er hatte keine Frau. Beziehungsweise, sie war tot.«

»Ach.«

»Ja, sie war damals gerade gestorben. Unterleib oder so, ich weiß es nicht. Ich weiß nur noch, wie der Politoffizier uns verdonnert hat: ich rate euch, hat er zu uns gesagt, laßt mir den Koch in Ruhe, sonst habt ihr hier keine frohe Minute mehr. Das haben wir dann auch gemacht. Es gab wirklich Schlimmere als Koch.«

Den nächsten Schluck trank ich speziell auf sein Wohl.

Der Wodka wärmte meinen Bauch.

Und auch in meinem Kopf, der, abgesehen von gelegentlichen grellen Lichtblitzen, in tiefstes Dunkel gehüllt lag, zeigte sich bald eine erste Wirkung. Ich spürte, wie die vom Schnaps befeuerten Gedanken den Pfad der Folgerichtigkeit verlassen hatten, sie liefen und stolperten eigensinnig durcheinander. Das war gut. Denn mein Versuch, die augenblickliche Lage nüchtern zu betrachten, war schon im Ansatz gescheitert, der »Wirklichkeit« fehlte es momentan absolut an Glaubwürdigkeit: ich lag mit meiner Chefin Cora Trottenburg irgendwo, unbegreiflich, am Rande der Welt, tief, tief im Wald, in einem Doppelstockbett, wir waren gerade im Begriff, eine ziemlich unvergeßliche Nacht miteinander zu verbringen, von draußen drangen Bruchstücke einer idiotischen Tanzmusik herein; auf einer Straße waren wir hierher gelangt, die auf keiner Karte zu finden war, bloß weil wir –

»Cora, hattest du das eigentlich gewußt, daß die damals in der DDR bewußt Karten gefälscht haben?«

»Nicht nur in der DDR. Das machen viele Staaten in ihren Grenzgebieten so. Da arbeiten die Kartographen ganz exakt nach den Vorgaben der Militärs.«

»Das hier war aber gar kein Grenzgebiet.«

»Kommt ganz darauf an, wo überall man eine Grenze ziehen will. Aber seit der Himmel voll mit Satelliten ist und es das GPS gibt, hat das ja sowieso keinen Sinn mehr.«

Schade, zumindest dieses Spiel mit falschen Karten hatte

ich für einzigartig gehalten, für einen ganz besonderen Trick meines alten Landes.

Vor meinem inneren Auge hatte ich mir das alles schon so schön ausgemalt: die braungelbgrün gescheckte Kriegsmaschinerie des Gegners, eine drohend heranmahlende, alles (Kindergärten!, Rentnergruppen! usw.) niedermalmende Panzerkolonne der NATO. Abrupt, mit aufheulend leerlaufenden Motoren, ist sie an einer Weggabelung zum Stehen gekommen. Der staubige Kommandeur und sein Stellvertreter, gebeugt über eine erbeutete Karte des VEB Tourist Verlags, die sie hilflos hin- und herdrehen und immer wieder neu einnorden müssen, die beiden streiten sich nun wie ein altes Ehepaar über den weiteren Weg: nach links oder nach rechts?

Unbemerkt sind inzwischen die Partisanen des Ostens aus ihrem Hinterhalt hervorgesprungen, haben die Panzerfahrer mit schmetternden Fausthieben betäubt, gefesselt und an die rein zufällig hier in der Gegend herumstehenden Bäume der staatlichen Forstwirtschaft angebunden.

Stumm, im Halbkreis, umstehen die mit Tarnfarbe bemalten Krieger des Ostens nun ihre Gefangenen, die langsam, einer nach dem andern, wieder zu sich kommen und sich ihrer aussichtslosen Lage bewußt werden, worauf –

»Olaf?«

– Worauf sie in lautes, markerschütterndes Geheul ausbrechen und, als sie merken, daß alles Geschrei nichts hilft, verzweifelt verstummen, um schließlich, unter Androhung von Folter, verhört zu werden.

» Olaf!«

– Und zwar einzeln! – »Ja?«

»Du sagst ja gar nichts mehr?«

»Der Sozialismus als solcher«, sagte eine Stimme, »hatte schon was.« Da merkte ich, daß ich doch schon etwas betrunken war, das war ja meine Stimme, die das gesagt hatte.

»Aber was?« hatte darauf eine andere Stimme gefragt. Ich konnte es nicht sagen.

Meine Zunge war schweren Schritts ihre eigenen Wege gegangen. Was hatte da aus mir gesprochen? Einen Moment lang schwieg ich fassungslos.

Natürlich: ich habe eine Doppelmoral! Wenn das überhaupt mal reicht. Na und – wenn schon: Swantevit, der Wendengott, hatte vier! Vier Köpfe. Und wahrscheinlich vier dazugehörige, völlig verschiedene Meinungen, die sich ständig in die Quere kamen. Aber gut: lieber ein Doppelleben als gar keines oder nur ein halbes.

»Kommst du jetzt bitte mal wieder da runter!« hörte ich die Trottenburg sagen.

»Was ist? *Was* soll ich?«

Ich versuchte ernsthaft über ihr Angebot nachzudenken, kam aber zu keinem Schluß, was ich tun sollte.

»Der Sozialismus als solcher ...«, äffte die Trottenburg mich nach. »Also wirklich.«

Sie schnaufte aus.

»Sag mal, was war das eigentlich, was du mir wegen Wenzel erzählen wolltest?« fragte die Trottenburg nach einer Weile. »Erinnerst du dich?«

»Nein.«

»Doch, du hast mir doch da neulich am Telefon was gesagt. Und vorhin im Auto auch.«

»Ich weiß nicht mehr«, sagte ich.

Und nach einer Weile: »Na gut, Cora. Aber nur soviel: Ich glaube, der Wenzel, der ist einer ganz seltsamen Sache auf der Spur. Der hat da so eine uralte Geschichte ausgegraben.«

»Und deswegen sind wir jetzt hier?« staunte die Trottenburg.

»Morgen, wenn alles klappt, gibt es eine große Überraschung!«

»Morgen erst«, sagte sie. Ich hörte, wie unten die Decke neu zurechtgeschoben wurde.

»Ja, jetzt ist es schon viel zu dunkel.«

»Wenn du meinst. – Aber du kannst mir doch wenigstens mal verraten, worum es geht, ungefähr wenigstens.«

Ich nahm einen tiefen Schluck – und dann erzählte ich ihr also doch etwas. Zumindest in Umrissen weihte ich sie nun in das ein, was ich die letzten Tage und Wochen getrieben hatte, von Wenzels Handbibliothek erzählte ich, von seinen Anstreichungen und daß er sich alle wendischen Ortsnamen an den Rand geschrieben hatte, auch Vermerke, wo was auf welcher Spezialkarte zu finden war.

»Der ist da pingelig jedem Hinweis nachgegangen. Ich glaube wirklich, Cora, das ist es. Es ist die Geschichte der Wenden, der er auf der Spur ist.«

»Also, von dieser Seite habe ich das überhaupt noch nicht betrachtet.«

Wenn man nicht gerade Swantevit heißt, liebe Cora, muß man lernen, mit seinen Unzulänglichkeiten zu leben: der eine hat nur ein Bein, der andere, vielleicht, nur einen Kopf.

»Ich habe es aber auch erst viel zu spät entdeckt«, sagte ich.

Rethra erwähnte ich an diesem Abend natürlich noch mit keinem Wort. Dazu war es noch zu früh. Morgen früh – oder nie!

»Also, mit andern Worten: du hast jetzt ganz umsonst die Kirchen abgeklappert. Meinst du das?« fragte die Trottenburg.

»Nein, im Gegenteil. Erinnere dich doch mal, was auf diesem Blatt stand, das ich dir gezeigt habe: ›Die Kirchen – ohne es zu wissen – sind der Schlüssel.‹«

»Ja schön, aber wenn es schon die Kirchen nicht wissen, woher willst du es denn da wissen?«

Sie hatte wahrscheinlich vieles von dem, was ich ihr erzählt hatte, noch gar nicht begriffen. Ich drehte mich von meiner Einschlafseite herum, nach vorn: »Ich weiß es nicht. Noch nicht. Morgen sehen wir weiter. Oder auch nicht.«

»Und du meinst wirklich, er sucht nach diesen verschollenen Wenden?«

»Ja.« Mehr ließ ich mir im Moment nicht entlocken.

»Da können wir ihn ja lange suchen.«

»Das kann schon sein, durchaus. – Aber weißt du, was ich, ehrlich gesagt, nicht verstehe? Warum du so hinter Wenzel her bist. Gut, er ist weg. Oder: nicht gut, natürlich. Aber da können sich doch andere drum kümmern und ihn suchen, oder? Wir haben doch mal über ganz neue Konzepte nachgedacht, wir wollten –«

»Das hat Gründe, Olaf«, sagte sie und drehte sich abrupt auf eine andere Seite, eine leichte Erschütterung ging durch das Bett. »Möchte wirklich mal wissen, was das hier sein soll.«

Wir schwiegen ins Dunkel hinein.

Ich nahm einen kräftigen Schluck.

»Ich hatte mal einen Freund. Mit dem konnte ich nächtelang reden – über allen möglichen Quatsch.«

»War der auch so was wie du?«

»Nee«, sagte ich erschrocken. »Der war bei der Akademie. Der schrieb, solange ich den kannte, an einer Dissertation über Gandhi. Und komisch, mit den Jahren wurde er seinem Gandhi immer ähnlicher. Hatte auch so eine runde Brille und so einen Fusselbart, war ziemlich dürr. Und er konnte auch richtig gut Englisch.«

»So was gab es bei euch?«

»Ja. Die ist auch nie fertig geworden, die Arbeit. Der war halb so etwas wie ein Dissident. Das hat man sofort gemerkt, wenn man mit ihm geredet hat. Das tat mir leid, ich habe immer den Eindruck gehabt: Mensch, die Stasi verfolgt ihn; er ist bald in ihren Fängen. Diese Verbrecher, dachte ich. Er haßte die Staatssicherheit.«

»Und – was ist aus ihm geworden?«

»›Sei vorsichtig!‹ hat er immer zu mir gesagt, wenn wir uns getroffen haben. ›Wenigstens du.‹ – Später habe ich erfahren, daß er selbst ein Spitzel war. Die ganze Zeit über hat er mich angelogen.«

Ich hörte die Trottenburg, Zug um Zug, aufmerksam atmen. Ich dachte schon, sie wäre mir inzwischen da unten eingeschlafen, da sagte sie auf einmal: »Vielleicht hat er dich ja gar nicht angelogen?«

»Wieso?«

»Du hast doch selbst gesagt: er machte auf dich den Eindruck, daß sie ihn verfolgen.«

»Ja, und?«

»Sie haben ihn doch auch wirklich verfolgt. Und am Ende haben sie ihn sogar gekriegt.«

»Er hätte mir doch nur ein Wort sagen müssen.«

»Er hat dich doch gewarnt, Olaf. Damit du nicht zuviel erzählst. Vielleicht konnte er es dir nicht anders sagen. Es kann doch auch an dir liegen. Vielleicht will dir jemand etwas sagen, durch die Blume, und du verstehst es einfach nicht. Kann doch sein, oder?«

»Klar! Ich verstehe nur Bahnhof, natürlich! Da wollte ich dich überhaupt schon immer mal warnen: wundere dich nicht! Die meisten hier waren sowieso Widerstandskämpfer, aber ja. Und wie sich das für richtige Widerstandskämpfer gehört, hatten sie sich eben gut getarnt.«

»Olaf!«

»So gut, daß später das Staunen groß war, wo überall sie versteckt waren. Eigentlich hatten sie ja das ganze Land im Griff. Unerkannt, deswegen hat es auch keiner bemerkt.«

»Olaf, bitte! Reg dich doch nicht so auf. Ich meine doch nur ...«

»Nee, Cora! Nee. Da ziehe ich den Hut vor jedem kleinen hauptamtlichen Stasimitarbeiter in Uniform, der in irgendeinem dunklen Hinterzimmer der Post Briefe aufgemacht und wieder zugeklebt hat. Vielleicht hat er rote Ohren dabei gehabt, weil er irgendwie geahnt hat, daß man das eigentlich nicht darf. Vielleicht hatte er sogar manchmal Gewissensbisse. Kann ja sein. Und dann hat er lange in seiner rotglühenden Tschekistenbirne darüber nachgedacht und hat sich schließlich gesagt: gut, es ist zwar schlecht, aber es muß sein, es dient dem Weltfrieden. Aber mein Freund, Cora – Mensch, das war ein Wissenschaftler! Der war nicht blöd, der muß doch gewußt haben, was er da macht.«

»Oder auch nicht.«

»Noch schlimmer! Noch schlimmer.«

»Wieso soll es schlimmer gewesen sein, wenn einer Wissenschaftler gewesen ist, sich mit Gandhi beschäftigt hat und eines Tages ...«

»Weil er es hätte wissen *müssen*!«

»Hast du mal mit ihm darüber gesprochen? Ich meine, danach?«

»Nein, ich hab ihn seitdem nicht wiedergesehen. – Das kannst du nicht verstehen, Cora. Wirklich, du kannst es nicht. Begreif das doch endlich.«

»– – –«

»Cora?«

Funkstille unten.

»Bist du jetzt sauer oder was?«

»Mh.«

»Kannst du mir mal sagen, weshalb?«

»Nicht so wichtig.«

»Cora, immer habe ich das Gefühl, etwas falsch zu machen, etwas falsch zu sagen, falsch zu – ich weiß auch nicht.«

»Manchmal ist es ganz gut, Olaf, sich einfach auf sein Gefühl zu verlassen.«

Wir brachen in ein langes Schweigen aus. –

»In meinem tiefsten Innern bin ich, glaube ich, ein glühender Antikommunist.«

»Vorhin hörte sich das aber ganz anders an«, meinte die Trottenburg mit schläfriger Stimme. »Da hast du gesagt: Der Sozialismus ...«

»Verlieren wir uns doch jetzt nicht in solche Einzelheiten. Das eine schließt das andere doch überhaupt nicht aus. Darum geht es auch gar nicht.«

»Worum denn dann?«

Das wußte ich auch nicht. Ich schwieg.

Ich trank noch den letzten Schluck. – Die Flasche war leer, große Leere.

»Olaf, das ist doch alles vorbei.«

»Es ist nicht vorbei.«

»Aber Mensch, du, der Westen – der ist auch noch nicht der Weisheit letzter Schluß.«

»Das habe ich nie behauptet. Aber das ändert nichts daran.«

»Da hast du recht. – Du mußt sie sehr gehaßt haben, nicht wahr?«

»Mich hasse ich. Daß ich zu feige war oder zu vernünftig oder beides – und ihnen nicht pausenlos ins Gesicht gespuckt habe. Dafür hasse ich mich. Das wäre das mindeste gewesen, was einem anständigen Menschen in dieser Situation hätte einfallen müssen. Das mindeste.

Und heute stellen die sich hin und erzählen dir was von kaltem Krieg und von Befehlsnotstand und ich weiß nicht wovon noch. Wäre man ihnen damals an die Gurgel gesprungen – das wäre Befehlsnotstand gewesen, da wäre man seiner inneren Stimme, seinem Gewissen gefolgt.«

»Du hast heute allerhand getrunken, Olaf.«

»Ja.«

»Glaub mir, morgen siehst du das schon wieder anders.«

»Ja«, sagte ich. »Ja. Das fürchte ich auch.«

»In vino veritas«, sagte die Trottenburg nach einer Weile.

»Meinetwegen! Aber im reinen Wodka, da liegt die reine Wahrheit. Oder die unreine. Mir ist schlecht.«

»Schlimm?« Ich hörte, wie sie sich unten aufrichtete.

»Nein, nein.« Ein paarmal atmete ich tief und entschlossen durch. »Es geht schon wieder. – Ich habe dir übrigens vorhin nicht die ganze Wahrheit erzählt. Ich habe ihn doch noch mal gesehen, danach.«

»Wen jetzt?«

»Na, Gandhi. Er stieg Friedrichstraße in die S-Bahn ein, mit einem Packen Büchern unterm Arm, wie immer. Und als ich ihn sah, da drückte ich mich schnell zur Tür wieder raus und sah woanders hin, glotzte auf irgendein Plakat. Ganz konspirativ, genauso wie eines von diesen … diesen inoffiziellen Rumpelstilzchen.«

»Hätte ich vielleicht auch so gemacht.«

»Hab mich nicht mal getraut, ihn zu fragen, was das denn, bitteschön, alles sollte.«

»Das ist ja auch schwierig, Olaf.«

Wir schwiegen. Nach einer Weile sagte sie: »So wie heute kannte ich dich noch gar nicht. Ich dachte immer, du bist eher ein so ruhiger, völlig verschlossener Zeitgenosse.«

»Bin ich ja auch. Deswegen halte ich es manchmal auch nicht aus. Früher, da kam ich mir schon vor wie ein wilder Oppositioneller, bloß wenn ich einfach die Klappe gehalten habe. Das war zu wenig.«

»Du hättest es doch sowieso nicht ändern können.«

»Man kann auch mit Würde untergehen.«

»Mh.«

»Ich glaube, das ist das einzige, was wirklich im Leben zählt: mit Würde unterzugehen.«

Lange war es still. Ich glaube, ich war sogar für einen Moment weggedämmert.

»Bist du eigentlich verheiratet?« hörte ich sie auf einmal fragen.

»Wieso? Das hast du mich doch erst neulich im Büro gefragt.«

»Weiß ich gar nicht mehr. Im Büro? Da ging es sicher um was anderes, allgemeines Betriebsklima und so weiter.«

»Und worum geht es jetzt?«

Die Frage stand unschlüssig im Raum.

»Ich glaube, ich bin müde und möchte jetzt schlafen. – Gute Nacht.«

»Nacht, Cora.«

Ich hörte sie atmen. Irgendwo, draußen auf dem Flur, schlug eine Tür zu. Später Schritte, leises Lachen. Kurz und schmerzhaft wurde im Zimmer unter uns Tanzmusik aufgedreht, bis zum Anschlag, dann war es wieder still, ganz unheimlich war das.

»Die Mörder sind unter uns«, knurrte ich im Halbschlaf.

»Was ist?« Die Trottenburg schreckte hoch.

»Ach, ein DEFA-Film, ich glaube, das war überhaupt der erste. Mit der unvergessenen Hildegard Knef in der Hauptrolle und dem unvergessenen … ach, hab ich jetzt vergessen.«

»Ich verstehe gar nichts mehr«, flüsterte sie.

»Ich auch nicht.«

Ich starrte ins Dunkel, sah Sterne.

Spürte, wie meine Brust sich hob und senkte. Und wieder hob. Jedesmal höher. Wie der Raum über mir größer und immer weiter wurde, wie er sich mit längst verloschenen oder vergessenen Sternen füllte. Ich lag in einem großen Zelt. Nein, das war ja das Himmelszelt, unter dem ich lag. Die Kuppel eines riesigen Planetariums wölbte sich über mir; ich schwebte ein paar Zentimeter über der Matratze. Es flimmerte! Spiralnebel rotierten über mir, nein: um mich, sie rollten mich ein. Sternschnuppen rauschten vorbei. Kometenschweife schrieben ihre Leuchtschrift unverständlich ans schwarze Firmament.

Und ein Sputnik war da. Laika! Laika, die erste russische, nein: sowjetische Weltraumhündin, kurvte irgendwo dort oben herum, das gab mir einen Stich: diese Vorstellung, daß sie jetzt!, genau jetzt, in diesem Moment!, inzwischen als Skelett, mit unbekanntem Ziel durch Raum und Zeit raste.

Es wurde hell. Fixsterne entflammten, explodierten und verloschen. Ulrike! Nelly. Christine? Ja, auch Christine, trotz allem. Die schwarzen Löcher der Materie taten sich auf: ich verschwand in ihnen, für kurze, helle, dunkle Augenblicke der Ewigkeit war ich, meine glühende Materie, in ihnen untergetaucht, auferstanden – um, kurz darauf, restlos zu verlöschen. Bis zum nächsten Mal.

Einen roten Stern sah ich kommen, der wurde schnell größer. Jetzt wird es völlig irre, dachte ich noch: da sah ich schon Laika mit todernstem Gesicht an mir vorüberschweben. Es rauschte in meinem Kopf, der war ein uralter Radioapparat, randvoll mit Stimmen und Klängen. Auch ein hoher Pfeifton war zu hören. Das tat weh. Ich konnte Signale direkt aus dem Weltall empfangen. Drehte mich auf die Seite. Ein grünes magisches Auge funkelte mich an.

Ich trinke nie wieder einen Schluck Wodka, schwor ich mir. Nie! Und dir, dir schwöre ich es. Ach, Laika, wenn du mich nur hören könntest …

»Du«, knurrte ich, den feuchten Blick nach oben, in die unendlichen galaktischen Weiten gerichtet, »ich denke so oft an dich, du tapfere kleine Gefährtin.«

»Was ist?« kam die ungläubige Antwort (oder war es eine Frage?), jetzt aber von unten, irgendwo von einer Bodenstation.

»Ja«, sagte ich und mußte schlucken. Meine Lippen waren trocken.

»Ich kapiere gar nichts mehr«, funkte die Erde zu mir herauf.

Mit dem Fuß stieß ich die Decke weg. »Mensch, ist das tierisch warm hier.«

Ich dämmerte dahin. Irgendwann kam das Weltganze ins Wanken, auch das Bett, es schwankte. Du mußt dich irgendwo festhalten – ich wollte mit beiden Händen die Gitterstäbe am Kopfende umklammern; doch ich dachte im Traum nicht daran.

Tierwärme plötzlich, ganz nah. Ich spürte heißen Atem an meinem Hals. Ein metallenes Halsband streifte kalt mein glühendes Gesicht. Eine Zunge, die weit heraushing und mein

Gesicht ableckte. Zähne, die mein Ohr abbeißen wollten. Aber noch hörte ich: gedämpftes Knurren und Winseln.

Meine Hand wurde genommen. Sie wurde mir aus der Hand genommen und streichelte ein struppiges Fellchen, dann eine Haut, die unerwartet glatt und weich war. Und feucht.

»Da stimmt was nicht«, fiel mir auf. – »Doch, ist schon alles richtig so.« – »Wer bist denn du?« Da schnappte es einfach stumm nach mir, und ich konnte nichts mehr sagen, nichts mehr fragen und wurde kurzerhand dem vierbeinigen Wesen, das in meinem Bett lag, einverleibt, von ihm verschlungen.

Mehrmals drehten wir uns um eine Mittelachse, eine Verschiebung sämtlicher Linien, das Koordinatensystem rutschte in sich zusammen, wir vereinigten, nein: trennten uns. Flogen auf – und davon, in verschiedene Richtungen. In die Dunkelheit. Black.

Out.

»Olaf?«

»Mmmh.«

»Ich kann gar nicht mehr einschlafen. Du?«

»Halb und halb. – Ich hab gerade irgendwas Komisches geträumt.«

»Ich auch. – Draußen wird es schon langsam hell.«

Ich betätigte ein Auge: »Mh. Draußen. Ja. Hell.«

»Was du vorhin gesagt hast, das geht mir nicht aus dem Kopf. Ich verstehe schon, daß dich das immer noch beschäftigt, die ganze Geschichte, ich meine, die Vergangenheit und so. Aber du mußt einfach Geduld haben. Warte mal ab, das siehst du irgendwann bestimmt anders. Mit den Jahren, da wird man ruhiger, abgeklärter, weiser. Vielleicht auch einfach verständiger. Man wird ...«

Sie suchte nach dem richtigen Wort.

»... älter«, sagte ich müde.

»Ja«, sagte sie nach einer Weile, »vielleicht hast du recht. Versuch, noch ein bißchen zu schlafen, ja.«

»Ja, danke. Du auch.«

In Sekten?

Ich war früh wach; nicht wach, es war nur einfach mit der Nacht vorbei.

Mein Kopf war ein Glockenturm. Als ich die Augen einen Spaltbreit aufbekommen hatte und mich umsah, entdeckte ich neben mir im Bett eine leere Wodkaflasche, sofort schloß ich die Augen wieder. Die Flasche blieb aber trotzdem da, mit den Fingerspitzen konnte ich sie erfühlen.

Weniger Licht! war mein erster dunkler Gedanke, waren die ersten zusammenhängenden Worte an diesem Morgen.

Die Flasche war also Wirklichkeit. Was sonst noch? Keine Ahnung. Ich wollte ratlos den Kopf schütteln, unterließ es aber, um das heikle Glockenwerk nicht in Bewegung zu setzen.

Entschluß: so sollte mich Cora, wenn sie aufwachte, auf keinen Fall sehen.

Vorsichtig setzte ich mich auf. Da begannen oben die Glocken ihr grausames Tagwerk: sie läuteten. Mit geschlossenen Augen und aufgesperrtem Mund ließ ich, innerlich erschüttert, diese unheimliche Dröhnung über mich ergehen, aufrecht sitzend hielt ich all den dumpfen Schlägen stand.

Als es oben still war, abgeklungen, und ich mich wieder (links, rechts; vorn, hinten) einigermaßen orientieren konnte, kletterte ich vorsichtig aus dem Bett. Die Flasche, das Beweisstück, steckte ich ein, das Bettzeug zog ich etwas glatt.

Von Cora war im Moment noch nicht viel zu sehen: ein

paar zerzauste Haarsträhnen, wirr auf dem Kopfkissen und der Bettdecke verteilt (jetzt erst sah ich, daß sie sich die Haare färbte, von den Haarwurzeln her stieg es grau auf – mein Gott, wie intim wir inzwischen waren!), an der Ferse ihres linken Fußes fahlgelbe Hornhaut (womöglich trug sie chronisch zu enge Schuhe?). Ich betrachtete nachdenklich die karierte Bettdecke, die sich gleichmütig hob und senkte. Erinnern konnte ich mich an gar nichts mehr.

Die Flure waren leer. Alles schlief noch. Die Dusche im Keller hatte jemand abgeschlossen. Unter dem Treppenaufgang, in einer dunklen Ecke, wo Reinigungszeug herumstand, stellte ich die leere Flasche ab.

Ich trat vor das Haus. Links, neben dem Eingang, ragte rostig das Bügelgestänge eines Fahrradständers aus der Betonfläche. Dort klemmten etliche Räder, die sahen alle gleich aus, waren blau angestrichen, numeriert. Ich nahm mir eines und fuhr, auf gut Glück, davon, fuhr meinen Restalkohol ein bißchen spazieren.

Die Waldwege glänzten feucht von der Nacht, und da ich den Weg hinunter zum See eingeschlagen hatte, ging es über braune Nadeln, halbrunde Moospolster und schwarze glitschige Wurzeln immer sachte bergab, ich mußte kaum treten.

An einer Waldwiese vorbei. Tau hing in den Spinnennetzen. Das sah aus wie ein Dutzend im Gras verlorener grauer Seidentaschentücher. Ich konnte mich absolut nicht mehr daran erinnern, was alles in dieser Nacht vorgefallen war. Aber allmählich klarte es auf, und mir fiel zumindest wieder ein, weswegen wir überhaupt hier waren. Spontan hatte ich also den richtigen Weg eingeschlagen – hinunter zum See.

Ein kleiner grauer Piepmatz nahm sein morgendliches Bad in einer Pfütze. Und da die Szenerie im Licht der dürren Sonnenstrahlen lag, sah es, wenn er sich schüttelte, so aus, als würde er das erste Tageslicht aus seinem Gefieder herausschütteln – ein kleines Zentrum des Universums.

Ich bremste, da sah er mich und zwitscherte ab.

Beklommen rollte ich an einer Wiese vorbei, die schlaftrunken weiße Schwaden eines zarten Morgennebels aushauchte.

Noch einen anderen kleinen Vogel konnte ich beobachten, Sorte: leider unbekannt. Er saß ganz oben in den luftigen Zweigen einer Birke und tat, wozu er berufen war: er sang. Ich freute mich, daß wenigstens die Natur hier so schön in Ordnung war. Gemessen an seiner geringen Größe und daran, daß er vermutlich ein Leichtgewicht war, verfügte er über eine erstaunliche akustische Reichweite: sein Pfeifkonzert verfolgte mich durch den halben Wald, das schrille Trillern war noch zu hören, als ich schon am See war. Es tat weh in den Ohren – und es tat gut.

Unten, am Ufer, warf ich das Rad ins Gras. Ich stand am Wasser und lüftete aus. Ein paar Enten trieben durchs dunstige Bild. Ein Haubentaucher tauchte ab – und wieder auf. Ein Kopf tauchte auf, kahl und rot. Ich stierte aufs heilig nüchterne Wasser, aus dem nun eine nasse Hand und ein behaarter Unterarm herauskamen und mir zuwinkten. Der Kopf rief: »Hallo!«

Verdammt, das Wasser, ich hatte vorhin nur ganz kurz hineingefaßt, war doch flüssiges Eis. Ich konnte gar nicht hinsehen.

»Hallo«, rief ich mit fremder Stimme zurück und winkte ebenfalls, aber es war eher ein erschrockenes Abwinken.

Der Kopf schwamm weiter, zog eine zerfließende Spur hinter sich im Wasser her und verschwand an einer Stelle, wo dichtes Schilf war. Dort patschte, platschte und stöhnte es. Irritiert nahm ich das Fahrrad auf. Hinten, wo der Wald anfing, standen ein paar Mufflons, wie auf ein Signal sprangen sie plötzlich davon.

Wenig später trat mir Dr. Müller entgegen. Über seiner Schulter hing ein himmelblaues Handtuch.

»Sollten Sie auch mal versuchen.« Mit dem nackten Schädel, der immer noch tiefrot war, ruckte er kurz in Richtung See.

»Viel zu kalt«, wehrte ich ab.

»Ach was! Im ersten Moment vielleicht.«

Wir gingen nebeneinander her, ich schob das Rad. Müller zog das eine Bein nach, wahrscheinlich hatte er sich im Wasser etwas eingetreten. Er hatte jetzt auch seine Stahlbrille wieder aufgesetzt. Sein Schädel sah aus, als wäre er niemals in seinem ganzen bisherigen Dasein von Haaren bevölkert gewesen, spiegelblank.

Müller erklärte mir den Sinn und die Vorzüge dieser Kaltbaderei. Er sprach abgehackt, zwischen den einzelnen Sätzen mußte er immer wieder tief Luft holen und schnaufen, seine Augen tränten.

»Es geht um die Wiedereroberung des eigenen Körpers. Normalerweise schleppen wir unsern Körper doch, seien wir ehrlich, als Fremdkörper mit uns herum. So ist es doch, oder? Morgens, nachdem das Gebiß eingebaut ist, von Kaffeefluten durchspült; abends, das Gebiß wieder ausgebaut, mit Schlaftabletten gefüttert oder sonstwie ruhiggestellt: mit Unmengen Alkohol zum Beispiel zugeschüttet.«

Ich preßte fest die Lippen zusammen und atmete konzentriert nur durch die Nase, weil ich nicht wußte, ob er meine Fahne gerochen hatte.

»Grundfalsch!«

Mit einem entschlossenen Schniefer zog Müller den wäßrigen Tropfen, der schon irritierend lange von seiner Nase herabgehangen hatte und sicher im nächsten Moment überreif abgefallen wäre, wieder hoch.

»Gerade diese Konfrontation mit dem Element, dem eiskalten Wasser, setzt Wärmedepots in uns frei, von denen man sonst nie etwas geahnt hätte. Die Materie kommt erst in der Materie wieder zu sich. Es ist ein besinnungsloser Moment des Erwachens. Seit Anbeginn besteht doch zwischen Körper und Geist, Mensch und Vernunft, eine Art Haßliebe.

Und die kommt hier, kurz und schmerzhaft, zur Erfüllung. Das muß man erlebt haben. Man kann es mit Worten nicht beschreiben. Oder doch, vielleicht so: das ist, als würde einem die alte Haut abgezogen, man häutet sich und geht wie neugeboren in die Welt. Sie glauben ja nicht, was ich jetzt schon wieder für Hitzewallungen in mir spüre. Das wird mich den ganzen Vormittag nicht verlassen – so ein transsexuelles Wechseljahregefühl.«

Hingebungsvoll putzte er sich – und zwar jedes Loch einzeln – die Nase, dann steckte er das Taschentuch wieder weg. Ich merkte, daß er dabei nach meinem Namensschild guckte.

»Entschuldigen Sie, Horst«, schniefte er, »ich kann Sie im Moment nicht ganz einordnen.«

Ich auch nicht, dachte ich und starrte auf den Fahrradlenker. »Macht nichts«, sagte ich, »ich bin bloß Überraschungsgast.«

Er nickte, als sei jetzt alles klar zwischen uns. Dann sagte er etwas, was ich im ersten Moment nicht verstand: »Das sind wir hier alle.«

Wir hatten ein höhergelegenes Plateau erreicht, wo ein paar Gehwegplatten verlegt waren, ein Teil davon war zerborsten. Kies lag ausgestreut. Darauf ein paar verwehte Blätter. Dort stand eine weiße Bank. Von hier aus hatte man eine gute Aussicht, weit auf den See, über dem der Dunst nur noch in dünnen, wegziehenden Schwaden hing.

»Was ist denn das dort hinten?« fragte ich Müller, obwohl ich, als ich es sah, schon ahnte, nein: wußte, was es war. Ich zeigte auf die Landzunge, wo, nahe zum Ufer hin, auf einer Anhöhe, halbverdeckt von dicken Kastanien, ein rundes, hochaufragendes Backsteingebäude zu sehen war. Und seltsam, schon auf den ersten Blick war mir klar: das konnte es nicht sein. Etwas stimmte nicht daran. Ich wußte nur noch nicht, was.

»Das? Das ist die Schloßkapelle«, sagte Müller. »Was haben Sie denn?«

Ich drehte mich zu ihm um, da, in diesem Moment, fiel mir die Sonne direkt ins Gesicht, Licht, mir wurde schwarz vor Augen, und ich sah gar nichts mehr, mit einem Mal war mir alles klar.

»Die Sonne«, flüsterte ich, »natürlich, die geht ja im Osten auf.«

Müller nickte bekümmert. Er sah auf die Uhr: »Bis nachher dann, im Seminar.« Er fiel in einen leichten, etwas humpelnden Trab und lief quer über die Wiese zum Schloß hinauf. Einmal drehte er sich kurz um und winkte mir zu.

In einer bestimmten Reihenfolge, an die ich mich aber nicht mehr erinnere, fielen die Wörter: »Keine Frage / Alles klar / Null Problem / Aber ja / Woher denn« aus mir heraus und hinterließen eine entsetzliche Leere. Dann senkte ich den Kopf und atmete tief durch: Mist, verdammter!

Ich schob mein Rad noch ein Stück den Schotterweg entlang, dann stieg ich auf und strampelte bergauf zum Bettenhaus.

Treppen hoch: Zimmer auf: Cora saß auf dem Bett und sah mich groß an.

»Kommando zurück!« rief ich. »Es gibt wahrscheinlich gar keine Überraschung.«

Überrascht sah sie mich an. Da hatte ich schon den Schrank aufgerissen und den Autoschlüssel aus meiner Hose gezogen.

»Ich muß das aber noch abklären. Moment noch.«

Treppe runter, wieder aufs Rad. Minuten später war ich am Parkplatz.

Gestern hatte alles noch so perfekt, so schön zusammengepaßt – zu schön, um falsch zu sein: die Kirche, die nirgendwo sonst verzeichnet war – und vor allem natürlich das R.! Und jetzt? Ich saß im Kofferraum, die Kofferraumtür war hochgeklappt, neben mir stand der offene Bücherkarton.

In einem Punkt machte mir die historische Quellenlage einen ganz entschiedenen Strich durch die Rechnung. Das hatte ich bisher immer übersehen oder überlesen. In allen Thietmar-Übersetzungen ist gleichlautend davon die Rede, daß ein »schrecklicher See« sich im *Osten* des dritten Tores befunden haben soll. Da war mir klar, daß wir uns hier genau auf der falschen Seite befanden. Das von Wenzel markierte Areal befand sich am Ostufer des Dobrower Sees, der See lag also im Westen. Keines der Tore konnte demnach auf einen im Osten befindlichen See blicken, denn da stand nur dichter Wald. Nun kann sich in tausend Jahren sicher einiges ändern, aber aus einem Ostufer kann nicht plötzlich ein Westufer werden, das ist ausgeschlossen. Was immer es also sein mochte, was Wenzel da gefunden hatte: es konnte nicht Rethra sein. Da verstand ich auch das Fragezeichen am Ende: es war ein kraftlos, unter der Last gegenläufiger Argumente in sich zusammengesunkenes Ausrufezeichen.

Die geforderte Position am Westufer ist natürlich kein Zufall. Es ist vielmehr eine für ein derartiges Heiligtum ausgesuchte Lage. Auch Arkona befindet sich schließlich auf einem hochgelegenen Ostkap: so daß das heilige Götzenbild, die Himmelsgottheit, mit freiem Blick über die nach Osten hin sich erstreckende Wasserfläche vom ersten Strahl der aufgehenden Sonne gegrüßt werden kann.

Klar.

Ich klappte das Buch zu, die Kofferraumklappe und schob das Rad zurück.

Zum ersten Mal spürte ich, daß ich Wenzel ganz dicht auf der Spur war. Kribbelndes Jagdgefühl. Ich konnte ihn stellen. Wenn ich es nur richtig anstellte.

Neben dem Parkplatz, auf einem der Volleyballfelder, stand eine größere Gruppe zum Frühsport bereit.

Ein Trupp von Trainingsanzügen, vom Wald kommend, schaukelte im schwitzenden Laufgalopp heran; braune Trainingsanzüge mit orange-roten Seitenstreifen.

»Habt ihr die Truppe von Otto gesehen?« rief der Oberfrühsportler ihnen zu.

»Nein«, keuchte es zurück.

»Danke. Wenn ihr sie seht, wir sind hier.«

Die Dauerläufer nickten.

»Frohes Schaffen noch«, rief der Frühsportler, »und maximale Kampferfolge!«

Das klang wie ein Sektengruß.

Wenig später, auf einer Lichtung, sah ich eine Frau, ein schon etwas älteres Modell. Sie hatte einen Strohhut auf und lief barfuß durch das hohe Gras. Die blauen Trainingshosen waren bis zu den Knien hochgekrempelt.

»O, ein Baum«, rief sie begeistert.

»Nein, eine Eiche«, sagte ich.

»Mein Gott, ist das schön hier«, flüsterte sie ergriffen und schritt davon.

Cora war schon aufgestanden. Das Fenster stand weit offen. Sie hatte die Betten gemacht, auch meines.

»Na, gut geschlafen?« fragte sie mich.

»Cora, ich glaube, ich habe heute nacht allerhand Blödsinn erzählt.«

Ich merkte, daß sie etwas dazu sagen wollte, dann schüttelte sie das aber mit dem Kopf fort: »Nicht mehr als sonst.«

Gut, ein neuer Tag, ein neuer Anfang, keine Kommentare – sehr einverstanden damit.

Sie fragte mich, wo ich denn herkäme, und ich erzählte ihr von meinem Spaziergang, von der Begegnung mit Dr. Müller – und auch, daß es heute nichts mit einer Überraschung werden würde.

Sie nickte, als habe sie auch gar nichts anderes erwartet.

Ich schlug vor, so bald wie möglich zu verschwinden. Was immer das hier sein mochte, wir verloren nur Zeit. Cora aber wollte, wenn wir nun schon mal hier waren, sich das genauer ansehen. Erst später verstand ich, warum.

»Übrigens: Vorsicht!« sagte Cora zu mir. Sie stand am Spiegel und bürstete sich das Haar aus.

»Warum?«

»Du, hier streunen allerhand herrenlose Frauchen herum. Ich habe das heute morgen in der Dusche mitbekommen, als die den gestrigen Abend ausgewertet haben.«

»Und – was kann man da machen?«

»Was man dagegen machen kann? Olaf – wenn ich dir einen guten Tip geben darf: gar nicht beachten, dann tun sie dir auch nichts.«

»Okay.«

»Wie geht es dir eigentlich? Du hast gestern allerhand getrunken.«

»Du weißt doch, bei primitiven Völkern ist das so, daß Feuerwasser ...«

»Olaf, bitte!«

»Weißt du, was mir heute nacht eingefallen ist?«

»Nein.«

»Kafka war gar nicht verboten. Es gab ihn nur sehr schwer. Karl May, der war verboten, fast bis zuletzt.«

Wir frühstückten im großen Essensaal. Dort saßen die Kursteilnehmer an langen Tischen. Es gab Weißbrot, Marmelade, Milch und Malzkaffee, kaum Gespräche, alle schienen sich innerlich schon auf die Seminare vorzubereiten.

Das Entsetzen, als ich merkte, daß es hier nicht mal richtigen Kaffee gab: sofort, nach dem ersten Schluck, durchzuckte es mich, war ich wachgerüttelt. Ein normaler Bohnenkaffee hätte das sicher niemals vermocht. Ich dachte in diesem Zusammenhang an das Gespräch mit Müller. Die Sache mit dem Placebo-Kaffee sollte man sich eigentlich für die weitere Zukunft vormerken. Aber wahrscheinlich ergab sich dieser Effekt, der im Grunde ein Überraschungseffekt war, nur einmal. Allerdings, fiel mir ein, hatte ich so etwas Ähnliches schon einmal erlebt.

Es war 1992 oder 93. Mein Chef bei der »Wissenschaft heute«, der Wochenzeitung, für die ich damals arbeitete, hatte mich auf Dienstreise geschickt. Ich war früh, mit dem ersten Zug, nach Leipzig gefahren. Dort sollte ich nach einer kostengünstigeren Druckerei Ausschau halten und hatte den ganzen Tag in sinnlosen Besprechungen, wo es nichts zu besprechen gab, herumgesessen, denn ich war, wie ich erst dort merkte, der falsche Mann am falschen Ort gewesen.

Abends, im letzten Moment auf dem Hauptbahnhof, ganz auf die Schnelle, hatte ich mir noch einen 6er-Pack Bierbüchsen gegriffen. Den ganzen Tag über hatte ich, abgesehen von ein paar Verhandlungskeksen, die sich sehr schnell überallhin verkrümelt hatten, nicht richtig gegessen.

Ich saß im leeren Abteil, rollte an Bitterfeld, an Lutherstadt Wittenberg vorbei und ließ das kalte Bier einfach in mich hineinlaufen.

Als die Schaffnerin kam, fingerte ich umständlich meinen Fahrschein hervor und versuchte, mich einigermaßen aufrecht zu halten. Die Schaffnerin, während sie den Schein abknipste, musterte mißtrauisch die Galerie meiner leeren Büchsen auf dem Fensterklapptisch.

Einmal, als der Zug scharf bremste, mußte ich mühsam meinen schwankenden Körper austarieren, beinahe wäre ich vom Sitz in die Tiefe gestürzt. Mir war nicht klar, wie ich in Berlin geraden Ganges nach Hause gelangen sollte, und ich überlegte schon, ob es nicht besser wäre, vom Bahnhof aus ein Taxi zu nehmen. In Schönefeld wollte ich die Büchsen dann irgendwie verschwinden lassen: weg von der Bildfläche – ab in den Abfallbehälter. Es klappte nicht. Ich hatte sie kleindrücken wollen, aber sie entglitten immer wieder meinen Händen.

Das schaffst du nie, dachte ich – wütend glotzte ich die grünen Büchsen an. Und dann, kurz vor Ostbahnhof, die plötzliche Ernüchterung, die mich vollends schwindelig machte, die mich schwanken und an allem, vor allem an mir, zweifeln ließ: Beck's *alkoholfrei*. Nie wieder!

Mir fiel ein Schwur ein, den ich heute nacht – wem eigentlich? – gegeben hatte. Es ging dabei um Wodka. Nie wieder Wodka? Mein Kopf war aus Glas, und mein Gehirn schwamm darin, es war konserviert in reinem Alkohol, aber es konnte sich an nichts mehr erinnern.

Fester Vorsatz für heute: keine Vorsätze mehr!

Nach dem Frühstück, bei einer auf eigene Faust vorgenommenen Schloßbesichtigung, hatte ich Cora aus den Augen verloren.

Ich war, an Geweihen und Gemälden vorbei, die breite, halbrund geschwungene Treppe hinaufgestiegen. Die Stufen knarrten unter mir. Ich dachte daran, was Müller uns über die Geschichte des Schlosses erzählt hatte. Vielleicht mußte das alte Gebäude wegen der vielen Rollenwechsel, die es erlebt hatte, einfach immer mal ächzen und von Zeit zu Zeit oben, im Dachgebälk, knirschen.

Gegen 8 war ich in einen Gesprächskreis geraten, der sich im Kaminzimmer zusammengefunden hatte – eigentlich war es ein Gesprächs*halb*kreis, im Halbrund waren die Stühle aufgestellt, Blickrichtung zum Kamin, auf dessen Sims ein schwarzglänzender Bilderrahmen stand. Der Rahmen umschloß die leere weiße Fläche eines Rechtecks.

Das kam mir bekannt vor; ich wußte im Moment bloß nicht, woher.

Der Gesprächsleiter (er selbst nannte sich »Moderator«) wirkte, insbesondere im Vergleich zu den meisten Kursteilnehmern, die schon älteres Baujahr waren, sehr jugendlich. Er sah aus wie eine aktualisierte Neuauflage Müllers. Anstelle einer kompromißlosen Glatze, wie sie bei der Müllerschen Erstausgabe zu bestaunen war, konnte er aber vorerst nur mit einer rasierten, dunkel schimmernden Schädelschwarte aufwarten. Er saß mitten unter uns, auf Schulterschluß mit der Gruppe. Es ging um das Thema »Angst vor der Leere – und wie gehen wir damit um?«. Jeder sollte zunächst sagen, was er sieht.

Als erste meldete sich eine Gisela. Sie hatte ein Gesicht, als würde sie jeden Moment losweinen wollen. Offenbar war das aber nichts Akutes, es schien sich chronisch in ihrer Physiognomie, vor allem in den Mund- und Augenpartien, festgefressen zu haben.

»Ich sehe … unendlich viele Möglichkeiten.«

»Zum Beispiel?« fragte der Gesprächsleiter geduldig.

Tatsächlich sah sie alles mögliche, unter anderem Eisblumen, das Schlafzimmer ihrer Eltern im Taunus, eine Wanderung, Ende der 90er Jahre, durch den Harz, noch unternom men mit ihrem Ex, von dem sie inzwischen aber glücklich geschieden war, damals war sie übrigens auf einer regennassen Holzbrücke gestürzt, und ihr Fuß mußte verbunden werden, die Binde war weiß und … Mehr und mehr ging sie dazu über, ihr gesamtes Innenleben vor uns auszubreiten. Das wurde, glaube ich, sogar unserm Gesprächsleiter, obwohl der sich Moderator nannte, sich auch als solcher verstand und ihr deshalb anfangs aufmunternd immer wieder zugenickt hatte, zuviel.

»Wir wollen nur das beschreiben«, bremste er sie mit sanfter Stimme ab, »was wir sehen.«

»Ja«, sagte Gisela und verstummte. Ob sie nun beleidigt war oder nicht doch überwältigt von dem, was sie gerade eben gesehen hatte, das war schwer zu entscheiden. Ihr Gesicht, das kurz die Fassung verloren hatte, mußte sich langsam erst wieder richtig zusammenbauen.

Dann versuchte sich ein älteres Ehepaar, und zwar, jeweils zeitversetzt, im Duett. Sie ergänzten und korrigierten sich gegenseitig, fielen sich, wenn etwas nicht ganz klar war, ständig ins Wort.

»Geht es bitte auch einzeln?« mahnte der Gesprächsleiter vorsichtig an.

»Ja«, antworteten da beide im Chor.

Er aber hatte das Interesse an ihnen bereits verloren und es auf einen jungen Mann gerichtet, der, ich hatte es schon länger beobachtet, die ganze Zeit ablehnend auf seinem Stuhl herumgerutscht war. Jetzt, direkt angesprochen, saß er auf einmal völlig regungslos da.

»Also, was sehen Sie, Torsten?«

»Jetzt im Moment? Erst mal nichts.«

»Das ist ja hochinteressant.«

Torsten nickte, und der Gesprächsleiter machte sich eine entsprechende Notiz dazu in seinen Unterlagen.

»Torsten, schließen Sie nun bitte beide Augen, fest – und jetzt?«

»So ein Flimmern«, gab Torsten nach einer Weile widerstrebend zu.

»Ja-aa?« Die Stimme des Gesprächsleiters ging fragend in die Höhe.

»Rot und schwarz ...«

»Aha.«

»Das war's.«

»Das war's? Keine geometrischen Formen, keine anderen Farben, kein ...«

»Nein. Nichts.«

»Gut, das ist ja noch nicht so viel. – So, Torsten, und nun stellen Sie sich mal vor – Augen bitte zulassen! beide!!! –, was Sie vorhin gesehen haben.«

»Ja.«

»Und?«

Torsten schüttelte den Kopf. Erst unsicher, dann sehr bestimmt.

»Torsten«, raunte der Gesprächsleiter, »laß es raus aus dir.«

»Was denn?«

»*Es*.«

»Lieber nicht.« Torsten schüttelte den Kopf. Er wollte nicht heraus damit, wollte »es« wahrscheinlich einfach für sich behalten.

»Danke. Danke, Torsten.«

Erschöpft ließ der Gesprächsleiter von ihm ab, er strich sich mit der flachen Hand über den Hinterkopf. Dann wandte er sich an uns alle. »Das ist jetzt kein Beinbruch. Es ist geradezu ein Reflex, daß wir der Begegnung, der Konfrontation mit der Leere ausweichen wollen. Insofern bin ich dem Torsten sogar dankbar.«

Torsten sah kurz auf, sein Blick streifte unsere halbe Runde.

»Einige von uns haben allerdings schon den zweiten Schritt getan, sie haben sich geöffnet. Erst diese Bereitschaft zur Öffnung ermöglicht es uns aber, dem, wovor wir Angst haben, zu begegnen, auch dem scheinbar Sinnlosen einen Sinn zu geben, es als Projektionsfläche unserer alltäglichen Sorgen und Ängste zu verstehen.

Torsten, wie wir gesehen haben, löste das Problem, indem er es einfach ignorierte. Das funktioniert, wenn überhaupt, natürlich nur sehr bedingt.«

Torsten, weit in seinen Stuhl zurückgelehnt, die Arme vor der Brust verschränkt, die großen Füße irgendwo im Raum abgestellt, betrachtete inzwischen äußerst mißtrauisch, nicht zu sagen: uneinsichtig, die weiße Fläche.

»Mir ist da doch noch was eingefallen, zu vorhin«, mischte sich an dieser Stelle Gisela ein, die ich jetzt endgültig im Verdacht hatte, eine elende Zicke und ewig verhinderte Klassenbeste zu sein.

Es war aber nicht der Rede wert, was sie da noch zu melden hatte; mit der Aufforderung an Torsten, genau darauf zu achten, wie andere sich diesem Erfahrungsraum öffneten, eine Bitte, die von Torsten mit abweisendem Nicken quittiert wurde, ging die Befragung weiter, und sie ging – wie durch ein Wunder – an mir vorbei.

Nein, es war kein Wunder, es war nur mein alter Trick aus Schulzeiten, der erstaunlicherweise noch immer funktionierte. Und zwar: ein völlig verinnerlichter Blick, der sich in seiner ruhig flimmernden Intensität – über ein rosiges Etwas am unteren Bildrand, die Nase!, hinwegsehend – zu einem schmerzhaft bohrenden Schielen verengt hatte, das mir im folgenden die Aura absoluter Unansprechbarkeit verlieh. Mein Mund stand dabei sprachlos halb offen.

Dermaßen auf mich konzentriert und damit beschäftigt, mir lästige Befragungen vom Leibe zu halten und alles, was da eventuell kommen könnte, von mir abprallen zu lassen, bekam ich auch nur gedämpft durch einen sehr, sehr dicken Filter mit, wie einmal der Name »Horst« für eine Weile als Frage im Raum stand und es unheimlich still um mich herum wurde.

Doch ehe ich diesen Namen überhaupt mit mir in Verbindung gebracht hatte, ging die Reihe schon weiter, und eine Stimme, gleich neben mir, gab, zuerst stockend, dann immer bereitwilliger Auskünfte.

Nach Ende dieser Fragerunde kam unser Gesprächsleiter zum Thema »Berührungsängste«, die er uns als eine besondere Spielart der Angst vor der Leere beschrieb.

»Wir müssen zuallererst unser haptisches Vermögen entwickeln. Was heißt das? Das heißt –« Statt einer Antwort griff er einfach nach den Händen der beiden Kursteilnehmer, die neben ihm saßen.

»Und jetzt bitte alle! So schlimm ist das doch gar nicht.«

Mir war das furchtbar peinlich. Ich wurde klein, ganz klein, eine Fliege, flog auf, saß auf der verstaubten Lampe aus Hirschgeweihteilen und sah das Ganze von oben: ich, in einem Halbkreis wildfremder Menschen, die sich ergriffen an den Händen hielten.

Ich war ernüchtert von alldem. Der Wodka mitsamt seinen Nebenwirkungen war nun endgültig verrauscht und einer großen Klarheit gewichen. Jetzt sah ich, daß wir hier absolut nicht weiterkamen und sinnlos unsere Zeit vertrödelten.

»So –«, sagte der Gesprächsleiter, unauffällig hatte er ein Tempo aus der Tasche gezogen und, ohne im Reden innezuhalten, sich kurz die Handflächen daran abgewischt, »so kommen wir jetzt weiter, doch zunächst sollten wir noch einmal ein paar Schritte zurückgehen.«

Er war aufgestanden, lehnte nun am Kamin und referierte über das Prinzip des Horror vacui in der mittelalterlichen Philosophie, wonach die Natur keinen luftleeren Raum dulde.

Als hätte es dieses Beweises bedurft, klapperte, von den fauchend hereingeblasenen Windstößen durchgerüttelt, hin und wieder ein unsichtbares Blech im Kaminschacht.

Er aktualisierte das dann, und unter der Rubrik »Schicksale und Strategien« gab es zwei heutige Fallbeispiele von plötzlichen Konfrontationen mit der Leere.

Beispiel Schicksal:

Von einem ehemaligen IM war hier die Rede, der inzwischen, mangels anderer Gelegenheit, einem zwanghaften Trieb zur Selbstbeobachtung erlegen war, also anfing, sich auf Schritt und Tritt selbst zu beschatten, zu belauern. Das, was er da observierte, war ihm aber immer verdächtiger und unbegreiflicher geworden – und da es keinen natürlichen Abfluß mehr gab (Bericht, Gesprächsprotokoll), wäre es am Ende beinahe zu einer verhängnisvollen Kurzschlußreaktion gekommen.

Beispiel Strategie:

Da ging es um einen Patienten von Dr. Müller, der lange Jahre im Reich des Konjunktivs (»Wenn ich könnte, wie ich wollte!«) zugebracht hatte. Dann, eines Tages, war es soweit, er war auf dem harten Boden der Wirklichkeit gelandet. Nun hätte er gekonnt. Aber, es stellte sich heraus: er konnte gar nicht. Anstatt zu verzweifeln, rettete er sich nun in einen etwas seltsamen Humor. Er nahm sich selbst nicht mehr ernst und kam damit, das war seine Strategie, geschickt dem Urteil der anderen zuvor. Lieber freiwillig komisch, sagte er sich wohl, als unfreiwillig.

Ich fragte mich ernsthaft, warum ich hier herumsitzen mußte.

Dann sprach unser Moderator ausgiebig über die Farbe Weiß, die eigentlich keine richtige Farbe sei – und auch über die mythische Bedeutung, die man gemeinhin weißen Wesen zuschreibt: die Weiße Frau, im Weißen Rößl am Wolfgangsee, der Weiße Hirsch, das Weiße Einhorn, die weiße Weste usw.

»Der weiße Riese«, ergänzte halblaut und ein bißchen enttäuscht eine Frauenstimme hinter mir (war das Gisela?); aber da ging es schon zur Pause.

Wahrscheinlich wäre es, um sicherzugehen, überhaupt das Vernünftigste, die Planung ganz umzustellen und zunächst nach Arkona zu fahren. Mir waren bei der Aufzählung die 300 weißen Orakelpferde (300 PS!) wieder eingefallen, die laut Überlieferung – von den Swantevitpriestern versorgt – in einem Stall des Tempelbezirks zum Zwecke der Weissagung bereitgestanden hatten.

Draußen, auf dem Gang, lief ich direkt Dr. Müller in die Arme. »Ich weiß alles«, sagte er zu mir.

Ich sah ihm fest in die Augen: klar, daran hatte ich auch keinen Moment gezweifelt.

»Ihre Kollegin hat mir schon alles erzählt. Kommen Sie, ich habe gerade eine Freistunde.«

Geborgte Gefühle

Cora saß schon in seinem Arbeitszimmer. Von der Korbsesselgruppe im Erker aus konnte man weit über den See, bis hinüber zum anderen Ufer blicken.

Die schwarze Ledercouch neben der Tür, vollgelegt mit Zetteln, Zeitungen und Unterlagen der Kursteilnehmer, war offenbar nur ein zufälliger Einrichtungsgegenstand und nicht in Betrieb, nichts Ernstes also. Es stand auch kein Stuhl, mit griffbereitem Notizblock, am Kopfende.

Dr. Müller interessierte sich erstaunlicherweise sehr angelegentlich für *andersWandern*. Er erbat sich von Cora auch ein Kärtchen, weil er vorhatte, seine Waldseminare auszubauen, und deshalb in nächster Zeit einen ganzen Kartensatz bestellen wollte.

Ich fragte ihn nach Wenzel. Da mußte er passen. »Sie haben doch selbst gesehen, wie leicht man hier hereinkommt. Ob sich da auch mal ein ›U-Boot‹ zu uns verirrt oder blinde Passagiere wie Sie – das kann man nicht ausschließen.« Er zuckte die Schultern.

Dann fragte er uns nach unsern ersten Eindrücken. Er erinnerte sich daran, mich vor dem Kaminzimmer abgefangen zu haben. »Unsere Meditationstherapie für Anfänger«, klärte er Cora auf. »Und?« fragte er mich. »Hat Ihnen das was gegeben?«

»Nee«, sagte ich, »nicht so richtig, das war mir doch etwas zu hoch.«

Müller nahm seine Brille ab. »Seien wir doch ehrlich. Es gibt sie doch, diese Sehnsucht – anzukommen, den Koffer abzustellen und zu sagen: so, hier bin ich, hier bleibe ich, und Schluß. Nicht mehr dieses: morgen muß ich das tun, dann jenes und nicht vergessen ... Alles vergessen! Ankommen, zur Ruhe kommen. Die Hände herabsinken lassen. Kein Ennui, aber eine gute, eine lange Weile nur dieses weiße Bild betrachten, dieses unbeschriebene Blatt ...«

Seine kurzsichtigen Augen blinzelten suchend im Ungefähren herum. Dann, mit einem Ruck, schob er sich die Brille wieder ins Gesicht. »Und wie war's bei Ihnen?«

Cora hatte an einem Selbstfindungsspaziergang im Wald teilgenommen, war aber auch nicht so richtig fündig geworden: »Daß man zu sich selbst kommen soll, gut, das ist ja noch ganz in Ordnung, man kann schließlich noch viel abwegigere Ziele ansteuern. Aber –«

»Ich verstehe, was Sie meinen«, sagte Müller. »Wissen Sie, das ist ja hier auch kein normales ›Wohlfühl-Wochenende‹.«

Abwechselnd sah er uns beide an und knackte der Reihe nach seine Fingerknöchel durch.

»Wer zu uns kommt, der hat Probleme. Manchmal weiß er es selbst noch gar nicht, hat nur die Annonce gelesen und ... und dann merkt er es eben hier.«

»Was sind das denn so für Leute?« wollte Cora wissen.

»Ganz verschieden. Wir haben hier die Sparkassenfilialleiterin aus Karlsruhe, die es über Nacht nach Greifswald verschlagen hat, ebenso wie den ostdeutschen Neuaufsteiger, den plötzlich unerklärliche Phantomängste quälen. Bei den Seminaren achten wir selbstverständlich darauf, daß wir in gemischten Gruppen arbeiten.«

Cora sah kurz zu mir herüber, dann nickte sie Müller zu. Draußen, vor dem Fenster, startete tollkühn ein unscheinbares graues Vögelchen durch und verschwand im unsichtbaren Bild jenseits des Fensterrahmens.

»Wissen Sie«, sagte Dr. Müller, »ich wollte einfach nicht

länger irgendwelche Chefetagenkraftmeier behandeln, die abends, nach getaner Arbeit, ihre Modelleisenbahn zertrümmern müssen –« Sein scharfer Brillenblick war kurzzeitig von einer offenbar ziemlich dunklen Erinnerung getrübt, die er uns dann aber doch nicht mitteilte.

»Aber hier«, sagte er, und sein Blick klarte wieder auf, »das hier ist eine echte Herausforderung, ein völlig neues Aufgabenfeld. Das glauben Sie gar nicht.«

Unten am See standen ein paar Kursteilnehmer, sie ließen Kieselsteinchen über die graue Wasseroberfläche springen.

»Ist doch schön, oder? Das Ambiente hier hilft vielen. Es ist gewissermaßen ein Niemandsland, wo man mal durchatmen kann.«

Mehrmals holte Müller nun tief und genußvoll Luft; es war wie eine Lehrvorführung für *ruhiges Atmen*.

»In diesem Durchgang jetzt haben wir zum Beispiel jemanden, A, ich nenne ihn einfach mal A.

Solange er ›drin‹ war, war alles kein Problem für ihn. Er funktionierte, *es* funktionierte. Dann fällt er durch irgendeine Umstrukturierung, einen Umbau, aus dem System, sprich: der Behörde, bei der er beschäftigt war, heraus, ins Leere. Plötzlich, von außen, wird er zum Kritiker der Behörde, des ganzen Behördensystems. Scharf erkennt er alles, was falsch daran ist, sehr kluge Überlegungen mitunter, warum es nicht funktionieren kann, weshalb es so grundverkehrt ist. Warum jeder, der noch in diesem System verblieben ist, ein Idiot sein muß. Das alles spricht er offen aus; seine Frau kann es inzwischen singen. Er kommt sich absolut kompromißlos vor, unfehlbar.

Was er nicht ausspricht und sich auch selbst noch nicht klarmacht – denn diese Einsicht ist zu tief, als daß er sie schon erkennen, geschweige denn verkraften könnte: für den eigentlichen Kardinalfehler des Systems hält er letztendlich und im Grunde doch, daß es nun problemlos ohne ihn auskommt, daß es ihn hat fallenlassen, einfach hat herausfallen lassen – und daß es trotzdem noch funktioniert.

Viele richtige Einsichten, aber auf einem ganz falschen Weg gewonnen. Ohne sein Herausfallen wäre er nie dahin gekommen. Versuchen Sie mal, da was zu reparieren. Ganz schwieriger Fall.«

Müller hatte seinen Blick von den Steinchenwerfern am Ufer wieder abgewandt.

»Ich darf doch?«

Die Frage war eigentlich überflüssig; er hatte den Zigarillo, den er gerade aus einer pechschwarz glänzenden Dannemann-Schachtel gezogen hatte, schon im Mund stecken. Mit einem langen Kaminstreichholz zündete er ihn an; es roch nach Schwefel. Mit dem Fächer seiner kleinen, rotblondbehaarten Hand wedelte er den Geruch beiseite. Dann stand er auf und öffnete einen der Fensterflügel.

»Hallo, Herr Schneidewind«, rief er plötzlich.

»Kommen Sie mal her«, sagte er halblaut zu uns, über die Schulter.

»Dort hinten, das ist unser Hausmeister. Den haben wir behalten. Der hat schon so gut wie alles überlebt. Hier gewinnt unsere Konfrontationstheorie auch mal ganz praktisch Gestalt. – Na, tolles Wetter heute, Herr Schneidewind, nicht?«

Der Hausmeister stand am Bootssteg und sah mißtrauisch zu uns herauf.

»Wir müssen uns dem aussetzen«, sagte Müller ernst und trat wieder vom Fenster zurück.

»Gut, wo waren wir stehengeblieben? Setzen Sie sich doch bitte wieder. – Ach ja, A. Das war also ein Fallbeispiel West.

Meine wirklichen Problempatienten aber, das sind die Ostdeutschen. Abgesehen mal von den Totalverweigerern, die es dort, ich meine: hier, natürlich auch gibt. Viele von denen leiden unter einem gewissen – ich nenne das: den ›Zuspätkommkomplex‹ oder auch den ›Verfolgungswahn zweiter Stufe‹. Sie wollen in kürzester Frist alles nachholen, schaffen es nicht. Verlieren dabei aber auch das noch, was sie eigentlich haben. Werden immer unzufriedener.«

»Aber manche, oder sogar ziemlich viele«, wandte Cora ein (diesmal allerdings ohne Seitenblick zu mir), »schaffen es doch.«

»Ja. Das sind dann oft auch die brutalsten Durchreißer, die schlimmsten Firmenkapos, die man sich vorstellen kann. Ständig unter Beweiszwang.«

Ein kleines blaues Wölkchen hing über ihm.

»Aber wenn die es doch geschafft haben«, fiel mir hier ein, »was müssen die denn da noch beweisen?«

»Sich selbst, zum Beispiel. Sie müssen sich selbst der Welt beweisen. Glauben sie zumindest. Das kann sich bis zum Wahn steigern. Das führt manchmal zu ganz grotesken Deformationen. Hochinteressante Fälle mitunter, wissenschaftlich alles noch gar nicht aufgearbeitet.«

Sein Blick streifte die Armbanduhr.

»Ich will Ihnen, damit Ihnen das anschaulich wird, mal einen ganz konkreten Fall schildern. War eines meiner Schlüsselerlebnisse. Name anonym, und das Weitere natürlich auch wieder maskiert. Bis auf den Beruf, der spielt eine entscheidende Rolle. Werden Sie gleich sehen.

Jemand, nennen wir ihn jetzt also mal B, der alles unter Kontrolle haben will, nein: haben muß. Tiefe Verlassenheitsängste, vermute ich, wahrscheinlich die zugrundeliegende Ursache. Doch die lassen wir mal beiseite, ich beschreibe erst mal nur.

B – äußerlich bisher nicht auffällig geworden. Höchstens: starke, zum Teil unkontrollierte Unterkieferaktivitäten.

Er war bei einer befreundeten Dentistin in Behandlung. Zunächst wollte sie ihm, wenigstens für die Nächte, einen Beißring verordnen. Aber dann, beim Anblick seines völlig zerknirschten Gebisses, kamen ihr doch schwere Zweifel. Sie befürchtete akuten Selbstzerstörungsdrang und schickte ihn zu mir. Von selbst wäre er wahrscheinlich nie auf die Idee gekommen.

Es war, von seiner Seite aus, nicht ganz einfach, einen Termin zu finden. Als er dann zu mir in die Beratung kam, griffbereit als erstes Armbanduhr, Kugelschreiber, Timer auf dem Tisch auslegte und mir dann das Wort erteilte, dachte ich sofort: typisch Managerkrankeit. Beziehungsweise, bevor ich das überhaupt denken konnte, war ich erst mal in der Defensive und mußte mir in aller Ruhe klarmachen, was hier ablief: daß schließlich nicht ich der Patient war.

Na gut, ich kann mich dunkel erinnern, großzügig mal einen Eid zum Dienste an der ganzen leidenden Menschheit geschworen zu haben, und nahm das also gelassen hin. Ein Psychiater darf schließlich nicht zu seinem Patienten sagen: ›Sie haben ja einen Knall!‹ Das geht 1. gegen seine Berufsehre und zeugt 2. auch von äußerst wenig Professionalität.

Der Mann – B – jedenfalls kommt aus dem Osten, keineswegs also der typische Westmanager, für den ich ihn zunächst gehalten hatte. Im Gegenteil: er hatte, und zwar noch in der DDR, ›sozialistische Betriebsökonomie‹ studiert, dann anderthalb Jahre in einem volkseigenen Möbelwerk gearbeitet. Eigentlich, sagte er mir auf Befragung, hätte er dafür genausogut auch Sanskrit studieren können. Nach 89 mußte er dann also, von der Pike auf, alles noch einmal neu lernen.

Leidet nun unter der Zwangsvorstellung, alles nachholen zu müssen, was er verpaßt hat oder verpaßt zu haben glaubt. Dabei: Karriereentwicklung im Westen – bisher immer steil nach oben. Interessiert sich allerdings – und zwar zunehmend – nur noch für sich selbst. Das ist, obwohl es den Horizont natürlich etwas einengt, soweit zu akzeptieren. Allerdings: er wundert sich gelegentlich, warum sich nicht auch alle anderen nur noch für ihn interessieren. Letzteres, vorsichtig gesagt, doch schon auffälliges Verhalten. Er sollte das bei dieser Disposition eigentlich ignorieren können.

Anders gesagt: daß er sich selbst sehr ernst nimmt, ist gut und schön, aber das sollte doch schon völlig genügen. Warum verlangt er zusätzlich, daß auch alle andern ihn ernst nehmen sollen?

Sporadische Einsamkeitsgefühle. Obwohl: ›einsam‹ ist eher nicht das Wort, das seiner Typologie, seiner Terminologie entspricht; er sprach, glaube ich, korrekt von ›Leere‹.

Schlägt alle Mitarbeiter aus dem Feld, um im nächsten Moment erschrocken, wirklich, ganz ehrlich erschrocken darüber zu sein, daß es so leer um ihn herum geworden ist.

Dichtes Beieinander also von zweckrationalem Verhalten einerseits und tiefster Irrationalität.

Empfindet dementsprechend die ganze Welt grundsätzlich als Bedrohung. Fühlt sich permanent übervorteilt. Will jeden Schritt rückgängig machen können. Das gilt für Mietverträge, Kaufverträge, alles. Eine Wohnung, in die er gerade eingezogen ist, will er sofort wieder kündigen, als er merkt, daß über ihm auch noch andere Leute wohnen.

B, wie nicht anders zu erwarten: typischer Spätheirater. – Aber: Vernunftehe, wie er mir stolz erklärte.«

Eine Einschätzung, die Müller mit einem milden Therapeutenlächeln kommentierte.

»Nun kann man sich bei manchen Vernunftehen sicher schon irgendwann fragen: wo war denn da im entscheidenden Moment eigentlich die Vernunft? Aber – gut.

Allmählich richtet sich jedenfalls seine ganze Umgebung darauf ein – nein, das ist falsch: richtet *er* seine gesamte Umgebung darauf ab, es ihm in allen Punkten recht zu machen; das wurde mir klar, als er von seinen häuslichen Verhältnissen erzählte. Ist er gut gelaunt, müssen alle gut gelaunt sein; ist er schlecht gelaunt, müssen alle schlecht gelaunt sein usw. Er hat seinen Irrsinn also inzwischen erfolgreich auf mehrere Schultern verteilt. So ist es leichter zu ertragen. Zumindest für ihn. –

Aus seiner Sicht übrigens, damit wir uns nicht falsch verstehen, ein völlig rationales, absolut vernünftiges Verhalten. Das gilt ebenso für das, was er dann getan hat.«

»Was denn?« fragte Cora, beinahe atemlos; sie war dieser seltsamen Fallstudie mit sichtlicher Anteilnahme gefolgt.

»Von einem Tag zum andern hat er die Behandlung abgebrochen.«

Es sah so aus, als stiege der Rauch nun nicht nur aus Müllers Nasenlöchern, sondern auch aus seinen Ohren auf.

»Und was soll daran vernünftig gewesen sein?«

»Es war zu spät. Wahrscheinlich hat er es geahnt.«

»Trotzdem«, sagte ich, »das verstehe ich nicht. So etwas kann es doch nun wirklich überall geben. Das hat doch jetzt überhaupt nichts speziell mit Ost oder West zu tun.«

»Nein, natürlich nicht. – Oder doch, natürlich, ja.

Es war latent in ihm vorhanden. Erst begünstigt durch die Umstände, durch die allgemeine Beschleunigung der Lebensprozesse, die schnelle Transformation Ost nach West, ist es dann bei ihm auch tatsächlich zum Ausbruch gekommen. Sein Dauergefühl, zu spät gekommen zu sein, trieb ihn zu dieser unmenschlichen Eile, zu diesem irren Eifer an.

Insofern bleibe ich bei meiner ersten Diagnose: Beißzwang infolge von Beweiszwang – das ständige Gefühl, sich durchbeißen zu müssen.

Er will es allen zeigen. Das Problem ist nur: keiner will es mehr sehen, alle wenden sich inzwischen tödlich gelangweilt von ihm ab. Man kann das auch komisch finden, sicher. Ich empfand das seinerzeit durchaus als tragisch. Er war auf dem besten Weg, ein 180%iger Westler zu werden, genauer: das Zerrbild eines Westlers, einer, der den Westen das Fürchten lehrt, zumindest hatte er das vor. In kürzester Frist hatte B verinnerlicht, was seine Westkollegen, die, fairerweise muß man das sagen, ja auch viel länger Zeit dazu gehabt hatten, etwas lockerer und von außen betrachten konnten. Erfolgsstreben zum Beispiel. Sie konnten das inzwischen raffiniert, aber durchaus auch spielerisch, in ihre Lebenspläne einbauen, sie konnten es relativieren – für B war es zum absoluten Lebensprinzip, zum Über-Lebensprinzip geworden, zum Erfolgszwang, Zittern und Zähneknirschen mit eingeschlossen.«

Dr. Müller schob sich mit einer Hand die Brille zurecht, die Finger der andern Hand hielt er uns, aufgefächert wie Spielkarten, entgegen.

»Sie wissen ja sicher, Schizophrenie heißt zu deutsch: Spaltungsirresein. In Analogie dazu vermute ich – eine Hypothese vorerst, aber wie Sie sehen, ich sammle schon für alle Fälle Fälle –, daß es auch so etwas gibt wie ein«, er bündelte die Finger langsam zur Faust, »›Vereinigungsirresein‹.«

Wir schwiegen. Das mußte sich erst mal setzen.

Ich war mir plötzlich nicht mehr ganz sicher. Das könnte ja auch eine spezielle Variante des Irreseins sein: daß für jemanden wie diesen Dr. Müller die Welt in lauter einzelne Fälle zerfällt, daß er jeden irgendwie ›zu Fall‹ bringen muß?

Ungeachtet meines stummen Einwandes, setzte er aber fort: »Wie sage ich immer, beziehungsweise«, er lächelte spitz, »wie sagt unser großer Dichter: *wo Begriffe fehlen, da stellt ein Wort zur rechten Zeit sich ein*.«

»War das nicht Goethe, Faust?« fragte ich.

»Nein, ganz im Gegenteil: Mephisto.«

Müller betrachtete den verglimmenden Rest seines Zigarillos. »Tolle Arbeit, die Sie hier machen«, sagte Cora bewundernd.

Müller zündete sich einen neuen Zigarillo an. Einen Moment lang schwebte ein blauer Rauchkringel über ihm. Das sah aus wie ein Heiligenschein. »Wir haben das natürlich alles auch ein paar Nummern kleiner. Manchmal hilft ja auch schon ein klärendes Wort. Im vorletzten Durchgang zum Beispiel – das ist jetzt wieder ein Fall West –, ein Immobilienonkel, wir sind jetzt, glaube ich, schon bei C. Netter Kerl, gar nicht das, was man da so im ersten Moment vielleicht vermutet. Hat eine Reihe von Häusern im Osten saniert, toll, wirklich, ich habe es gesehen, seine Mappen hatte er ja immer dabei. Inzwischen aber klopften bei ihm, und das schon beinahe lehrbuchmäßig, die ersten Symptome eines echten Verfolgungswahns an.

Es ging da speziell um ein Haus in Berlin-Mitte, das hatte er modernisiert. Wegen der fälligen Mieterhöhung, die, angesichts der maroden Ausgangslage, wohl sogar ziemlich moderat gewesen sein muß, hatte er, so wie das üblich ist, ganz höflich, ganz fristgemäß an die einzelnen Mietparteien geschrieben.

Die Mieter hatten zunächst nicht darauf reagiert. Um so besser! Da dachte er schon: alles in Ordnung – und hat seiner Bank, die ihm wegen des Kredits im Nacken saß, das auch so signalisiert: ab 1.10. Mieteinnahmen in Höhe von soundsoviel.

Dann kam aber doch die Antwort der Mieter.

Natürlich, das übliche Gefeilsche, wie er es nicht anders erwartet hatte, darauf war er auch vorbereitet (Muß überhaupt ein Fahrstuhl sein? – Ja, sonst ist es ab vierter Etage schwer, neu zu vermieten. – Ist die Gegensprechanlage nicht zu teuer? – Nein, ist sie natürlich nicht – usw.). Das war alles noch ganz normal, im grünen Bereich.

Worauf er aber nicht vorbereitet war – und da sah er rot –: diese mehrseitige Einlassung war als kollektives Antwortschreiben verfaßt. Er hatte doch Mietverträge mit den einzelnen Parteien! Unterzeichnet war das Ganze aber mit ›Ihre Hausgemeinschaft‹.

Er wußte überhaupt nicht, was das bedeuten sollte. Hielt das zunächst für einen konspirativen, vielleicht sogar, was weiß ich, verfassungsfeindlichen Zusammenschluß, eine Art Untergrundorganisation, auf seinem Grund und Boden, deren Treiben er unterbinden wollte – bis ihm hier bei uns, im abendlichen Gesprächskreis ›Du mir – ich dir, wir haben uns was zu erzählen‹, jemand, der schon länger Osterfahrung hat, erklärte, daß das bestimmt nicht böse gemeint war und es im Osten eben so war mit ›Hausgemeinschaft‹, ›Goldener Hausnummer‹ usw. – wußte ich übrigens auch nicht.«

Müller schickte dieser Geschichte noch einen belustigten Rauchkringel hinterher.

»Es ist einfach schön, wenn wir erleben, wie alte Fronten langsam aufbrechen. Das ist natürlich manchmal auch ein langwieriger, schmerzhafter Prozeß.

Letztes Jahr, zum verlängerten Pfingstwochenende, hatten sich zufällig lauter Altachtundsechziger und eine Gruppe von Alt-SED-Genossen angemeldet, parallel!, da muß jemand bei der Planung geschlafen haben. Ich hatte schon das Schlimmste befürchtet. Und – was war? Die saßen dann hier zusammen im Partykeller, bis zum Morgengrauen.

Ich habe das ja nur mehr oder weniger teilnehmend beobachtet, bis kurz vor zwölf, irgendwann muß schließlich auch ich mal von der Bildfläche verschwinden, aber es scheint gerade zwischen diesen beiden Gruppen sehr viel mehr Gemeinsamkeiten zu geben, als man normalerweise annimmt.

Vielleicht: verklemmter, eingeklemmter Vaterkomplex? Ich weiß es nicht, ich habe bis jetzt noch keine schlüssige Theorie dazu.

Im Grunde frappierend ähnliche Lebensmodelle, nur eben unter anderen Vorzeichen, aber die kann man schließlich leicht austauschen. Anders ist auch diese erbitterte Rechthaberei, mit der sie hier aufeinander losdiskutierten, gar nicht zu erklären. Vor allem die Achtundsechziger – immer auf die Ostler!, die taten mir schon beinahe leid. Die mußten für irgend etwas herhalten, ich weiß bis heute nicht, für was. Ich denke mir, ein möglicher Grund könnte gewesen sein, daß die Ostler auf ihre Art etwas wahrgemacht hatten, was die Altachtundsechziger, diese in die Jahre gekommenen Anarchisten, bis heute nicht richtig wahrhaben wollen. Vielleicht das? Und nun hatten sie Angst davor, wie vor lebendig gewordenen Alptraumgestalten.

Während die Achtundsechziger jedenfalls, nach ihrer wilden Phase, sich treu und brav, wie es ihnen der Genosse Mao befohlen hatte, auf den Großen Marsch begaben, also den langen Marsch durch die Institutionen antraten und einer nach dem andern schließlich irgendwo in diesem Räderwerk hängengeblieben war und für sie die Welt nun wieder richtig tickte und im großen und ganzen in Ordnung war, schworen die ostdeutschen Genossen noch immer darauf, daß man unbedingt in der Partei – so viele andere Institutionen hatten die hier ja wohl auch gar nicht – gewesen sein mußte, um etwas zu verändern. Daß sie nichts verändert hatten, ließen sie als Argument natürlich nicht gelten, das wäre zu einfach. Merkwürdige Logik. Die Welt ist auf diese Weise aber, wenigstens in der Vergangenheit, auch für sie in Ordnung, gerettet.«

»Meinen Sie denn wirklich, daß solche Diskussionen auf Dauer etwas bringen, eine Wirkung zeigen?«

»Nein, jetzt sind die längst wieder draußen, sind sich nach wie vor spinnefeind und beharken sich wie immer. Aber sie haben wenigstens einmal gesehen, daß ihr Angstgegner nach einem ähnlichen Muster gestrickt ist wie sie selbst. Das kann schon hilfreich sein beim vernünftigen Angstabbau. Denn das ist doch der Sinn solcher Konfrontationen, Ängste abzubauen. Darauf kommt es doch an. Auf nichts anderes.«

»Gibt es eigentlich auch etwas, wovor Sie Angst haben?«

»Ich?«

Müller war erstaunt über Coras indiskrete Frage, ich auch. Er schien aber trotzdem ernsthaft darüber nachzudenken, jedenfalls griff er nach einem neuen Zigarillo. Wenig später paffte er uns die Antwort entgegen: »Vor Menschen. Ich glaube schon – ja. Was glauben Sie denn, weshalb ich das hier mache.«

»Aber trotzdem, ich frage mich«, fragte Cora sich – dann Dr. Müller, und schließlich schwenkte ihr Blick auch zu mir herüber, »ich frage mich trotzdem, wie man da diskutieren soll. Ich meine, sind das nicht völlig verbohrte Hardliner und Betonköpfe, solche Ex-SED-Leute?«

»Nicht unbedingt, jedenfalls nicht auf den ersten Blick«, sagte Müller, froh, jetzt wieder zurück auf dem neutralen Boden der Fallbeschreibungen zu sein. »Das muß man manchmal erst freilegen, ja. Es gibt da einen Schutzmechanismus, den sie entwickelt haben – ich nenne ihn: ›Höflichkeit aus Herzlosigkeit‹. Die Stimme: leise, gedämpft. – Die liebsten Worte: aber ja, natürlich … Sie laden bereitwillig alle Schuld der Welt auf sich. Sie weichen zurück, wo sie mal stehenbleiben müßten, mal dazu stehen müßten. Im Kern ihrer butterweichen Herzen aber, unbeweglich und unbewegt, ein kalter Stein.

Wenn es jedoch irgendwo eine Schuld geben sollte, für die sich noch niemand gemeldet hat, da sind sie sofort zur Stelle, da muß man richtig aufpassen.«

»Das ist ja …« Cora fehlten die Worte.

»Nein, das ist nicht masochistisch, wenn Sie das meinen, eher würde ich sagen, daß sie sich tief in ihrem Innern als Märtyrer empfinden. Deswegen können sie ja auch bereitwillig jeden Fehler einräumen, weil sie im Grunde doch recht haben, für die gerechte Sache gestanden haben usw.«

»Und wenn denen das so, genauso wie Sie uns das hier eben entwickelt haben, einfach mal einer aufs Gesicht zusagt?«

»Überschätzen Sie mich nicht! – Gut, ich tue es also. Und wissen Sie, was die dann machen? Dann schweigen sie einfach. Ziehen sich in sich zurück. Entweder à la Trotzköpfchen in den Wechseljahren, also: Zugbrücke hoch und nur noch den Kleingarten, nein: den Steingarten!, ihrer Erinnerungen pflegen –«

»Oder?«

»Oder – unerwarteter Angriff! Das gibt es auch.

Ich habe hier Gespräche mit Ex-DDR-Leuten gehabt, da habe ich mich hinterher schon manchmal gefragt! Sie passen den richtigen, den absolut unpassenden Moment ab, und man kommt nicht mehr los von ihnen. Sie saugen sich mit den Lippen, wie mit Saugnäpfen!, an den Ohren fest – und sie erklären, warum es so und nicht anders war, warum es gar nicht so schlecht war, warum es so schlecht war, was sie alles getan haben, warum sie nichts getan haben, besser gesagt, schlechter gesagt: nichts tun konnten, warum sie sich immerzu tarnen mußten, warum es trotzdem viel freier war ...«

»Der Ostdeutsche neigt gemeinhin zum Verrat«, stellte ich finster fest.

Entgeistert sah Cora mich von der Seite an.

»So pauschal würde ich das aber auf gar keinen Fall behaupten!« Wie durch Brenngläser glühte Müllers Blick mich an; eine derart vereinfachende Feststellung beleidigte offenbar sein Berufsethos als Wissenschaftler.

Da klopfte es, zum Glück. Wie im schlechten Film: genau im richtigen Moment!

»Einen Augenblick, entschuldigen Sie mich bitte!« Müller war aufgestanden und zur Tür gegangen.

»Was war denn das jetzt?« Cora starrte mich böse an.

»Ist doch so!«

Nicht, daß ich auf Biegen und Brechen Müller recht geben wollte, überhaupt nicht, aber auch meine Beschwerdeliste war lang – und in den letzten Tagen war sie immer länger geworden; innerlich hatte ich, während Müller referierte, die Fälle, mit denen ich zu tun gehabt hatte, systematisiert – das heißt:

a) an Wenzels Brief gedacht,
b) an den komischen Gartenzwergmann,
c) an die Leute in Rybnitz und
d) dort, ganz speziell, an die Konsumverkäuferinnen, die schlecht getarnt und ungeniert ihr sozialistisches Unwesen immer weiter trieben.

So knurrte ich mir also, solange Müller an der Tür war und mich nicht hören konnte, wenigstens in Bruchstücken meine Litanei von der Seele: »Drucksen herum. Sehen dir nicht offen ins Gesicht. Sind feige. Wissen alles besser. Wissen gar nichts. Stehen hinter der Gardine. Lauern. Kommen einfach nicht raus.«

»Was bist du denn so wütend, Mensch, das sind doch deine Leute«, zischte Cora mich an.

»Eben.«

»Also, Sie sehen selbst, wir haben hier alles – von der schweren Störung bis hin zur leichten Irritation«, sagte Müller, der von der Tür zurückgekommen war; er sah Cora freundlich an, nachdem sein Blick mich kurz gestreift hatte.

Ich merkte, wie ich allmählich ungeduldig geworden war. Mehrmals schon hatte ich erfolglos zu Cora Blickkontakt gesucht: was sollten wir denn mit diesem ganzen Wust an abgeknickten Lebensläufen und Fallstudien anfangen? Im einzelnen, mag sein, war das vielleicht ja alles auch interessant, aber es brachte uns Rethra doch keinen Schritt, kein Schrittchen näher, wir verplemperten nur sinnlos unsere Zeit.

»Damit aber kein falscher Eindruck entsteht«, sagte Müller mit leiser Stimme, »das hier ist zwar für manch einen sicher auch ein Stück Vergangenheitsbewältigung, im Grunde geht es uns aber um etwas ganz anderes, um ›Zukunftsbewältigung‹.

Es ist doch nicht damit getan, unentwegt nur den eigenen Bauchnabel zu betrachten. Eines Tages verwechselt man den dann doch mit dem Nabel der Welt, und dann ist es schon fast zu spät. Ein verhängnisvoller Irrtum, da müssen wir oft korrigierend eingreifen!

Ostdeutschland, Westdeutschland – das ist wirklich nur ein kleiner, ein winziger Ausschnitt des viel größeren Problems Ost-West, östliche Welt, westliche Welt. Im Grunde geht es doch um ganz unterschiedliche Lebensstile, Lebensauffassungen.«

Da hatte er wohl recht. Und auf diesem geschichtsträchtigen Boden hier hatte das Abendland ja immer wieder dem Osten gegenübergestanden. Aber – wenn das so lief wie bei dem »Angst vor der Leere«-Seminar, dann gute Nacht, du schönes Abendland!

Müller war zu einem Wandplan getreten. »Im Fortgeschrittenenseminar, das wird Sie vielleicht interessieren, immer im Juli/August, wenn Sie sich das vormerken wollen, bieten wir zum Beispiel einen Kurs in fernöstlicher Philosophie an, Meditationstechniken und so weiter. Kein spirituell-philosophischer Gemischtwarenladen, nein, ein ganz systematischer Aufbaukurs, wo wir lernen, unsere bisherigen abendländischen Denkraster zu verlassen. Sehr empfehlenswert, immer gut besucht.«

Er nickte nachdenklich, dann setzte er sich wieder.

»Sie haben mir übrigens noch gar nicht verraten«, fragte er plötzlich, ganz unvermittelt Cora, »weshalb genau Sie hier sind?«

»Ich sagte Ihnen doch, wir sind gestern abend, als es ziemlich dunkel, nicht zu sagen: stockdunkel war, ganz überraschend ...«

»Ja, das habe ich schon mitbekommen. Aber: warum sind Sie überhaupt hierhergekommen? So leicht findet man uns doch gar nicht.«

Ich sprang ein. »Ein Kollege von uns – der, nach dem ich Sie vorhin gefragt habe –, also der muß hier irgendwo in der Nähe unterwegs sein.«

»Ach so«, sagte Müller unschlüssig.

»Und wir wollen mal mit ihm sprechen.«

»Wir müssen mal mit ihm sprechen«, korrigierte mich Cora.

»Genau«, sagte ich. »Aber das hat sich erledigt. Ich habe mich geirrt. Leider. Das ist nicht die Stelle, wo wir ihn finden können. Genauer gesagt: das ist hier das falsche Ufer.«

»›Das falsche Ufer‹, mh. Das tut mir natürlich leid. Manchmal sind wir eben Irrläufer. Aber solange man sich noch irren kann, ist noch nichts verloren, nicht wahr. Ich irre, also bin ich. Schlimm wird es erst, wenn man das nicht mehr kann.«

Cora schmeckte den Sinn seiner Worte noch einmal leise für sich nach: »Wir irren, also sind wir.«

»Ich hoffe, ich habe bei dieser Gelegenheit, wenigstens ein bißchen, Ihr Interesse wecken können für das, was wir hier treiben. Und vielleicht, vielleicht sehen wir uns ja eines Tages hier wieder? Oder Sie empfehlen uns einfach weiter.«

Cora nickte brav. »Sind wir Ihnen denn noch was schuldig? Ich meine jetzt, Essengeld und so – ?«

»Ich bitte Sie! Schon vergessen.« Müller hatte beide Augen zugedrückt, rasch und verneinend. »Hoffentlich haben Sie bei uns, in dieser himmlischen Ruhe hier draußen, auch gut geschlafen. Manch einer verträgt das nämlich gar nicht.«

Ich sah unauffällig zu Cora hinüber; unbedingt mußte ich noch herausbekommen, was in dem Teil der Nacht, der für mich im schwärzesten Dunkel lag, zwischen uns vorgefallen war. Oder nicht.

»Schade, und jetzt waren Sie nicht einmal in unserer tollen Sauna. Für besondere Gäste ist es mir immer ein Vergnügen, persönlich den Kessel anzuheizen, unten im Keller, eine finnische Sauna, noch aus der ZK-Heim-Ära.«

Er sah Cora an, dann betrachtete er melancholisch ein davonziehendes Rauchwölkchen. Hart streifte er die Asche ab.

»Mir jedenfalls hat es Spaß gemacht, Ihnen von unserer Arbeit zu erzählen. Sehen Sie mir bitte nach, daß das zum Ende hin beinahe ein Grundsatzreferat geworden ist, aber, ich frage Sie, wann hat man als kleiner ›Wald-und-Wiesen-Doktor‹, als bescheidener Seelenklempner, der man ist, schon mal dazu Gelegenheit. Mir war das sehr wichtig. Zumal, wie man so hört, draußen die allerwildesten Gerüchte über unsere Einrichtung kursieren sollen. Manche verteufeln uns ja geradezu! Ganz am Anfang hätten die uns am liebsten zur Hölle geschickt, wirklich.«

Seine Augen flimmerten belustigt. »Zwecklos, natürlich.«

»Das hat sicher auch was mit der Vergangenheit dieses Schlosses hier zu tun.«

»Sicher, ja«, sagte er. »Auch.«

Seine Lippen waren zu einem wachsamen Lächeln gespitzt.

»Ist vorne das Tor jetzt offen?« wollte ich noch wissen.

»Unser Tor ist immer offen. Für alle.«

»Aber gestern abend, nachdem wir drin waren –«

»Nachts schließen wir natürlich ab, damit uns keiner mehr entwischt. Das ist doch klar.«

Es war Punkt 12, als wir im vorgeschriebenen Schrittempo – nicht etwa auf den letzten Metern noch einen Fehler machen! – wieder hinausrollten.

»Mir war der Mann unheimlich«, sagte Cora, als wir endlich draußen waren. »Der sah ja manchmal aus, ich weiß nicht: wie ein Affe?«

»Ich fand eher, wie ein Hund.«

»Wahrscheinlich hat er verschiedene Gesichter, und wir haben nur eine kleine Auswahl davon zu sehen bekommen. Ich schätze mal, in diesem Beruf ist es ganz wichtig, ein paar Gesichter auf Vorrat zu haben, oder?«

»Ich glaube auch«, sagte ich, »daß der ein bißchen schiefgewickelt war.«

»Hat es ja aber auch nicht leicht, der arme Teufel, mit seinen ganzen Fällen.«

Wir hatten den Fliegenpilz erreicht.

Cora ruckelte auf einmal neben mir, sie hatte sich noch nicht angeschnallt und hing jetzt schräg über dem Nebensitz. Dann hatte sie endlich ihre Handtasche gefunden, dann ihr Handy.

»Ich bin wieder im Netz«, meldete sie erleichtert. »Gottseidank.« Sie drückte ein paar Knöpfe, dann saß sie ganz still und las, was auf dem Display stand.

»Wohin jetzt?« fragte ich gutgelaunt wie ein Chefchauffeur. »Erst mal zum ›Deutschen Haus‹?«

Cora klappte ihr Handy zu und steckte es ein. Sie sah geradeaus.

»Zum Bahnhof.«

»Aber ich dachte ...«

»Wenn es dir nichts ausmacht, bitte zum Bahnhof, direkt. Ich muß nach Berlin. Ziemlich dringend sogar.«

»Ist das ... privat?«

Sie schüttelte stumm den Kopf.

»Oder was mit der Firma?«

»Vielleicht gibt es eine Lösung«, sagte sie gedankenabwesend.

Ich sah zu ihr hinüber.

»Vielleicht auch nicht.«

Keine weiteren Erklärungen. Jetzt kam ich mir wirklich vor wie ihr Chauffeur. Gut, ich schwieg also bis Groß-Dobrow, und sie starrte noch immer unbewegt nach vorn, wo nichts war als eine leere Sonnabendmittagstraße.

Wir hatten noch fast eine Stunde Zeit und tranken in der Bahnhofsvorhalle an einem wackligen Stehtisch Kaffee aus weißen Pappbechern – heiß und schwarz, das wenigstens war wundervoll. Ich aß dazu ein Stück Streuselkuchen, Cora nichts.

Sie fragte mich, wie ich mir jetzt die weitere Suche vorstellte.

Ich kam endlich dazu, ihr zu sagen, daß es meines Erachtens jetzt das Vernünftigste wäre, zum Beispiel mal nach Arkona zu fahren, um überhaupt einen Gesamteindruck davon zu bekommen, wie so eine Kultstätte von nahem aussieht. Sie hörte mir aber kaum zu.

Und als ich sie fragte, ob sie denn einen besseren Vorschlag habe, sah sie mich groß an, dann sagte sie: »Entschuldige, ich habe gar nicht richtig zugehört. Ruf mich am Montag, spätestens am Dienstag mal an, ja.«

Sie fragte mich auch nach meinen Tank- und Übernachtungsrechnungen.

»Aber das hat doch noch Zeit«, sagte ich.

»Nein, laß uns das lieber gleich erledigen. Oder schick sie, wenn du sie jetzt nicht dahast, mit der Post. Gleich am Montag, hörst du? Dann kann ich das noch überweisen lassen.«

»Okay, Cora, mach ich.«

»Vergiß es nicht.«

Wir gingen auf den Bahnsteig, zum Zug. Ich schob ihr die

Tasche hinterher. Cora stand oben. »Es war schön mit dir, Olaf, wirklich. Ich habe viel gelernt. Toll, daß du mir das hier gezeigt hast.«

Sie beugte sich zu mir herunter und streifte noch schnell einen Kuß an meiner Wange ab, sehr flüchtig, aber das lag sicher auch an meinen Stoppeln, das Rasierzeug wartete seit gestern früh vergeblich auf mich im »Deutschen Haus«.

»War mir ein Vergnügen, Cora.«

Der Schaffner pfiff, mit Blick auf die Bahnhofsuhr, unser Gespräch ab.

»Vielleicht können wir das ja alles mal irgendwie brauchen«, sagte sie noch.

»Lieber nicht«, rief ich, da klappte schon mit einem schweren Seufzer die Tür zu.

Ich wollte dir eigentlich ganz was anderes zeigen, sagte ich zu ihr. Aber das konnte sie nicht mehr hören. Sie sagte auch etwas. Ich verstand es nicht und nickte.

Als der Zug losfuhr, winkte sie mir zu. Wie eine unendlich traurige Queen.

Noch etwas Stammeskunde

EINE FRAGE VON SEHR SPEZIELLEM INTERESSE

Den trüben Sonntag verbrachte ich größtenteils auf dem Bett meiner Bleibe im »Deutschen Haus«. Ich widmete mich den Findlingen in meiner Aktentasche und trieb nach dem Mittagessen mit geschlossenen Augen ausgiebig Selbststudium sowie, am späten Nachmittag, etwas Stammeskunde. Das war nötig – einmal, um mich von meinem ersten Vorstoß ins Innere des Landes zu erholen, und dann natürlich auch, um mich auf weitere Abenteuer vorzubereiten.

Es dreht sich doch alles um eine einzige Frage. Schon seit über 800 Jahren beschäftigt sie die erhitzten Gemüter, und die Antworten, die darauf gegeben wurden und immer noch gegeben werden, könnten unterschiedlicher nicht ausfallen: wo genau liegt Rethra? Ich lag auf dem Bett.

Ich pulte mir eine Clementine ab und betrachtete fasziniert, wie sich meine Fingerspitzen weiß verfärbten. Das lag an der gespritzten Schale. Aufmerksam sah ich meine Hände an, kurze Vorschau: ich als Leiche. Gründliche Säuberung am Waschbecken, Abtrocknen. Dann vertiefte ich mich in die Texte.

Schon bald hatte ich die Gewißheit, mich in einem Labyrinth zu befinden. Von allen Seiten redeten Stimmen oder die Echos von Stimmen auf mich ein und versuchten, mich auf ihre Seite zu ziehen, mich in ihre Richtung zu locken.

Während Carl Schuchardt behauptet, Rethra müsse sich auf dem Schloßberg bei Feldberg befunden haben, und Hartmut Boek (»Wo lag Rethra?«, Neubrandenburg o.J.) der schon etwas ausgetretenen, an die Lieps, im Südwesten des Tollense-Sees, führenden Spur folgt, eröffnet zuletzt Walter Hannemann (»Rethra«, 1985, im Selbstverlag) eine völlig neue Perspektive: er lenkt den suchenden Blick auf das mecklenburgische Gnoien.

Die Begeisterung, die Schuchardt und seine Mitarbeiter im Oktober 1922 bei ihren Grabungen auf dem Schloßberg empfunden haben müssen, ist verständlich, hatten sie doch nicht nur tatsächlich eine alte wendische Burganlage entdeckt, sondern in einem ganz entscheidenden Punkt auch völlige Übereinstimmung mit Thietmars Rethra-Beschreibung erzielt. Nachdem zwei Tore freigelegt worden waren und man mit den Grabungen an der Ostseite begann, entdeckte man ein weiteres Tor: dieses war etwa halb so groß wie die anderen.

»Tertia porta quae minima est, diese Übereinstimmung mit Thietmar kann kein Zufall sein.« Mit diesen Worten kommentierte Professor Beltz von den vorgeschichtlichen Sammlungen in Schwerin den erstaunlichen Fund. Beltz, ursprünglich ein strikter Gegner der Feldberg-Hypothese, hatte mit durchaus skeptischem Interesse die Schuchardtschen Grabungen zwei Tage lang vor Ort begleitet; nun kam er zu dem Schluß: »Damit ist die Sache entschieden.«

Für Schuchardts Version sprach außerdem, daß sich das Feldberger Seengebiet im ehemaligen Gau der Redarier befindet, das nach allgemeiner Ansicht mit dem alten Strelitzer und Stargarder Land zusammenfällt. Das von Hannemann ins Gespräch gebrachte Gnoien erfüllt diese Bedingung zwar nicht, doch stellt Hannemann überhaupt die bisher angenommene Identität der Redarier in Frage und vermutet, daß wegen der Vormachtstellung der Redarier dieser Name auch auf andere Stämme angewendet worden sein könnte, also womöglich nach Norden »weitergewandert« sei.

Etwas eigenwillig mutet Schuchardts Erklärung für das

fast vollständige Fehlen slawischer Ortsnamen im Feldberger Seengebiet an. Gerade in der Nähe des einstigen Hauptheiligtums, so heißt es bei ihm auf Seite 38, habe man sich später bemüht »das Slavische mit Stumpf und *Stil* (!) auszurotten«.

(NB: Kulturgeschichtlich interessant, sozialpsychologisch plausibel – aber dieser Logik folgend, kann Rethra überall liegen. Und nirgends.)

Da in Feldberg ausschließlich Funde aus früh- und mittelslawischer Zeit gemacht wurden, datiert Schuchardt Rethras Zerstörung bereits auf die Jahre 1068/69. Spätere Expeditionen und Zerstörungszüge, die Rethra zugeschrieben worden sind, galten, so Schuchardt, daher womöglich anderen Tempeln.

Im Jahre 1967 wurden die Grabungen am Schloßberg allerdings ohne Ergebnis eingestellt.

Zwischenzeitlich, bei der kritischen Lektüre, war mir mein Bleistift abhanden gekommen. Er konnte doch nicht einfach weg sein! Ich durchsuchte alles und fand ihn schließlich zwischen Matratze und Bettgestell. Dann baute ich alles wieder zusammen, ließ mich schweratmend aufs frisch gemachte Bett fallen und wandte mich Hartmut Boek zu. Boek sucht Rethra in der Nähe von Neubrandenburg, an der Lieps.

Nebenbei: auch Wenzel scheint, zumindest eine Zeitlang, in diese Richtung gedacht zu haben. Etliche Anstreichungen von ihm in Boeks grüner Broschüre. Und schließlich waren wir ja mal gemeinsam dort, in Siehdichum, ohne daß ich damals auch nur das Geringste geahnt hätte.

Boek hält sich an Adam von Bremen, der im Unterschied zu Thietmar behauptet, Rethra sei »... allseitig von einem tiefen See eingeschlossen; eine hölzerne Brücke bietet den Übergang, durch den nur den Opfernden und den auf Antwort Wartenden der Weg gestattet wird.«

Eine Deutung, für die auch der Chronist Helmold herangezogen werden kann, der von der Tempelburg und einem – extern gelegenen – Heiligtum spricht. Man könnte sich das also so vorstellen, daß die Tempelburg, am Westufer eines Sees gelegen, durch ein kleines Osttor, über eine Holzbrücke, mit dem eigentlichen Heiligtum, das sich auf einer Insel befand, verbunden war.

Deswegen hat sich Wenzel damals wahrscheinlich auch einen Ruderkahn ausgeliehen! Und ich hatte mich noch gewundert, warum er kein Wort gesagt hatte, sondern einfach losgerudert war. Genauso wortlos war er nach zwei Stunden zurückgekommen, dann waren wir wieder nach Berlin gefahren.

In der Lieps liegt die Fischerinsel. An ihrer Nordseite gibt es einen Schilfausläufer, den Ruhrbarg. Inmitten dieses Schilfgebietes befindet sich ein bis heute unerklärliches, ca. 40 Meter langes, ca. 14 Meter breites schilffreies Rechteck.

Vielleicht hatte Wenzel die Stelle damals nicht gefunden. Daß er nichts gesagt hatte, als er zurückgekommen war, hatte nichts zu sagen, das war ja normal bei ihm.

Bei einer Unterwassergrabung 1976 stieß man am Seegrund der Lieps auf gevierteilte Eichenstämme (Brückenbohlen?), Reste eines Holzrostes und eine Art Steinpflaster.

Und schließlich überlieferte Richard Wossidlo in seinen Rethra-Sagen den folgenden Spruch: »Schöne Reda het in de Lieps lägen. Wat nu de Lieps is, dat is keen water wäst, dat is all stadt wäst«, wobei Wossidlo allerdings einräumen muß, daß dieser Spruch in zwei Versionen kursierte: einmal mit der Stadt Reda, das andere Mal – mit Ninive! (Helmold, der Chronist, verwendet in einer Handschrift übrigens den Begriff »Niniveta« für Vineta, wodurch die direkte Zuordnung dieser Sage zum Ruhrbarg teilweise wieder fragwürdig wird.)

Unzweifelhaft ist jedoch, daß im Gebiet der Lieps viele wendische Funde gemacht worden sind, unter anderem ein doppelköpfiges Holzidol. Es gibt einen kleinen Kegelberg südlich der Lieps, den »Pferdeberg«, und unweit davon ein Wendfeld. Dort hatten wir damals das Auto abgestellt.

Am weitesten vor wagt sich Walter Hannemann mit seiner These, wonach Rethra sich viel weiter nördlich, in der Nähe von Demmin, befunden haben soll.

Was mich an Hannemann zunächst am meisten überzeugte, war sein Ausgangspunkt, zumal dieser sowohl das Labyrinth aller bisherigen Rethraforschung als auch die schier unbegreifliche Tatsache – wie nämlich ein großer, weithin bekannter Tempelort spurlos vom Erdboden verschwunden sein soll – erklärbar macht. Oberstes Anliegen der Wenden, so Hannemann, mußte es gewesen sein, die Lage ihres Haupttheiligtums vor Fremden geheimzuhalten, alle Spuren, die dorthin führten, möglichst zu verwischen.

Egal, was für eine Meinung man von den Wenden hat – das immerhin ist ihnen bis zum heutigen Tag gelungen.

Betrachtet man nun die Widersprüche zwischen den Berichten der Chronisten (von denen, wie Hannemann vermutet, kein einziger selbst in Rethra gewesen ist) und stellt man in Rechnung, daß sich in fast tausend Jahren die Landschaft grundlegend verändert, ist es ein Fehler, buchstabengenau den alten, oft phantastisch ausgeschmückten Berichten zu folgen. Statt dessen muß der Ort gesucht werden, mit dem Rethra in der Folge »überbaut« worden ist. Diesen Ort vermutet Hannemann in Gnoien.

Auf ihrem Weg nach Demmin entdeckten die Dänen 1184 mitten im menschenleeren Moor (!) einen reichen »Kaufort«, den sie zerstörten, ohne zu ahnen, daß dies Rethra gewesen sein könnte. »Die Dänen machten zweifellos auch reiche Beute, aber nirgends wird berichtet, daß sie einen ›Tempel‹ oder ein Heiligtum vernichteten und daß sie die Schätze dieser ›Metropolis Slavorum‹ erbeuteten. Ungehoben dürften die Schätze auch noch heute im Raum Rethra/Gnoien schlummern.«

Und wenn Hannemann nun recht hatte?

Selbst der kleine, zerknabberte Bleistiftstummel war am Ende doch nicht unauffindbar gewesen; er klemmte wieder ordentlich zwischen meinen Zähnen, die ich energisch zusammenbiß.

Vielleicht sondierte ja Hannemann, jetzt, gerade in diesem Moment, mit alten Karten und Meßtischblättern ausgerüstet, dort oben das Terrain? Thietmar hatte berichtet, daß in Rethra nicht nur die Feldzeichen der Wenden aufbewahrt wurden. Da Rethra das maßgebliche Heiligtum war, das »Delphi des Nordens«, wurde dort vor jeder Schlacht eine Opfergabe geleistet. Und nach jedem erfolgreichen Kriegszug gelangte ein Teil der Beute als Dankopfer dorthin – der große Wendenschatz!

Und wer weiß, womöglich war ja auch Wenzel nur ein ganz gewöhnlicher Schatzsucher? Für einen geschlossenen Augenblick sah ich seine abgewetzte Kunstlederaktentasche, seine billige Frühstücksbox. Und wie er in seinem uralten, gebraucht gekauften Ford Mustang (ehemals weiß) auf einer langen Straße davonfuhr.

Die Indizien, die Hannemann anführt, sind jedenfalls vielfältig: sei es eine in Gnoien bis auf den heutigen Tag existierende »Hegerstraße«, die sich in einem Gebiet befindet, das früher als »Gehege« bezeichnet wurde und womöglich zur ehemaligen Burg Rethra gehörte (erst Ende des 19. Jahrhunderts wurde dieses Gebiet bebaut und trägt seitdem den Namen »Verschönerung«), oder sei es eine Kirche, die erstaunlicherweise am äußersten Rand der Stadt Gnoien steht und zu der eine Straße führt, die »Hornburgstraße« heißt. Nun findet man aber bei Thietmar die Beschreibung: »In der Burg befindet sich nur ein kunstfertig errichtetes, hölzernes Heiligtum, das auf einem Fundament aus Hörnern verschiedener Tiere steht.«

Als auffälligsten Beleg aber muß man die sogenannten Stierkopfbrakteaten, das heißt einseitig hohlgeprägte Münzen, ansehen. In Conrad Bothes niedersächsischer Bilderchronik (um 1490) wird davon berichtet, daß sich auf der Brust des in Rethra verehrten »Abgottes Badegast« ein Stierkopf befunden haben soll. Das Fundament aus Hörnern, von dem Thietmar schreibt, legt nahe, daß es in Rethra einen Stierkult gegeben hat.

Auf einigen der aufgefundenen Stierkopfbrakteaten ist ein Stierkopf in einem auf die Spitze gestellten Quadrat abgebildet. »Das Heiligtum von Rethra/Gnoien dürfte ebenfalls eine quadratische Form gehabt haben; denn der Platz, auf dem die Gnoiener Kirche steht, hat noch heute diese Form. Die Ecken zeigen in die vier Himmelsrichtungen. In eine der Himmelsrichtungen schaut auf den Brakteaten der Stier, vermutlich nach Osten, wie auch das Heiligtum in Rethra vermutlich nach Osten gerichtet war – der aufgehenden Sonne entgegen.« Womöglich zeigen also diese Münzen das einzige überlieferte Bild Rethras?

Auf jeden Fall, so Hannemann, deute die Bezeichnung MONETA GNOGENSIS, die auf zahlreichen mecklenburgischen Münzen zu sehen ist, darauf hin, daß Gnoien einstmals eine herausragende, viel größere Rolle gespielt haben muß, als es später den Anschein hatte. Und gerade deshalb –

Irgendwo in den Tiefen des »Deutschen Hauses« war Frau Nachtwey mit einem Staubsauger unterwegs; eine untergründige Lärmspur zog sich durch den Spätnachmittag. Ich hatte den Faden verloren, sah nur noch Einzelheiten. Aber gab es denn überhaupt einen Zusammenhang? All diese Lokalisierungsversuche beruhten doch lediglich auf Vermutungen, Indizienketten oder einfach nur Spekulationen. Sie wiesen in ganz unterschiedliche Richtungen. Je länger ich mich mit ihnen beschäftigt hatte, desto größer war nur das Durcheinander geworden.

Der Staubsauger setzte aus. In aller Stille nahm ich mir mein Trostbüchlein, den alten Fontane, vor. Was Anschaulichkeit und Lebendigkeit der Darstellung betraf, war er wieder einmal der unübertroffene Meister. In seinen »Wanderungen« schildert er den Zug, den Bischof Norbert und König Lothar gegen Rethra unternommen haben. Fontane stellt uns Norbert zunächst als einen imposanten, sprachgewaltigen Prediger vor.

»Und doch, war dem Norbert eins nicht gegeben, so war es die Gabe, Heiden zu bekehren. Den Eifer hat er ohne Zweifel auch hierfür gehabt, aber die zu diesem Werke nötigen Eigenschaften gewiß nur sehr mangelhaft. Norbert bedurfte für sein Wirken einen Boden, auf dem latente christliche Ideen zu wecken waren, aber er war nicht der Mann, um das mühsame und Geduld erfordernde Geschäft des Grundlegens zu übernehmen. Er verstand es durch feurige Predigt, durch seinen festen christlichen Charakter, durch seinen unbeugsamen Eifer edlere Gemüter zu sich heraufzuziehen; es mangelte ihm aber ganz die Fähigkeit, sich zu der Schwachheit der Heiden herabzulassen, in unermüdlicher Liebe ihnen nachzugehen und sich durch keine Erfolglosigkeit irre machen zu lassen.«

Trotzdem, eines Tages wendet sich Norbert dann doch der Aufgabe zu, die, bisher unerledigt, »direkt vor seiner Haustür« liegt.

»Aber ob befähigt oder nicht für die Heidenbekehrung, ein Mann von Norbert's Eifer für die Kirche konnte als Erzbischof von Magedeburg kein Jahr ruhig auf seinem Metropolitanstuhle sitzen, ohne ernstlich an die Bekehrung der Wenden zu denken. War doch das Erzbisthum Magedeburg eigens zu dem Zwecke der Wendenbekehrung gestiftet, und war doch in anderthalb Jahren seines Bestehens noch so außerordentlich wenig erreicht. Ueberall im Bereiche seines Metropolitansprengels gab es noch heidnische Tempel. Dort suchte das Wendenvolk seine Priester; von christlichen Bischöfen wußten die meisten kaum dem Namen nach. Jeder Götzentempel muß dem Norbert eine Mahnung an seine Pflicht als Oberbischof der Mission gewesen sein. Alle die unzähligen Heiligthümer konnte er nun freilich nicht vernichten. Aber in seinem Sprengel lag auch der Haupttempel von Rethra, das Herz des wendischen Heiligthums. So oft er Erkundigungen über die Wenden einzog, erzählte man von diesem Hauptbollwerk. Es muß sich mit Nothwendigkeit in der Seele Norbert's der Entschluß gefestigt haben, gegen dieses so bald als möglich einen Angriff zu unternehmen.«

(NB: Rethra also schon von Anfang an – und im allgemeinen Bewußtsein – der wichtigste Kristallisationspunkt bei der Heidenbekehrung.)

»Kurz vor Weihnachten weilte er ... wider beim König Lothar in Straßburg. Beide waren bald einig, einen Zug über die Elbe zu unternehmen. Im Anfang des Jahres 1127 brachen sie von Magdeburg auf und nahmen ihre Richtung nach dem Tempel von Rethra. Sie berührten zunächst Havelberg. Dann wandte man sich zu den Müritz-Wenden und unterwarf sie.

Von hier aus bog man um den Müritz-See herum und ging unmittelbar gegen Rethra. Die im Nordwesten der Peene sitzenden Stämme unterwarfen sich dem König und schlossen sich dem Zug gegen die Rhedarier an. Diese, ganz isolirt, konnten nicht daran denken, sich den Deutschen entgegenzustellen. Entweder unterwarfen auch sie sich, oder, was wahrscheinlicher ist, sie zogen sich in ihre Sümpfe und Seelandschaften an der Havel zurück und gaben Rethra mit dem Nationalheiligthum den Feinden preis.«

(NB: Und wenn sie nicht gestorben sind ...)

»Stadt und Tempel gingen in Flammen auf. Man hatte erreicht, was man erreichen wollte: das Hauptbollwerk des wendischen Heidenthums war gefallen, und das Volk hatte Gehorsam gegen Bischof und König gelobt. Diese Erfolge waren so außerordentlich leicht und schnell errungen, daß die Annalisten jener Zeit es für überflüssig hielten, diesen Zug mit zu vermerken, und wir nur aus einer gelegentlichen Aeußerung darüber Kunde erhalten.«

(NB: Aber wo?)

»Vielleicht versäumten es aber die Geschichtsschreiber auch darum, von diesem Zuge zu reden, weil die Erfolge eben so schnell sich als völlig nichtig erwiesen.«

(NB: Ach so.)

»Die Wenden fielen sofort in das Heidenthum zurück. Wir wissen nicht, ob Norbert für die Ausbreitung des Christenthums noch weitere Versuche gemacht hat. Uns will es scheinen, als ob er bis 1130, bis wohin ihn die Staats-und Kirchenangelegenheiten unbehelligt ließen, nicht könne ruhig die Heiden ihrem Schicksal überlassen haben. Wir müssen aber nach diesem seinem ersten Versuch zweifeln, daß er einen bleibenden Gewinn geschafft habe.«

Ich schloß die Augen und nickte. Fontane zeichnet sehr lebendig das Bild, das wir uns von einem christlichen Missionar unter den damaligen Verhältnissen machen müssen. Als Fußnote bleibt nur anzumerken, daß es nach allgemeiner Quellenlage eben ziemlich unsicher ist, ob dieser Zug nicht womöglich doch aus Versehen einem ganz anderen heidnischen Tempel (vielleicht dem in Demmin?) – und nicht Rethra – gegolten hat. Dem müßte nachgegangen werden. Aber wo? Bei Hannemann? Oder Boek? Am besten wäre es, zurück zu den Schriften der alten Chronisten zu gehen. Ich sollte endlich Latein lernen.

Draußen begann es zu regnen.

Dann wurde es hell: ich nahm als Delegierter an einem außerordentlichen Kongreß der Rethraforscher teil. Es gab Streuselkuchen. Das Ganze fand auf einer schilfumstandenen Insel statt und war – das erfuhr ich aber erst dort – auf mehrere Monate oder sogar Jahrzehnte angelegt. Ich sah noch die Fähre mitsamt dem Fährmann im schwarzen Wasser verschwinden (versinken?). Niemand winkte. Der Kongreß tagte unter freiem Himmel; der war anheimelnd grau und lag wie ein Dach oder Deckel über uns. Alles, was gesagt wurde, war unmittelbar einleuchtend. Ich verstand nur kein einziges Wort, weil in einer mir fremden Sprache gesprochen wurde. Jemand zeigte Schmalfilmaufnahmen von einem Campingplatz. Die Menschen trugen Badeanzüge der frühen 60er Jahre, und sie sahen auch so aus. Carl Schuchardt mußte plötzlich fürchterlich weinen. Ich gab ihm alle meine Tempotaschentücher, er bedankte sich höflich, zog jedoch das Tischtuch vor. Die Gläser fielen zu Boden, zersprangen aber nicht, weil unter uns, wie ich erst jetzt sah, Morast war. Alle blickten mich an. Nun sollte auch ich etwas sagen. Was sage ich jetzt bloß, dachte ich, doch ehe ich mir Gedanken darüber machen konnte, fing ich schon an, ich sprach fließend in dieser mir völlig unverständlichen Sprache, erklärte anhand von Wandkarten, wo Rethra liegt, verstand es aber selbst nicht; ich war kaum noch zu bremsen.

Sollte ich mich so in Ihnen getäuscht haben, fragte mich Schuchardt schluchzend – das ist doch eine unverhohlen czornebohsche (?) Unverfrorenheit! Ich nickte und bekam viel Beifall. Der Beifall wurde immer stärker, rhythmisches Klatschen. Regen schlug auf das Fensterblech, als ich aufwachte – die steifen weißen Gardinen wurden von plötzlichen Windstößen hin und her geschoben.

Großer Maskenfall

Als erstes schaute ich bei Liebenthal vorbei; darauf hatte ich mich am meisten gefreut.

Auch alte Feindschaften muß man hin und wieder pflegen, sonst verflachen die Gefühle füreinander – es stellt sich Gleichgültigkeit ein, und eines Tages, man kann darauf warten, steht man sich völlig teilnahmslos, ja fremd, gegenüber und kann nichts mehr miteinander anfangen.

Liebenthal – und damit fing es überhaupt schon mal an! – war gar nicht an seinem Platz. Es kribbelte in mir, dieses gute ungute Gefühl hatte mir die letzte Woche gefehlt. Das war ja noch schöner! Der trieb sich einfach irgendwo herum und vermasselte mir damit meinen tollen Auftritt: wie ich »zur Tür hereinschneie«, die blassen, heimverbliebenen Computersklaven blicken erschrocken von Schirmen und Tasten auf, und ich werfe ein freundliches, sonnengebräuntes »Hallo!-Wie-geht's-denn-so?-Alles-noch-frisch?« in die sieche Runde.

Die ganze Etage war merkwürdig leer, fast wie ausgestorben. Eigentlich sah das hier eher nach einer Firmenauflösung aus. Aber von wegen, Coras Stimme gestern am Telefon war, im Gegensatz zu unserer wortknauserigen Abschiedsszene auf dem Bahnhof von Groß-Dobrow, ganz verändert, richtig optimistisch gewesen.

Am Montag war ich gegen elf aus Rybnitz losgefahren. Doch bevor ich endgültig Richtung Ostsee (Rügen, Kap Arkona!) aufbrechen wollte, rief ich wie vereinbart Cora an. Das war gut. Sie bat mich, vorerst keine weiteren Schritte mehr zu unternehmen, sondern unverzüglich zurück nach Berlin zu kommen. Sie sprach von »guten Nachrichten«, alles Weitere: Dienstag, 10:30 Uhr, auf der großen Belegschaftsversammlung.

Ich ging den langen Gang hinunter.

Cora war noch nicht da.

Am Konferenzraum vorbei. Auch der war noch leer. Aber auf dem hufeisenförmigen Tisch standen schon Seltersflaschen und Keksschachteln. Die Kekse wunderten mich. Das war neu, normalerweise tagten wir ohne.

Bis dahin blieb aber noch fast eine Stunde Zeit. Ich ging in unser Büro. Auf dem kleinen Beistelltisch lag die inzwischen eingegangene Post. Nicht viel, für Wenzel noch weniger als für mich. Ich nahm mir meinen Teil, setzte mich an den Platz und blätterte rasch durch.

Wieder nichts! Auch der andere Stapel, der unsichtbare, mit der Post, die *nicht* gekommen war, war in meiner Abwesenheit gewachsen – und zwar um einen entscheidenden, lang erhofften Brief. Ich war ganz sicher gewesen, daß der, während ich weg war, unbedingt hier angekommen sein mußte. Seit drei Wochen wartete ich nun schon vergeblich auf eine Antwort von Zötschke. Längst hätte der sich melden müssen.

Die einzige Entschuldigung, die es jetzt noch für ihn gab, die letzte Chance, daß alles zwischen uns wieder ins Lot kam: er ist plötzlich und unerwartet verstorben. Dann will ich nichts gesagt haben und – Friede seiner Asche! Andere Ausreden, und mögen sie noch so schön und überzeugend sein, werde ich nicht mehr akzeptieren. Basta.

Und – was gab es sonst noch?

Eine Einladung: *Dr.-Ing. Börnicke & Partner, Vermessungsbüro, geben sich die Ehre zur Eröffnung ihrer neugestalteten Geschäftsräume in der Friedrichstraße – etc. pp.*

Der Termin war Donnerstag. Zwar hatte ich keine Lust, aber grundsätzlich hatte ich auch nichts dagegen. Hätte ich diese Einladung vor einer Woche bekommen, wäre ich wahrscheinlich, ohne lange zu überlegen, sogar hingegangen. Jetzt aber hatte ich den bösen Blick. Ich stutzte, etwas störte mich an diesem Schreiben. Dann, als ich noch einmal den Antwortteil las, merkte ich, woran es lag:

o – nehme ich teil

o – kann ich *leider* nicht teilnehmen

Das war es: ich fühlte mich hier diskret bevormundet. Vielleicht wollte ich ja mit dem strahlendsten Lächeln der Welt nicht hingehen; vielleicht mußte ich ja leider doch teilnehmen.

Warum ließen Börnicke & Partner mir nicht die Freiheit, das selbst zu entscheiden? Warum sollte ich hier zu einer Lüge überredet werden?

»Wir freuen uns auf Ihren Besuch ...«

Freut euch nicht zu früh!

Meine Antwort, um die Börnicke & Partner bis zum 12. d. M. gebeten hatten, landete zerknüllt als Orakel im Papierkorb.

Dann: eine Rechnungsmahnung, und zwar für ein Baugutachten, das wir niemals und bei niemandem in Auftrag gegeben hatten. Ich hatte schon x-mal in den letzten Monaten dort angerufen, immer wieder war mir von den verschiedenen Leuten, die ich in dieser Angelegenheit am Apparat gehabt hatte und die sich auch sofort unbürokratisch darum kümmern wollten, zugesichert worden, daß die Sache nun endgültig erledigt sei.

Jetzt also schon die dritte Mahnung in dieser Sache, rote Schrift, drei Ausrufezeichen, ein vorgedruckter Überweisungsschein – zuzüglich entsprechender Mahngebühren.

»... dieses Schreiben wurde maschinell erstellt und ist daher ohne Unterschrift gültig.« Sehr geschickt! So konnte man den wahren Verantwortlichen für diesen Irrsinn natürlich

niemals ausfindig machen! Im Klartext hieß das doch: du sprichst hier mit einer Maschine. Versuch es gar nicht erst mit einem Einspruch oder mit guten Worten – es ist zwecklos.

Die Verantwortlichen sind absolut unverantwortlich, und das Spiel mit Dr. No, der nicht zu enttarnen war, konnte auf diese Weise noch ewig so fortgesetzt werden.

Einen Moment lang erwog ich sehr ernsthaft, einen völlig verwirrten Abschiedsbrief zurückzuschreiben – am Ende versehen mit dem Zusatz: »... dieses Antwortschreiben wurde maschinell erstellt und ist daher ohne Sinn & Verstand und auch ohne jegliche Unterschrift von jetzt an für alle Ewigkeiten gültig!«

Dann schob ich Mahnung und Überweisungsformular aber doch auf den Haufen mit unerledigter Post; vielleicht hatte Cora dazu eine bessere Idee.

Gerade mal zwei Briefe hatte ich bisher gelesen, und doch kam ich mir inzwischen schon vor wie ein märkischer Waldschrat, den es in eine unbegreifliche, von Maschinen gesteuerte Zivilisation verschlagen hat, die ihm absolut fremd geworden ist. Ich hatte Sehnsucht danach, wieder draußen zu sein, zurückzufahren in meine Vergangenheit, zu den schlichten Barbaren des Ostens. Ich schloß die Augen und schickte meine Gedanken kurz zurück, auf Dienstreise. In die wunderbare, unendliche Trübsal eines kleinen märkischen Dorfes, hinter einem Vorhang aus Regen. Wiesen. Nasse Wege, die zu einem See führen. Dort regnet es auch. Die silbernen Einschläge der Tropfen auf dem Wasser, das trotzdem friedlich unter diesem dichten Kugelhagel daliegt. Im Dorf eine Kirche, Feldstein, aus zusammengerollten Findlingen erbaut. Hingeduckte Ställe und Häuser. Gardinen, hinter denen eine gute Stube brütet und auf den Sonntag wartet, auf fetten Karnickelbraten, auf Kuchenkrümel ...

Tief atmete ich durch – der vertraute Geruch von Staub, Leim, alten Atlanten. Noch einmal wandte ich mich der Post zu. Das mußte sein – und das Beste kam ja erst noch. Ganz zuunterst lagen Liebesgrüße von Liebenthal. Er erinnerte *dringend* an die Abgabe der Zuarbeiten für das archäologische Wandersonderheft!

Mit einem Satz war ich am PC, graste den Postausgang ab und – aha!, bereits vor drei Wochen hatte ich Liebenthal das alles zugemailt. Da sollte er vielleicht lieber mal regelmäßig seine Mailbox kontrollieren, statt sinnlos Mahnungen in der Weltgeschichte herumzuschicken.

Ich schnellte hoch, lief wie Napoleon zwischen Fenster und Tür auf und ab, stellte mich, die Hände auf dem Rücken, am Fenster auf. »Mit Befremden nehme ich zur Kenntnis – – –«, knurrte ich halblaut, »mache ich Sie hiermit sehr höflich, aber bestimmt!, darauf aufmerksam, daß ich bereits – – –« usw. usf.

Dann hatte ich soweit alles beisammen. Ich tippte die Antwort und wollte sie ihm, um ganz sicherzugehen, als Fax zusenden. Allmählich kam ich zum Schluß: »... zumal Sie, wie ich soeben (9.35 Uhr) habe feststellen müssen, sich nicht an Ihrem Arbeitsplatz befanden. Da wundert einen dann auch wirklich gar nichts mehr. MfG: O. Gruber.«

Ich las alles noch einmal, löschte die letzten beiden Sätze (auch nicht gleich übertreiben!), druckte es aus, schob das Blatt ein und drückte entschlossen auf START.

Während das Faxgerät begierig, mit einem grimmigen Knurren, Zeile für Zeile meine harsche Antwort verschlang, zog ich Wenzels Schreibtischfach auf. Irgendwo mußten dort Zigaretten liegen. Das war jetzt sehr nötig.

In Situationen wie diesen merkte ich, daß der alte Steppenwolf in mir doch noch nicht eingeschläfert worden war, es gab ihn noch, er lebte. Ja bedeutete noch ja und nein nein.

Ich riß das Fenster auf und sah dem Rauch hinterher, der sofort abzog.

Friedliches Bild eigentlich: Mann steht am Fenster und raucht. Doch laßt euch nicht täuschen! Es ist die erste Zigarette seit zweieinhalb Wochen, der Mann wippt auf den Fußsohlen, vom Ballen auf die Ferse, vor und zurück, in ihm rumort es. Der Vulkan ist noch aktiv! Drohend stößt er in kurzer Folge mehrere kleine Rauchwölkchen aus.

Rascher Schritt vom Fenster weg, unten hatte sich gerade ein roter Golf eingeparkt: Liebenthal!

Die hinausgeschnipste Kippe erreicht wenig später im trudelnd freien Fall den Parkplatz auf dem Hof.

Der Steppenwolf schließt das Fenster. Im spiegelnden Glas sieht er sich kurz als grauen Panther! Wenn das mal nichts zu bedeuten hat. Seine Midlifecrisis hatte er mit 19. Und nun? Nun wird es allmählich ernst.

Ich schritt zum Telefon.

Inzwischen mußte Liebenthal an seinem Platz sein: er hatte das Fax gelesen.

Ich wartete vorsichtshalber noch ein paar Minuten und tippte dann seine Nummer ein. – Stille. – Ich nickte.

Er hatte das Fax gelesen und war unter der schweren Last meiner Anklagen zusammengebrochen. Jetzt lag er mausetot neben seinem Faxgerät. Ich nahm eine Zigarette, betrachtete sie, roch daran und schob sie vorsichtig wieder in die Schachtel, meine Finger zitterten.

Jetzt tat er mir leid, aber das war nun nicht mehr zu ändern. Zu spät.

Die Zeit war vergangen, und ich hatte es nicht bemerkt, schon dreiviertel elf.

Im Konferenzraum rauschte kurz ein Applaus auf. Meinem Erscheinen konnte der nicht gegolten haben, ich stand noch unbemerkt draußen, vor der Tür. Diese kleine Unterbrechung nutzte ich aber, um leise die große Flügeltür zu öffnen. Fragende Gesichter, ich konnte mich schlecht orientieren, zum Glück winkte mich eine Hand heran. Mit gesenktem Blick schlich ich zu dem freien Platz und war froh, als ich endlich saß.

»Hallo, wie geht's denn so?« fragte Liebenthal. »Alles noch frisch?« Jetzt erst sah ich, neben wem ich Platz genommen hatte.

Ich nickte.

»Übrigens: danke für Ihr Fax«, flüsterte er mir zu. »Das war nur eine Routineerinnerung an alle. Ihr Beitrag ist längst im Satz. Der war sehr gut.«

Dann sah er wieder nach vorn, wo neben Cora, die gerade ihre Begrüßung beendet hatte (sie war heute wieder ganz in Schwarz), ein kleiner älterer Herr aufgestanden war. Der Mann trat ans Pult, hielt kurz inne und verbeugte sich, indem er, den ganzen Oberkörper steif nach vorne gebeugt, eine Vierteldrehung beschrieb. Das sah etwas komisch aus, verriet aber, wenn auch leicht angestaubten, Stil.

Er breitete umständlich seine Papiere aus. Es ging um das Thema »Unsere Zukunft liegt in der Vergangenheit« (das paßte zu ihm) – er begann aber sofort, die Fragestellung einzuschränken, zu relativieren, dies alles könne selbstverständlich nur der erste Versuch einer Annäherung sein usw.

Einleitungen wie diese, die schon die Hälfte des Angekündigten gleich wieder zurücknehmen, wecken normalerweise sofort mein lebhaftes Desinteresse. Ich probierte also eine etwas bequemere Sitzhaltung aus und nahm mir vor, dieses Referat einfach wie einen lauwarmen Regen über mich ergehen zu lassen. Wahrscheinlich gehörte das nur zum intellektuellen Vorspiel, zum Rahmenprogramm. Viel mehr interessierte mich, was Cora am Telefon mit den »guten Nachrichten« gemeint hatte.

Der Redner begann mit einem Zitat aus einem Brief, den Hermann Graf Keyserling, der Verfasser des »Reisetagebuchs eines Philosophen«, am 25. April 1920 an Thomas Mann geschrieben hatte. Dieser wollte Keyserling in einer bestimmten Frage zu einer öffentlichen Korrespondenz überreden, worauf Keyserling ihm geantwortet hatte: »Aber davon muß ich leider absehen, da ich demnächst nach Estland verreise und folglich auf Monate hinaus von Deutschland so gut wie abgeschnitten sein werde.«

An diesem Beispiel illustrierte der Referent die dramatischen Veränderungen unseres Raum-Zeit-Verständnisses im letzten Jahrhundert; so war man etwa dieser wunderbaren Chance des »Abgeschnittenseins« fast völlig verlustig gegangen.

»Wir zappeln hilflos im Netz einer immer dichter vernetzten Welt – gibt es noch Auswege?«

Da niemand sofort antwortete (das hatte er wahrscheinlich ernsthaft auch gar nicht erwartet), tat er es selbst: »Ja, indem wir uns nämlich dem absoluten Zugriff der Gegenwart entziehen, uns wieder als Teil eines Größeren verstehen, das eine Vergangenheit hat und das vielleicht einmal eine Zukunft haben wird. Zukunft und Vergangenheit haben ja zumindest eines gemeinsam: sie sind nicht da – nicht mehr oder noch nicht, jedenfalls sind sie nicht unmittelbar präsent, nicht greifbar. Wir müssen uns also zu ihnen, wenn auch in entgegengesetzten Richtungen, auf den Weg machen.«

Spätestens hier begann ich mitzuschreiben.

Aus meiner Beinahe-Liegeposition, in der ich mich bisher befunden hatte (weit im Stuhl zurückgelehnt, die Hände auf dem Bauch gefaltet), hatte ich mich zu Liebenthals Verwunderung plötzlich aufgerichtet und lag nun, nach einer Drehung meines Oberkörpers um 90°, fast über dem Konferenztisch: ich versuchte alles mitzuschreiben, was ich von diesem hochinteressanten Vortrag nur erfassen konnte.

Das hörte sich doch wie eine Vorschule für meine *Erwanderungen* an. Was mir bisher immer nur undeutlich vorgeschwebt hatte, dieser Vortrag bot es in präzise ausformulierten Sätzen.

»Die Art, wie man mit der Vergangenheit umgeht, ist entscheidend dafür, wie zukunftsfähig man ist. Die Priester, die das Orakel von Delphi betreuten, waren, nebenbei gesagt, Historiker.«

Besonders einleuchtend fand ich die Passage, wo der Redner über den Begriff der Erinnerung bei Walter Benjamin sprach. Benjamin vergleicht das Erinnern mit der Arbeit des Archäologen. Meist findet man nur Scherben und Bruchstücke. Aber aus der Rundung der Scherben kann man zum Beispiel ersehen, wie groß ungefähr die ganze Schale gewesen sein muß. Aus den einzelnen Teilen wird das Ganze imaginiert.

Die Vergangenheit wird also nicht nur rekonstruiert, bisweilen wird sie konstruiert, manchmal auch direkt erfunden.

Jawohl, sehr richtig! schrieb ich an dieser Stelle an den Rand meiner Aufzeichnungen.

Es ging dann um das falsche Bild, das man oft vom Historiker hat: jemand, der sich durch staubige Folianten und tote Geröllhaufen wühlt, abseitigen Kellerbeschäftigungen nachgeht.

»Geschichte erschöpft sich nicht in einzelnen Daten und Jahreszahlen oder stummen, nichtssagenden Scherben, die in der Vitrine liegen. Das Gegenteil ist der Fall: erst wenn wir die Dinge in einen lebendigen Zusammenhang, in einen Fluß bringen, beginnen sie zu uns zu sprechen, wird die Vergangenheit für uns wieder lebendig.«

»Die Frage ist nur, ob man sich das wirklich wünschen soll«, sagte Liebenthal halblaut, so, daß nur ich es hören konnte.

Der Redner behandelte dann aktuelle Fragen unserer Branche, er brachte jede Menge hochbrisantes statistisches Material. Aber auch hier schlug er wieder, nämlich als er auf die Deutschen als die »Reiseweltmeister« zu sprechen kam, einen weiten historischen Bogen in die Vergangenheit: die alten, kriegerischen Germanen, jahrhundertelange Eroberungszüge, die sich nun – etwas friedlicher – als Auslandstourismus präsentierten, der aber durchaus auch als Kampf um die (touristische) Weltherrschaft verstanden werden kann; das Phänomen des »Beutemachens« – die aus Spanien oder Griechenland mitgeschleppte, preisgünstig auf einem Basar eroberte Vase, die jetzt auf dem deutschen Wohnzimmerschrank steht, sie läßt sich als neuzeitlich-zivilisierte Form einer klassischen Kriegstrophäe interpretieren; oder schließlich: der Urlaubsvideoabend (früher, in seiner Vorstufe, als Dia-Abend sehr gefürchtet), exakt entspricht er dem, was in vorvergangenen Zeiten mit dem Satz eingeleitet wurde: »Opa, komm, erzähl uns vom Krieg!« – und der jeweilige Veteran der Familie erzählte dann folgsam die alten Geschichten, wie er 1914 in Frankreich, oder 1941 in Rußland usw.; heute läuft vor dem flackernden elektrischen Kamin etwas Ähnliches ab, aber diesmal als durchgängig bunter Videofilm (keine Schwarzweiß-Geschichten!), und mündliche Kommentare gibt es lediglich bei einzelnen Höhepunkten: »Und das ist hier, wo sich Mutti auf der Akropolis mit Meloneneis vollgekleckert hat, und die Taschentücher, stellt euch mal vor, liegen alle im Hotel.«

Ich schaute mich um und konnte mich nur wundern, warum die andern diesen höchst unterhaltsamen, anspielungsreichen Ausführungen mit so ernsten, teils auch demonstrativ abgewandten Gesichtern folgten.

Die saßen ja hier wie auf ihrer eigenen Beerdigung herum! Nur Cora versuchte sich am mimischen Brückenbau, aber ihr gelegentliches Lachen und nachdrückliches Nicken steckte kaum jemanden an. Sie tat mir leid. Sie saß da vorn zwischen zwei oder mehreren Stühlen. Ich wußte nur nicht, zwischen welchen.

Eine griesgrämige Zwischenfrage gab es jetzt immerhin, ob man nicht auch Japan und die USA, die eine ganz andere Geschichte hätten, zu den reiseaktiven Nationen zählen müsse.

Der Referent sprach daraufhin ausführlich vom schwedischen Modell; auch die Schweden waren vormals ein Erobervolk, das aber längst keine Kampfwagen im alten Sinne mehr brauchte, sondern sich inzwischen, weltweit erfolgreich, auf den Bau gepanzerter Autos (Volvo!) umgestellt hatte.

Wie Antwort und Frage hier zusammenpassen sollten, das verstand ich zwar nicht ganz, aber was ich verstanden hatte, war: dieser Referent ist jemand, der Ideen hat, Visionen!

»Toll, der Mann«, flüsterte ich Liebenthal zu, »das ist doch mal ein ganz anderes Kaliber als das, was sonst hier herumspringt.«

Verblüfft sah er mich an.

»Wie heißt denn der? Und was ist der eigentlich?«

»Fromm.«

Gerade hatte Görne die Frage nach, wie er es nannte, »etwas fragwürdigen, sehr aggressiven« Werbepraktiken gestellt, worauf der Redner ihm geduldig erklärte, daß eine gute Werbung eben auch polarisieren müsse: »Mit meiner Entscheidung will ich mich doch abgrenzen gegenüber anderen, mich besser, zumindest anders als die anderen fühlen. Das müßte Ihnen doch als, fast hätte ich jetzt gesagt ›ehemaligen‹, Mitarbeitern von *andersWandern* geläufig sein.«

»*Wer* ist das?« fragte ich auffahrend Liebenthal.

»Na, Fromm«, wiederholte er ungeduldig.

Und als ich ihn weiterhin anstarrte, sagte er: »Ja, der.«

Ich faßte es ja nicht. Hochgebildet, charmant, kultiviert bis in die Manschettenknöpfe – und das sollte Fromm sein?! Der war ja noch gefährlicher, als ich es bisher immer angenommen hatte. Sogar mich hatte er eingewickelt. Nicht dort vorne, nein: jetzt war das Chaos in meinem Kopf.

»Wie kommt denn der hierher?«

Liebenthal winkte nur ab. Er blickte gespannt zum Rednertisch, denn Cora eröffnete gerade die allgemeine Aussprache. Er bemerkte aber, daß ich ihn noch immer fragend anstarrte.

»Mensch, seit gestern gehören wir doch zu dem. Noch nicht mitbekommen?« Er schüttelte den Kopf. »Schönen Gruß aus dem Muspott, Herr Kollege.«

Cora las von einem Redezettelchen ab, vielleicht klang deshalb der Schlußsatz, mit dem sie die Diskussion eröffnete – nämlich: *daß nun ein neuer Geist bei uns Einzug gehalten habe* –, nicht so überzeugend.

Jetzt verstand ich auch die Kekse.

Im Vordergrund stand im Moment natürlich die Frage nach dem zukünftigen Profil. Fromm betonte, daß er hier ein immenses Know-how, ein beeindruckendes Humankapital mit einer Fülle von Erfahrungen und Detailkenntnissen vorgefunden habe. Das alles habe ihn, trotz der bekanntermaßen schwierigen Ausgangslage, der lamentablen Geschäftsbilanz von *andersWandern*, bewogen, mehr noch: ermuntert, diesen nicht ganz risikofreien Schritt zu tun.

»Ich begreife es nicht«, sagte ich leise.

Liebenthal nickte mir zu.

Cora hätte mir doch was sagen können, müssen!

Fromm hatte sich eines der auf dem Tisch ausliegenden *Land-und-Leute*-Hefte gegriffen und wog es leicht in der Hand.

»Wir alle, die wir hier sitzen, schätzen doch ein gutes Buch, einen schönen Reiseführer.«

Er legte das Heft wieder ab.

»Aber?« fragte Liebenthal laut und bestimmt.

»Kein Aber, Herr …?«

»Liebenthal.«

»Herr Liebenthal.«

Fromm nickte, und einer seiner Mitarbeiter schrieb etwas auf.

»Deshalb, und – ich betone – *weil* das so ist, weil wir Büchernarren sind, muß uns doch daran gelegen sein, das, was wir an Büchern so schätzen, auch für andere Menschen, die vielleicht nicht lesen, zu erschließen.«

Am Ende seiner verschlungenen Argumentationskette, die sich um den modernen Menschen »an sich« und seine zunehmend urban geprägte Lebenssituation gewunden hatte, gelangte er zu einem Begriff, den er halblaut, wie ein Losungswort, aussprach: Event-Marketing.

Herr Pausin, den Fromm die ganze Zeit während des Vortrags angeschaut hatte, schüttelte zwar nur leicht den Kopf, aber auch das war Fromm nicht entgangen.

Bekümmert nickte er: »Ich weiß, ein völlig blöder Begriff. Wenn Sie einen besseren wissen, nennen Sie ihn mir, ich nehme ihn sofort.«

»Ereignisvermarktung«, sagte, jede Silbe auskostend, Liebenthal.

Alle blickten stumm zu uns, dann zu Fromm. Der lächelte – und damit löste sich die plötzlich entstandene Spannung.

Durch einen Zufall war ich neben Liebenthal, in die Nörgler- und Querulantenecke, geraten. Aber vielleicht war das auch gar kein Zufall, vielleicht gehörte ich wirklich hierher. Ich verstand bloß nicht, warum Cora mir kein Wort von alledem gesagt hatte.

Herr Sellentin, einer der Rechenknechte aus der Computerabteilung, bedankte sich umständlich für den schönen Vortrag: »Ihr Exkurs – oder sollte man nicht besser sagen Ihre Exkursion? –, das war ja nun fast schon eine kleine Vortragsreise, die Sie hier mit uns unternommen haben« (bescheiden-abwehrend hob Fromm beide Hände), »also, da schwindelt einem ja noch richtig der Kopf davon, wenn man das so alles gehört hat«, versicherte der dicke Herr Sellentin. Das war, so wie er das gesagt hatte, völlig glaubhaft – niemand von uns hielt ihn für den größten Geistesblitz des Universums.

Dann kam er aber endlich doch auf den Punkt: er wollte, wenn es keine allzu großen Umstände machte, etwas mehr über Chaos-Reisen erfahren.

Fromm bedankte sich für die Frage und nahm sie zum Anlaß, kurz zur Firmengeschichte zu sprechen. In der Zeit des kalten Krieges, als Westberlin noch eine Insel mitten im »Roten Meer« war, operierte die Firma als Reiseveranstalter unter dem Namen *Inselreisen*. Besuchergruppen, Schulklassen aus Westdeutschland, das alles wurde in diesen Jahren sehr erfolgreich touristisch vermarktet. Mit äußerst preisgünstigen Übernachtungsangeboten, besonders in den Randgebieten Berlins (Rudow, Gatow, Kladow), war man der Konkurrenz weit überlegen und, in diesem Sektor, bald absolut konkurrenzlos.

Mit dem Mauerfall änderte sich die Geschäftsgrundlage, man suchte ein zweites Standbein und fand es in den überraschend gut aufgenommenen Bus-Erlebnisreisen, die tief ins märkische Umland hineinführten.

Inzwischen aber war man an einem Punkt angelangt, wo die seriöse »historische Fundierung« dieser Busreisen auf der Tagesordnung stand, die Vergangenheit war heute schon nicht mehr auf den ersten Blick zu erkennen; inzwischen war sie zugeschüttet, planiert, zugebaut worden.

Und gerade hier, sagte Fromm, erhoffe er sich viel von den bei *andersWandern* gesammelten und gespeicherten Erfahrungen. Er habe im Grunde auch nichts dagegen, deutete er mit schon abklingender Stimme an, den Namen *andersWandern*, der für Größe und Glanz eines einstigen Wanderkartenimperiums stand, sogar für die gesamte Firma zu verwenden. Das müsse aber noch juristisch geprüft werden.

Jetzt gelte es, all diese Stränge wieder zusammenzuführen, gruppiert um die alte, neue Metropole im Zentrum. Er endete, etwas pathetisch, mit dem Satz: »Berlin – diese Stadt, sie lebt!«

»Ja, auf Pump – und immer über ihre Verhältnisse«, knurrte mir Liebenthal ins Ohr, der ewige Nörgler. Er konnte es einfach nicht lassen, auch jetzt nicht. Das machte ihn mir aber sympathisch. Wenigstens das war noch so wie immer.

Ob es wirklich stimme, wollte jemand wissen, daß Chaos-Reisen alle seine Bus-Erlebnistourteilnehmer mit gleich aussehenden weißroten Mützen ausstatte?

Fromm überlegte kurz, er wollte jetzt nichts Falsches sagen, ratsuchend schaute er zu einem seiner Mitarbeiter – der schüttelte den Kopf. Da schüttelte auch Fromm den Kopf. »Jedenfalls, es ist nicht Pflicht. Aber wenn die Leute das von alleine aufsetzen – soll man sie daran hindern? – Nein«, antwortete er selbst.

Andererseits passe der mit Karte, Kompaß und Rucksack ausgestattete, ratlos in der Gegend herumstreunende Individualtourist auch nicht mehr so richtig in unsere Zeit. – Oder sei da jemand anderer Meinung?

Ja – setzte er fort, nicht einmal Fontane, wie man in einschlägigen Biographien lesen könne, sei jener altertümliche »Wanderer« gewesen, für den man ihn seit den »Wanderungen durch die Mark Brandenburg« immer wieder gehalten habe. Fontane selbst übrigens habe den Begriff »Wanderer« geradezu verabscheut und sei viel eher das Urbild des modernen Touristen gewesen. Die weitaus größten Strecken seiner »Wanderungen« habe er jedenfalls in Mietkutschen oder Eisenbahncoupés (Nichtraucher) zurückgelegt, logiert habe er stets in Hotels oder Pensionen.

Ich machte mir eine kleine Notiz: Fontane + Erwanderungen = drei Fragezeichen.

Fromm blickte bekümmert in die Runde, dann nickte er schwerwiegend. Manches, das gebe er aus heutiger Sicht freimütig zu, habe man unmittelbar nach 1989 sicher auch ein bißchen vereinfacht gesehen und dargestellt.

»Aber dafür muß man doch bitte Verständnis haben. Wenn überall Volk dransteht: Volksarmee, Volkseigentum, Volksbuchhandlung, Volksgut, Volk und Welt, Volkswerft –«

»Volkswagen«, rief jemand dazwischen; ich konnte leider nicht erkennen, wer.

Fromm ließ sich nicht beirren: »... das ist schon ein bißchen viel Volk auf einmal, nicht wahr?«

Er hatte nun seine Brille abgenommen und faltete die Bügel, während er weitersprach, auf und zu. »Lassen Sie mich bitte auch das ganz offen ansprechen: einiges in der Vergangenheit, was man bis heute mit Chaos-Reisen verbindet, war sicher nicht unproblematisch. Aber wenn wir unsere Potentiale zusammenlegen, dann können wir uns auf dem Freizeitmarkt ganz neu positionieren. Mit dem heutigen Tag gehen wir gewissermaßen vom Zustand des Chaos in den der Ordnung über.«

»Nach den Mehrheitsverhältnissen ist es wohl eher andersherum«, wandte Liebenthal ein.

Fromm lächelte. »Wenn Sie das so sehen wollen – ja. Aber ich lege Wert auf die Feststellung, daß das hier keine feindliche, sondern eine durch und durch freundliche Übernahme ist, nicht wahr.«

Freundlich blickte er zu Cora, die starr auf ihre Papiere sah.

Liebenthal richtete sich im Stuhl auf, um noch etwas zu sagen; ich stieß ihn aber in die Seite. »Mensch«, zischte ich ihm zu, »lassen Sie, das langt doch wirklich, das ist doch jetzt absolut unnötig.«

»Was ist schon nötig«, sagte er zu mir. »Ich steh sowieso auf der Abschußliste, ganz oben« – zum Glück schwieg er dann aber.

Ich verstand die Welt nicht mehr. Und Liebenthal verstand ich auch nicht. Und mich – mich schon gar nicht. Vor anderthalb Stunden hatte ich Liebenthal noch durch Fernzündung eines hochexplosiven Faxes erledigen wollen. Und nun? Ein neuer Freund – vielleicht im gemeinsamen Untergang? Schöne Aussichten.

»Aber«, sagte Fromm zum Schluß, mit einem Ausblick in die weitere Zukunft, wobei er die Brille zusammenklappte und endgültig wegsteckte, »eines kann ich Ihnen an dieser Stelle versichern: es wird sich für Sie dadurch nichts verändern.«

Es gab einen tapferen Applaus; ich aber war hellhörig geworden. Abgesehen davon, welchen Sinn das Ganze denn haben sollte, wenn sich nichts veränderte – diesen Satz hörte ich doch nicht zum ersten Mal, nein, er kam mir bekannt vor, unheimlich bekannt sogar. Wie eine schrille Arie, der akustische Orgasmus einer straßglitzernden Schwarzen Königin der Nacht, klang er mir in den Ohren – – – Christine!

Natürlich, genau das hatte sie damals zu mir gesagt: »Es wird sich dadurch zwischen uns nichts verändern«, an diesem kalten, sonnigen Tag im März, als sie mit ihrem Dipl.-Med. nach Leipzig ins Gewandhaus gefahren war und sie, weil so spät kein Zug mehr zurück nach Berlin fuhr, im Einfamilienhaus seiner Eltern übernachtet hatten, selbstverständlich, wie sie versicherte, in getrennten Zimmern – und ich mich noch darüber gewundert hatte, auf was für einen Gedanken sie da überhaupt gekommen war und daß sie das sogar noch extra betonen mußte.

Es wird sich zwischen uns nichts verändern – mit diesem Satz hatte alles angefangen aufzuhören.

Alois' Zug hatte Verspätung gehabt, ganze drei Stunden.

Alois – unser Mann aus Innsbruck! Schön, daß er doch noch gekommen war.

Er stammte aus der Zeit, als *andersWandern* – vergeblich – versucht hatte, sich ein internationales Flair zu verschaffen. Die »*Land-und-Leute*«-Hefte 17 bis 29 wiesen, das war eine bleibende Erinnerung an diese Zeit, als Verlagsorte Braunschweig und Innsbruck aus. Innsbruck stand genaugenommen für Alois – und für nichts anderes.

Nach Wenzels Verschwinden war Alois, zumindest im engeren Kreativbereich der Firma, der einzige andere Ausländer neben mir. Wahrscheinlich hatten wir deshalb einen so guten Draht miteinander. Daß auch er eingeladen worden war, verdeutlichte den ganzen Ernst der Lage.

Er kam zu spät, aber trotzdem noch rechtzeitig zum ersten Gang (Rinderkraftbrühe). Als er das Kellerlokal am Schiffbauerdamm betrat und sich umsah, bemerkte er, daß bei mir am Tisch noch ein Platz frei war.

»Worum ging es denn heute so wichtig?« fragte er auf seine Inspektor-Columbo-Art und schob die silbergrüne Delsey-Reisetasche unter den Tisch.

»Um die Zukunft«, sagte ich.

»Das ist ja ganz was Neues«, sagte Alois und mußte sich erst mal setzen.

Das war richtig. Er bestellte ein Bier. Und ich erzählte ihm, was am Vormittag los gewesen war.

»Was meinst du, Alois, was wird das hier?«

Er lächelte in sein Bierglas. »Erst mal abwarten.«

Recht hatte er. Die Suppe war noch ganz heiß. Aber er war auch in einer ganz anderen Lage als ich. Seine Spezialkarten (Tirol, Kärnten) hatten Maßstäbe gesetzt – das waren Meilensteine europäischer Kartographie! Trotzdem erstaunte mich die Ruhe, mit der er alles hinnahm.

Während eines Betriebsausfluges von *andersWandern* nach Bad Ischl hatten wir uns das erste Mal länger miteinander unterhalten. Und seitdem, bei ähnlichen Treffen, immer wieder.

Manchmal, wenn die andern etwas sagten, warfen wir uns nur einen kurzen Blick zu, wir verstanden uns ohne Worte, wußten Bescheid. Vermutlich lag es daran, daß wir beide aus den kleineren Randstaaten stammen. Und Kärnten, wo Alois seine Sommer zubringt, liegt ja schon beinahe in den finsteren Schluchten des Balkan, unweit des Lands der Skipetaren!

Wir sprachen damals in Ischl lange über die Unterschiede und Gemeinsamkeiten unserer katholischen und kommunistischen Erziehung. Wir kamen vor allem auf Gemeinsamkeiten. Es kam auf den Glauben an, beziehungsweise: es kam nicht auf den speziellen Glauben an, eher auf eine bestimmte Glaubensdisposition – »Glaubst du daran?« lautete hier wie dort die schlichte, hochnotpeinliche Frage.

Man mußte schon einen 7. Sinn für solche unbegreiflichen Dinge wie *unbefleckte Empfängnis* oder *historische Mission der Arbeiterklasse* haben. Er kam vom Land und hatte diesbezüglich (Empfängnis usw.) schon ganz andere frühkindliche Erfahrungen sammeln können. Ich kam aus der Stadt, Friedrichshain, dem Arbeiterbezirk, war also unter einem Dach mit lauter Arbeiterfamilien aufgewachsen und hatte irgendwann mitbekommen, daß die selber auch nicht so richtig an ihre eigene historische Mission glaubten oder glauben konnten.

Wir einigten uns damals auf die Formel: im Zwiespalt leben – zwischen dem, was man glauben soll und nicht sehen kann, und dem, was man sehen kann und nicht glauben soll.

Das war unsere Schule fürs Leben, aber richtig lernte man es wahrscheinlich sowieso nie.

Den Hauptgang verbrachten wir schweigend. Es gab Fisch, Havelzander; der immerhin im Dialog – und zwar mit einem sonderbar geschäumten Spinatmandelmus, das, wie ich fand, leicht ranzig schmeckte. Ich wollte Alois dann doch noch was über die Wenden erzählen, verschluckte mich aber fast an einer Gräte und ließ es lieber sein. Vielleicht war das auch besser so. Die Wenden verschluckten die Gräten schließlich auch nicht, sondern fertigten lieber nützliche Dinge, wie zum Beispiel Nadeln, daraus.

Das Dessert kam – kurz darauf Cora. Sie wechselte ein paar belanglose Worte mit Alois, dann, unvermittelt, wandte sie sich mir zu (rund um die Augen: in voller blau-schwarzer Kriegsbemalung!): »Du, ich muß dich nachher unbedingt sprechen. Um drei bei mir im Büro, ja? Bitte.«

Ihr abwackelnder Hintern, dem wir sprachlos hinterherstaunten. Alois, im Kaffee rührend und lächelnd; ich – mit dunklen Ahnungen.

»Er lebt.«

Ich war längst nicht so erstaunt, wie Cora wahrscheinlich angenommen hatte. »Und woher weißt du das?«

»Er hat seine Frau angerufen.«

»Und von wo?«

»Hat er nicht gesagt. Er hat dann auch gleich wieder aufgelegt. Aber er hat mehrmals mit seiner Kreditkarte bezahlt.«

»Na und? Ist denn das so schlimm?«

Durchdringend sah sie mich an.

»Ach so«, sagte ich, »jetzt verstehe ich: du meinst, er macht frohgemut Rechnungen, hat also offenbar ganz ernsthaft vor, auch noch weiterzuleben, stimmts?«

»Quatsch, die Bank schickt doch die Belege für Kreditkartenzahlungen nach Hause. Die letzte Zahlung, sagt seine Frau, war eine Tankstelle in Bergen.«

»Bergen auf Rügen?«

»Ja.«

»Planquadrat 20 B!«

Ich spitzte die Lippen: »Er scheint wirklich systematisch seinen Plan abzufahren. Mensch, Cora, gestern, bevor ich dich anklingelte, war ich doch schon auf dem Weg dorthin. Das hätte ich lieber mal machen sollen, wirklich. Was meinst du: soll ich hinfahren? Jetzt? Gleich?«

»Nein, die Tankstelle in Bergen war Ende vorletzter Woche. Inzwischen ist er wahrscheinlich schon längst wieder ganz woanders.«

Auch ich war in meinen Gedanken ganz woanders. Es war eine erregende Vorstellung, daß wir hier allein im Raum waren und nach allem – immerhin hatten wir eine einigermaßen undurchsichtige Nacht miteinander verbracht – uns so ganz zivilisiert gegenübersaßen, als wäre nichts passiert.

»Olaf, was denkst du?«

»Ich wundere mich nur. Wir reden hier, als ob nichts geschehen wäre, über Wenzel – dabei ist doch, wie ich, übrigens ziemlich zufällig, heute vormittag mitbekommen habe, genug in den letzten Tagen passiert, eigentlich hat sich von Grund auf alles verändert.«

»Aber genau darum geht es, Olaf. Oder denkst du, wir sind jetzt bei Chaos, bloß weil die einfach Lust hatten, unsere Schulden zu übernehmen?«

»Was weiß ich.«

»Hast du mal unsere Vorjahresbilanz gesehen?«

»Nein.«

»Da hast du auch nicht viel verpaßt. Im Grunde genommen: gar nichts. Wenn ich unsern Berg an Verbindlichkeiten aus dem letzten Jahr sehe, da hätten wir bestenfalls noch einen tiefroten Aussichtspunkt drauf errichten können. Das war Rettung in letzter Minute. Noch einen Monat, und ich hätte den Laden hier dichtmachen können.«

»Ich frage mich bloß, Cora, warum du mir kein Wort gesagt hast.«

»Vielleicht war das ein Fehler. Sicher war das ein Fehler. Ich hätte es dir auch sagen können. Ich wußte bloß nicht, wie.« Sie nickte schuldbewußt. »Das hätte aber auch nichts geändert.«

»Trotzdem, eines verstehe ich nicht: was hat denn das jetzt alles noch mit Wenzel zu tun?«

»Das sage ich dir, gleich. – Wie hat dir eigentlich Fromms Vortrag gefallen? Das war doch interessant – oder etwa nicht?«

»Der Vortrag? Am Anfang, als ich noch nicht wußte, wohin das hier läuft – ja, da fand ich das, ehrlich gesagt, sogar ziemlich interessant.«

»Siehst du, ich auch. Und du hast doch gehört, sie wollen das, was sie machen, auf ein neues Fundament stellen. Letzte Woche waren ihre Controller und ein paar Leute aus der Chefetage hier. Ich sage dir: die kamen aus dem Staunen gar nicht mehr raus – und aus eurer Höhle da hinten schon gar nicht. Immer wieder schleppte jemand was Neues aus dem Archiv an.«

»Jetzt verstehe ich auch, warum du mich letzte Woche unbedingt in die Pampa schicken mußtest.«

»Ja, stell dir mal vor: ich wollte dich einfach hier weghaben. Das war übrigens ganz in deinem Interesse. Vielleicht hätten sie dich ja auch gestört, wenn du gerade mal wieder mit deinen Computer-Goldfischen gespielt hättest, oder? So aber konnte ich sagen: die beiden, die sonst hier sitzen, die Herren Gruber und Wenzel, sind in einer wichtigen Vor-Ort-Recherche unterwegs.«

Ich schüttelte den Kopf.

»Genau das ist es nämlich, was sie interessiert. Die wissen doch, was los ist, wie die Konkurrenz arbeitet: irgendwo ein paar Karten abkupfern, damit man das Geld für die Meßtischblätter oder die Luftbilder spart, hier und dort ein bißchen was daran verändern, retuschieren, damit es keiner merkt – und das Ganze dann rotzfrech als ›neue Karte‹ herausrattern. So läuft das doch.

Gerade daß wir das nicht so machen, hat Fromm imponiert. Daß es zu unserm Firmenimage, meinetwegen: zu unserm Ethos, gehört, die Landschaft nicht einfach nur als Liniennetz aus Straßen und Wegen zu erfassen, sondern hinzufahren, vor Ort zu erleben, was sich da verändert. Deswegen überlegt er ja sogar, unseren Namen mit zu übernehmen.«

Sie sah mir an, daß mich das alles nicht überzeugte.

»Olaf, vielleicht will er es einfach auf seine alten Tage noch einmal wissen? Kann doch sein.«

»Mensch, Cora. Weißt du noch – diese Bus-Erlebnistouren ›Durch Mark und Bein‹, wie wir darüber gelästert haben. Und jetzt das? Nein.«

»Die Alternative wäre gewesen, ihr alle hättet nächsten Monat Post von mir bekommen, einen blauen Brief. – Fromm, das wollte ich nur sagen, ist hochintelligent – und er ist Realist. Er –«

»Das paßt doch überhaupt nicht zusammen!«

»Läßt du mich bitte mal ausreden! – Warum billigst du ihm nicht einfach mal zu, daß er sich verändert, daß er heute vielleicht manches auch neu sieht?«

»Da ist mir Liebenthal tausendmal lieber. Der bleibt sich wenigstens treu.«

»Sag mal, wieso hast du eigentlich heute vormittag ausgerechnet neben dem gesessen? Das war nicht sehr durchdacht. Außerdem, ihr wart doch noch nie Freunde.«

»Es hat sich so ergeben.«

Unwillig schüttelte sie den Kopf.

»Vielleicht ist das, was du an Liebenthal neuerdings so zu schätzen scheinst und für moralische Standhaftigkeit oder Unbestechlichkeit oder was weiß ich hältst, ja auch einfach nur Faulheit. Hast du dir das mal überlegt? Liebenthal, solange ich den kenne, war schon immer dagegen. Er hat diese Rolle einmal in seinem Leben einstudiert und will sie nun auch sein ganzes Leben lang spielen. Aus Prinzip. Und aus Faulheit.«

Ich schwieg, einigermaßen verblüfft.

»Ich habe mit Fromm auch über deine *Erwanderungen* gesprochen, Olaf. Ich habe versucht, sie ihm schmackhaft zu machen. Wirklich.«

»Er war bestimmt begeistert, nehme ich mal an.«

»Insgesamt fand er das – wie sagte er? – gar nicht so uninteressant.«

»Donnerwetter, das hört sich ja wirklich vielversprechend an.«

»Ja, Olaf, versprich dir wirklich jetzt nicht zuviel davon. Aber, vergiß nicht: eine gute Karte hast du ja.«

»Wüßte ich nicht.«

»Doch.«

»Cora, ich habe keine besonderen Vorkenntnisse, auch keine sehr speziellen Fähigkeiten, mit meiner Konzeption hänge ich schon ewig hinterher, ich –«

»Stimmt alles, mit andern Worten: du hast deine Stelle hier so gut wie sicher.«

Ich starrte sie an.

»Dafür garantiere ich.« Sie ließ eine kleine Pause. »Wenn du Wenzel bringst. Die sind vor allem an ihm interessiert, von Wenzel versprechen sie sich unwahrscheinlich viel. Sein

Archiv, die alten DDR-Karten und Reiseführer, das ist ein Stück Film, das für sie völlig unterbelichtet ist. Und sie brauchen jemanden, der sich da zuverlässig auskennt. Wenzel, so sieht es aus, ist zur Zeit unser wichtigster Mann.«

»Ja, und der ist über alle Berge. Das trifft sich ja gut.«

»Als ob er es geahnt hätte.«

»Hast du Fromm eigentlich auch was von der Wendengeschichte erzählt?«

»Nein. Nur so eine Andeutung. Aber er fand das außerordentlich spannend.«

Auf einmal wurde sie sehr lebhaft: »Das könnte doch später durchaus was für dich sein, Olaf, sobald du das mit Wenzel geklärt hast, wenn du an dieser Sache mal konsequent dranbleibst. ›Auf den Spuren der Vergangenheit‹ oder so, klingt jetzt dämlich, klar, aber du verstehst, was ich meine.«

Verstand ich zwar nicht, aber ich nickte.

»Warum bist du eigentlich am Wochenende rausgekommen, wenn das hier alles so ein Chaos war?«

»Ich brauchte einfach mal Abwechslung. Das ging doch schon die ganze letzte Zeit hin und her mit der Übernahme, du hast das gar nicht mitbekommen. – Übrigens, diesen ›Club der Verlierer‹ fand Fromm auch sehr interessant. Er hat auch den Namen Müller schon mal irgendwo gehört.«

»Ach was, wirklich? Toll.«

»Er will sogar mal hinfahren –«

»Kann ich mir gut vorstellen. Das paßt.«

»... und sich das jedenfalls mal ansehen.«

»Cora –«

»Ja?«

»Was ich dich schon die ganze Zeit fragen wollte: wie geht es dir eigentlich?«

»Morgen beginne ich damit, einen genauen Struktur- und Aufgabenplan aller Abteilungen –«

»Ich meine – persönlich?«

»Gut geht's mir, sehr gut. – Warum?«

»Und wirklich?«

Sie ruckte den Kopf zur Seite und schwieg.

»Denkst du, mir macht das Spaß?« fragte sie plötzlich.

»Ja, wahrscheinlich. Sonst hättest du dich ja wohl nicht darauf eingelassen.«

»Olaf, du kapierst überhaupt nichts.«

»Ich versteh schon«, sagte ich, »das ist jetzt alles nicht ganz einfach für dich, was?«

»Weißt du schon, wann du wieder fährst? Je eher, desto besser. Hier kannst du jetzt sowieso nichts machen. Und, wie gesagt: ich kann dir zwar sonst nicht viel versprechen, aber wenn du Wenzel bringst ...«

»Ich weiß.«

Zu Hause ließ ich die Waschmaschine losrumpeln (eine 40°-Buntwäsche), querfeldein durch den Staub Brandenburgs, den ich an – und in – Hemden, Hosen, Socken mit in die Stadt geschleppt hatte.

Vom Leiterregal im Flur nahm ich im Vorbeigehen das *Land-und-Leute*-Heft über den Fläming. Mich interessierte der Fläming überhaupt nicht. Ich hatte es nur irgendwann mal mitgenommen, um im Hinblick auf meine Konzeption zu prüfen, welche Kombinationen von Text und Bild technisch überhaupt machbar waren.

Demnächst würde dieses Heft nun wahrscheinlich eine Rarität sein, ich wollte es deshalb nicht mehr so achtlos am Wegesrand, zwischen alten Fahrplänen, BVG-Atlas und Gelben Seiten im Flurregal, stehenlassen, wo es allmählich zerfledderte, sondern wenigstens in den Bücherschrank im Wohnzimmer einräumen. Dort sollte es seine letzte Ruhestätte finden.

Verfasser des Fläming-Heftes – bisher hatte ich das gar nicht mitbekommen – war übrigens Liebenthal. Ich begann, im Heft herumzublättern, und las mich schließlich fest. Ich staunte, ich konnte nur staunen: das hätte ich ihm nicht zugetraut. Eigentlich, so wie ich ihn kannte, war dieser Liebenthal doch ein verdammt harter Knochen. Es gab aber etwas – das merkte ich jetzt –, das war offenbar noch viel stärker als er, und es mußte ihn jedesmal ausgerechnet *beim Schreiben* erwischen, nein: überkommen. Sonst nie um einen coolen Spruch oder eine flapsige Bemerkung verlegen, beim Schreiben aber wurde er schwach und gab sich beinahe widerstandslos dieser dunklen Neigung hin. Zeigte er hier sein wahres Gesicht?

Kostproben dieser denkwürdigen Reiseführerprosa? – Ohne Anspruch auf Vollständigkeit nur die folgenden: »… findet sich bald manch idyllisches Plätzchen, wo es sich nach diesem kulturhistorisch aufschlußreichen Spaziergang trefflich verweilen läßt, um die gesammelten Eindrücke noch einmal in aller Ruhe auf uns wirken zu lassen (S. 3); … aus der Ferne, unter weißen Schäfchenwolken, grüßen uns die bewaldeten Höhenzüge des ›Hohen Fläming‹ (S. 5/6); … Still! Ein Eichhörnchen lugt gerade neugierig aus dem knorrigen Geäst einer uralten Eiche hervor, um uns aufmerksam aus seinen dunklen Knopfäuglein zu beobachten (S. 11).«

Ich vergewisserte mich noch einmal: nein, es stand wirklich *J. Liebenthal* auf dem Einband. Ich brachte das heute alles nicht mehr zusammen. Aber es ist wohl so: jeder Mensch hat seine streng geheimen Dunkelkammern – und wahrscheinlich hat er auch ein Recht darauf.

Ich schloß das Heft. Ich schloß die Augen. Ich dachte an Christine, die abgedankte Königin der Nacht. *Es wird sich dadurch zwischen uns nichts verändern.* Draußen war die Waschmaschine mit einem letzten Ruckeln zum Stillstand gekommen. Um mich noch ein bißchen mit Erinnerungen an Christine zu quälen, wollte ich in aller Stille die »Zauberflöte« hören.

Ich schob die CD ein – – – es war eine falsche CD, die in die Zauberflötenhülle geraten war, Mozarts Requiem. Bloß das nicht! Das war noch schlimmer. Das paßte mir jetzt gar nicht. Bei dieser Musik kann ich darauf warten, daß mir physisch schlecht, richtig elend wird. Aber abstellen konnte ich es schon nicht mehr.

Diese Musik hat kein Mensch komponiert, das sind Klänge aus einer anderen Welt, Sphärenmusik.

Man sagt, im Moment des Todes würde das ganze Leben noch einmal an einem vorüberziehen. Genau das ist Mozarts Requiem. Dieses Auffahren zum Allerhöchsten, dieses Versinken im Abgrund. Und zwischendurch, um sich immer mal wieder in Erinnerung zu bringen, klopft der Tod an die Tür – diese letzte, schwarze Pointe des Lebens. Mozart ist ein Gottesbeweis.

Und jedesmal, wenn ich sein Requiem höre, weiß ich plötzlich wieder, was ich bin. Ein winziger kleiner Heide.

Man kann über alles reden. – Nein.

Betrachtungen zur Unzeit

Berlin ist mir dort am liebsten, wo es langsam aufhört – an den Rändern, in Weißensee zum Beispiel, wo die Häuser niedriger werden und die Straßen allmählich breiter, bevor sie – sich – im Sande des Umlands verlaufen.

Eine baumbestandene Straße, die ich entlanglief. Der Germane, in tiefer, romantischer Sehnsucht, liebt seinen Wald und holt ihn sich bis vor die Haustür.

Das hier waren keine spillrigen Blumentopfanpflanzungen à la Gartencenter, so wie man sie in der neuen Mitte abgestellt und dann vergessen hatte. Nein, was hier, links und rechts der Straße, strammstand, stammte mindestens aus Kaiser Wilhelms Zeiten und war fest mit der Erde verwachsen. Alte, knorrige Kracher!

In jahrzehntelanger Kleinarbeit hatten sie sich an den verrosteten Vorgartenzäunen zu schaffen gemacht, um den Passanten die gute alte Zirkusnummer – *Riese biegt Eisenstäbe*! – vorzuführen: die verschnörkelten Gründerzeitzäune paßten nun als halbrund zurechtgebogene Eisenkorsetts bequem um die dicken Baumleiber.

Auch sonst hatten die Bäume unglaubliche Kraftakte vollbracht: geduldig zentnerschwere Bordsteinquader, Millimeter für Millimeter, ausgehebelt, oder mit ihren unsichtbaren Wurzeln steinerne Wellen und Beulen ins graue Bordsteinpflaster und in den Asphalt hineingetrieben.

Der Untergrund lebt, dachten meine Füße.

Ich schlief noch halb. Um 7 hatte ich das Auto bei *Kubicky-typenoffen* abgegeben, eine freie Werkstatt, die sich auf dem zweiten Hinterhof eines einsam aufragenden verwitterten Häuserkomplexes, bestehend aus Vorderhaus, Seitenflügel, Quergebäuden und Hinterhäusern, befindet; hinten stößt das Werkstattgelände unmittelbar an eine Kleingartenanlage.

Früher, in den 20er Jahren, war das hier mal eine GARAGE gewesen (den weinroten Reliefschriftzug über der Hofeinfahrt gibt es noch). Auch die alte Hebebühne ist noch in Betrieb. Nur die beiden Tanksäulen unter dem Glasvordach haben all ihren Lebenssinn verloren, man hatte ihnen irgendwann die Schläuche abgetrennt, so rosten sie ohne weitere Bestimmung vor sich hin. Ein matter, schmieriger Ölglanz liegt über allem.

Schon seit Jahren hatte *andersWandern* mit Kubicky einen Wartungsvertrag. Die günstigen Konditionen bekamen wir aber nur, wenn wir auch regelmäßig zu den Inspektionen vorfuhren.

Die fällige 150 000 km-Marke hatte ich längst und schon weit, fast um eine halbe Weltreise, überschritten, also: einmal Berlin – Peking und wieder zurück, laut Tachostand (162 444 km) befand ich mich gerade irgendwo auf der Höhe von Ulan Bator.

Ich wollte das mit der Inspektion auf jeden Fall erledigt haben, bevor ich wieder auf große Fahrt ging.

Es war zu früh, um nach der Autoablieferung schon ins *andersWandern*-Büro zu gehen. Also noch einmal nach Hause. Ich stieg in die Straßenbahn, dann in die S-Bahn. Berufsverkehr. Vom Schlaf zerknitterte Gesichter, halbversteckt hinter schwarzroten Bilderzeitungen.

Die beschlagenen Scheiben – das ausgehauchte Leben. Mit dem Jackenärmel wischte ich mir die Sicht frei.

Als ich das Haus betrat, trappelte gerade Philipp, der neun- oder zehnjährige Sohn von Smolleks (eine Etage unter mir), die Treppe herunter. Mit dem großen Schulrucksackkasten auf dem Rücken sah er aus wie ein zwergwüchsiger Kohlenträger, der sich an einer pinkfarbenen Kiepe abschleppt. Als er mich sah, raste er wie ein Irrer davon.

Ich kochte mir noch mal Kaffee, diesmal aber richtig, gefiltert. Dann bügelte ich die Hemden von gestern abend auf. Eine wundervoll geistlose Beschäftigung, von allen Hausarbeiten mir mit Abstand die liebste: das heiße Eisen packen und stur an den Hemdnähten und -säumen auf und ab fahren, geschickt die Knöpfe umkurven und an nichts, an gar nichts denken. Der Erfinder bügelfreier Hemden war kein Menschenfreund, er hat die Menschheit um schöne Stunden gebracht.

Alle meine Entchen ... klimperte es holprig von unten, aus Smolleks Wohnung, als Begleitmusik zu mir herauf.

Ich traute meinen Ohren nicht: der war doch schon mal viel, viel weiter, lernte der es denn nie? Ich hätte schwören können, daß Freund Zappelphilipp wenigstens dieses Anfängerübungsstück schon einmal nahezu perfekt gekonnt hatte. Dieses ungelenke Zusammensuchen der Töne auf der Tastatur war mir ein unbegreiflicher Rückschritt.

Außerdem – und jetzt mußte ich mich am Bügeleisen festhalten – hatte ich Smollek jr. nicht gerade eben mit geschulterter Schultasche aus dem Haus gehen sehen?

Ich stellte das Eisen ab.

Das gibt's doch gar nicht. War ich hier in eine Zeitschleife geraten? Lief ich auf dem Zeitstrahl zurück, in die falsche Richtung? Viel hätte nicht gefehlt, und ich hätte mich, das Ohr an die Diele gepreßt, auf den Fußboden gelegt, um mich zu vergewissern.

Leichte Unruhe.

Ich beschloß, alles noch einmal auf Null und auf Anfang zu stellen. »Es ist heute früh noch gar nichts passiert«, sagte ich mir, rasierte mich (zum zweiten Mal an diesem Morgen), zog eines der frisch gebügelten Hemden an, trank den letzten lauen Schluck Kaffee und fuhr ins Büro.

In der zugigen Unterführung am Bahnhof Friedrichstraße saß der bärtige Gitarrenspieler, den ich in letzter Zeit schon öfter dort hatte sitzen sehen. Ich glaube, er kam aus Rußland.

In aller Öffentlichkeit vergriff er sich schamlos, mit rotgefrorenen Händen, an Bob Dylan, *Blowin' in the wind* ... Einen Moment lang überlegte ich, ihm ein Almosen ins schwarze Futteral zu werfen, für ein paar Stunden Gitarrenunterricht. Oder zumindest für einen heißen Kaffee. Aber ich fürchtete, daß er das mißverstehen könnte, um dann, aus lauter Dankbarkeit, wahrscheinlich noch entschlossener falsch an den Saiten herumzuzupfen. So ließ ich das also sein.

Entschluß: nur noch sehr dosiert – und in begründeten Ausnahmefällen – Mozart hören. Sonst wird man empfänglich und geht unweigerlich vor der Kulisse grauenhafter Geräusche, unter dem akustischen Sturmangriff dieser Stadt, in die Knie – und zugrunde!

Im Büro schloß ich sofort das Fenster – Ruhe!, die morgendliche Putzkolonne hatte es, wie immer, offen stehen lassen.

Mein Arbeitstag begann damit, daß ich den Zettel suchte, den ich vor Wochen im Zusammenhang mit den Ziegeleien angelegt hatte. Darauf mußten ein paar locker hingestreute Notizen stehen, die den Übergang von natürlichen Baumaterialien (Feldsteinen) zu selbstgeschaffenen (gebrannten Ziegeln) betrafen. Mir schien das kulturgeschichtlich unter dem Aspekt der allmählichen Herauslösung aus der vorgefundenen Umwelt wichtig. Vor allem aber, das war mir irgendwann draußen, auf meiner Fahrt, eingefallen, ergab sich hier womöglich eine ausbaufähige Verbindung zwischen der Wendenproblematik und meinen Ziegelei-*Erwanderungen*.

Ich wußte genau, daß ich mir dieses Blatt extra gut weggelegt hatte – Betonung wahrscheinlich auf *weg*, jedenfalls war es im Moment unauffindbar.

Drüben, auf Wenzels Schreibtisch, stapelten sich Bücher und Broschüren. Offenbar hatten die Chaos-Leute vergessen, sie zurück ins Archiv zu stellen. Ich stand auf und ging um den Tisch herum.

Obenauf lagen die »Techniken des Kartographie-Facharbeiters«, Gotha/Leipzig, aus dem Jahr 1974. Ich schlug sie auf, das fing schon gleich gut an, auf Seite 9:

»Das Kartenwesen der DDR hat bei der Gestaltung des entwickelten gesellschaftlichen Systems des Sozialismus unter den Bedingungen der Meisterung der wissenschaftlich-technischen Revolution umfassende und wichtige Aufgaben zu erfüllen.«

Uff! staunte da der Indianer in mir. Das klang mir doch in den Ohren wie ein altvertrautes Lied aus längst vergangenen Zeiten – dieses furchteinflößende Gerassel der Genitivkette. Es gibt kopflastige Sätze, so ganz ohne Kopf. Die Rolle der Bedeutung der weiteren – und so weiter.

Die Kraft des Sprechers verbraucht sich in solchen, derart gewaltig zum Sprung ansetzenden Sätzen. Außer Atem erreicht er das Ende, die letzten Worte kann er nur noch aushauchen – und die »wichtigen Aufgaben«, von denen am Schluß des Satzes die Rede war, verliert er dabei ganz aus dem Auge.

Der Genitiv ist unter allen grammatikalischen Fällen der hoffnungsloseste. Ein mürrischer Platzanweiser. Du hierhin – du dorthin. Er drückt Zugehörigkeiten und Abhängigkeiten aus, sorgt für Ordnung. Je mehr zuständige Stellen (alle natürlich nicht so richtig zuständig, sondern immer die jeweils höhere), desto länger die Kette; vier-, sogar fünffache Genitive sind dabei keine Seltenheit. Das große Prinzip des Wegdelegierens – und am Ende ist keiner mehr richtig verantwortlich, und man war ganz von einer unüberschaubaren Kette umschlungen. Vielleicht war der Genitiv deshalb im alten Osten so beliebt.

Die Sprache der absoluten Bewegungslosigkeit. Lähmung.

Tanja hatte mir mal erzählt, daß diese Marotte, hemmungslos Genitive aneinanderzureihen, nach 1945 in Ostdeutschland Fuß gefaßt hatte, nämlich im Zuge der Übersetzung der Schriften des großen Führers der Werktätigen der Union der sozialistischen Sowjetrepubliken sowie aller friedliebenden Kräfte der Welt.

Dann gab es da auf Wenzels Tisch noch das »abc Kartenkunde«. Auch sehr interessant. Ich schaute unter dem Stichwort »Touristenkarten« nach. Vielleicht konnte man ja hier finden, was mit unsern *andersWandern*-Heften so völlig falsch gelaufen war: »Touristenkarten (Tafel 20), eine Klasse thematischer Karten, deren Gegenstand bzw. Zweckbestimmung von der Erhaltung, Förderung und Wiederherstellung der physischen und psychischen Leistungsfähigkeit des Menschen als Freizeitbetätigung bestimmt ist. In gewissem Umfange werden durch T auch Bedürfnisse der Bildung und Unterhaltung befriedigt ...«

Stimmt, der Umfang, in dem diese Touristenkarten Unterhaltungsbedürfnisse befriedigten, war nur ein gewisser, beziehungsweise sogar: ein höchst ungewisser. Ich hatte nachgeschaut: Tafel 20, auf die hier verwiesen wurde, zeigte tatsächlich in bunter Unverfrorenheit eine Vogelschaukarte des Lago di Como (Alpensüdseite). Erschienen war dieses Buch aus dem VEB Brockhaus Verlag Leipzig im Jahre 1983.

War es das, worauf die Chaos-Leute so scharf waren – dann gute Nacht! Auf diese Weise konnte man natürlich noch ewig nach dem alten Muster dieser »Durch-Mark-und-Bein«-Bustouren verfahren – zielgerichtet sich verfahren und sich hemmungslos lustig darüber machen.

»Wanderkarten werden vorwiegend in den Maßstäben 1:30 000 und 1:50 000 herausgegeben. Im Interesse eines hohen Gebrauchswertes sind in beiden Maßstäben die gleichen Kartenzeichen verwendet, die folgende Inhaltselemente wiedergeben: Kartenrand und Orientierungsnetz, Ortschaften, Grenzen, Verkehrsnetz, Hydrographie, Relief, Bodenbeschaffenheit und Bodenbewachsung sowie zahlreiche Einzelkartenzeichen für solche Objekte wie Ausflugsgaststätten, Bäder, Bodendenkmale, Burgen, Campingplätze, Fähren, Förstereien, ur- und frühgeschichtliche Fundstellen, geologische Aufschlüsse, Grotten, historische Ruinen, Kulturdenkmale, Mahnmale der Arbeiterbewegung, Motels, Museen, nationale Mahn- und Gedenkstätten, Naturdenkmale, Parkplätze, Schlachtfelder, Wanderquartiere, Windmühlen, Wüstungen und viele andere.« (S. 608)

Erst hatte ich mich über das traute Beieinander von Mahnmalen und Motels, Parkplätzen und Schlachtfeldern gewundert, aber andererseits hatte diese vom Alphabet diktierte Willkür doch auch einen tieferen Sinn: warum sollten Wanderkarten denn nachträglich eine Ordnung stiften, die es draußen sowieso nicht gab.

Das wurde mir auch klar, als ich den handlichen, außen zellophanierten Buchplan »Berlin – Hauptstadt der DDR« aus dem VEB Tourist Verlag aufschlug, den kannte ich sogar noch von früher. Genau so einen hatte ich damals immer im Auto liegen.

Ich blätterte ihn auf – und sofort fuhr ich wieder mit dem gekrümmten Finger meine alte Strecke entlang, von Lichtenberg die Frankfurter Allee hinunter, ins Zentrum.

Dort aber, wo »Berlin – Hauptstadt der DDR« aufhörte, wich vor Schreck sofort alle Farbe, alles Leben, aus der Karte. Ein Geisterreich begann: Westberlin.

Keine rosaroten Flächen mehr für bebaute Gebiete, kein Dunkelrot mehr für einzelne, markante Gebäude, weder gelb eingezeichnete Alleen noch blaue Kästen für die U-Bahnhöfe. Nichts.

Bis auf Flußläufe, die nicht zu ändern waren, einzelne Grünflächen und das zur DDR gehörende S-Bahn-Netz war drüben nichts, überhaupt nichts eingezeichnet. Westberlin war ein weißer Fleck auf der Karte, eine »terra incognita«. Insofern war die Karte natürlich völlig korrekt, denn für die Mehrzahl der Kartenbenutzer war es das ja auch wirklich: unbekannt und unerforscht.

Man konnte sich höchstens darüber wundern, daß die S-Bahn drüben im Westen von Zeit zu Zeit offenbar auf freier Strecke anhielt: wozu gab es da zum Beispiel eine Station, die Anhalter Bahnhof hieß, wenn ringsumher, laut Karte, sowieso nur Ödland war und es dort genauso leer aussah wie bei uns oben, im Norden Ostberlins, auf den Rieselfeldern vor Buch.

Trotzdem. Damals, als es noch diese verbotene Stadt in Berlin gab, die eingemauerte, nicht zu betretende Stadt in der Stadt, schien mir Berlin größer zu sein. Es gab noch etwas, das man nie im Leben erreichen konnte. Wie das Unendliche.

Man konnte es sogar umkreisen, auf dem Berliner Ring, aber ins Innere dieses Landes war ein Vorstoß unmöglich.

Ein Nichts, das auf unbegreifliche Weise, wie ein Bermudadreieck, landende Flugzeuge schluckte. Oder Freunde, die von einem Tag zum andern nach dorthin ausgereist waren und für immer verschwunden blieben.

Diesseits und Jenseits.

Jenseits der Mauer befand sich die andere Welt, mit der man lediglich auf spiritistische Weise, via Medien, kommunizieren konnte: Ätherwellen und, abends, im Zimmer, das kaltblaue Flimmern der Tele-Vision. Oder, wenn man viel Glück hatte und durchkam, über knisternde, knackende Telefonleitungen, wo man von der Tante in Spandau gefragt wurde, wie in Friedrichshain das Wetter ist.

Ich klappte den Plan zu.

Cora hatte recht. Hier konnte ich jetzt wirklich nicht viel ausrichten. Ich mußte mich schleunigst wieder auf Wenzels Spur machen. Ich hatte keine Zeit zu verlieren – und verlor sie. Der Gedanke, daß ich und meine Zukunft bei *anders-*

Wandern so schicksalhaft mit Wenzel verbunden war, beunruhigte mich. Ich konnte mich schlecht konzentrieren. Außerdem erwartete ich dringend den Anruf von *Kubickytypenoffen*, sie wollten sich melden, sobald das Auto fertig war. Und dann – nichts wie weg! Ich starrte das Telefon an und versuchte, es auf diese Weise zum Klingeln zu bewegen; es rührte sich nicht.

Ines reichte die Post herein. Wieder nichts von Zötschke; sofort, schon auf den ersten Blick, hatte ich das gesehen. (Nächstens schreibe ich auf den Umschlag: *Falls verstorben, bitte mit neuer Anschrift zurück!*) In diesem Moment fiel mir endlich wieder ein, wo das Blatt, das ich vorhin gesucht hatte, abgelegt war.

In den letzten Monaten und Wochen, und auch letzte Woche, als ich draußen unterwegs gewesen war, hatte ich mir immer, wenn ich – entweder mit meiner Konzeption oder meiner Suche nach Wenzel – nicht richtig weiterkam, auf kleinen Zetteln Notizen gemacht, handschriftlich, unkontrolliert vom Kopf. Diesen ganzen Papierwust hatte ich in einen braunen DIN-A 4-Umschlag gestopft, der die Aufschrift *Findlinge* trug. Darunter stand, mit Bleistift, die Brockhaus-Definition.

Findlinge, erratische Blocke, Erratika: »grobe Gesteinsblöcke weit entfernter Herkunft. Die meisten finden sich in Gebieten ehemaliger Vereisung; sie wurden vom Eis verfrachtet und blieben beim Abschmelzen liegen.«

Ich wunderte mich nur, als ich die Tüte ausschüttete und die ganze Zettelwirtschaft vor mir ausgebreitet lag, daß die meisten dieser Aufzeichnungen in der 3. Person abgefaßt waren. Ob es daran lag, daß ich in der letzten Zeit immer wieder das Gefühl gehabt hatte, neben mir zu stehen?

Findlinge

Er war ein Untoter. Ein Untoter? Schamhafte Untertreibung – ein Toter. Es war bloß noch nicht dort oben in seinem Kopf angekommen. Wie denn auch. Dort war gar kein Platz. Er hatte den Kopf voll – war viel zu sehr mit der täglichen Routine beschäftigt, als daß er hätte gemerkt haben können, wie dem ganzen Getue und Gemache längst der Sinn, das Leben abhanden gekommen waren. So hatte der Kopf das verloren, was er seiner Stellung nach eigentlich haben sollte: den Überblick. Unmerklich übrigens. So wie Haare einzeln, Stück für Stück, ausfallen. Und plötzlich steht man doch mit einer Glatze da.

Vielleicht ist es der Sinn der Arbeit, daß sie uns hilft, unser Leben abzuleben, so wie man einen Straßenbahnfahrschein abfährt. Draußen fahren die Bilder vorbei.

(Arzttermin = Fahrscheinkontrolle? – Quatsch.)

Das Leben vergeht. Wie ein Schmerz.

Der Lebenslauf – verkürzt zur Laufbahn.

Wenn er einen Vogel piepen hörte, dachte er daran, wie es früher war, als er einen Vogel piepen hörte usw.

Mir passiert so etwas nie, habe ich immer gedacht.

Vermessen

Es war einmal ein Kartograph. Der war Jahre damit beschäftigt, sein Zimmer zu vermessen, stets dieselbe Strecke – acht Schritte hin, acht zurück. So durchmaß er sein Zimmer mit großen Schritten. Zwischendurch peilte er immer wieder das Fensterkreuz an. Und wenn er nicht gestorben ist. (Aber er ist gestorben – siehe oben.)

»Gott, ist die Welt klein!« – (Standardsatz, wenn X und Y feststellen, daß sie beide Z kennen.) Wie er diesen Satz haßt!

Dienstagabend, spät:

Varta-Batterien sind übrigens doch die besten. Daran soll – bei Strafe des Unterganges im dunklen Wald – nie, nie wieder gezweifelt werden!!!

Noch später:

Man kann über alles reden. – Nein!

Die Heide? – Nein, *der* Heide.

Die Wende? – Nein, *der* Wende.

Von einem Treffen inoffizieller Melancholiker zurück. Wir haben uns prächtig verstanden. Die Stimmung am Ende – beinahe untergangsmäßig ausgelassen.

Mach dir doch endlich klar, daß deine Sehnsucht nach Ruhe und Stille und »Nicht mehr weiter« nichts anderes als Todessehnsucht ist.

Mach es dir besser nicht klar.

(Außerdem, es stimmt gar nicht.)

Das Leben, verkürzt zu »-eben«.

Er macht sich hin und wieder ein paar ganz eigene Gedanken über die Welt. Aber bis auf die Tatsache, daß es eigene sind, ist nicht viel an ihnen.

Schade, daß der Titel »Irrungen und Wirrungen« schon vergeben ist. Der hätte gepaßt!

Meinungsfreiheit verführt die Leute dazu, eine eigene Meinung zu haben. Man kann seine Zeit aber auch besser totschlagen.

Ins Merkbuch:

Mit Dummheit allein kommt man auch nicht weiter.

Wie oft hat er sich nicht schon gesagt: »Du mußt dein Leben ändern!« Das zumindest hat sich in all den Jahren also nicht geändert.

Warum haben ihn seine Eltern »Olaf« genannt?

Siehe kleines Vornamenwörterbuch: = der Ahnensproß; auch als Götterkind gedeutet.

Als Mensch? Eine glatte Fehlbesetzung.

Die Reise nach Rom, eine wichtige Erweckung am falschen Ort.

Er kam über Triest nach Venedig.

Venedig – dieser irre, schöne Weltuntergang von Stadt. Die Lagunen: steineingefaßte schwarze venezianische Spiegel, in denen alles versinkt. Kopfüber stürzt sich St. Markus ins aufgewühlte Wasser, ein Schnellboot rast vorbei. Die Bruchstücke der Kirche werden von den Wellen fortgetragen, bis die Oberfläche sich wieder glättet und das Bild, das Doppelbild, zurückkommt und zitternd neu entsteht.

Venedig sehen – und sterben …

Er hatte Venedig gesehen, dann allerdings versäumt, wie es vernünftig gewesen wäre, zu sterben, und einfach weitergelebt.

Eisenbahnfahrt an den Alpen vorbei ins schwarz-weiße Piratennest Genua. Dort fühlte er sich sofort zu Hause. Licht, Schatten, Grün. Innenhöfe – das Herz der steinernen Häuser.

Später, der kleine Fischerort. Ockerfarbene Treppen hinunter ans Meer. Grüne Jalousien. Sonne. Möwen. Tote Fische.

An der Küste entlang, wieder mit der Eisenbahn, nach Rom. Jemand im Abteil gibt über Handy pausenlos Streckenberichte, unverständlich und italienisch.

In die Vatikanischen Museen. (Der Insider-Tip: am Mittwoch früh, wenn der Papst vorne, auf dem Petersplatz, Audienz hat, ist hinten, in den Museen, alles leer. Längeres Gespräch mit einem Offizier der Schweizergarde darüber.) In den Gängen – die großen alten Landkarten, wo alle Orte, die er gerade gesehen hatte, verzeichnet waren. Abstrus naive Kartenmalerei, an die man sich erst gewöhnen muß. Z.B. in der Bucht von Genua: die Schiffe als Schiffe dargestellt. Weiter draußen, wohin das Auge kaum noch sehen kann, malt die Phantasie abscheuliche, zähnefletschende Seeungeheuer in die Wellen des Wassers. Dahinter ist, wie man sich vorstellen kann, die Welt zu Ende. Die Berge im Land: ebenfalls richtig als Berge gezeichnet. (Leiser Anklang an die »Lehmannschen Böschungsschraffuren«, die sich aber erst später, ab 1797, durchsetzen.) Eigenartige Mischung von Vogelperspektive (Luftbild) und Perspektivmalerei. Auch die Schlösser und Landsitze noch ungefähr in ihrer Kontur angedeutet, hier ein Turm, dort zwei oder drei oder ein Vorbau, also unterscheidbar.

Seltsame Entdeckung: dieses alte, ungenaue Raster ist so beschaffen, daß sich darin genau (genauer als anderswo) die Eindrücke seiner Reise verfangen haben. Also: die Karten, vom modernen Standpunkt aus falsch – das Bild, das sie erzeugen (in seinem Kopf): wahr.

Das ist der Punkt, der trigonometrische oder, um exakt zu sein, der springende: das wahre Leben im Irrtum. Mit der falschen Karte das richtige Ziel erreichen. Der doppelte Boden. Der Boden, der uns unter den Füßen weggezogen wird.

Er hatte die kleine Landstraße von A nach B auf seiner Karte verzeichnet. – »Verzeichnet«, das sagt alles.

Jede Landkarte, auf ihre Art, ist »verzeichnet und vermessen«.

Sich im Zimmer umblickend: auf den Wänden, wohin er auch schaut – weiße Flecken. Panisch, mit Herzklopfen beugt er sich wieder über die kleinteilige Arbeit, ehrfürchtig und dankbar den Kopf über das Millimeterpapier gesenkt. Das feine Netz, das ihn hält.

Oranienburger Straße (B/C-3)

Er folgt seiner Wünschelrute, er sucht einen Schatz.

Genauso, wie die Zahl Pi hinterm Komma nicht zu einem Abschluß kommt, kann er mit einer Flächenkarte eines Stückes der Erdkugel nie zu einem Abschluß kommen, wird er überhaupt *nie* fertig.

L. ist für einen ernsthaften Menschen eine Zumutung.

Daß der Kopf ungefähr Kugelform hat, darf uns nicht täuschen. Das hat nichts damit zu tun.

Was fasziniert dich an Vineta?

– Daß es untergegangen ist.

Alle Wege führen nach R.

Nachbarn, hat mal jemand gesagt, sind die Prüfungen, die uns das Leben stellt. (Gilt wahrscheinlich auch – und besonders! – fürs Büro.)

Nie lächerlicher als beim Versuch eines bösen Blicks!

Daß W. sein Wichtigstes – das, wofür er lebt, ausgerechnet im Ordner VERSCHIEDENES abgelegt hat??? – Das klingt doch wie TOTES.

Die Erde – eine Kugel. Kein Wunder, daß wir da immer im Kreis gehen, laufen, fahren – und nirgendwo ankommen.

Frau H. (aus dem Haus), die Grenzen der Reisefreiheit: »Also ich muß einfach jedes Jahr nach Spanien!«

Letzte Einsicht, zu spät

Als X aus dem Fenster gesprungen war – noch mitten im freien Fall –, wurde ihm plötzlich wieder klar, daß die Erde, trotz allem, eine unwiderstehliche Anziehungskraft hat.

Sein Erdkundelehrer hieß Herr Schmidt.

Herr Schmidt: »Es gibt in der Geographie kein Oben und kein Unten, kein Links und kein Rechts.«

Ach, wenn Herr Schmidt wüßte!

Ein Fahnenappell bei der FDJ –

Blauer Himmel, Birken und Birkenstaub.

Gebannt ruht sein wachsamer Blick auf dem Hintern des Mädchens, das vor ihm steht. Als die Nationalhymne aus dem Lautsprecher scheppert, sieht er, wie sich die Arschbacken des Mädchens feierlich zusammenziehen. Da ahnt er plötzlich, wie weit der Weg noch ist, der vor ihm liegt.

Er war ein Kind von Traurigkeit.

Er saß da, zündete ein Streichholz an, ließ es niederbrennen, bis er es nicht mehr halten konnte, dann ließ er es auf die Untertasse (= Aschenbecher) fallen. Und so, in der Art, die ganze Schachtel durch. Bis keines mehr da war.

(Mehr möchte man zu diesem Fall eigentlich gar nicht sagen.)

In seiner Jugend, als die großen Ferien begannen und die Sommer noch unendlich waren und als große, staubige Landstraße vor ihm lagen – da hätte er einfach losgehen sollen.

Er hat eine Doppelmoral.

Wenn das überhaupt mal reicht!

»Kann denn Liebe Sünde sein?«

– Ja.

Manchmal genügt schon ein Blick.

»Alles ist relativ.«

Dann muß es *dieser* Satz auch sein – und schon stimmt er nicht mehr, weil er gerade alle Relativierungen hinter sich lassend *alles* behauptet hat.

(Es hat keinen Zweck.) Falltür auf und – gute Reise!

Ernst Albert

(geb. 1899 – gest. 1972)

– unvergessen!

Cora T, die es nie schafft – obwohl sie regelrechte Ringkämpfe damit veranstaltet –, eine Faltkarte richtig zusammenzulegen.

Man kann keine Wunder erwarten.

– Man muß es aber.

Der Choral der inneren Stimmen aus der blutigen Mördergrube seines Herzens.

Als er im Eisenbahn-WC das Schild liest: »Bitte verlassen Sie diesen Raum so, wie Sie ihn vorfinden möchten. Danke«, ist er sich für einen dunklen Moment über seine innersten Wünsche nicht im klaren. Vorsichtshalber spuckt er noch schnell auf den Fußboden.

Das Weltall ist größer, als wir denken. (Nicht ganz klar, ob man diesen Satz wirklich aufrechterhalten kann. Vorsichtshalber Thomas fragen!)

Früher, als die Erde noch eine Scheibe war und man nicht dauernd herunterfiel.

Das »Unternehmen Barbarossa« trug bei den Nazis zunächst die Tarnbezeichnung »Aufbau Ost«. (Fundstelle: Berliner Zeitung, 5. 9. 2000)

Die Wiederauferstandenen I

Eine Zeitlang hielt er alle privaten Wachschutzmänner im Osten prinzipiell für umgepolte Stasileute: diese lila Tarnkäppis, diese knappen Jäckchen, diese dicken grauen Hintern, diese Augenwinkelblicke von bösen kleinen Jungs (Wasichselbermachundtu, dastrauichauchandernzu). Unaufhörlich wuchs so das Heer der sichtbaren Genossen an der unsichtbaren Front – vor Banken, Parkhäusern, Einkaufszentren.

Sollten sie am Ende doch für immer und ewig schicksalhaft zusammengehören – Kundschaft und Kundschafter?

Die Wiederauferstandenen II

oder Die chinesischen Tonkrieger aus der Qin-Dynastie

Der erste Kaiser von China, Qin Shihuangdi, indem er seine gesamte Armee, ca. 7000 Soldaten, 500 Pferde, 150 Streitwagen, in Ton nachformen ließ und mit in sein Grab genommen hat, überlieferte der Nachwelt nicht nur materiell sehr viel. Es war auch die unerwartete Erfüllung einer alten Prophezeiung: es gibt ein Leben nach dem Tode. Denn der Kaiser hat seine Armee ja wirklich mit in »die andere Welt« genommen – in unsere. Dort, im ewigen Schattenreich der Zukunft, sind die schlitzäugigen Tonkrieger, nachdem sie jahrtausendelang unterirdisch auf der Stelle marschiert sind und Sand über sie hinwegwehte, im Jahre 1974 wohlbehalten angekommen und – nachdem sie kurz vom plötzlich hereinbrechenden Licht geblendet waren – in Reih und Glied, wie ehedem, aus ihrer Grabanlage auferstanden.

Kleinere Abordnungen von ihnen reisten seitdem in zahlreichen Wanderausstellungen rund um die Welt.

Ganz abgesehen davon, daß es natürlich auch sonst ein Leben nach dem Tode gibt. Das der anderen.

Sein Titelvorschlag für das neue Themen-Wanderheft, es soll sich speziell an interessierte Hobbyarchäologen richten, wurde einhellig (bei einer Stimmenthaltung) abgelehnt.

Er findet aber nach wie vor an dem Titel »Forscher mit und ohne Hacke« nichts auszusetzen.

Ein Kartograph, der alles auf eine Karte setzt – und gewinnt!

Worauf es letztendlich ankommt, ist – – –

Cora stand in der Tür; ich hatte sie gar nicht kommen hören.

»Entschuldige«, sagte sie. »Du arbeitest? Ich wollte dich nicht stören. Aber mir ist noch was eingefallen. Ich glaube, es ist besser, du nimmst mein Handy mit. Da können wir zwischendurch besser Kontakt halten.«

Sie zeigte mir, wie es funktioniert, und speicherte auch

gleich zwei von ihren Nummern ein, Büro und zu Hause, damit ich mich jederzeit bei ihr melden konnte.

Da klingelte es. Einen Moment lang war ich orientierungslos – meine Hand schwebte wie ein Greifvogel unschlüssig über der Tischplatte –, Coras Blick wies mir den Weg: das war jetzt das richtige Telefon. Es war der Werkstattmeister von *Kubicky-typenoffen*, er teilte mir umständlich mit, daß ein Dichtungsring, den sie aber in dieser Größe gerade nicht dahatten, ausgewechselt werden müßte. Also würde das Auto erst morgen fertig sein. Ich wollte schon auflegen, aber Cora ließ sich den Hörer geben, sie ließ nicht locker. Gut, das rang sie ihnen schließlich ab, sie wollten wenigstens alles versuchen, es doch noch heute hinzubekommen.

Ich hätte das nie geschafft. (Gehört wahrscheinlich auch in die Findlinge: daß er wahrscheinlich, bedingt durch die Erfahrungen seines Vorlebens, für immer einen Heidenrespekt vor Handwerkern aller Art hat!) Wir sprachen auch noch einmal über Fromm.

Meine Bedenken, was die weiteren Perspektiven betraf, hörte sich Cora geduldig an. Als ich fertig war, schwieg sie.

Dann sagte sie: »Du hast doch aber selbst gesehen, Fromm ist auf seine Art ein äußerst kultivierter Mann. Das Problem liegt ganz woanders: unsere Leute! Die wollen jetzt auf Biegen und Brechen kompatibel werden. Fromm ist sich seiner Sache sicher, der ruht in sich. Kann er ja auch. Aber unsere Leute, die müssen sich auf einmal bewegen. Du glaubst gar nicht, was so ein bißchen Druck von außen ausmacht, schon kracht hier alles auseinander.«

Hinter ihrem Rücken hatten einige persönlich an Fromm geschrieben, um sich ihm zu empfehlen. Fromm war sehr verwundert darüber, und Cora hatte das dann in die Hand genommen, offiziell gemacht, jeder sollte auf einem Blatt kurz seine persönlichen Zukunftsvorstellungen niederlegen.

»Und?« fragte ich.

»Am Montag hatte ich den ganzen Schreibtisch voll.

Eigentlich, das war mir vorher nie so richtig klar gewesen, ist jeder hier absolut unverzichtbar. Das waren zum Teil regelrechte Traktate. Dabei sollten sie wirklich nur ein paar Stichworte zum Thema ›Meine Vorstellungen für die weitere Zukunft‹ notieren.«

»Und Liebenthal – was hat denn der so geschrieben?«

»Der? Der hat ein weißes Blatt abgegeben.«

In der Ferne sah ich die Häuserfront steil aufragen. *Kubickytypenoffen* hatten noch mal angerufen: das Auto war fertig. Ich mußte mich aber beeilen, nach 6 war keiner mehr da.

Die Kleingartenkolonie, an der ich vorbeilief, lag im Dunkel; dort war alles zugenagelt, weggestellt, dichtgemacht. Die Saison hatte noch nicht begonnen. Zur Straße hin war der Außenzaun der Anlage doppelt mit Stacheldraht gesichert.

Ich dachte an Fromms Vortrag vom Vortag. Wer weiß, vielleicht reichten ja die Wurzeln dieser Kleingartensucht oder -sehnsucht ebenfalls tief, tief in die Vergangenheit hinein? In die große Zeit der deutschen Kleinstaaterei, als hinter jedem zweiten Dorf- oder Feldrand schon gleich ein anderes deutsches Ländchen begann und die nächste Stadt garantiert auf dem fremden Territorium eines benachbarten Zwergfürstentums lag: so etwas setzte sich vielleicht, über die Jahrhunderte hinweg, in den Köpfen fest.

Ebenso wie sich das festsetzt, was man *nie* richtig hatte.

Die Kleingartenkolonien – womöglich die letzten, zersplitterten Reste eines deutschen Kolonialreiches, das es so nie gegeben hatte? Der koloniale Drang des Volkes ohne Raum, der hier auf der Stelle trat und für den es nun galt, ersatzweise, die eigene Scholle zu erobern. Wieder und wieder wird sie umgegraben, als berge sie unsagbare Schätze; sie ist tapfer zu verteidigen gegen das von überall her anstürmende Unkraut – still wächst auf dem Misthaufen unterdessen der Lohn für all die Mühen heran: ein dicker Kürbis = »die Ananas (!) des kleinen Mannes«. S-Bahn-Linien durchschneiden die Areale, die kaum größer als Wohnzimmer sind. Und über diesen mickrigen Weltreichen zwischen Schuppen und Bahndamm, Kompost und Alltag, schlappt als Hoheitszeichen die Deutsche Fahne an einer langen, rostigen Eisenstange, an der auch die Antenne angebracht ist.

Die Welt, zerstückelt zu Parzellen: Laubenpieper aus Gewissensnot, die den Rest ihres Lebens in dieser Strafkolonie absitzen müssen, unterm Sonnenschirm, und kritisch das Weltganze betrachten, das exakt 350 m² mißt. Rassekaninchenschau und Arbeitseinsatz am Wochenende. Sonnabends, spät, steigt Rauch auf, vom Grillfeuer. Menschen, auf langen Bänken, die ergebnislos hin- und herschunkeln.

Ich kam mit meinen Überlegungen zum Seßhaftwerden von Pionieren und Kolonisatoren nicht zum Schluß, vor allem gelang es mir nicht, den Bogen noch weiter zurück, bis ins 10. und 11. Jahrhundert, zu schlagen, damals, als die Germanen in ihr angestammtes Gebiet zurückkehrten, um dort wieder erste Kolonien zu gründen – Fromm wäre sicher auch dazu etwas Passendes eingefallen; ich hatte inzwischen die Einfahrt erreicht und sah auf dem Hof schon das Auto bereitstehen, mein Fluchtauto.

»Na, und bei Ihnen – geht's auch wieder los?« fragte unternehmungslustig Frau Hanke, Hochparterre, als ich ihr meinen Briefkastenschlüssel gab; aus ihrem Wohnzimmer kamen die unsäglichen Geräusche des Hauptabendprogramms.

»Ja, Gott, die Arbeit, Frau Hanke, was soll man da machen.«

»Seien Sie froh, daß Sie sie noch haben.« Sie sah gewunden die Treppe hoch und sagte leise zu mir: »Der Smollek, der ist ja nun seit letzter Woche auch schon wieder zu Hause. Irgendwas Hohes am Bau war der.«

Sie zog die Schultern hoch, ich verzog den Mund.

»Ich find das gar nicht so lustig, Herr Gruber«, sagte sie vorwurfsvoll.

Stimmt, doch ich war erleichtert. So viele Fragen, die den ganzen Tag wie Strafgefangene da oben in meinen grauen Zellen auf und ab gelaufen waren. Nun hatte wenigstens eine von ihnen eine schlüssige Antwort und ihre Ruhe gefunden und konnte sich beruhigt auf die Pritsche werfen.

In der Wohnung ließ ich mir die Badewanne einlaufen, zog mich aus und stieg hinüber in die andere Welt – aus Wärme, Schaum, Vergessen. Fehlerfrei pfiff ich *Alle meine Entchen*.

Mensch, Smollek, so schwer ist das doch gar nicht!

Wohin? – Des Wegs!

Links und rechts der Allee standen silberne Pappeln. In der Ferne, die noch im Morgendunst lag, liefen die beiden Baumreihen schnurgerade zu einem schimmernden Punkt zusammen. Da, wo zwei Parallelen sich schneiden, beginnt die Unendlichkeit; genau dorthin war ich an diesem Donnerstagmorgen, unrasiert und unausgeschlafen, unterwegs – an die Ostseeküste.

Die letzte nennenswerte Erhebung hatte ich in Höhe der Lieps (die ich auf dem Rückweg unbedingt aufsuchen mußte!) passiert, dann an Neubrandenburg vorbei, das ich im Halbkreis, am Stadtmauerring entlang, umkurvt hatte – jetzt kam nichts mehr dazwischen, das restliche Stück Land lag flach ausgestreckt bis hin zum Meer vor mir.

Ich wollte mir das Kap von Arkona, das einzige sicher lokalisierte wendische Großheiligtum, ansehen. Womöglich ergaben sich aus solch einer Vor-Ort-Inspektion nähere Aufschlüsse auch für die weitere Suche nach Rethra. Zwar war ich schon früher einmal, mit Christine, dort gewesen. Aber damals war ich nur ahnungslos auf den Klippen und im Dünengras herumgestiegen; es hatte mir nichts bedeutet.

Zumindest in dieser Hinsicht hatte Fromm nicht unrecht: erst wenn wir sie in einen lebendigen Zusammenhang bringen, bedeutet die Vergangenheit etwas für uns, beginnen die toten Steine zu reden. Wenn wir keine Fragen stellen, antwortet die Geschichte uns auch nicht. So einfach ist das.

Außerdem sollte sich in der Kirche von Altenkirchen, ein paar Kilometer vor Arkona, ein Swantevitstein befinden. Bei dieser Gelegenheit, im Vorbeifahren also, konnte ich mir endlich auch mal ein Bild von dem großen Wendengott machen.

Glatt ging es über die B 96 hin. Meter für Meter wurde das graue Asphaltband von meinen Reifen aufgerollt und verschwand spurlos.

Es war dreiviertel 9. In Werske, kurz hinter Altentreptow, machte ich halt; ich war sehr früh in Berlin aufgebrochen, vom Bett aus eigentlich direkt ins Auto, jetzt wollte und mußte ich mir die Beine vertreten.

Werske ist ein Straßendorf. Dunkles Backsteinrot der flachen Häuser, blaue Fensterläden. In Kopfhöhe – die Dachrinnen. Bei den Häusern kleine Gemüsegärten, die später, im Herbst, mit ihrem spärlichen Besitz wuchern werden. Dahinter schmale Felder, ein Streifen Wiese, schließlich Wald, aber nicht viel, man konnte durch ihn hindurchsehen.

Das Land war flach geworden, der Himmel höher.

Der Himmel war hier flüchtig. Kein Ort, um anzukommen.

Hier also war ich angekommen. Es war kurz vor neun, die Straße um diese Zeit leer.

Am Feuerwehrteich eine Kastanie. Darunter ein schwarzes Holzgestell für die Milchkannen. Die gab es aber schon lange nicht mehr. Das Holzgestell war nur eine entfernte, morsch werdende Erinnerung an die Kannen und den Geruch von warmer Milch am frühen Morgen.

Das Dorf machte einen ungewöhnlich aufgeräumten Eindruck, ein Musterdorf, wie aus den stockfleckigen Seiten eines alten, buntbebilderten Märchenbuchs auferstanden. Hätte jetzt noch eine Kuh gemuht oder ein verspäteter Hahn gekräht, ich hätte es ihnen ohne weiteres geglaubt.

Ein Bauer schob sich mit einer Karre ins Bild. Er trug einen blauen Arbeitskittel, oben eine Schiebermütze aus grauem Filz. Die einzige Seele weit und breit, die sich so früh an diesem menschenleeren Ort zeigte. Der Mann fegte die abgeblätterten Laubreste des letzten Jahres zusammen und fuhr sie irgendwohin fort.

Mir fiel auf, daß Werske das erste einigermaßen intakte Dorf war, das ich seit langem gesehen hatte. Auf meinen bisherigen Kreuz-und-quer-Fahrten war ich durch so viele verwahrloste Ortschaften gekommen, eigentlich nur Häuseransammlungen, die längst ihren Geist aufgegeben hatten und die man kaum noch als Dörfer bezeichnen konnte.

Ich beobachtete den Mann, so wie man einen seltenen Vogel beobachtet. Das gab es also doch noch: ein deutscher Bauer, der ganz so, wie es seine Vorfahren seit Generationen schon getan hatten, mit Rechen und Schubkarre herumwirtschaftete und in seinem Dorf auf Ordnung hielt. Ein tröstlicher Anblick! Man hätte es fast fotografieren müssen. Zum Glück hatte ich nichts dabei, der Apparat lag im Auto – ein Foto hätte dieses Bild nur entweiht, zerstört.

»Gutten Tak«, sagte der Mann, als er das nächste Mal mit entleerter Karre wiederkam. Aus seinem Mund blitzten mir schneidig zwei Reihen Silberzähne entgegen. »Keen scheenes Wettr heit, ni.« Er stellte die Schubkarre ab. »Zu dem baltische Meere 'nauf, Sie?« fragte er mich. Ich nickte.

Er bemerkte den respektvollen Blick, mit dem ich die aufgehäuften Laubberge und die sauber geharkten Wege betrachtete.

»Ja, man muß doch schaffe, mein gute Herr, newarrr.«

Ich erfuhr, daß der Mann Wassili Georgewitsch Schuhmann hieß und aus Kasachstan kam. Seit zweieinhalb Jahren lebte er mit seiner Familie in »Werrrschke«. Wie er das sagte, klang es so, als habe er damit das große Los gezogen. Aber wenn man sich hier umsah, konnte man durchaus auch der Meinung sein, daß Werske mit ihm das ganz große Los gezogen hatte.

Ich fragte ihn, warum er denn aus Kasachstan fortgegangen war.

Er sah mich an, als hätte er die Frage nicht ganz richtig verstanden.

Natürlich, das war auch eine blöde Frage. Trotzdem wiederholte ich sie, langsam und deutlich: »Warum Sie hier? Warum nicht zu Hause – Kasachstan?« Mein Finger zeigte irgendwohin, in eine Richtung, wo ich Kasachstan vermutete.

Er schüttelte nur den Kopf.

Dann erklärte er es mir aber. Er habe Deutschland im Blute, sei kein »Aussiedler«, sondern Deutscher – und »zu Haus sein«, das ist hier. Mit dem Rechen stieß er zur Bestätigung auf den Boden. Drüben, in Kasachstan, hatte er immerzu von Deutschland geträumt.

Ob es dort aber nicht sehr schön sei, wollte ich wissen. Ich erinnerte mich an einen Urania-Vortrag in den siebziger Jahren, da waren Dias aus Kasachstan gezeigt worden, graugrünes Steppenland, Pferde – und im Hintergrund ragte schneeweiß der Altai auf.

»Schjöhn – jaaa.« Sein Mund glänzte silbern, und sein Blick war mit einemmal ganz weit geworden. »Aberrr« – und als er das sagte, hatte er vor Entrüstung fast Schlitzaugen –, »der Kasache!« Der Silberschatz war augenblicklich wieder im Mund des Mannes verschwunden.

Herr Schuhmann schwieg einen gehörigen Moment, schüttelte noch einmal den Kopf und setzte mir dann Punkt für Punkt auseinander, warum er es dort nicht länger ausgehalten hatte. »Der Kasache ist verflixt!« Verflixt – ich hatte dieses Wort schon ewig nicht mehr gehört.

Im einzelnen: der Kasache möchte immer die Tasche voll Geld haben, ohne dafür zu arbeiten. Wenn der Traktor des Kasachen kaputt ist, will er nicht wissen, warum, sondern er geht einfach zum Deutschen und sagt: reparier ihn mir. Deutsche Volkslieder bedeuten dem Kasachen rein gar nichts. Nur eines kann der Kasache, was der Deutsche nicht kann, aber das kann er richtig: er kann den ganzen Tag herumsitzen, die Hände im Schoß, ohne etwas zu tun.

Towarischtsch Schuhmann funkelte mich begeistert an. Sicher erwartete er nach diesen vertrauensvollen Eröffnungen eine Reaktion von mir. Aber was sollte ich ihm denn sagen? Ich konnte mich doch jetzt nicht hier auf der Stelle, auf dieser Dorfstraße mit ihm verbrüdern. Und vielleicht war Herr Schuhmann ja auch aus Versehen in ein ganz falsches Land ausgereist. Zumindest, was mich betraf – wenn ich diesen Steckbrief »Der Kasache« Punkt für Punkt durchging, so gab es darin doch keinen einzigen, in dem ich mich von einem echten verflixten Kasachen unterschied.

Oder sollte ich ihm nun wirklich ganz offen gestehen, daß auch ich die Taschen am liebsten voller Geld haben möchte, ohne dafür zu arbeiten? Und wenn mein Traktor, sprich: die klapprige *andersWandern*-Kiste, kaputt ist, will ich doch auch nicht wissen, warum und wieso, sondern gehe einfach zum Deutschen, nämlich zu *Kubicky-typenoffen*, und will, daß die ihn mir schnell reparieren. Deutsches Liedgut, speziell Heino, bedeutet mir überhaupt nichts. Und einfach so, den ganzen lieben langen Tag herumzusitzen, ohne etwas zu tun – das kann ich auch, überhaupt kein Problem damit (meine Computergoldfische und Cora können es bezeugen!).

Towarischtsch Schuhmann hatte in mir einen Verbündeten gesucht – und was hatte er gefunden? Ich kam mir wie ein Verräter vor, wie ein maskierter Kasache. Ich sagte ihm das nicht so, ich wollte ihn nicht enttäuschen, sondern nickte nur wissend.

Herr Schuhmann nickte ebenfalls, aber unwissend, er hatte keine Ahnung, daß er hier wahrscheinlich schon wieder einen von den Kasachen vor sich hatte, einen Kasachen des täglichen Überlebens.

Er nahm die Karre wieder auf und schob damit ab. Das Land seiner Träume existierte wahrscheinlich nur noch irgendwo in seinen Träumen.

Als ich ins Auto stieg und mich noch einmal zu ihm umwandte, fegte er wieder Laub. Heroisch ignorierte er den auflandigen Wind, der schon nach Meer roch und der immer wieder alles auseinanderwirbelte. Es sah aus, als sei Wassili Schuhmann unentwegt damit beschäftigt, ein Land freizufegen und freizulegen, das es gar nicht mehr gab.

Und wenn er alles Laub ratzekahl weggefegt hatte? Stürzte er da vielleicht durch eine Falltür ins Nichts?

Zum Glück gibt es die Bäume, die periodisch immer wieder alles bunt zuschütten.

Im Vorbeifahren hupte ich kurz. Er hörte es nicht.

Und dann war ich am Meer. Möwen, das war nicht zu ändern, die waren unvermeidlich und gehören einfach mit dazu. Genauso wie der Sand in den Schuhen, das Anschwappen der Wellen. Erst hatten die Möwen schläfrig im Auf und Ab der Wellen geschaukelt. Als sie mich sahen, waren sie aufgestiegen, weiße, scharfschnäbelige Seeräuber – und umkreisten mich. Die Möwen schrien mir die Ohren zu.

Ich steckte den kleinen Finger in die schäumende See. Mit einem eisigen Schwapp überspülte sie im nächsten Moment meine ganze Hand. Entsetzt sprang ich zurück. Dieser Müller war ja doch wohl hochgradig verrückt.

Die Strandkörbe, zugeklappt, abgeschlossen. In der halboffenen Muschel der Kurkonzerthalle rauschte nur die Ostsee, sonst nichts, kein Orchester. Mit einem Papiertaschentuch wischte ich das geperlte Wasser von einer weißen Bank ab. Jetzt war ich da. Wollte ich eigentlich hierher? Nein, ich wollte nur, bevor ich nach Arkona weiterfuhr, noch irgendwo eine Kleinigkeit, ein Fischbrötchen vielleicht, essen, um das große Heiligtum, von dem ich inzwischen schon so viel gelesen hatte, nicht mit profan knurrendem Magen betreten zu müssen.

Ich biß vom Brötchen ab, wischte mir die Majonäse aus dem Mundwinkel und auch von der Hose ab und sah mich um. Ein trüber Tag, noch immer. Auf der Strandpromenade beobachtete ich eine Frau. Sie hatte die Sonnenbrille hochgeschoben, in die blonden Haare gesteckt: eine einsame Ritterin mit aufgeklapptem Visier in diesem halbleeren Seebad. Die toten Augen der schwarzen Designerbrille waren in den Himmel gerichtet und hielten tapfer Ausschau nach einem Blau, das aber nirgendwo zu sehen war. Eher sah es so aus, als würde es sich noch weiter zuziehen und verdüstern.

Wenig später ging stürmisch ein Regen nieder. Ich stellte mich unter das Vordach eines Verkaufspavillons.

Vergeblich versuchte eine ältere Frau mit einem grotesk verbogenen, eingebeulten Regenschirm gegen die nassen Böen anzugehen, die den Dünenweg von einem Augenblick zum andern leergefegt hatten. Aber sie wurde fortgetrieben, und dem Schirm riß es in langen Fetzen die dünne Seidenhaut vom Metallgerippe.

Um trocken zu bleiben, betrat ich den Pavillon. Dort sah ich auch die Frau von der Strandpromenade wieder. Noch immer hatte sie ihre trotzig weltabgewandte Sonnenbrille auf. Sie probierte irgendwelche Kleider an. Sie stand vor einem ovalen Spiegel und betrachtete sich, sie trug jetzt ein langes, an der Seite geschlitztes rotes Kleid. Sie musterte sich kritisch mit fremden Augen, wahrscheinlich waren das die Blicke von tausend imaginären Männern, die ihr demnächst, wenn sie irgendwo effektvoll in diesem Kleid aufrauschte, atemlos zu Füßen liegen sollten.

Stellvertretend nickte ich dem Kleid zu.

Unsere Blicke trafen sich kurz im Innern des Spiegels.

Verwundert, verwirrt wandte die Frau sich ab und vertiefte sich wieder in die Betrachtung des Kleides, jetzt einen Schritt zurück und das linke Bein vorgestellt: die Seitenansicht.

Dann nahm sie es doch nicht.

Als draußen der Regen aufgehört hatte, verließ sie den Laden, die Brille jetzt blickdicht heruntergeklappt. Ich stand am Zeitungsständer, mitten im Schreibwarenmief. Sie ging vorbei, ohne mich zu beachten. Zuerst kam ihr Luftsog, ich schlug die Augen nieder und erwartete, die Nasenflügel weit aufgespannt, gebannt ihren olfaktorischen Nachhall. Dann, da war sie schon drei, vier Schritte weiter – wehte mich ihr Geruch an. Tief atmete ich ihn ein, bis nichts mehr davon übrig war. Erst wenn es vorbei ist, spürt man es.

Jetzt war ich bereit.

Die Zufahrt war gesperrt, man wurde zu einem Parkplatz, der eher eine große Autoabstellfläche auf einer zerfahrenen Wiese war, umgeleitet. Das war auch richtig so. Das letzte Stück, noch einen Kilometer etwa, sollte es unbedingt zu Fuß gehen.

Das war überhaupt die Frage: die ganze letzte Zeit war ich nur immer wie ein Blöder herumgefahren, hatte permanent im Auto gesessen, eine völlig verfahrene Geschichte – da war es doch kein Wunder, daß ich mit den *Erwanderungen* kein Schrittchen vorangekommen war. Das sollte mir für die Zukunft eine Lehre sein.

Ein kleines kräftiges Dieselauto, das man albernerweise als Dampflok verkleidet hatte, zog eine stilisierte Bimmelbahn auf der Straße entlang. Die Insassen der angehängten Wägelchen sahen aus wie Menschenopfer, die der großen Gottheit von Arkona dargebracht werden sollten. Sie schienen aber noch keine Ahnung davon zu haben. Sie lächelten und winkten heraus oder beschäftigten sich mit Fotoapparaten und Videokameras, um sich auf den großen Augenblick vorzubereiten.

Da ahnte ich schon, daß es furchtbar werden würde. Am Fuße des Tempelbergs war eine Nachbildung des Swantevit-Denkmals aufgestellt. Erschrocken wich ich zurück. Eine Holzschnitzarbeit, vier bärtige Gesichter blickten in die vier Himmelsrichtungen. Mangels anderer Inspirationsquellen hatte dem Schöpfer allem Anschein nach sein häuslicher Nußknacker dafür Modell gesessen. Vor diesem abscheulichen Götzenbild wären die Wenden damals, vor tausend Jahren, sicher voller Wehgeschrei zu Boden gesunken – und die christlichen Missionare hätten auf Rügen leichtes Spiel mit den Heiden gehabt.

»Heidi!« rief ein windzerzauster Mann, er war schon auf einem der Aussichtspunkte und winkte von dort seiner Frau.

Oben war nicht viel zu sehen. Ein einziger touristischer Trampelpfad im Sturmgebraus. Meine Augen tränten. Aber das war nur der Wind, der in Sturmstärke das Dünengras flachlegte. Das Beste an allem war noch das Meer, das in grauen Massen und immer neuen Angriffswellen geduldig von drei Seiten gegen dieses verwitterte Kap anrollte.

Ich mußte zusehen, daß ich hier schnell wieder wegkam. Die Stelle stimmte, aber es war der falsche Ort, die falsche Zeit. Hier gab es für mich nichts zu entdecken.

Mein Eindruck hatte mich nicht getäuscht. Als ich wieder im windstillen Innern des Autos saß und aufatmen konnte, blätterte ich die kleine Broschüre durch, die ich an der Kasse gekauft hatte. Im Jahrhundertmittel soll es hier einen Küstenabbruch von 100–200 Metern geben. Demnach mußte das ursprüngliche Areal fast dreimal so groß gewesen sein wie dieser letzte Rest, den das stürmische Meer übriggelassen hatte. Was Schuchardt 1926 bei seinen Ausgrabungen für Fundamente des Swantevit-Tempels gehalten hatte, das waren lediglich Unterbauten auf der westlichen Seite des zweiten inneren Walls. Der Tempel selbst stand viel weiter östlich. An dieser Stelle ist heute längst Meer.

Auf der Rückfahrt kurzer Zwischenstop in Altenkirchen.

In der Südvorhalle der Kirche war ein Swantevitstein, auf der Seite liegend, in die Kirchenwand eingebaut. Er zeigt einen Mann, der mit beiden Händen ein Füllhorn trägt. Nase, Kinn und Bart sind noch ungefähr zu erahnen. Auch in Bergen, eine halbe Stunde später, an der Westseite der Marienkirche, fand ich einen Swantevitstein.

Selbst wenn das nur sogenannte »Swantevitsteine« waren – bei dem einen handelte es sich wahrscheinlich um den

Grabstein eines slawischen Priesters, bei dem andern vermutlich um ein Bildnis des Rügenfürsten Jaromar I. –, sie waren viel eindrucksvoller als die folkloristische Holznachbildung in Arkona. Natürlich lag das daran, daß das echte Steine waren, die noch aus heidnischer Vorzeit stammten.

Aber da war noch etwas anderes. Mir fiel es auf, als ich vor dem Westportal der Marienkirche stand und die Sonne auf die ins Mauerwerk eingelassene Figur fiel.

Beide Figuren waren fast völlig gesichtslos. Im Laufe der Zeit waren die Gesichtszüge abgeschliffen, vom Regen abgewaschen oder von Tausenden tastenden Händen abgegriffen worden. Der Blick des Betrachters, der sich ein genaues Bild machen will und die Sache damit zwangsläufig auf sein Format herabziehen würde, wird in die Irre geschickt, er verliert sich im Unendlichen der verschwommenen Gesichtsumrisse, Räuber & Gendarm mit dem Unbegreifbaren, dem Ungreifbaren. Fast tausend Jahre hatten ihre Spuren im Stein hinterlassen. Das altbewährte religiöse Vexierspiel wurde hier mit dem Betrachter gespielt: Du sollst dir kein Bildnis machen.

Auch wenn die Saison noch nicht richtig begonnen hatte, die Unterkünfte auf dem Festland, das hatte ich bei der Herfahrt bemerkt, waren wesentlich preiswerter als auf der Insel. Ich fuhr also wieder zurück, diesmal aber eine andere Strecke: südwestlich, in Richtung des Planquadrats 52 D.

Plötzlich hatte ich das Gefühl, auf dem richtigen Weg zu sein. Ich weiß auch nicht, warum. Als wäre ich diese Strecke schon einmal, vor langen Zeiten, in einem andern Leben, gefahren. Als müßte ich mich nur daran erinnern, aber ich erinnerte mich nicht.

Aus dem Nichts erschien vor mir ein Geisterfahrerauto. Es fuhr zwar auf der richtigen Seite, aber es war leer, kopflos rollte es dahin. Entgeistert zog ich mich am Lenkrad hoch. Da erst, nach diesem Schreckmoment, sah ich das gelbschwarze englische Nummernschild. Der Fahrer, ein kleiner Mann mit Hut, saß auf dem rechten Sitz.

Später Nachmittag, als rechter Hand »Moni's Ausspann« auftauchte. Der Kasten eines alten backsteinroten Straßengasthofs, der aber nach Art eines Trucker-Stops zurechtgemacht worden war. Ich war zurück in Brandenburg, alles sah wieder aus wie in Amerika.

Die Gästezimmer waren über den Hof; man konnte, wenn man das Gardinengitter beiseite schob, weit über die prärieartigen Felder schauen.

Ich befand mich jetzt am nordöstlichen Rand von Wenzels Planquadrat 52 D. Für den Abend stand die übliche logistische Feinanalyse auf dem Programm. Eine andere Abendplanung war an diesem Ort auch kaum möglich.

Gewohnheitsmäßig wollte ich aber zumindest die örtliche Dorfkirche inspizieren. Doch zunächst mußte ich mich, solange es noch hell war, um das Innere des Autos kümmern. Vor der Inspektion hatte ich den Kofferraum vollständig leergeräumt; Kubicky verlangte das, seit einmal, nach einer Inspektion, ein kompletter Kartensatz »Der Harz« (250 Exemplare) spurlos verschwunden war.

Den ganzen Ausrüstungskrempel hatte ich am Morgen in aller Eile nur schnell hineingeworfen. Unterwegs, besonders auf den kleinen, holprigen Landstraßen Rügens, hatte es im Kofferraum immer wieder verdächtig gerumpelt und geklappert. Auf dem Parkplatz neben »Moni's Ausspann« räumte ich also alles aus: rot-weiße Vermessungslatte, Feldspaten, Gummieimer, Siebe, Abdeckhauben, Kästen und Kisten – und dann räumte ich ordentlich alles wieder ein, aber nun so, daß nichts mehr wackelte oder lose war und mir auf die Nerven gehen konnte.

Zwischendurch, nur einen Moment lang, hatte ich das Gefühl, beobachtet zu werden. Ein Augenpaar hinter der Mauer? Es begann schon langsam dunkel zu werden, vielleicht war es das. Ich schloß das Auto ab, ging noch einmal zurück, um zu sehen, ob ich das Auto auch abgeschlossen hatte. Natürlich, ich hatte. Wahrscheinlich sah ich schon Gespenster.

Die Kirche, schräg über die Straße, war zwar alt, aber nicht so alt, daß sie für mich von Interesse hätte sein können. Trotzdem machte ich ein paar Fotos. Der hölzerne Glockenturm vor dem Hintergrund eines von Westen heraufziehenden Gewitters machte sich gut als Motiv.

Jetzt hätte ich wirklich schwören können, daß mich jemand beobachtete. Aber ich sah niemanden und vergaß es wieder.

Schon seit ich hier war, hatte der Himmel finster vor sich hin gegrollt und gegrummelt, die ganze Zeit über war er nicht richtig zur Ruhe gekommen. Ich drückte auf den Auslöser, da flammte es über mir auf. Zackig zuckte ein Blitzbündel nieder, oben zersplitterte alles. Für einen Bruchteil der Zeit war es ringsum weiß. Gerade hatte ich das gläserne Bushäuschen erreicht, da stürzte schon mit einem großen Rauschen der ganze Himmel zu Boden. Die Erde wackelte unter Donnerschlägen.

Ich sah »Moni's Ausspann«, es gab aber keinen Weg, trocken auf die andere Seite zu gelangen; die Straße war ein reißender Bach geworden.

Unendlicher Trost des Gewitters – es macht uns klein und ängstlich. Wir suchen, wo auch immer, Schutz vor ihm. Und wenn es nur ein kleines Dach ist, das genügt schon. Solange es noch Gewitter gibt, etwas, das größer ist als wir, kann man es auf der Erde aushalten.

Dann war plötzlich alles vorbei.

Von den Bäumen tropften die Regenreste. Die Vögel, die während dieses großen Himmeldonnerwetters ehrfürchtig geschwiegen hatten, setzten ihre Unterhaltung dort fort, wo sie vorhin unterbrochen worden waren.

Abends, im Bett. Eigentlich wollte ich nur die übliche Routenplanung vornehmen. Am Rand der Detailkarte 52 D fand ich, kaum noch leserlich, die halbausradierte Bleistifteintragung Wenzels: »Wust (vermutlich vom slawischen ›Wostrow‹ herrührend) = ›auf der Insel‹!!!«

Dann sah ich ein kleines Kreuzchen. Es war auf der Landzunge, die von Westen her in den Wuster See hineinragte, eingezeichnet. Dann rekapitulierte ich alles, was ich über Rethra wußte – und dann war mir alles klar.

Die Lage zum Wasser stimmte. Die Entfernung zu Hamburg stimmte. Alles stimmte. Und schließlich: man wählt sich ja ein Paßwort – Wust! – nicht einfach nur so aus. Warum hatte ich das bisher nur immer übersehen? Die ganze Zeit über hatte ich mich auf Abwegen vertrödelt.

Natürlich hatte ich damals, als mir zum ersten Mal Wenzels Paßwort untergekommen war, nachgeschlagen und eine mittelhochdeutsche Herkunft dieses Wortes in wuost = »Verwüstung, Trümmer« gefunden, dabei aber ganz übersehen, daß solch eine eindeutige Zuordnung in einem historisch zweisprachigen Gebiet fragwürdig war und nur die halbe Wahrheit sein konnte.

Sofort zog ich mein treues Kopfkissenbuch, Fontanes »Wanderungen«, zu Rate – und wenig später hatte ich die Stelle wiedergefunden, die ich mir schon einmal angestrichen hatte: »In alten wendischen Zeiten stand hier ein Dorf namens ›Wustrow‹, eine hierzulande sich häufig findende Lokalbezeichnung.« Auch Schuchardt gibt in diesem Punkt einen eindeutigen Bescheid: »Wustrow heißt ›Insel‹.« (S. 43)

Am liebsten wäre ich gleich losgefahren, aber es war schon zu dunkel.

Immer wieder in seiner Geschichte war Rethra zerstört und wiederaufgebaut worden. Ungefähr alle hundert Jahre wiederholte sich das.

955 war Rethra von Kaiser Otto I. verbrannt worden. Es wurde wiederaufgebaut. 1066 zerstörten deutsche Ritter abermals Rethra. Dadurch rückte zwischenzeitlich Arkona in den Rang des Hauptheiligtums auf, es gab ja kein anderes.

Die Swantevit-Priester erlangten eine Vormachtstellung im südlichen Ostseeraum. 1150, nachdem es inzwischen von neuem aufgebaut worden war, zerstörte Heinrich der Löwe endgültig, wie es wieder einmal hieß, Rethra.

1168 belagerte der Dänenkönig Waldemar Arkona und zerstörte nun das dortige Heiligtum. Neben christlichen Bekehrungsabsichten gab es für ihn auch ein ganz profanes, diesseitiges Interesse: zunehmend behinderten die seeräuberischen Aktivitäten des auf der Insel Rügen lebenden Wendenstamms, der Ranen oder Ruganer, die freie dänische Seefahrt im Ostseeraum.

Wenn es nun noch Reste des Heiligtums von Arkona geben sollte, die man vor der Zerstörung im Juni 1168 gerettet hatte – wohin könnten die gebracht worden sein?

Der einzige denkbare Aufbewahrungsort ist eine geweihte Stätte. 18 Jahre zuvor war Rethra zerstört worden. Die Erinnerung an diesen heiligen Ort war also noch wach. Auch die mehrmalige Zerstörung Rethras konnte in den Augen der Wenden diesen Ort nicht entweiht haben – im Gegenteil, die Geschichte bewies ja: Rethra war bisher immer wieder, nach jeder »endgültigen« Zerstörung, neu aus der Asche auferstanden.

Da es auch 1150 hieß, Rethra sei endgültig zerstört worden, mußten die christlichen Eroberer inzwischen jegliches Interesse an dieser Stelle verloren haben; das schaffte eine zusätzliche Sicherheit, daß sie dorthin nicht zurückkehren würden. Wenn es also einen Ort gab, der sicher war und wohin die letzten Reste des Wendenheiligtums und Tempelschatzes von Arkona verbracht worden sein konnten, dann war das Rethra, dieser Un-Ort, der so tief in Vergessenheit geraten war, daß er bis heute unauffindbar darin verschwunden war.

Deswegen also war mir der Weg so bekannt vorgekommen. Schon einmal, vor tausend Jahren, war die Fahrt in einer stürmischen Nacht von Arkona nach Rethra gegangen.

Ich schloß die Augen.

Das Bett riecht ja abenteuerlich, stellte ich noch verwundert fest – riecht ja ganz abenteuerlich nach jahrhundertealtem Fernfahrerschweiß. Dann schlief ich sofort ein, wie unter einer schweren Narkose.

Wilfried und die Folgen

Ein heiterer Morgen. Alle dunklen Wolken vom Vortag – verflogen. Die Sonne schien mir direkt ins Gesicht. Stückweise fiel mir wieder ein, was ich gestern abend herausgefunden hatte; als ich alles beisammen hatte, war ich hellwach. Ich lag da, lauernd – eine Spinne im Zentrum eines weit ausgespannten Netzes. Das war heute vielleicht schon der Tag der großen Entscheidung!

Ich sprang aus dem Bett, unter die Dusche, erst heiß, dann eiskalt. Guter schwarzer Kaffee, das Spiegelei war, wie es sein muß: eine buttergelbe Sonne auf dem Frühstückstisch, wundervoll auch der Schinkentoast, ein Glas Orangensaft. Ich bezahlte die lächerlich geringe Rechnung, gab großzügig Trinkgeld, schulterte entschlossen die Tasche und schritt zum Parkplatz, zur Tat.

Mein *andersWandern*-Opel war das einzige Auto, das dort noch stand. Irgend etwas stimmte nicht damit. Ich wußte bloß noch nicht, was. Es hatte sich über Nacht verändert, schien irgendwie geschrumpft oder in sich zusammengesunken zu sein.

»Ja toll!« schrie ich, als ich davorstand. Ich schmiß meine Tasche auf den schwarzen Schotterboden und lief um das Auto herum. »Ja toll! Klasse! Wunderbar!« Ich sah mich um. Jetzt wußte ich, daß ich wirklich auf dem richtigen Weg war. Dunkle Mächte wollten mich hindern: alle vier Reifen platt. Überall war die Luft raus. Ich schnappte nur noch.

Höllisch lachte ich auf. Ich zog das Handy aus der Tasche, steckte es wieder ein und stöhnte auf. Mit dem Fuß trat ich immer wieder gegen einen der breiig plattgedrückten Reifen.

Ein Mann kam über den Parkplatz.

»Morgen«, sagte er. Er sah aber nicht mich an, nahm überhaupt nicht Notiz von mir, sondern betrachtete nur mitfühlend die Reifen.

»Guten Morgen«, erwiderte ich kühl.

»Mh, das ist ja nun blöd. Haben Sie gesehen, wer das war?«

»Das kriege ich schon noch raus, keine Sorge. Wo ist hier die nächste Polizeistelle?« Ich merkte, daß ich einen Verhörton angeschlagen hatte; der Mann ließ sich aber dadurch nicht beirren, er kniete am Vorderreifen nieder.

»Halt!« rief ich. »Halt! Nicht anfassen. Fingerabdrücke.«

Der Mann sah zweifelnd zu mir herauf.

»Und was machst du jetzt?« fragte er.

»Ich erstatte Anzeige.«

»Und gegen wen?«

»Vorerst gegen Unbekannt«, sagte ich drohend. »Aber dann wird man ja sehen.«

»Willst du jetzt so zur Polizei fahren? Die nächste Station ist in Globin. Das ist eine halbe Stunde von hier.«

Ich riß das Handy aus der Tasche und hielt es stumm hoch; für Sekunden stand eine Nachbildung der amerikanischen Freiheitsstatue in der Mark Brandenburg, auf dem schwarzen Schotterparkplatz neben »Moni's Ausspann«.

Der Mann, der sich wieder aufgerichtet hatte, betrachtete mich interessiert. Er wischte sich die Hände an der Hose ab. »Klar, verstehe. Du rufst da an, sagst soundso, daß dein Reifen kaputt ist – und die kommen dann gleich mit Blaulicht hierher.«

»Vier Reifen!, nicht einer – und alle zerstochen, ach was: brutal abgestochen, plattgemacht. Das gibt's doch gar nicht. Alle vier Reifen!«

Der Mann sah mich mitleidig an. »Du, das kann ein Problem geben.«

»Wieso?«

»Vier Reifen zerstochen – da werden die natürlich, so wie ich die da kenne, die grünen Jungs in Globin, auch gleich vier Autos schicken wollen. Großeinsatz, verstehst du? Für jeden Reifen einen. Das kann dauern. Bis die ihre ganze Mannschaft zusammenhaben.«

»Was geht Sie denn das an? Oder – wissen Sie etwas? Wissen Sie etwa, wer das gewesen ist?«

Er sah mich nicht an. Er sprach jetzt mit dem Auto. »Ich habe vier nagelneue Reifen in der Garage, einen kompletten Satz. Den hole ich jetzt – und in einer halben Stunde ist die Sache vergessen.«

»Na hören Sie mal! Das ist doch ein ganz, ganz billiger Trick. Denken Sie, darauf falle ich herein? Jemand – gut, ich nehme mal an, wir beide kennen ihn nicht –, jemand, ein Unbekannter von Ihnen, sage ich jetzt mal, zersticht mir heimtückisch die Reifen. Sie kommen, ganz zufällig, hier vorbei und haben, ganz zufällig, auch gleich vier neue Reifen parat. Für wie blöde haltet ihr mich denn eigentlich?«

Ich griff wieder zum Handy.

»Ich würde es mir überlegen«, sagte er.

»Vier neue Reifen! Und was verlangen Sie dafür? 500 Euro oder was?«

Er sah mich ernst an. »Keine Anzeige. Das ist alles. Das kostet dich eine halbe Stunde – und du kriegst dafür vier nagelneue Reifen. Umsonst kriegst du die, hörst du: umsonst. In zehn Minuten bin ich wieder da.«

Er hatte in einem Ton gesprochen, der keinen Widerspruch duldete. Auch diese selbstverständliche Art, in der er mich dauernd geduzt hatte, hatte einschüchternd auf mich gewirkt.

Ich wartete also. Etwas anderes blieb mir im Moment auch gar nicht übrig.

Er kam tatsächlich nach zehn Minuten zurück. Ein silbergrauer Mercedes, zwar schon ein älteres Baujahr, aber immerhin. Im Kofferraum lagen die Reifen.

Noch immer war ich mißtrauisch. Zum Beispiel wollte ich von ihm wissen, wo er plötzlich so schnell die Reifen herhatte. Die sahen wirklich fabrikneu aus und rochen auch so, noch mit schwarzen Gummihaaren dran.

»Weil du heute verdammtes Glück hast, Mensch, deshalb. Meine Frau und ich, wir haben noch die alten Winterreifen drauf. Nächstes Wochenende wollte ich die wechseln, klar?«

Er wuchtete die vier pechschwarzen Reifen aus dem Kofferraum und kniete nieder.

Ich sah unauffällig nach seinem Auto. Stimmt, er hatte wirklich noch Winterreifen drauf. Der Mann sah auch nicht direkt aus wie ein Trickbetrüger. Trotzdem, mir war das unheimlich. »Warum machen Sie das?« fragte ich ihn.

»Damit ich an die Muttern komme, du Experte.« Er erzeugte mit dem Schraubenzieher einen leichten Druck, fing geschickt die Radkappe auf und legte sie auf dem Boden ab.

Dann begann er die Muttern zu lösen, setzte den Wagenheber an, kurbelte hoch. Das erste Rad wechselte er, ohne ein Wort zu sagen.

Ich kauerte mich neben ihm hin: »Sie kennen den Täter und wollen ihn decken, stimmts?«

Er warf mir nur einen kurzen Blick zu, dann stöhnte er, weil er gerade wieder eine der Muttern fest anzog.

Ich war erschrocken, wie abwehrend ich inzwischen auf Freundlichkeit reagierte. Der Mann wollte mir vielleicht wirklich nur helfen – aber?

Beim zweiten Rad begann ich es anders. »Meine Reifen, die sind schon ziemlich runter, was. Haben sie mir in der Werkstatt auch gesagt. Wer weiß, ob ich damit noch mal durch den TÜV gekommen wäre. Mensch, nun sagen Sie mir doch endlich mal ... ich finde das ja wirklich sehr nett von Ihnen ... aber warum machen Sie das?«

»Weil ich blöd bin«, knurrte er.

Er rollte einen der neuen Reifen heran, kniete sich am Heck hin und umarmte die Reifenruine links hinten, die er mit leichten Wackelbewegungen in der Hüfte an sich heranzog.

»Na gut, ich kann's dir auch anders erklären. Stell dir mal vor, bis letztes Jahr gab es hier eine Tiefbaufirma.« Der Mann schien das dem kaputten Reifen zu erzählen, den er jetzt vorsichtig, damit es nicht staubte, im Schotter ablegte. »Nicht groß, vier Mann mit dem Chef. Plus, ab und zu, paar Saisonkräfte. Die vier, die kannten sich schon ganz lange, das war immer noch die alte Truppe von früher, die waren mal 'ne Brigade. Die vier Musketiere wurden die genannt, wenn die irgendwo auftauchten.

Im Frühjahr neunzig haben die sich gesagt: so lange haben wir es zusammen ausgehalten, das schaffen wir jetzt auch noch. Und von da ab hielten die sich als Firma über Wasser. Nicht gut, nicht schlecht. Eben gerade so. – Jetzt mal den Schlüssel da hinten. Nein, den großen. Ja, den. –

Eines Tages kriegen die den Auftrag ihres Lebens. Altstadtsanierung und -ausbau in Dümnitz. Da, wo heute das Marktcenter ist. Ausschachten, Fundamente, Gräben für die Leitungen, alles: Gas, Wasser, Scheiße – eine Goldgrube!

Die haben nie daran gedacht, daß die die Ausschreibung auch wirklich kriegen könnten. Aber sie waren eben unschlagbar billig gewesen. War auch alles ganz haarscharf kalkuliert.

Jetzt aber los! sagten die sich. Die standen wie unter Strom. Rotierten ohne Ende. Schweres Gerät, wo sie es nur kriegen konnten, zusammengeborgt. Alles zu Scheißkonditionen. Aber egal. Mußten auch noch einen Kredit aufnehmen. Aber sie hatten ja den Auftrag. Alles lief wunderbar.«

Er ruckelte mit der Hand am Reifen, auch der saß jetzt fest.

»Eines Tages komme ich ein bißchen später auf die Baustelle. Sehe schon, da ist was los. Ein Fotograf blitzt da herum. Scheiße, denke ich, Unfall. Sind auch alle versichert? Was man da im ersten Moment so denkt. Da kommt mir schon einer von meinen Leuten entgegen: Brigadier, ruft er, komm mal her, guck dir das mal an.

Früher, im Osten, haben die mich ›Chef‹ genannt. Jetzt, im Westen war ich plötzlich der Brigadier geworden. Na, egal.

Ich springe jedenfalls in die Grube, und da sehe ich das ganze Unglück.

Wirklich, in dem Moment sah ich alles vor mir. Da lief der Film schon los, der war nicht mehr zu stoppen. Da hätte ich eigentlich gleich nach Hause gehen können.

Ich krieche wieder aus der Grube raus, sehe, wie Wilfried auf seinem Bagger sitzt und sich von dem blöden Fotografen vorschreiben läßt, wie er sich hinzusetzen hat, wie er gucken soll. Wo genau die Schaufel vom Bagger liegen soll.

Wilfried – der läßt sich so was sagen! Der! Als Baggerfahrer war der wirklich unschlagbar. Macht da den Affen. Der hat nie ein Rohr oder was gezogen. Immer wie ein Luchs. Immer Millimeterarbeit. Der war ja mit seinem Bagger richtig verheiratet. Der hatte einen 7. Sinn. Er hat sofort abgestellt, als er gemerkt hat: da ist was. Dann noch ein bißchen mit dem Spaten und mit den Händen freigelegt. Und dann ist er, weil er in seiner Aufregung nicht wußte, wohin, zur Zeitung gerannt. Die sitzen da gleich um die Ecke, die Lokalredaktion von denen.

Im Grunde genommen war das wirklich nur so ein Stück Kellergewölbe und Fußboden, was er da freigelegt hatte. Vielleicht Mittelalter. Oder früher. Weiß ich nicht. Geschichte war noch nie meine Strecke.

Da kommt Wilfried auf mich zu, ich seh das noch vor mir, wie er mich anstrahlt, ganz glücklich. Am liebsten hätte ich ihn auf der Stelle in die Grube geschmissen und Sand draufgeschüttet. Wilfried, Wilfried, sag ich bloß und lasse ihn stehen. Der hatte überhaupt noch nicht kapiert, was das bedeutet.

Nächsten Tag war er groß in der Zeitung. ›Unbekannte historische Wurzeln von Dümnitz entdeckt?‹ oder so was. Es gab dann sogar einen Empfang beim Bürgermeister. Sekt und Brötchen.«

An seinen Erinnerungen hatte der Mann offenbar schwer zu schlucken, das sah ich. Er nahm mit beiden Händen den Kreuzschlüssel und versuchte mit ganzer Kraft eine Schraube zu lösen, die irre festsaß.

»Am nächsten Tag kommt dann, was kommen muß: Denkmal-Amt, Baustopp, Plane drüber. Abgesperrt alles. Dann konnten die sich ewig nicht einigen, wer genau zuständig ist: Potsdam oder Berlin oder Neustrelitz. Dann kam mal jemand und sagte: morgen könnt ihr erst mal am Unteren Markt weitermachen. Dann hieß es aber, als wir gerade alles verladen hatten, da muß jetzt auch erst noch ein Gutachten gemacht werden.

Erst haben meine Leute noch zugeguckt, wenn welche vom Denkmal-Amt kamen und in der Grube herumgestiegen sind, und sie haben noch gefragt, ob sie was helfen können. Dann sind sie gleich morgens an den Kiosk. Ich konnte sie nicht halten, es tat sich ja sowieso nichts. Und Wilfried – der sagte keinen Mucks mehr. Und es sprach auch keiner mehr mit dem. Die schnitten ihn einfach. Die Zeit verging. Die Maschinen standen herum und kosteten ein Schweinegeld für nichts. Ich hätte heulen können. Aber ich konnte nicht, ich hatte ja zu tun. Bin zur Bank, zur Stadtverwaltung. Der Bürgermeister war nicht zu sprechen: vielleicht in der nächsten Woche. Oder in der übernächsten.

Aber die Frau von der Bank, die empfing mich sofort. Die hatte auch den Artikel in der Zeitung gelesen und wollte sich die ganze Zeit mit mir über Stadtgeschichte und solchen Quatsch unterhalten; ich hab nur Bahnhof verstanden. Da war die Zeit auch schon um. Wir kamen gar nicht mehr dazu, über den Kredit zu sprechen.

Später hat mir dann einer erzählt, daß man sich gegen solche Sachen auch versichern kann. Das hatte ich nicht gewußt. Gegen seine eigene Blödheit ist niemand versichert.

Nach dreieinhalb Wochen war Schluß, Feierabend. Zahlungsunfähig. Aus. Pech gehabt. Das war's dann.«

Inzwischen hatte er auch das dritte Rad angeschraubt und sich aufgerichtet.

»Das tut mir wirklich leid«, sagte ich.

»Mir erst«, sagte der Mann und ließ den letzten Reifen anrollen.

»Aber trotzdem, ich verstehe nicht ... also warum mir deshalb die Reifen aufgeschlitzt werden.«

»Gestern abend komme ich in den ›Ausspann‹. Da sitzt Wilfried da. Inzwischen haben sich ja meine Leutchen alle wieder irgendwie berappelt. Und Wilfried, der hat jetzt auch was in Aussicht. In ein paar Monaten machen sie hinter Crommin einen neuen Baumarkt auf. Da kann er anfangen; ich kenn da jemanden. Zwar nur auf dem Gabelstapler, hinten im Lager, aber wenigstens was.

Sie sind wieder da, sagt Wilfried zu mir.

Wer ist da? frage ich.

Die Totengräber, sagt er. Er ist ganz bleich. Hat rote Augen. Sieht aus wie das Albinomeerschweinchen von der Nadine. Ich verstehe überhaupt nichts.

Aber denen vermassele ich die Tour, sagt Wilfried.

Und dann kapiere ich endlich, was los ist: der hat dein Auto gesehen und daß du hier irgendwas vermessen hast – da sah er sofort rot.«

»Aber, Mensch«, ich klatschte mir die flache Hand gegen die Stirn, »– ich bin doch gar kein Archäologe.«

Der Mann sah kurz auf: »Ich sag's ja, Wilfried ist auch wirklich zu blöde für diese Welt. Ich kenne ihn. Ich hab ja nun schon, weiß-gar-nicht-wie-lange, den Hut für ihn auf.

Und ich sage ihm gestern noch: Wilfried, sage ich, laß es. Es nützt nichts.«

Der Mann umklammerte fest den Schlüssel und zog die

Mutter an. Dem, dachte ich, möchte man lieber nicht ungelegen in die Hände fallen.

»Daß der sich für so was 'ne Anzeige fängt und sich selber alles wieder vermasselt – nee!«

Schweigend schraubte der Mann das letzte Rad fest.

»Wenn Sie mir das jetzt aber nicht gesagt hätten, mal ehrlich, die Polizei hätte doch ewig nach Unbekannt suchen können.«

»Du, ich mach das hier nicht aus reiner Menschenliebe, bild dir das nicht ein. Aber Wilfried, der Blödmann, hat gestern so laut im ›Ausspann‹ rumgeschrien, das hat jeder gehört. Die hätten es rausgekriegt, sicher.

So, und jetzt weißt du, wie du zu diesem Service gekommen bist. Vier nagelneue Reifen – keine Anzeige. Das ist doch ein tolles Geschäft, Mensch.«

Ich nickte. Mir tat die ganze Sache leid.

»Aber Ihr Kollege, Ihr Mitarbeiter ... Wilfried, der mußte das doch damals melden. Das war doch richtig so.«

Der Mann zuckte die Schultern.

»Was hätten Sie denn an seiner Stelle gemacht?« fragte ich ihn.

»Ich? Ich sag es dir: einfach drüber. Dann hätte es vielleicht ein paarmal historisch geknirscht – und dann wäre Ruhe gewesen. Und ich hätte meine Firma noch. So einfach, mein junger Freund, so einfach.«

Der Mann schmiß sein Werkzeug in den Kofferraum und schlug die Klappe zu. Er warf noch einen Abschiedsblick auf die schwarzen Reifen, die tatsächlich wie Fremdkörper an meinem verdreckten Auto wirkten.

Ich überlegte, ob ich ihm nicht doch vielleicht ein Trinkgeld geben sollte. Aber da traf mich ein Blick, der meine Hand sofort aus dem Umfeld der Brusttasche zurückzucken ließ.

»Und Sie?« fragte ich. »Ich meine: was machen Sie denn jetzt so?«

»Ich mach noch ’n bißchen was auf Feierabendbasis. Ist ja nicht verboten, oder? Und mit Wilfried, das kläre ich selbst.

Aber nun sind wir beide ja quitt, ich habe dir genug Arien erzählt, jetzt kannst du dich ja eigentlich vom Acker machen, was. Also, hau ab, Mann, bevor ich dir die Reifen wieder abbaue.«

Folgsam stieg ich ins Auto. Ich drehte mich zu ihm um, um ihm noch einmal ein Zeichen meines Dankes zu machen, aber er beachtete mich schon gar nicht mehr.

Ich trat die Bremse durch. Vor mir der Laster wurde immer größer. Ich sah die roten Bremslichter des schwankenden Hängers. Auf der linken Seite rollte dichter Gegenverkehr. Ich wollte, das war die einzige Möglichkeit, die noch blieb, rechts, zwischen zwei Bäumen hindurch, ausweichen. Da war es plötzlich nur noch einer, ein Baum. Jetzt fährst du durch diesen Baum hindurch! Das war mein letzter Gedanke.

Als ich die Augen aufschlug und langsam den Kopf hob, rollte auf der Straße ganz normal der Verkehr. Ich paßte einen freien Moment ab, stieg aus. Das Auto war etwa zwei Zentimeter vor dem dicken Baum zum Stehen gekommen. Es sah ganz so aus, als hätte sich hier jemand ordentlich, aber ziemlich eigenwillig, abgeparkt, nur um schnell mal pinkeln zu gehen.

Als ich erleichtert den Reißverschluß wieder hochgezogen hatte und den Böschungsgraben erklimmen wollte, merkte ich, daß mir der Schreck durch alle Glieder gefahren war und alle Kraft aus ihnen gezogen hatte, sie waren ganz weich, ich kam mir vor wie ein Gummimensch. Auch meine Zähne taten weh, bohrender Schmerz im Kopf.

Ich setzte mich ins Auto, atmete tief durch und tippte zitterig Coras Nummer ein, ich lehnte mich zurück.

»Hallo, Cora. Ich wollte mich mal melden.«

»Olaf! Schön. Du, das war jetzt wirklich Gedankenübertragung.«

»Ich hab jetzt, glaube ich, die ganz heiße Spur.«

»Wirklich? Das ist gut. Das ist sogar sehr gut.«

Sie hörte sich erleichtert an. Ich wußte nicht, warum, und fragte sie.

»Fromm, das habe ich dir ja gesagt, ist kein Problem. Aber seine Leute, die aus der 2. Reihe, weißt du, die sind ungeduldig, die wollen was sehen. Die sind schon leicht nervös. Wir haben viel zu hohe Personalkosten. Du mußt jetzt einfach was bringen. Sonst kann ich dich nicht halten. Hast du das verstanden?«

»Ja.«

»Entweder Wenzel oder dieses ... dieses Rethra, von dem du mir erzählt hast. Am besten beides.«

»Und wenn ich nun nichts von beiden bringe?«

»Du bringst es.«

»Und wenn doch nicht?«

»... eene, meene, muh – und raus bist ... –!«

»Klar, ich habe verstanden.«

»Sei mir nicht böse, daß ich dir das so direkt sage.«

»Nein, das ist doch richtig. Das hängt jetzt an mir. Ich weiß. Ich werde sehen, was sich machen läßt.«

»Ruf mich an, zu jeder Zeit! Bitte. Und möglichst bald. Ich habe das hier nur mal kurz angedeutet – mit dieser uralten Wendenkultstätte, das würde wunderbar in den Kram passen. Gerade jetzt, wo es um einen Neuanfang geht. Viel Glück, du – und mach's gut. Wo bist du denn jetzt gerade?«

»Um ein Haar im Straßengraben.«

»Da bin ich ja beruhigt. Solange du noch Witze machst, muß ich mir ja keine Sorgen machen.«

»So ist es.«

Ich startete wieder, konzentrierte mich aber jetzt ganz aufs Fahren; nicht noch kurz vor dem Ziel auf der Strecke bleiben.

In Reutzendorf las ich eine Tramperin auf. Sie hatte den Bus verpaßt. Sie mußte nach Dümnitz, zum Bahnhof. Ihren schweren Rucksack hievte sie auf den Hintersitz. Dann stieg sie neben mir ein und schnallte sich an. Sie lächelte mir zu, sie wußte ja nicht, neben wem sie saß.

Sie schimpfte über den Bus, der normalerweise, nur heute nicht, immer ein paar Minuten Verspätung hatte.

Ihre Eltern, so erzählte sie, hatten hier ein altes Bauernhaus renoviert, wir waren daran vorbeigefahren, es stand linker Hand, kurz vor dem Ortsausgang. Schade, da hatte ich schon mal ein überzeugendes Beispiel, das sich sehr gut gemacht hätte – denn für dieses Haus war 1989 wirklich Rettung in allerletzter Minute gewesen –, und nun gab es die *Land-und-Leute*-Reihe gar nicht mehr.

»Schön haben Sie es hier«, sagte ich.

Sie nickte. »Am tollsten ist, daß man jetzt auch immer weg kann. Früher muß das ja furchtbar gewesen sein. Das hätte ich nicht ausgehalten.«

Ich nickte. Mit der Zungenspitze untersuchte ich die Zahnreihe links oben. Da fehlte was. Bei meinem Fastzusammenprall hatte ich die Zähne fest zusammengebissen, ein Stück Plombe mußte mir herausgefallen sein. Mit dieser Ungewißheit sollte ich lieber nicht ins Wochenende gehen. Das wollte ich noch vor Wust klären. Wer weiß, was mich dort alles erwartete.

»Im Marktcenter, hinten, da ist jetzt überhaupt alles drin, was man braucht«, sagte sie, als ich nach einem Zahnarzt in Dümnitz gefragt hatte.

In Dümnitz, am ersten Fußgängerüberweg, beim Friedhof, ein älterer Mann mit einer fahrbaren Einkaufstasche. Unterwürfig, schicksalsergeben, stand er am Straßenrand, bereit, dem Stärkeren, dem Auto, unbedingt die Vorfahrt zu lassen. Als ich trotzdem hielt, um ihm mit einer Handbewegung den Vortritt zu geben, setzte er sich langsam und umständlich in Bewegung und rollte seine Tasche über die Straße. Ohne sich zu bedanken, ohne mich auch nur noch eines Blickes zu würdigen. Ich ärgerte mich. Eine Idiotenwelt: offenbar gibt es nur ein Entweder und ein Oder – Hammer oder Amboß.

»Mann, Alter, nun geh doch schon mal«, stöhnte meine Beifahrerin genervt; sie hatte die aufgeklappte Brieftasche in der Hand, sie mußte sich noch eine Fahrkarte kaufen. Ich setzte sie am Bahnhof ab und folgte dann dem Schild Richtung Zentrum. Dort, in der Tiefgarage des Marktcenters, parkte ich.

Mit dem Fahrstuhl fuhr ich nach oben. Es war eine Kunstwelt hinter Glas. Ein Baum stand da, der sogar ziemlich echt aussah, unter ihm war Kopfsteinpflaster verlegt. Ich mußte erst in eines der angestaubten Blätter kneifen, um mich zu vergewissern. Musik. Aus einem leeren Spielautomatensaal jaulte und fiepte es. Schwaden aus einer asiatischen Fastfood-Küche wehten heran. Pappwände standen da. Kniehohe weiße Zäune aus Sperrholz bewachten Kunstrasenflächen. Alles hier schien nur auf einen erlösenden Fußtritt von mir zu warten.

Eine alte Frau schwebte vorüber. Ich sah ihr an, daß sie für Momente im Zweifel war, ob sie nicht doch vielleicht schon, ohne es bemerkt zu haben, gestorben war und hier durch die Hölle irrte.

Ich setzte mich auf eine Bank und machte mir schnell, unter dem Stichwort *Erwanderungen*, eine Notiz für die Findlinge.

»Vorsicht! Erinnerung – stark vermintes Gebiet. Dort, wo gebaut wird – d. h., wo es um die Zukunft geht –, gräbt man den Boden auf und findet die Vergangenheit (Blindgänger, Leichen im Keller etc.). So hängen Zukunft und Vergangenheit für immer zusammen. Gegenwart trennt und verbindet beide. Sie ist nur die dünne Wand, hinter der es klopft.«

Durch einen verglasten Gang erreichte ich schließlich den Nebentrakt, hier gab es verschiedene Arztpraxen. Ich ging dorthin, wo ein großer weißer Plastikzahn lächelnd über der Tür hing, und meldete mich an, als Notfall. Dann ins leere Wartezimmer. Da ich nicht wußte, ob es voll sein würde, hatte ich mir extra etwas zu lesen mitgebracht. Seit Arkona hatte ich es in meiner Tasche, bisher war ich noch nicht dazu gekommen. Es war eine Kopie aus einer von Wenzels Mappen.

Doch da wurde ich schon hereingerufen. Die Sprechstundenhilfe setzte mich auf den Behandlungsstuhl, ließ mich in die Höhe fahren und klappte mich gleichzeitig sanft nach hinten um.

Lange lag ich da, ich begann schon zu frieren. Da ging die Seitentür auf, der Zahnarzt und die Schwester kamen. Ein alter, weißhaariger Zahnarzt. Er sah wissend durch den aufgerissenen Mund in meinen Kopf hinein. Auch die Härchen in seinen Nasenlöchern waren weiß. Seine warmen Hände flößten mir sofort Vertrauen ein.

»Sie können jetzt ausspülen.«

Ich schluckte, nickte und spülte.

»So schlecht waren unsere alten Füllungen gar nicht«, sagte er und wandte sich seinen silberblitzenden Gerätschaften zu. An meinen Zähnen hatte er mich erkannt, wie ein Altertumsforscher die Fundstücke in meinem Mund exakt einer historischen Epoche zugeordnet.

Nun setzte er aber doch den Bohrer an. »Trotzdem, ich würde – den Mund bitte weit aufmachen – die an Ihrer Stelle dann doch peu à peu mal auswechseln lassen, bevor die Ihnen alle einzeln rausfallen. Ich mache Ihnen heute erst mal den einen, ja.«

Bei der Arbeit unterhielt er sich mit mir. Meine Antworten auf seine Fragen kamen nur bruchstückhaft. Das schien ihn aber nicht zu stören. Mit weit aufgerissenem Mund, in dem Werkzeuge, Wattepfropfen und seine Finger steckten, konnte ich nur ab und zu nicken, leicht den Kopf schütteln, zustimmend oder ablehnend aufstöhnen. Wahrscheinlich hatte er sich mit den Jahren daran gewöhnt, daß Unterhaltungen mit ihm notgedrungen immer etwas einseitig verliefen. Er hatte etwas von einem gütigen Patriarchen, der es gelernt hat, die Nöte der Menschen auch ohne große Worte zu verstehen und zu lindern.

Er schimpfte über das neue Marktcenter, das ihm überhaupt nicht gefiel. Aber er hatte es sich nicht leisten können, als einziger Arzt seine Praxis nicht hierher zu verlegen, da hätte er gleich dichtmachen können. An dem Kredit für die neue Ausstattung und Einrichtung würde er wahrscheinlich noch abbezahlen, bis er 120 wäre, solange mußte er noch durchhalten, dann, so sagte er, könne er wohl allmählich ans Aufhören denken. Das alles schien ihn aber nicht weiter zu beunruhigen. Hier, in seiner Praxis, galten sowieso andere Gesetze.

»Zähne zusammenbeißen?! Selbst diese alte Durchhalteparole stimmt bei mir nicht. – Ich sehe, Sie haben mich verstanden. Jetzt bitte noch mal ganz weit auf. Danke.«

Er war Mitglied im hiesigen Wanderverein. In einer anderen Situation hätte ich mich sicher sehr interessant mit ihm unterhalten können.

Er fragte mich noch, wie mir denn Dümnitz und Umgebung gefalle.

»Dazu kenne ich das hier leider alles viel zu wenig«, sagte ich, in meinem Mund krümelte es noch ein bißchen. Ich nahm einen Schluck Wasser und spülte aus. »Das ist ja ein sehr schöner Landstrich, wirklich, gar keine Frage. Aber schon ein sehr eigenes Publikum hier, nicht?«

Er wusch sich die Hände: »Zucker und Schnaps. Manchmal arbeite ich hier ja tagelang in regelrechten Steinbrüchen, da müßte es schon Gefahrenzulage geben.«

Sorgfältig trocknete er sich die Hände ab, er sah mich dabei über den Brillenrand an: »Glauben Sie, daß man Zahnarzt sein kann, ohne die Menschen zu lieben? Ich sage Ihnen: man kann es nicht. Ich muß mir das jeden Morgen, immer wieder, sagen. Sonst … wissen Sie, das wäre sonst ein verdammt einfaches Weltbild, wenn man den ganzen Tag hier so steht. Da sieht man eigentlich nur aufgerissene Rachen und wimmerndes Elend. Aber so einfach ist das nicht. – Merken Sie noch was?«

»Nein, überhaupt nicht.«

Bevor ich etwas essen konnte, sollte ich noch eine halbe Stunde warten. Ich wollte das mit dem Essen noch schnell hier erledigen, das war praktisch und billig – also setzte ich mich auf die Bank von vorhin und nahm mir endlich die Kopie vor.

Es war der Bericht des dänischen Historiographen Saxo Grammaticus über die Zerstörung des Götzentempels zu Arkona im Juni 1168.

Am meisten daran beeindruckte mich das Gelächter, von dem Saxo schrieb. Es erscholl aus ferner Vorzeit zu mir herüber, war eine Brücke über die Jahrhunderte. Die Wenden wurden mir dadurch lebendiger, sie bekamen Gesichter, waren nicht mehr nur der große graue Haufen, für den ich sie bisher gehalten hatte. Das Standbild fällt – und einige von ihnen befreien sich durch ein Lachen.

»Am folgenden Tag begaben sich Esbern und Suno auf Befehl des Königs in die Burg, um das Götzenbild zu vernichten. Es mußte mit einem Beil umgehauen werden. Die Vorhänge, mit denen das Innerste des Tempels bedeckt war, wurden herabgerissen. Die Diener waren ermahnt worden, recht vorsichtig zu sein, damit sie von dem Koloß nicht getroffen würden; leicht könnte es dann heißen, der Götze habe sich an ihnen gerächt. Die Burgbewohner drängten sich um das Heiligtum und hofften, Swantewit werde kraft seiner Allmacht über die Urheber so schweren Unrechts Strafe verhängen.

Als der unterste Teil der Schienbeine abgeschlagen war, sank das Standbild nach rückwärts um und lehnte sich gegen die benachbarte Wand. Um es hinausschleifen zu können, befahl Suno, die Wand niederzureißen, und warnte seine Diener nochmals vor übergroßem Eifer. Mit lautem Krachen stürzte das Götzenbild zu Boden. Rings um das Gebäude hing massenhaft Purpurzeug, so morsch, daß es die Berührung nicht aushielt. Man sah, wie der Böse in Gestalt eines rabenschwarzen Tieres aus dem Innern des Gebäudes entwich und vor den Augen der Umstehenden plötzlich verschwand.

Die Burgbewohner erhielten Befehl, Stricke um das Götzenbild zu legen, um es so aus der Burg zu schaffen. Sie hatten Angst und forderten, die Gefangenen und Fremden, die in der Burg Handel trieben, sollten es tun. Sie meinten, es sei besser, dem Zorn des Götzen die Köpfe dieser niedriggeborenen Leute preiszugeben. Sie glaubten, daß er auf der Stelle an jenen, die ihn beschädigten, Rache nehmen werde. Dennoch waren die Empfindungen der Einheimischen bei diesen Vorgängen sichtlich unterschiedlich: die einen begleiteten den Fall des Götzen mit Wehklagen, die anderen mit Gelächter. So wurde er schließlich in das christliche Lager geschleppt und war Anlaß zu einem großen Zusammenlauf des schaulustigen Heeres. Der Rest des Tages verging mit der Übernahme der noch fehlenden Geiseln.

Die Schreiber der Fürsten wurden in die Burg geschickt, um durch ihr priesterliches Amt das dem Götzenkult ergebene Volk zu taufen und an den christlichen Gottesdienst zu gewöhnen. Gegen Abend kamen die Köche mit Beilen, zerkleinerten das Götzenbild und legten die Stücke als Brennholz auf das Herdfeuer. Das war das sichtbare Ende der einstmals so gefeierten wendischen Gottheit.«

Küchenstudio auf freiem Feld

Nach etwa zweieinhalb Kilometern, linker Hand – endlich: ein weites Feld. Das mußte es sein.

Das Gelände: leicht erhöht, dahinter im Osten der See. Ich verglich noch einmal – nachdem ich kurzerhand das Auto am Straßenrand abgewürgt und die Warnblinkanlage eingeschaltet hatte – mit Wenzels Karte: Lage und Ausrichtung stimmten.

Offenbar ist hier vor Zeiten mal ein Einkaufspark geplant gewesen. Eine Zufahrtsstraße immerhin gab es, die Läden waren aber noch nicht oder schon nicht mehr gebaut worden. Um so besser. Einzig ein Küchenstudio stand da, allein auf weiter Flur.

Küchenparadies! war schon von weitem zu lesen. *Hier werden Küchenträume wahr*. Na toll, das paßt ja, dachte ich.

Gegen Abend kamen die Köche mit Beilen, ich bretterte die Piste entlang, *zerkleinerten das Götzenbild*, haarscharf bremste ich vor der Glasfront, *und legten die Stücke als Brennholz auf das Herdfeuer*. Unheimlich, wie sich jetzt auf einmal alles fügte! *Das war das sichtbare Ende der einstmals so gefeierten wendischen Gottheit*. Ich warf die Autotür hinter mir zu und betrat den Laden. Das hier war er endlich, mein großer Tag.

»Guten Tag, der Herr, kann ich helfen?« Zuversichtlich trat mir ein Mann (dunkler Anzug, Mickymauskrawatte) entgegen. »Sie interessieren sich für unsere Einbauküchen?«

Ich durchstach ihn mit Blicken. Du Schwuchtel, dachte ich. Mich interessiert vor allem eins: was hast du hier zu suchen? Am hellichten Tag, zwischen diesen dämlichen Einbauküchen. Und ausgerechnet hier, an dieser Stelle, dieser Stätte.

»Einbauküchen mit System?« hakte er vertraulich nach und faltete seine Hände vor den Mickymäusen wie zum Gebet.

»Was machen Sie hier?« fuhr ich ihn an.

Ein erwachsener Mann, dachte ich. Daß er sich nicht schämt. Und da er verstockt war und nicht antwortete, noch einmal: »Was Sie hier machen?«

»Na, hören Sie mal!«

»Jetzt hören Sie *mir* mal zu, ganz ruhig, ja. Ich will einfach von Ihnen wissen, was Sie hier machen.«

»Das sehen Sie doch«, sagte er beleidigt. »Ich verkaufe Küchen.«

»So. – Das sehe ich aber gar nicht.« Triumphierend blickte ich mich um, der Laden war leer. Bedauernd hielt ich ihm meine abgedrehten leeren Handflächen entgegen. Was sagst du nun?

Der Mann sagte nichts. Er hatte sich hinter einen Elektroherd zurückgezogen und behielt seinen Schreibtisch (das Telefon, natürlich!) im Blick.

»Wieviel denn so am Tag? Im Schnitt, ungefähr?« fragte ich höhnisch um die Ecke und sah mich im Laden um.

»Was geht denn Sie das an!«

Ich merkte, diese Frage traf einen empfindlichen Nerv, forschte also nicht weiter nach. »Also Küchen verkaufen Sie«, sagte ich einlenkend.

Der Küchenverkäufer war ein Stück zur Seite getreten, sein Kopf war nun völlig hinter einer Abzugshaube verschwunden. Jetzt sah ich nur noch die weißen Mäuse auf seiner roten Krawatte.

Der ist ja pervers, dachte ich, fehlt bloß noch ein Schürzchen an diesem Hampelmann.

»Ich suche einen Mann«, sagte ich müde, todmüde auf einmal.

Der Küchenverkäufer guckte vorsichtig unter der Abzugshaube hervor, sie saß wie ein riesenhafter Schutzhelm auf ihm. Er betrachtete mich abschätzig, verzog aber nur den Mund.

»Der *muß* hier gewesen sein, in Ihrem Konsumtempel.« Entgeistert sah er mich an, sein Mund stand halb offen. Gut, da hatte er wahrscheinlich sogar recht. Mein Blick streifte die ganze klägliche Pracht – ein Konsumtempel war das hier wirklich nicht.

»Wahrscheinlich hatte er eine Hacke. Und –«

Uns trennte das elektrische Kochfeld. Sonst hätte ich ihn auf der Stelle erwürgt. Dieses blöde Grinsen! Er hatte zwar noch etwas sagen wollen, verkniff sich das aber. Zum Glück – zu seinem Glück.

»Haben Sie eigentlich eine Ahnung, wo wir hier sind? Wo wir uns hier befinden?« fragte ich ihn leise.

Er sagte was von Hausfriedensbruch und Territorium der Vereinigten Einbauküchen, ich winkte nur ab.

Der Verkäufer schwieg beleidigt. Ich merkte aber, er wurde unsicher. Sicher wußte er nicht, auf was für einem geweihten Boden wir uns hier befanden. Trotzdem machte er noch einen letzten Versuch, die Oberhand zu gewinnen: »Wissen Sie überhaupt, wen Sie hier vor sich haben?« schrie er mich an, weinerlich, wütend.

Ich ahne es – du Softie aus der Tüchertasche. Noch einen vernichtenden Blick in seine Richtung, dann breitete ich meine Karte sorgfältig auf der Kontaktplattenherdfläche aus.

Der Mann, aus sicherer Entfernung, reckte seinen Hals. Wahrscheinlich wollte er es nun auch wissen.

Ich sah etwas, was er nicht sah – und vermutlich niemals in seinem ganzen Systemeinbauküchenverkäuferleben sehen würde: wir befanden uns in unmittelbarer Nähe der besagten Stelle. Aber – eben noch nicht ganz dort! Wahrscheinlich verführt durch die befestigte Zufahrt zum Küchenstudio, hatte ich ein Stück zu früh die große Straße von Crommin nach Wust verlassen. Etwa dreihundert oder vierhundert Meter weiter, dort mußte es sein. Ich vergewisserte mich: ja, durch die Glasfront sah ich einen leicht erhöhten Waldstreifen.

»Sie persönlich können ja vielleicht nichts dafür, aber Sie sind, verstehen Sie mich da nicht falsch, ein Barbar«, sagte ich leise, als ich die Karte wieder zusammenfaltete.

Ein einziger eisiger Blick von mir – und schon steckte er brav den Kugelschreiber wieder ein. So ist es richtig, Mann. Hier wird nichts für nachher mitgeschrieben. Schon weil es ein Nachher gar nicht geben wird.

»Beziehungsweise«, erklärte ich ihm und versuchte, mich zu beruhigen, »ein Abgesandter der Barbaren. Wahrscheinlich kommen Sie sich auch noch toll vor, was? Sie King Lear der Einbauküchen, Sie.«

Erfolgreich hatte der Küchenverkäufer sich jetzt, Schrittchen für Schrittchen, bis zu Schreibtisch und Telefon vorgeruckelt.

Plötzlich – er hatte ihn vom Apparat gerissen – hielt er einen Telefonhörer in der Hand, wie eine Waffe! Er schrie: »Verlassen Sie sofort, auf der Stelle, jetzt!, mein Küchenstudio!«

»Darauf kannst du dich verlassen«, sagte ich leise, »aber ich komme wieder und –.« Statt weiter sinnlos Worte zu verschwenden, rasierte ich mit einer einzigen Handbewegung ihn und die ganze Herrlichkeit seiner Systemeinbauküchen weg. Ohne ihn noch eines Blickes zu würdigen, drehte ich mich um und schritt zur Tür.

»Wo leben wir denn!« rief er mir hinterher.

Gute Frage, Mann. Das müßte auch noch mal geklärt werden.

Ich startete das Auto. Vielleicht, dachte ich – und setzte mit einem Ruck zurück –, bloß in unsern Träumen.

Der große schwarze Rabe drehte eine weitere krächzende Ehrenrunde um mich, dann landete er wieder in meiner Nähe.

»Hau endlich ab, du komischer Vogel!« Ich klatschte in die Hände. Unbewegt böse starrte das rabenschwarze Tier aus seinem Glasauge zu mir herüber.

»Da, friß, Vogel – und stirb!« Aber: weder, noch. Er rührte die giftig gespritzten Clementinenschalen, die ich in seine Richtung geschleudert hatte, nicht einmal an. Hüpfte nur ein Stück weiter und ließ mich nicht aus dem bösen Blick.

»Dann eben nicht, alte Hupfdohle.« Ich war mit meinem Jägerlatein am Ende und ließ die pechschwarze Gestalt einfach sitzen. Es war sowieso schon zu dunkel, um hier noch etwas zu erkennen. Ich ging zurück zum Auto, das ich auf einem Waldweg abgestellt hatte.

Eine halbe Stunde zuvor, in der Tankstelle am Ortseingang Wust, war es mir endgültig zur Gewißheit geworden. Ich hatte mich mit der Frau an der Kasse unterhalten. Und dann, eher zufällig, hatte ich erfahren, daß sich tatsächlich jeden Morgen jemand bei ihr mit Mineralwasserflaschen und Zigaretten eindeckte und anschließend weiter zum Wuster See fuhr. Mehrfach war gesehen worden, wie er dort Grabungen vornahm. Die Beschreibung, die sie von ihm gegeben hatte, paßte – und daß er nie ein Wort zu ihr gesagt hatte, auch.

Noch aus dem Auto rief ich Cora an. Ich konnte ihr aber nur auf Band sprechen: »Nur ganz kurz, Cora. Ich bin am Ziel. Morgen melde ich dir wahrscheinlich – weißt du was? na … – jawohl: Erfolg. Ende erst mal.«

Für das Auto hatte ich, wie ich jetzt merkte, einen sehr guten Platz gefunden, es war kaum wiederzufinden. Ich tappte voran. Plötzlich ein Schlag … ich spürte Blut warm aus meinem Kopf herauslaufen, es sickerte durch die Haare. Wo leben wir denn! Ich griff mir an den Kopf, dort war eine nasse Stelle. Der Wald war dunkel. Den abgeknickten Ast, gegen den ich gerannt war, konnte ich gerade noch im allerletzten Abendlicht erkennen.

Im Innenrückspiegel sah ich dann, daß es doch nicht so schlimm war, wie ich zuerst befürchtet hatte. Trotzdem desinfizierte ich die Wunde mit Jodtinktur. Den Erste-Hilfe-Kasten mußte ich aber lange suchen, bei meiner Aufräumaktion war er ganz nach unten geraten.

Mein Plan sah vor, die Nacht im Auto zu verbringen, damit ich morgen in aller Frühe gleich an Ort und Stelle sein würde. Am Waldrand hatte ich einen Hochsitz entdeckt, von dort aus konnte ich bei Tagesanbruch das gesamte Terrain überblicken. Das war in jedem Fall besser, als jetzt hier womöglich noch auf eigene Faust mit der Taschenlampe herumzufunzeln. Außerdem war es, wenn es glückte, ein Doppelschlag: Wenzel plus die gesuchte Stelle; er selbst sollte mich hinführen.

Die gesuchte Stelle ... Meine Stelle habe ich dann jedenfalls sicher, wenn ich Wenzel morgen früh endlich hier aufspüre. Dann kann Fromm meinetwegen ganze Busladungen nach Rethra verfrachten; mir soll es egal sein.

Ich werde mir dann als erstes wahrscheinlich das Büro anders einrichten, endlich mal Ordnung schaffen. Damit ich nie mehr diesen absolut dämlichen Satz hören muß: »Nur ein Genie beherrscht das Chaos.«

Nein, ich beherrsche es ja nicht. Deswegen sitze ich schließlich auch hier. Weil ich kein Genie bin. Und weil Fromms Chaos doch größer ist.

»Mission impossible – erfüllt!« Damit werde ich die Etage betreten und Liebenthal ... ach so, das muß man überhaupt erst mal abwarten, ob es den dann überhaupt noch gibt.

Alles, was ich für die Nacht brauchte, hatte ich im Tankstellenshop bekommen; ich aß noch das Schinkensandwich, trank eine Flasche Bier. Dann machte ich mir auf dem Rücksitz eine Art Bett, schaltete das Autoradio aus, wickelte mich in die Autodecke ein, legte noch meinen Mantel darüber und an die Füße eine der Abdeckplanen. Ich versuchte zu schlafen. Es ging nicht.

Noch einmal das Licht an, ich klappte die Lehne des Fahrersitzes ganz nach vorn, damit ich meine Knie anwinkeln konnte, prüfte, ob auch alle Türen zu waren (Wildschweine!), und öffnete das Fenster über mir einen kleinen Spalt. Unheimliche Stille. Sternengefunkel oben. Warte nur, balde.

Gefaßt trat ich meine Reise durch die Nacht an.

Klare Verhältnisse

Mit Christine hatte ich auch mal eine Nacht im Auto verbracht; das Auto damals war sehr viel kleiner gewesen, aber komisch, jetzt, im Rückblick, kam es mir größer vor, viel bequemer. Ohne Zeltschein waren wir an die Ostsee gefahren, und natürlich war der Schlagbaum zum Zeltplatz für uns unten geblieben; die paar Westmark, die für alle Fälle im Nebenfach meiner Brieftasche steckten, hatte ich nicht als Bestechungsgeld opfern wollen. Es war schon zu spät, um noch irgendwo im Dunkeln das Zelt aufzubauen, also schliefen wir gleich im Auto, das ich auf einem Feldweg abgestellt hatte. Der Mond schien, als der Regen endlich vorbei war, zum Autofenster herein.

Kennengelernt hatten wir uns im Sommer 1988, bei einer Gartenparty. Ich hatte gerade meine Aspirantur geschmissen. Die weitverzweigte Materie meines Themas, »Untersuchungen zur Industriegeschichte im frühen 19. Jahrhundert auf dem Territorium der heutigen Bezirke Potsdam und Frankfurt (Oder)«, hatte mich zwar über vier Jahre beschäftigt, aber es war mir nicht gelungen, die Sache vernünftig und praktikabel einzugrenzen.

Die Zeit war verstrichen, mein Betreuer war darüber emeritiert worden, und es hatte sich niemand gefunden, der bereit gewesen wäre, an seine Stelle zu treten und eventuell eine Verlängerung zu beantragen.

Trotzdem hoffte ich noch irgendwie, die Arbeit wenigstens

extern fertigstellen zu können. Aber meinen alten Traum, eine Stelle am Märkischen Museum zu bekommen, hatte ich erst einmal begraben müssen. Statt dessen war ich nun Mitarbeiter bei der Stadtbezirkschronik Friedrichshain geworden. Christine arbeitete zu der Zeit als Programmiererin in einem Rechenzentrum.

Beide waren wir bei dieser Party völlig fehl am Platz gewesen. Ich weiß zum Beispiel gar nicht mehr, wer mich überhaupt eingeladen hatte, das muß um drei Ecken gewesen sein. So kam es, daß wir – als die beiden einzigen, die allein gekommen waren – plötzlich nebeneinander standen, das hatte sich ganz selbstverständlich so ergeben. Während sich die andern am Grill unterhielten, standen wir am Rand, wo es dunkel war, wir schwiegen. Tranken Bowle. Ich holte uns saure Gurken und Bratwurst.

Blätterrauschen, Grillschwaden. Von irgendwoher aus der flackernden Dunkelheit kam, begleitet von einem Schifferklavier, das betrunkene Singen eines anderen Gartenfests: »Wenn das so weitergeht bis morgen früh ...« Es ging so weiter, es mußte hier so weitergehen, denn auf Hawaii zum Beispiel, was ja auch eine Alternative gewesen wäre, da gab es kein Bier: »... drum fahrn wir nicht nach Hawaii / drum bleib'n wir hier!«

Wir blieben nicht bis zum Ende.

Christines Lachen, als sie meine Wohnung sah; schon da hätte ich mißtrauisch werden müssen. Meine Bleibe betrachtete sie als einen schlechten Witz. Ich hatte mich nun aber mal so in der Welt eingerichtet und vorläufig nicht mehr vor, diesen Zustand zu ändern. Das ist erst mal für immer, hatte ich mir gedacht, als ich ein Jahr zuvor aus meiner alten Hinterhof-Parterre-Wohnung, die baupolizeilich wegen morscher Dielen (Schwamm) gesperrt worden war, von der Wohnraumlenkung ins Vorderhaus, 2 Treppen, eingewiesen worden war. Ich hatte das damals durchaus als sozialen Aufstieg betrachtet. Überall standen zwar noch von meiner Vormieterin (Hermine Paschke †) Möbel herum, abgedeckt und zugeschnürt, niemand holte die ab, aber das störte mich nicht, ich hatte mich fast daran gewöhnt, ein Geisterreich.

Christine sagte nichts weiter dazu. Sie wollte damals – das erzählte mir später Tanja – unbedingt heiraten, und nun war ich ihr als potentieller Kandidat in die Quere gekommen, ein blöder Zufall.

Wir lagen nebeneinander auf meiner Klappcouch und unterhielten uns einfach, bis die S-Bahnen wieder regelmäßig fuhren und es draußen hell wurde. Nach dieser, gesprächsweise vertagten, ersten gemeinsamen Nacht frühstückten wir lange in meiner Küche. Von da an sahen wir uns regelmäßig.

Sie begann, Pläne mit mir zu machen. Ich hatte aber gerade genug von allen Plänen, da ich in dieser Hinsicht mit allem Schiffbruch erlitten hatte.

Christine kümmerte sich zum Beispiel darum, daß endlich die alten Möbel abgeholt wurden, nahm zwei Tage Urlaub und schaffte es in dieser Zeit tatsächlich, die Küche, deren verräucherte Wände noch nie in ihrem Leben mit Farbe in Berührung gekommen waren, zu renovieren. Es roch nach Chemie, als ich nach Hause kam. Christine führte mich in die Küche. Das Weiß der Wände blendete mich. Die paar Möbel waren nach den Ideen einer *Schöner-Wohnen*-Zeitschrift im renovierten Raum verteilt. Auf dem Tisch stand eine Korbschale mit Äpfeln. Ich setzte mich sprachlos auf einen Küchenstuhl, saß da wie ein mehr oder weniger brauchbarer Einrichtungsgegenstand und aß erst mal einen Apfel, er schmeckte nach Farbe. Sofort legte Christine wieder einen neuen Apfel in die Schale. »Es müssen immer drei sein«, sagte sie, »so sieht das schöner aus.« Ich konnte mich nie daran gewöhnen. Sobald Äpfel da waren, aß ich sie ganz einfach auf. Erst allmählich wurde mir klar, daß wir beide mit unterschiedlichen Geschwindigkeiten lebten. Sie war schneller als ich. Ich war eben noch dabei, mich über irgend etwas furchtbar zu ärgern, da war sie schon wieder guter Laune. Schlechte Stimmung bei ihr konnte sich von einem Augenblick zum andern in fröhliche Albernheit auflösen. Und wieder umgekehrt. Ein falsches Wort – und sie war tödlich beleidigt. Da kam ich einfach nicht mit. Christine war eine hochexplosive Mischung aus Schwermut und Euphorie.

Daß auch ich immer wieder alles mögliche anfing, meist ohne es dann jedoch richtig zu Ende zu bringen, ist lediglich auf den ersten Blick ein Widerspruch. Ich versuchte durch vorgetäuschte Aktivität nur meine mir innewohnende, angeborene Schläfrigkeit zu tarnen.

Insofern hatte ich wohl mehr zu Ulrike gepaßt. Sie war, solange wir zusammen waren, still, beinahe verschlossen, einem Plan gefolgt, den niemand kannte. Sie selbst wahrscheinlich auch nicht. Aber sie war ihm gefolgt, auf ihre langsame, schlafwandlerische Art.

Doch jetzt war ich mit Christine zusammen. Und gerade das Unberechenbare liebte ich an ihr, zumindest am Anfang. Christine konnte gleichzeitig mehrere Ziele verfolgen, eine begnadete Simultanspielerin. An ihr Gesicht kann ich mich kaum erinnern: es wechselte – in diesem schönen, dunkelblond eingefaßten Wechselrahmen – ständig. Sie kam aus Schwerin, und auf ganz grundsätzliche Art machte sie immer einen frisch gewaschenen Eindruck.

Eines Tages, eines Nachts hatten wir eine lange Diskussion, die uns zum ersten Mal an den Rand unserer Beziehung brachte. Christine wollte unbedingt ein Kind. Ich nicht. Ich empfand das als Verrat: war ich ihr denn nicht genug – Freund, Geliebter und, meinetwegen, auch Kind?

Ein albernes Argument, da hatte sie wahrscheinlich sogar recht. Das war aber noch nicht alles. Es wäre mir so vorgekommen, als sollte ich durch ein Kind viel zu früh, nämlich im Stadium meiner momentanen Unvollkommenheit, konserviert und verewigt werden. Aber das konnte es doch noch nicht gewesen sein, ich wollte doch noch etwas.

Christine sagte nichts dazu. Und ihr Gesicht konnte ich nicht sehen, wir lagen im Dunkeln.

Ich verstand das nicht. Sie mußte doch mitbekommen haben, daß ich gerade wieder damit begonnen hatte – neben der langweiligen Arbeit in der Stadtbezirkschronik –, meine Dissertationsunterlagen neu zu ordnen. Irgendwo hatte ich gelesen, daß sich unter dem leicht erhöhten Helmholtzplatz Reste einer alten Ziegelei befinden sollten. Ende des 19. Jahrhunderts waren von dort die Steine für das Mietskasernenneubaugebiet Prenzlauer Berg gekommen. Dieser Sache wollte ich zumindest mal nachgehen.

Wir versuchten, unsere Auseinandersetzung zu vergessen. Rieben uns aneinander, hilflos und vergeblich. Irgendwann gelang es mir dann doch noch, sie von Kopf bis Fuß erzittern zu lassen. Dann fielen wir voneinander ab. Lagen da. Erschöpft. Rücken an Rücken. Trieben auseinander.

Unten, auf dem Hof, rund um die Mülltonnen, jagten sich die liebestollen Katzen. Von ihrem erschrockenen Kleinkindergeschrei schreckte ich jedesmal hoch. Christine neben mir schlief ruhig und fest.

Das Jahr ging zu Ende, Weihnachten.

Christine wollte mich ihren Eltern vorstellen. Ich fand, das war keine so gute Idee. Weihnachten ist etwas für Überzeugungstäter. Früher, als ich noch an den Weihnachtsmann geglaubt hatte, hatte ich nie ein ernstes Problem damit. Aber inzwischen konnte ich diesen alljährlichen Familienzusammenrottungen 5 vor 12, wenn das alte Jahr schon nicht mehr zu retten ist und sowieso schon alles zu spät war, überhaupt nichts mehr abgewinnen und flüchtete mich lieber in meine feine kleine Jahresenddepression. Außerdem gab ich zu bedenken: »Weihnachten, das ist doch eher das Fest der Familie.«

»Deswegen ja«, sagte Christine.

Konfekt für ihre Mutter, Goldbrand für den Vater – mehr fiel mir beim besten Willen nicht ein. Das war so unpersönlich wie möglich, ohne direkt unhöflich zu sein.

Aus heutiger Sicht würde ich sagen: das Ganze war nichts anderes als ein Vorstellungsgespräch. Ihr Vater trug auch zu Hause, was ich erstaunlich fand, einen Schlips. Allerdings auch eine auf ihre Art unverzeihliche rehbraune Wildlederjacke, ärmellos, die den Schlipseffekt sofort wieder zunichte machte. Ich war in meinem alten Rollkragenpullover erschienen. Von Anfang an hatte ich schlechte Karten. Ich merkte auch, daß ich nicht der erste Bewerber war, der hier einem Eignungstest unterzogen wurde.

Christine, obwohl ich nie den Eindruck gehabt hatte, daß sie sich jemals sonderlich für meine Arbeit interessiert hätte, stellte meinen beruflichen Werdegang als eine einzige, in sich folgerichtige Aufwärtsentwicklung dar. Mein »vorläufiges« – wie sie betonte – Ausscheiden aus der Universität diene lediglich dazu, in der Praxis Erfahrungen zu sammeln, ein »Praxiseinsatz« also, um mir ein breiteres Materialfundament für meine wissenschaftliche Arbeit zu verschaffen.

Staunend hörten wir drei, ihre Eltern und ich, ihr zu. Wir saßen auf dem Sofa. Beleuchtet war die Szene von elektrischen Kerzen. Auf dem Tisch stand echtes Meißner Porzellan. Ich war viel zu sehr damit beschäftigt, vorsichtig zu sein, um mich in das angeregte Gespräch, in dem es um meine Zukunft ging, einzumischen. Ich war froh, als diese langwierige Verhandlung endlich zu Ende war.

Wir sahen uns dann eine Zeitlang nicht, immer kam etwas dazwischen. Ab Anfang Januar mußte ich zu einem vierzehntägigen Lehrgang für Ortschronisten in den Harz.

Von der Straßenbahn aus sah ich sie zufällig in der Friedrichstraße. Das war schon Mitte Januar. Sie saß, die Hände tief in den Manteltaschen vergraben, auf einer Bank in einer winterlich grauen Grünanlage. Sie saß nicht alleine dort.

Beide, sie und der Mann, schauten in entgegengesetzte Richtungen. Und ich, als der Dritte im Bunde, starrte hinüber. Nein, das war mir sofort hinter meiner trüben Scheibe klargeworden: so wendet man sich nur voneinander ab, wenn man sich andererseits auch sehr zugewandt ist. Eigentlich war das genauso schlimm, als hätten die sich da auf der eiskalten Bank in den Armen gelegen. Das hätte ich dann wenigstens gesehen und irgendwie einordnen können, aber so – – – Das Schlimme war das Unsichtbare, diese wer weiß woher kommende Vertrautheit, mit der die beiden da auf der Bank ihren offenbar kleinen Disput miteinander führten.

Die Straßenbahn fuhr weiter. Mein Herz rumpelte, furchtbar quietschte es in jeder Kurve. Kupfergraben war Endstation. Es war kalt. Die Vögel fielen tot von den Bäumen.

Wir sahen uns dann wieder häufiger. Vielleicht, redete ich mir ein, war das ja doch bloß ein Arbeitskollege von ihr gewesen. Alles war so wie früher. Seit Mitte Februar wohnte sie ständig bei mir, in dem halben Zimmer hinten, das zum Hof ging. Jedesmal wenn ich in der Friedrichstraße am Ort des Gesehenen vorbeifuhr, starrte ich trostlos aus dem Straßenbahnfenster. Nichts war so wie früher.

Dann der schwarze Freitag, als sie mit ihm nach Leipzig gefahren war. Die Hinweise verdichteten sich. Ich beschloß, sie zur Rede zu stellen, das heißt: ich begann zu schweigen. Das ist ganz einfach: immer wenn man den Mund aufmachen will, läßt man ihn zu.

Bis es ihr eines Tages auffiel. »Was ist denn los?« fragte sie mich freundlich, »du redest ja kaum noch mit mir. Ist was?«

Ich sagte nichts.

Am nächsten Tag brach ich das mir selbst auferlegte Schweigegelübde. Als ich fertig war, sagte sie: »Du Idiot, Mensch, da ist nichts. Nichts. Jedenfalls nicht das, was du jetzt denkst.«

Also doch! Bis zu diesem Moment hatte ich übrigens noch gar nichts Bestimmtes gedacht. Das fing erst jetzt an, nach diesem dreiviertel Eingeständnis, nachdem sie es ausgesprochen hatte. Ich sagte ihr bei dieser Gelegenheit auch, daß ich sie zusammen mit ihm gesehen hatte.

»Na und«, sagte sie verwundert.

»Na und«, wiederholte ich fassungslos, mir blieb die Luft weg.

»So ja nun nicht«, sagte sie, »das wäre ja noch schöner. Ich bin immer noch ein freier Mensch.«

»Ha«, sagte ich. Etwas anderes fiel mir dazu nicht ein.

Am Tag darauf kam sie gleich nach der Arbeit zu mir. Sie ging in die Küche, kochte Kamillentee und wollte in aller Ruhe mit mir reden. Sie fragte, ob ich es mir inzwischen überlegt hätte. Was, bitteschön, sollte ich mir denn überlegt haben? Ich verstand die Frage überhaupt nicht, ich schwieg.

Das regte sie am meisten auf. »Ich sehe, wieviel dir an unserer Beziehung liegt. Dir ist es also völlig egal, was ich tue und lasse. Ob ich zu dir komme oder nicht.«

»Nein!« schrie ich. Zu mehr konstruktiver Auseinandersetzung war ich in diesem Moment nicht fähig.

»Kannst du nicht mal wie ein vernünftiger Mensch mit mir reden?«

»Nein«, rief ich noch einmal, schon nicht mehr ganz so laut. Ich spürte, daß ich längst die Grenze meiner psychischen Leistungsfähigkeit erreicht hatte – ein Schritt weiter, und ich würde sie verhängnisvoll, mit unabsehbaren Folgen überschreiten.

»Warum schreist du mich eigentlich so an!« schrie Christine auf einmal wütend zurück. »Warum!?«

Das Fenster zum Hof stand offen, es war einer der ersten warmen Vorfrühlingsabende. Draußen wartete nun sicher schon alles gespannt auf meine Antwort. Sogar das ewige Radio, schräg oben im Seitenflügel, RIAS Berlin, *eine freie Stimme der freien Welt* in unserm engen Hofgeviert, war erwartungsvoll mitten im Zeitzeichen verstummt.

Meine Antwort war eine zugeschmissene Tür.

Wir fetzten uns. Fetzten uns später die Sachen vom Leib. Ich könnte mir vorstellen: wenn es tatsächlich eine Wahrheit geben sollte und es stimmte, daß die Wahrheit weh tat – damals waren wir ihr für einen irren Moment unheimlich nahe.

Das hätte es eigentlich gewesen sein können, müssen.

Statt dessen: Verfolgungsrennen durch die ganze, damals noch halbe Stadt. Sinnlose, hoffentlich niemals abgehörte Telefongespräche; die Stasi hätte denken müssen, da ist ein verwirrter Hobbykollege von ihr in der Leitung.

Ich: »Na endlich. Ich habe dich überall gesucht. Wo warst du?«

Sie: »Ich war bei Tanja.«

Ich: »Die war aber leider nicht zu Hause.«

Sie: »Wir waren weg.«

Ich: »Wo ›weg‹ wart ihr denn?«

Sie: »Geht dich das was an?«

Ich: »Ja. Nein. Doch. Natürlich. – Und dann?«

Sie: »Dann? Ich habe bei meinen Eltern geschlafen. –Wie redest du eigentlich mit mir!«

Und am Horizont, je nach Wetterlage auf- oder abtauchend: »Udo« (!), dieser Sportmediziner & Skodafahrer, soviel hatte ich inzwischen erfahren. Intern figurierte ihr Angebeteter bei mir nur als der »Dipl.-Med.«; es gibt Religionen, wo man den Namen Gottes nicht aussprechen soll – und Christine vergötterte ihn. Also!

Sie kannte ihn noch von früher. Sie hatten zusammen Berufsausbildung (Maschinenbau) mit Abitur gemacht, im KWO, Kabelwerk Oberspree. Er war drei Jahre zur Armee gegangen, sonst hätte er den Studienplatz Medizin nie bekommen. Und nun schrieb er an einer Dissertation über die Knie von Spitzensportlern, irgendeine Vergleichsstudie zu Unterschieden und Gemeinsamkeiten von Gelenksystemen bei Mensch und Maschine, oder umgekehrt. Was sollte man dazu sagen? Ich sagte auch nichts zu dem grünen Kleid, das sie eines Abends anziehen wollte – »Don Giovanni«, Staatsoper (die beiden Karten hatte ich zufällig in ihrer Handtasche entdeckt) –, nur: »Über Geschmack läßt sich streiten«, worauf sie behauptete: »Läßt sich nicht streiten.«

Am nächsten Morgen beim Frühstück – sie: »Wir müssen

uns endlich mal um klare Verhältnisse bemühen, Olaf, so geht das nicht weiter.«

Ich: »Wieso? Du liebst ihn, rennst ihm hinterher. Er liebt seine Arbeit und vielleicht auch dich. Ich liebe dich, bestimmt, ja. Du mich bestimmt nicht mehr. Ist doch soweit alles klar, oder? Ich muß los.«

Dann, von einem Tag zum andern, war es plötzlich aus mit dem Sportarzt. Udo ade? Ich konnte es gar nicht glauben. Sinneswandel bei Christine: über Geschmack, ließ sie einmal vorsichtig durchblicken, läßt sich streiten. Ich war nun unerbittlich der Meinung: über Geschmack läßt sich nicht streiten, nie und nimmer! Es gibt Grenzen, ganz offenkundige, himmelschreiende Geschmacklosigkeiten.

So gesehen hatten wir also alles einmal durch. Jeder hatte einmal alles und das Gegenteil von allem behauptet. Theoretisch waren wir fertig miteinander. Und praktisch? Es war ein Fehler, noch mal einen Anfang machen zu wollen.

Im Grundlagenstudium, zweites Semester, hatten wir ein ganzes Seminar lang über eine These von Marx, die zur Hälfte von Hegel stammte, diskutiert: »Die Geschichte ereignet sich zweimal. Das eine Mal als Tragödie, das andere Mal als Farce.« Jetzt erst begriff ich, wie das gemeint war.

»Udo« stand noch immer zwischen uns. Nein, nicht leibhaftig, stand auch nicht etwa heimlich im Kleiderschrank, es war schlimmer: er lag (unsichtbar) zwischen uns im Bett. Mitten in einer Umarmung konnte es passieren, daß ich mich von ihr losmachte und zurück ins Kissen stürzte.

Sie: »Was hast du?«

Ich: »Ich bin ein Mensch, der nicht vergessen kann.«

Sie zog das in Zweifel. Und zwar – allen Ernstes! – unter anderem mit Hinweis auf irgendein blödes Paket ihrer blöden Tante, das ich schon seit Tagen vergessen hatte, von der Post abzuholen.

In dieser Art! So ging das. So ging das nicht. So ging das nicht weiter. Ich ging aus der Wohnung. Wenn ich allein war, drehte ich Bob Dylan, *Hurricane*, bis zum Anschlag auf und sprang mit einer Luftgitarre durch das Zimmer.

Nur manchmal, wenn wir irgendwo waren, weit weg von allem, konnte es plötzlich und unerwartet noch lustig zwischen uns sein; wenn wir alles vergaßen, war es gut. Und wir lachten, so wie früher. Aber im Grunde, in den Winkeln dieses Lachens – das Wissen um die alten Verletzungen. In den Augen- und Mundwinkeln sammelte sich das Ungesagte, das Unglück. Wir lachten Tränen, wir konnten nicht mehr.

Meist waren es Kleinigkeiten. Wie sie plötzlich nicht mehr indisch essen wollte. »Heute essen wir indisch« hieß bei uns: wir holen uns zwei Currywürste von der Stinkebude am Bahnhof und essen sie aber zu Hause, richtig vom Teller, mit Messer und Gabel. Wenn wir noch einen Beutel Kuko-Kurzkochreis dazu kochten, also auf die pappige Toastbrotscheibe verzichteten, dann war das für uns ein Festtagsessen.

Plötzlich hieß es nun: »Vom ernährungsphysiologischen Standpunkt aus betrachtet, ist das vielleicht –« Stop! Sofort witterte ich Verrat. Hier sprach doch unverblümt der Sportmediziner aus ihr!

Ein einfacher Satz von ihr – »Heute nachmittag muß ich noch zum Arzt« – konnte mein mühsam errichtetes, wackliges Weltgebäude sofort wieder zum Einsturz bringen.

»Ach ja«, sagte ich.

»Du bist ja krank«, sagte sie zu mir und ging zum Arzt.

Ich hatte es noch in der Hand, aber nicht mehr im Griff.

Dann, bei einer Feier, lernte ich diesen sogenannten »Udo« höchstpersönlich kennen. Mit 30 rotweiß gesprenkelten Nelken (Rosen gab es nicht) war ich, schon in leichter Schräglage, bei Tanja eingesegelt. Christine kam an diesem Abend etwas später. Tanja stellte mir die Leute vor, die schon da waren.

»Und das ist der Udo.«

»Ich weiß schon, Christines Geliebter.« (Sicher kein sehr geglückter Gesprächseinstieg!) »Hallo, Udo.« Es knisterte, jemand hatte gerade die Nadel auf die Platte gesetzt, endlich spielte die Musik wieder. Udo lächelte, ich auch.

Ich stellte mich an die kleine Anrichte, wo malerisch Bier- und bunte Schnapsflaschen aufgebaut waren, steckte pausenlos Salzstangen in mich hinein und ging auf Tauchstation, ein U-Boot, dicht unterhalb der Oberfläche, gelb vor Neid. Es war kein Sprung in der Platte, aber ab und zu ein leichter Holper und ein Knacken. Irgendwie paßte jeder Titel, *Help!*, *She loves you* – Ich faßte es ja nicht. Udo, du Ununterbietbarer, muß ich wirklich wegen dir so leiden? – *Yeah, yeah, yeah*! Wenn du eine ernsthafte Alternative zu mir sein sollst – was für eine Lachnummer muß ich da erst sein? Unglaublich.

Udo, als Halb-Fachmann, hatte meine Röntgenblicke natürlich bemerkt, da stellte er sich lieber gleich zu mir. Angriff!

Die salzige Masse in meinem Mund spülte ich mit ein paar großen Schlucken hinunter, Kümmel und Korn – ich versuchte, Udo scharf anzupeilen. Er nippte am Weinglas.

»Ich hab schon viel von dir gehört, Udo.«

Mißtrauisch sah er mich an. Ich fegte mir ein paar lästige Krümel aus dem Mundwinkel und wollte ihn – das hielt ich für einen begnadeten Einfall! – in ein Gespräch über Doping verwickeln. Aber er meinte, das würde von den einschlägigen Medien doch alles nur hochgespielt. Ich hatte keine Ahnung, was er mit »einschlägigen Medien« meinte, ich hatte es aus dem RIAS.

»Und du untersuchst nun also die Knie von Turnern? Oder« – ich lächelte, die Augen über Kreuz, böse vor mich hin – »von Turnerinnen wohl sogar?« Nein, auch das nicht. Er beschäftigte sich bevorzugt mit Problemen, die in der Leichtathletik aufträten, auch im Schwimmsport.

»Mh.« Ich goß mir wieder ein Glas voll, es schwappte über, Schwimmerinnen also, aber ich konnte es gerade noch einmal ausbalancieren.

Er nippte wieder so unsagbar blöde am Weinglas, seine Finger waren viel zu dick, um derart vornehm und gespreizt zu tun. Dann fragte er mich nach meiner Arbeit.

»Ich bin«, sagte ich nach kurzem Überlegen, »staatlich geprüfter Bürger – – – ein schwer geprüfter Bürger, Udo, staatlich – und persönlich.«

Er lächelte höflich, betrachtete mich nun aber ganz offensichtlich mit den Augen eines angehenden Dr. med.: »Ein Fall von fortgeschrittener ... etc.« Ich prostete ihm zu, ich sah alles glasklar vor mir. »Duudo«, erklärte ich ihm, wobei es mir nicht mehr gelang, Anrede und Namen vollständig zu trennen, beides verschmolz zu einer einzigen wabernden Wortmasse, »du, ich muß trinken, um ein paar von meinen grauen Gehirnzellen abzutöten. Sonst kapier ich nämlich nicht, was hier abläuft. Da muß man nämlich ein bißchen blöde sein, um das zu verstehen, verstehst du?«

Ich sah lange und tief in mein Glas, um meine Gedanken zu sammeln. Meine Hand zitterte. Dann sagte ich leise zu ihm: »Du wirst sie schon zurechtspritzen, unsere dicken kleinen Schwimmädelchen, was, Udo, du Goldjunge, du oller Kinderschänder, du.«

Ich sah auf, war auf alles gefaßt – da war Udo längst weg. Er stand an der Tür. Christine war eben gekommen. Udo bekam von ihr ein Küßchen links, ein Küßchen rechts. Dann sah sie mich. Sie kam auf mich zu, ich sollte offenbar genauso abgefertigt werden wie er. Da bestand ich dann doch auf einer Sonderbehandlung, weit breitete ich meine Arme aus, fiel auf sie zu wie ein Fallschirmspringer, der vergessen hat, rechtzeitig die Leine zu ziehen, erst im letzten Moment konnte ich mich an der Anrichte abstützen, zurückreißen.

Christine blieb vor mir stehen, sie roch aufmerksam an mir.

»Was soll das! Willst du jetzt alles kaputtmachen!«

Ich schüttelte den Kopf. »Tanja hab ich schon gratuliert. Und nun wollte ich nur noch schnell dem ... na, dem Udo gratulieren, zu dir – meine Liebe.«

»Laß mich los!«

»Na gut. Bitte.« Ich schwankte. »Ich kann ja auch gehen.«

»Das bezweifle ich.«

Ich schwankte los, der letzte Aufrechte, soweit ich sah. Die Welt war eindeutig in eine extreme, hochgefährliche Schieflage geraten. Ich war froh, als ich endlich die Tür erreicht hatte. Am Rahmen konnte ich mich wenigstens festhalten.

Ich sah, wie Christine auf Tanja einredete. Sie hatten ihre Portemonnaies geöffnet. Die wollten doch jetzt nicht etwa noch Geld für meinen Auftritt hier sammeln? Ich wollte das nicht. Wollte dazwischengehen, konnte aber nicht, weil ich den schrägen Türrahmen, der immer schwerer nach unten drückte, abstützen mußte, damit er nicht umstürzte und alles unter sich begrub.

Christine schleppte mich nach draußen, umständehalber ließ sie sich dabei sogar gefallen, daß mein Arm, meine Umarmung bleiern auf ihr hing. Als wir draußen waren, machte ich mich aber los von ihr. Ich mußte ihr noch etwas sagen, wankte einen Schritt zurück.

»Dein Herr Udo hat etwas getan, was ich niemandem, hörst du: niemandem!, verzeihen kann.«

»Um Himmels willen, Olaf, was ist denn bloß passiert?«

»Weißt du, was er gemacht hat, dein Udo?«

»Nein!«

»Er hat mich –«, stieß ich hervor und schüttelte fassungslos den Kopf, »gelangweilt.«

Stumm warteten wir auf das Taxi. Christine half mir ins Auto. Sie gab dem Fahrer einen grünen Schein. Ich wollte ihr noch winken, aber da fuhr der Wolga schon an, und ich sank zurück in den weichen Sitz.

Wir lebten dann Zimmer an Zimmer, wie in einer Pension. Was zwischen uns übriggeblieben war, war eine Mischung aus kaltem Krieg und mehr oder weniger friedlicher Koexistenz.

Einmal, das war in einer Phase eskalierenden kalten Krieges, hatte ich sie aufgebracht gefragt: »Warum ziehst du denn nicht gleich zu deinem blöden Udo?!« – und es noch im selben Moment bereut. Aber aus irgendeinem Grund (vielleicht war der Herr Dipl.-Med. ja in Wahrheit Bigamist?) ging das nicht. Zumindest nicht gleich. Ich war froh darüber. Solange wir noch zusammen eine Waschmaschine benutzten, hatten wir ja etwas Gemeinsames.

Sie mußte durch mein Zimmer, wenn sie auf dem Balkon Wäsche aufhängen wollte. Vorher klopfte sie an.

Ich saß dann da, tat so, als würde ich fernsehen, und betrachtete nachdenklich die ordentliche, länger werdende Reihe ihrer weißen Unterhosen, ihrer frisch gewaschenen Unschuld. Eine Kapitulationserklärung? Aber vor wem? Wortlos ging sie wieder.

Ich begann damals aus lauter Verzweiflung, systematisch Ost-Fernsehen zu gucken. Christine, obwohl sie in der SED war, betrachtete das als Provokation und verließ, sobald ich nur umschaltete, sofort das Zimmer; manchmal war sie ja noch herübergekommen, um sich stumm, von der vordersten Stuhlkante aus, wenigstens Tagesschau und Wetterkarte anzusehen.

Ich war bald süchtig danach. Eine völlig neue Erfahrung, aber das half mir, die Welt, in der ich nicht mehr lebte, sondern nur noch dahinvegetierte, zu verstehen, beziehungsweise: es war eine Welt, die ich dort sah, die ich bisher so gar nicht gekannt hatte. Es hatte gerade die große Ausreisewelle begonnen, und im Fernsehen sagten sie dasselbe, was Christine am Anfang unserer großen Krise immer zu mir gesagt hatte: *Es ist nichts, nichts ist geschehen, du bildest dir das alles nur ein, alles ist ganz normal.* Funktionäre trafen in Fabriken und auf Feldern mit Werktätigen zusammen, um sich über den Stand der Planerfüllung informieren zu lassen. Die DDR-Fernseh-Werktätigen sprachen in die laufende Kamera, ganz spontan sagten sie, was ihnen gerade so in den Kopf kam – etwa: »Die Steigerung der Futtermittelproduktion um

7,5 Prozent ist unser Beitrag zur allseitigen Stärkung der DDR im 40. Jahr ihres Bestehens.«

Der Funktionär nickte dazu gütig, so wie man armen Irren zunickt. Manchmal gab es auch Zwischenrufe aus der Menge: »Weiter so mit unserer guten Politik unter Führung von Partei und Regierung!« Fäuste wurden geschüttelt. »So, wie wir heute arbeiten, werden wir morgen leben« stand auf einem Transparent im Hintergrund. War das nicht schon ein halbes Todesurteil?

Matt starrte ich in die Scheibe.

»Lebenslustiger Endzwanziger (mlWA), mit Sinn für alles Schöne im Leben, sucht nach großer menschl. Enttäuschung Neuanf. K.k.H. – Zuschriften unter Chiffrenummer …« Diese Annonce in der *Wochenpost* hatte ich mir eines Abends, als ich allein am Küchentisch saß, eingekästelt. Damals hatte ich angefangen, wahllos Heiratsannoncen zu lesen. So was sollte man nur tun, wenn man keine ernsthaften Absichten hegt. Bei dieser Annonce aus der *Wochenpost* war ich mir nicht ganz sicher gewesen, ob sie nicht doch auch eine geheime Botschaft enthielt. So wie damals bei mir, mit den »blauen Fliesen«. Vielleicht war das ja auch jemand, der die Nase von der DDR voll hatte, »… nach großer menschl. Enttäuschung (?!!)« einen Neuanfang suchte und nun auf diesem Weg, diesem Seitenpfad, an die Öffentlichkeit trat? Die Abkürzung »mlWA« kannte ich – marxistisch-leninistische Weltanschauung. Schwieriger war es schon mit »K.k.H.«, das konnte ich erst durch Vergleich mit den anderen Annoncen auf der Seite entschlüsseln: »Kinder kein Hindernis«.

Am nächsten Morgen hatte Christine nicht – das war eine der letzten stillen Übereinkünfte zwischen uns gewesen – das Frühstücksgeschirr stehenlassen. Kaffee war auch nicht mehr in der Maschine. Alles leergeräumt, abgewaschen, kein Krümel, nichts. Und die *Wochenpost*, die am Abend noch auf dem Küchentisch gelegen hatte, fand ich zerknüllt im Altpapier.

1. Mai. Christine war bei ihren Eltern. Es klingelte früh um zehn. Der Blockverantwortliche stand vor der Tür. Er gratulierte mir zum 1. Mai und fragte, warum ich nicht flaggte. Das war ihm schon am 7. Oktober aufgefallen, aber da war ich ja gerade neu eingezogen, deswegen hätte er damals noch nichts gesagt.

Als langjähriger Hinterhofbewohner, wo Beflaggung im allgemeinen nicht vorgesehen war, besaß ich nicht mal eine Fahne. Kurzer Moment der Ratlosigkeit im dämmrigen Hausflur. Schließlich aber konnten wir die Sache wie Männer, das heißt ohne große Herzensergießungen, regeln. Ich stapfte voran durchs vollgestopfte Zimmer, auf dem Balkon tauchten wir unter Christines Blusen durch. Ich zeigte ihm, wie locker der rostige Fahnenhalter in der morschen, abbröckelnden Fassade des Hauses stak. In seinem Leben hatte der bestimmt schon schwer bei Wind und Wetter an Fahnen aus Kaiserreich, Weimarer Republik und Nazizeit zu schleppen gehabt.

Stumm zog der Verantwortliche ab. Vom halbdunklen Treppenabsatz rief er noch, ich habe es im Ohr: »Bis nächstes Jahr ist das erledigt.« Ich wußte nicht, ob das eine Drohung war oder ein Versprechen. Sein Gesicht konnte ich im Dämmer nicht erkennen. Aber er sollte recht behalten.

Plötzlich, eines Tages, war Christine weg. Sie hatte nichts gesagt. Nicht mal ein Zettel hatte in der Küche gelegen. Ihre Sachen waren aber noch da. Langsam wurde ich unruhig.

Obwohl es längst aus zwischen uns war, regte mich das wahnsinnig auf. Nicht einmal ganz normale Dinge, wie sie zwischen x-beliebigen Wohnungsnachbarn üblich sein sollten, funktionierten noch.

Sollte ich nun, zum Beispiel, ihre Blumen gießen oder nicht? Ich goß sie. Aber ich sprach dabei nicht mehr mit ihnen – was ich sonst immer getan hatte. Eine einzige eisig schweigende Gießkannenrunde durch ihr Zimmer.

Stundenlang saß ich bewegungsunfähig auf meinem Sofa.

Von irgendeiner Trivialmusik war ich plötzlich zu Tränen gerührt – traurig (oder nicht), aber wahr. Rannte dann nachts halb 2 auf die Straße. Lief rund um den Block. Lief nicht mehr ganz rund.

Nie habe ich die Stadt so intensiv erlebt wie in dieser Zeit. Ein freigelassenes Raubtier kann nicht wilder herumschnüren. Hatte eines Abends plötzlich den wüsten Einfall, mich zu rächen. Und zwar wollte ich Christine mit Tanja, ihrer besten Freundin, betrügen.

»Olaf, was willst denn du?«

»Nur mal ein bißchen mit dir reden.« (Lüge Nr. 1)

»So spät? Komm rein.«

»Störe ich auch nicht?«

»Ach was. Wie geht es dir denn jetzt so?«

»Blendend.« (Lüge Nr. 2 – zählt aber nicht; das sah man sofort, daß das nicht stimmte.)

Wir saßen dann bei ihr in der Küche, direkt über einer Kneipe. Aus dem Untergrund Bumsmusik, aber wir redeten nur, erst mal. Von unten her vibrierte es rhythmisch, drang durch die Dielen, über die Füße und Beine bis hinauf – in die Tiefen meiner Unterwelt, wo Satan schon witternd sein feuriges, rotglühendes Haupt hob.

Tanja hatte keine Ahnung, was für eine Bombe da bei ihr in der Küche tickte. Wie eine chinesische Zirkusartistin, mit angezogenen und dann seltsam ineinander verknoteten Beinen, hatte sie sich auf einen Küchenstuhl gesetzt, ihre Arme umschlossen die Knie, Schulter und Kopf lehnten an der Wand.

Sie war Slawistin an der Uni. Manchmal verdiente sie sich nebenbei etwas dazu. An diesem Abend hatte sie gerade damit begonnen, einen Artikel für eine Bauzeitschrift aus dem Russischen zu übersetzen. Sie zeigte mir die grauen Fotos von futuristischen, niemals realisierten Fabrikbauentwürfen aus den zwanziger Jahren.

Die Tür ging auf. »Wohnst du jetzt auch noch bei uns?« fragte mich Sascha, er war ganz verschlafen. Tanja nahm ihn an der Hand und führte ihn wieder hinaus. Jetzt erst kapierte ich, warum sie in der Küche arbeitete: Sie wollte den Kleinen nicht noch zusätzlich zum permanenten Kneipenlärm mit ihrem Schreibmaschinengeklapper stören.

Als sie wiederkam, fragte sie mich nach Christine, sie hatte lange nichts von ihr gehört.

»Sie ist zur Zeit verreist.«

»Ach – und wohin?«

»Du, ich weiß es nicht. Sie hat es mir gesagt (Lüge Nr. 3), aber ich habe es vergessen. Zwischendurch habe ich ja zum Glück auch noch was anderes zu tun.« (Lüge Nr. 4)

Tanja sagte nichts.

»Ehrlich«, sagte ich (und das war schon an sich eine Lüge), »ich glaube, es ist besser, wenn Christine und ich es mal mit etwas mehr Abstand probieren.«

Aus irgendeinem Grund verteidigte ich dann plötzlich vehement Christine – und zwar gegen einen Vorwurf, den ich aus einer Bemerkung, einem kleinen Nebensatz Tanjas herauszuhören geglaubt hatte; ich muß sehr durcheinander gewesen sein. Vielleicht wollte ich auch Tanjas Sympathie dadurch gewinnen, daß ich mich jetzt so souverän zeigte. Ich weiß es nicht.

»Schlimm, wenn ich dich jetzt rausschmeiße?« Es war kurz vor 12.

»Überhaupt nicht. Ich wollte sowieso schon längst gehen.« (Die letzte Lüge an diesem Tag!)

Beim Abschied in der Tür umarmte sie mich. Sie war mir zuvorgekommen. Ich war erst überrascht, dann merkte ich, auf diese Weise bestimmte sie den Grad, die Nähe, beziehungsweise: Distanz, der Umarmung; so konnte sie mich jedenfalls besser auf Abstand halten.

Genauso kommentarlos, wie sie weggeblieben war, war Christine eines Tages wieder da. Fast sah es so aus, als sollte das noch ewig so weitergehen mit uns. Es dauerte aber nicht mehr lange, nur noch ein paar Tage.

Der letzte Abend im Mai. Ich hatte Christine kommen gehört.

»Nichts«, sagte sie, sie stand an der Küchenspüle und trank hastig ein Glas Wasser nach dem anderen. Ich setzte mich an den Küchentisch.

»Nichts. Bißchen Sekt hab ich bei ihm geschlürft, na und. Hab alles geschluckt, ganz brav, wie ich immer alles schlucke. So, jetzt weißt du es. – Hier!« Sie leckte sich die Lippen und streckte mir ihre Zunge entgegen. »Bloß blöd, daß man davon wahrscheinlich nicht schwanger wird.«

Ich sah aus dem Fenster, sah sie vor diesem scheiß Udo in die Knie gehen. Ich stand auf, wollte sie küssen. Auf den Mund. Jetzt.

»Du bist ja pervers«, flüsterte sie erschrocken, sie wollte mich wegstoßen, aber ich hielt sie fest. Sie wehrte sich, drehte den Kopf weg, nach links, nach rechts. Da ließ ich von ihr ab.

Sie schloß sich in ihr Zimmer ein. Ich lag auf meiner Klappcouch und hörte, wie sie nebenan, hinter der Wand, in den Lautsprecher des Eimers kotzte. Ich konnte nicht mehr; ich konnte ihr nicht mehr helfen. Ich starrte die Wand an, bis ich schwarz wurde.

Bis zuletzt ist Christine in der SED gewesen. Aus Protest dagegen war ich eines Tages zum Neuen Forum gegangen, in einen Friedens- und Umweltkreis. Ich war aber, wie sich bald herausstellte, im Grunde (im Grunde meiner Seele!) gar nicht friedlich genug dafür; die letzten Monate der DDR lebte ich – so wie nie zuvor und niemals mehr später – in völligem Einklang mit meiner Umwelt: alles falsch, alles verlogen, alles vergeblich. Täglicher Ausnahmezustand.

Wir trafen uns immer donnerstags, in einem Gemeinderaum, gegenüber der Ackerhalle. An der Stirnwand hing ein Holzkreuz. Ich glaubte inbrünstig an gar nichts mehr. Unsere Gruppe suchte den Dialog. Was ich dort suchte, ist mir nicht klar. Am Anfang hatte keiner von uns richtig Ahnung. Entweder waren wir alle einer Meinung – oder heillos zerstritten. Daß es noch etwas dazwischen geben konnte, mußten wir erst lernen.

Bei der ersten Sitzung hatte ich mich gewundert, warum mein Nachbar so oft beide Hände in die Höhe hob. Das kam mir ziemlich albern und theatralisch vor; ich dachte: Mensch, kapituliert der hier vor unserm zerstrittenen Haufen? Dann erklärte er es mir aber: einfaches Handzeichen ist Wortmeldung, beide Hände oben – Antrag zur Geschäftsordnung.

Bei einer überregionalen Gründungsversammlung traf ich Gandhi. Er war im zentralen Sprecherrat. In der Pause sprang er von der Bühne herunter und kam auf mich zu.

»Wir müssen«, sagte er zu mir, »etwas tun, sonst ist alles aus.«

»Mensch, es ist sowieso schon alles aus, Gandhi. Hast du das noch nicht kapiert?« Er nickte ernst, mußte dann aber gleich zur Sitzung der Antragskommission, die einen Aufruf formulieren sollte.

Juli, August. Die Stadt war noch leerer als sonst um diese Zeit. Nach dem Sommer kamen viele nicht zurück. Der alte Traum, daß die großen Ferien niemals aufhören sollten.

Wir weinen denen, die uns verlassen haben, keine Träne nach, quäkte der weißhaarige Opa aus dem Fernsehen. Ich dachte an Christine und wußte, daß die Tage gezählt waren.

Dann, über Nacht – ich hatte es tatsächlich verschlafen –, fiel die Mauer. Und der Überdruck, unter dem alles gestanden hatte, wich. Es ließ nach. Alles. Die Luft war raus. Rückkehr zur Normalität. Aber es war eine andere, deswegen merkte man es nicht gleich.

Einmal noch sah ich Gandhi kurz im Fernsehen, es war eine Übertragung von einer Sitzung des Runden Tisches. Irgendwann hatte ich aufgehört, zu den Versammlungen des Neuen Forums zu gehen.

Ich versuchte, mich jetzt wieder ernsthaft um meine Arbeit

in der Stadtbezirkschronik zu kümmern. Aber es begann damals gerade die Phase der großen Umstrukturierung, jede Woche gab es eine neue Idee, was aus uns werden sollte; an richtige Arbeit war nicht mehr zu denken. Irgendwann hatte ich den Absprung verpaßt. Während alle andern sich schon wieder neu orientierten, rannte ich noch mit wehendem, langsam lichter werdendem Haupthaar in die ganz falsche Richtung, einer alten Geschichte hinterher, die längst aufgehört hatte.

Christine habe ich nicht wiedergesehen.

Bei den ersten freien Wahlen standen eine Biertrinker-, eine Autofahrer- und eine Sexpartei auf dem Wahlzettel. Mit guten Gründen hätte ich jede von ihnen wählen können.

Das war's dann. Ich hatte es hinter mir. Jetzt saß es mir im Nacken.

Langsam wurde es hell.

Halali und Finale

Meine Lippen waren trocken. Ich lag hellwach, den schrillen Weckruf der Vögel hätte ich gar nicht gebraucht. Draußen dämmerte es schon. Rasch klaubte ich zusammen, was ich brauchte. Was brauchte ich? Feldstecher. Wasserflasche. Decke, für alle Fälle. Handy; dieses vor allem.

Jagdfieber? Das hatte ich.

Bis zum Hochsitz war es nicht weit, nur ein paar Schritte durch den Wald, noch ein kleines Stück am Waldrand entlang – da war es schon. Ich kletterte hoch. Die Holzsprossen glänzten feucht, ich mußte aufpassen. Als ich auf der obersten Sprosse stand und die 180°-Wende zum Hinsetzen machen wollte, hätte es sogar beinahe noch mit einem großen, rauschenden Abgang durchs Geäst geklappt. Mit beiden Händen klammerte ich mich an den hölzernen Seitenlehnen fest und kam schließlich nach einer vorsichtigen Hüftdrehung doch zum Sitzen. Zufrieden lehnte ich mich zurück. Besser hätte ich es mir gar nicht wünschen können! Von hier oben aus hatte man den perfekten Überblick. Ich schlug mir die Decke um die Beine und setzte das Fernglas an. Noch war alles ruhig.

Nur zwei Rehe, die am Waldrand grasten.

»Hallo!«

Synchron drehten sie mir ihre Köpfe zu, kümmerten sich aber ansonsten nicht weiter um mich. Ungerührt streckten sie mir die Zielscheiben ihrer weißen Hintern entgegen und vertieften sich wieder ins taufrische Gras. Woher wußten die denn, daß ich kein Gewehr hatte?

Zur Strafe dachte ich an eine Kochstudiosendung. Es ist, das hatte ich da gelernt, ein weitverbreiteter Fehler, die Rehkeulen vorher tagelang in Buttermilch einzulegen. Dadurch verlieren sie ihren markanten Wildgeschmack. Am besten, nachdem man sie mit etwas Thymian gewürzt und reichlich Olivenöl eingepinselt hat – gleich so in die Röhre. Die Rehe in meinem Fadenkreuz fraßen geduldig an ihrem Gras herum. Mich beachteten sie überhaupt nicht.

Vorsichtshalber überprüfte ich noch einmal die Ausrüstung, zog das Handy aus der Tasche, locker lag es in meiner Hand. Ich war der Jäger, Wenzel das Wild. Die Schonzeit war vorbei, er war zum Abschuß freigegeben. Ein Anruf genügte, und Wenzel war geliefert. Dann war er erledigt, zumindest dieser eine Fall. Und ich konnte endlich mit meinen *Erwanderungen* weitermachen. Mit dem kleinen Nokia hatte ich Wenzel in der Hand. Vorher würde ich hier nicht mehr herunterkommen.

Noch aber lag unten alles unentschieden und grau. Langsam bekam ich kalte Füße. Ich zog die Decke fester und starrte auf die Wiese.

Wenn man es nicht wußte, sah man gar nichts. Vor ein paar Wochen hätte ich das hier für eine ganz normale Wiese gehalten. Die Stelle in der Mitte der großen Wiesenfläche sah eigentlich nur aus wie eine Senke, wie eine Kratervertiefung. Vielleicht ein ausgetrockneter Teich oder Tümpel.

Oder ein ehemaliger Toteissee, so wie sie in der Eiszeit entstanden waren, vor Abertausenden von Jahren – als im Grundmoränenbereich die Gletscher untenliegende, losgelöste Eisblöcke einfach »überfahren« und in den Boden gedrückt hatten. Das Eis im Boden lag dann gut gekühlt und schmolz daher erst viel später als das oberirdische Gletschereis. Zwischenzeitlich lagerten sich Schutt und Geröll über so einer Toteisstelle ab – und als unterirdisch die Schmelze begann, brach die Stelle ein, die Senke füllte sich mit Wasser, es entstand ein Toteissee.

Wenn man jedoch genauer hinsah, konnte man die schwache, kreisrunde Erhebung am Rand wahrnehmen.

Man mußte diese Kreisform nur ein einziges Mal gesehen oder wenigstens erahnt haben, um zu erkennen, daß sie künstlich angelegt worden war. Dann sah man auch den Wallgrundriß selbst dort noch, wo der Wall durch Abtragungen und Ablagerungen von Jahrhunderten nahezu vollständig eingeebnet worden war, an der Nordostseite zum Beispiel, wo er sich kaum von seiner Umgebung abhob. Nur das Gras sah dort anders, kräftiger aus. Vielleicht lag das an morschen Holzresten der alten Befestigungsanlage, die im Boden vermoderten und dort noch immer Wasserreservoire bildeten. Nach Osten, zum See hin, gab es allerdings einen Punkt, wo ein deutlicher Einschnitt sichtbar war. An dieser Stelle mußte damals das Tor gestanden haben.

Insgesamt war dieses Areal natürlich viel zu groß, um es einfach unter einer christlichen Kirche verschwinden zu lassen. Dazu hätte man eine ganze Klosteranlage gebraucht, mindestens. In diesem Punkt ergab sich also eine Abweichung von der normalerweise geübten Praxis, wendische Tempelstätten mit Kirchen zu überbauen. Aber Rethra war ja eben auch keine ganz normale, x-beliebige Tempelstätte. Insofern war mir diese feuchte, unbebaute Wiesenfläche durchaus plausibel.

Die ehemalige Insellage (Wust – Wostrow!) war noch ganz deutlich zu erkennen. Bei seinem Rückzug in den Wuster See hatte das Wasser überall auf der Wiese rund um die Anlage einzelne, störrisch aufragende Schilfbüschel vergessen.

Daß das hier eine feuchte Wiesenlandschaft war, konnte sich übrigens noch als unschätzbarer Vorteil erweisen. So war womöglich nur Gras über die ganze Sache gewachsen. Und darunter? Es bestand die Chance, daß Holzteile im Torf oder im hochstehenden Grundwasser konserviert worden waren. So wie der Einbaum, den man bei der wendischen Burgwallanlage Groß Raden gefunden hatte. Tausend Jahre hatte er unbenutzt im Wasser gelegen – und sich auf diese Weise komplett erhalten. Insgesamt 95 000 Einzelstücke waren in Groß Raden gefunden worden, von der meterhohen hölzernen Kopfbohle bis zum winzigen Gürteldorn.

In anderen Gegenden, wo es neben relativ unberührten Wiesen- und Weidenlandschaften auch große Felder gibt, auf denen intensiv Ackerbau betrieben wird, zum Beispiel auf Rügen, kommen zwar auch immer wieder – und ziemlich regelmäßig – interessante Scherben ans Licht, aber das schwere Ackergerät zerstört natürlich vieles, was sonst womöglich erhalten geblieben wäre. Und was nicht unter den Pflug kommt und oberirdisch zermahlen wird oder zu Bruch geht, das zerfällt im Erdreich, wenn der Boden infolge jahrelanger Melioration allmählich austrocknet.

Über dem ganzen Gebiet lag noch immer ein blasser Dunst. Wer weiß, was alles sich unter dieser sumpfigen Wiese befand und die Jahrhunderte überstanden hatte.

Ich schloß die Augen halb und sah es schon vor mir. Den Parkplatz für die Busse würde man naheliegenderweise gleich hier am Waldrand anlegen. Das war bequem zur Straße, außerdem hatte man von hier aus einen guten Gesamtüberblick, das Gelände war zum See hin leicht abschüssig. Man müßte für den Parkplatz wahrscheinlich ein Stück Wald wegnehmen, aber nicht zuviel, vielleicht nur eine Schneise schlagen – das Küchenstudio dahinter sollte unbedingt unsichtbar bleiben, aber vielleicht fand sich dafür ja auch noch eine andere Lösung. Hier vorn jedenfalls der Eingang: Kasse, Kiosk, auch die Toilettenhäuschen. Ein schlichter Holzbohlenweg über die Wiese, er müßte um die gesamte Burgwallanlage herumführen. Eventuell könnte man daran denken, eine Rekonstruktion oder wenigstens Teilrekonstruktion des Osttores vorzunehmen. Da müßte man aber sehr, sehr vorsichtig sein, im Zweifelsfall es lieber sein lassen – wichtiger war der Gesamteindruck, der nicht zerstört werden durfte.

Langsam lichtete sich der ganze Wust. Auch der Wuster See lag jetzt klar, kristallklar vor mir. Nur von Wenzel noch nichts. Den mußte ich erst noch abwarten, bevor ich Cora anrief.

Schade, daß es hier keine Wenden mehr gab. Wenn wenigstens die noch ein bißchen von ihrer einstigen Kultstätte profitieren könnten, das wäre in Ordnung. So aber würde das hier wahrscheinlich auf eine Chaos-Variante der billigsten Art hinauslaufen. Anstandshalber vielleicht im Kassenbereich eine historische Zeittafel, ein koloriertes Schaubild. Mehr dann aber auch nicht, das wäre es schon. Dann könnte der Irrsinn ungehindert seinen Lauf nehmen.

Egal, ob Fromm nun in der Lage war, schöne Sonntagsreden zu halten oder nicht, das spielte am Ende doch gar keine Rolle, er hatte seine Leute, und auf die war Verlaß, die würden sich sicher etwas absolut Unbrauchbares für Rethra einfallen lassen.

Man brauchte wenig Phantasie, um sich das ganze Grauen aus der Sicht von Chaos-Marketing-Strategen vorzustellen, ich sah es doch schon vor mir, in Stichpunkten, zum Mitstenographieren:

1. Vollbärtige Männer, mit grauen Zöpfen, eher Rattenschwänzen. Diese historischen Kleindarsteller (professionelle Falschspieler!) sind in speckiges Lederzeug eingezwängt. Fahrendes Volk, das aus einem alten VW-Bus auslädt, was irgendwie historisch aussieht und Beulen hat. Auf einem sogenannten *Mittelalter*(!)markt hatte ich mal allen Ernstes eine Singer-Nähmaschine gesehen. Was sie zu dieser historischen Irrfahrt veranlaßt hatte, war völlig unklar. Wahrscheinlich verdankte sie es ein paar Beulen oder einfach dem glänzenden Messingschild mit der Schnörkelschrift, daß sie unter all diesen Krempel und Plunder geraten war.

2. Musik! Natürlich laut und falsch und so, daß einem da-

von die Ohren abfallen. Maultrommeln, Dudelsack, Schellengeläut – und was sonst noch Krach macht und in der Lage ist, uns kalte Schauer über den Rücken zu jagen.

3. Eine Ziege. Die steht herum und meckert. (Wahrscheinlich weil sie an einem Holzpflock angebunden ist!)

4. Historisches Handwerk. Ein Schmiedefeuer. Eine Schautöpferei. Korbflechter. Auch ein paar Flaschen mit Met und Holundergeist stehen auf einem Holztisch. Eine verquere Bioladenatmosphäre über allem. Die Geschichte – als ein einziger Ramschladen zur Selbstbedienung. (Für schlichtere Gemüter – aber nur im Kassenbereich – ein Stand mit Thüringer Rostbratwürsten.)

5. Geistiges? Auch das. Ein blondes junges Mädchen (ziemlich drogenverdächtig), das barfuß, mit geschlossenen Augen, in einem langen Kleid, oder ist es ein Nachthemd?, zu spiritueller irischer Harfenmusik aus dem Recorder um ein loderndes Lagerfeuer herumtanzt –

Große Wärme plötzlich.

Rotes Flimmern hinter meinen geschlossenen Lidern. Ich schlug die Augen auf – und war geblendet, sofort schloß ich die Augen wieder. Das Doppelbild der Sonne war mir erschienen – die Sonne am Himmel und ihr Spiegelbild im gekräuselten Wasser, das die Strahlen, vielfach reflektiert, zu mir herüberschickte. Die Sonne strahlte – ich auch.

Sogar die Vögel schwiegen einen Moment ergriffen. Mir wurde warm ums Herz, bis in mein Innerstes spürte ich es, verstand ich die Wenden – und auch, warum ihr Gott Swantevit jeden Morgen so sehnsüchtig nach der Sonne Ausschau halten mußte. Nach einer langen Nacht, die nie zu Ende geht, ist die Sonne am Morgen – göttlich: Ihr Feuer erwärmt die Luft, das Wasser wird zum großen Brennspiegel, die Erde atmet auf. Endlich.

Am andern Ufer des Wuster Sees sah ich eine Eiche. Der See war die untere Hälfte einer Spielkarte, auf der die Eiche, verdoppelt, noch einmal erschien, sie stand kopf und wuchs nach unten. Was wird hier nur gespielt? Und in wessen Hand liegt das alles?

Ich steckte das Handy, das ich aus der Tasche gezogen hatte, wieder ein.

Dann, auf einmal, ging alles sehr schnell.

Stimmen, es waren wendische Laute, die ich noch nie zuvor gehört hatte. Ich kniff die Augen zusammen, gegen das Licht war es schwer, etwas zu erkennen. Aber es waren ganz deutlich zwei Gestalten. Ich brachte das Fernglas in Anschlag, legte es auf Wenzel an, jetzt hatte ich ihn im Visier. Das Spiel ist aus, Wenzel, mit andern Worten: jetzt wird es ernst.

Sah auf die Uhr: 8.03 Uhr – Rethra gefunden. Eine Siegesfanfare erklang blechern in meiner Brust, schnell zog ich das Handy heraus.

»Ja?«

Es war Cora.

»Warum flüsterst du denn so?«

»Es ist so still hier, ganz unheimlich.«

Dicht vor mir, zwischen ein paar Zweigen, hatte eine Spinne ihr Netz gespannt, es verschleierte silbern meinen Blick. Bewegungslos, vom Netz dieser Spinnwebe gefesselt, starrte ich auf den Wust.

»Olaf, sag mir jetzt bitte: hast du es?«

Ich schüttelte den Kopf.

»Du hast doch was?«

»Nein, Cora, nichts. Weder Rethra noch Wenzel.«

»O, Mensch, verdammt. Du hättest die Stelle sicher gehabt, ganz sicher. Wir haben heute mittag noch mal Besprechung im kleinen Kreis. Wenn du wenigstens …«

»Nix, Cora. Absolut tote Hose hier.«

»Olaf, jetzt kann ich wirklich nichts mehr für dich tun. Du weißt, was das heißt.«

»Ja.«

»Du bist raus.«

»Fein.«

Ich wischte die Spinnwebe beiseite, jetzt brauchte ich freie Sicht. Entsetzt zog sich die Spinne zurück.

»Mir tut es sehr leid, wirklich.«

»Da kann man nichts machen, Cora.«

»Mach dir keine Vorwürfe. Du hast getan, was du konntest.«

Ich nickte: nichts.

»Und was machst du jetzt?«

»Mal sehen.«

Ich sah jetzt, wie Wenzel in eine Grube gesprungen war.

»Hast du denn wenigstens was in Aussicht?«

Nein, er war ganz in der Grube verschwunden. Nur schwarze Erdschollen, die in regelmäßigen Abständen aufflatterten. Es sah aus, als schaufele sich da jemand sein eigenes Grab.

»Ich verstehe, daß du jetzt nicht darüber sprechen willst. Oder kannst.«

»Ja.«

»Ich wäre jetzt gerne da draußen, bei dir.«

»Du, das wäre, glaube ich, kein so guter Einfall.«

»Wenn ich dir irgendwie helfen kann ...«

»Danke, Cora. Alles bestens. Ist schon gut.« Ich schluckte.

»Mach es mir doch bitte nicht so schwer.«

»Ja.«

»Weißt du, Olaf, was ich dir schon immer mal sagen wollte, du bist so, wie soll ich sagen ... so ganz anders als ich.«

»Du aber auch.«

»Blödmann.«

»Stimmt aber.«

»Trotzdem Blödmann.«

»Cora, es war schön, mit dir ... zusammenzuarbeiten und das alles. Werde ich nicht vergessen, wirklich.«

»Ich werde dich auch nicht vergessen.«

»Das ist jetzt aber keine Drohung, oder?«

»Mensch, Olaf.«

An der Grube tat sich etwas, langsam mußte ich aufhören.

»Hallo! Cora«, sagte ich mit gedämpfter Stimme, »ich kann dich nicht verstehen.«

»Was ist?«

»Die Verbindung ist jetzt ganz schlecht.«

»Wollen wir es später noch mal versuchen?« rief Cora.

»Später, ja«, flüsterte ich, »da versuchen wir es einfach noch mal.«

»Ruf mich doch an, wenn du wieder da bist, ja.«

»Klar.« Wenn.

Ich drückte schnell den Knopf. Aus.

Wenzel war aus der Grube hervorgestiegen. Er zündete sich eine Zigarette an und stützte sich auf dem Spaten ab. Er hatte sich verändert, verjüngt; war kaum wiederzuerkennen. Vielleicht war ja doch etwas dran an diesen Gruselgeschichten aus den zerfledderten Archäologieschmökern – »Der Fluch des Tut-ench-Amun«, oder wie die hießen –, daß Grabplünderer und Mumienräuber, wenn sie aus den geheimen Katakomben heraufstiegen, Gezeichnete waren, weil es dort unten Skorpione gab, Falltüren oder aus dem Boden ragende vergiftete Pfeilspitzen, um den Schatz für alle Zeiten vor unbefugtem Zugriff zu schützen.

»Wenzel, hier bin ich!«

Er sah zu mir herüber. Am Grubenrand kam jetzt auch das schwarzbärtige Gesicht des anderen Mannes zum Vorschein.

»Ey, schto wy chotit'e«, rief Wenzel. »Ja was ne ponimaju.«

»Alles klar, Wenzel, ich hab dich gefunden.«

Er zuckte die Schultern.

»Ach so«, rief ich noch, »das habe ich ganz vergessen: ich bin gerade eben aus der Firma rausgeflogen. Was sagst du dazu?«

Und da er mich auf die Entfernung nicht zu verstehen

schien, machte ich es ihm vor. Ich schwang mich auf zu voller Größe und wedelte mit den Flügeln meiner weit ausgebreiteten Arme.

»Schto ty, s uma saschol?« rief er erschrocken.

»Genauer gesagt«, schrie ich hinüber, »ich hab selber die Flatter gemacht.«

Staunend sah er zu mir herüber. Warf die Kippe weg. Rannte mit Riesenschritten über die Wiese. Kam näher, immer näher. Da konnte ich nicht mehr an mich halten, konnte mich nicht mehr halten, sprang, nein: stürzte ihm mit offenen Armen entgegen.

In eigener Sache

Alles ist anders, aber eigentlich hat sich nichts verändert.

Sie haben mich dann doch behalten. Cora hat es durchgesetzt – wie, weiß ich nicht, aber sie hat es geschafft. Jedenfalls bin ich ihr sehr dankbar dafür; mit dieser langen, verwickelten ABM-Vorgeschichte, meinem »Vorstrafenregister«, hätte es wohl kaum noch mit einer vernünftigen anderen Stelle geklappt.

Cora sehe ich jetzt nur noch sehr selten. Sie sitzt inzwischen in der Zentrale, als rechte Hand von Fromm.

Herr Pausin meint, nächstes Jahr, wenn Fromm ausscheidet, wird sie seine Nachfolgerin, dann wird dort ein anderer Wind wehen; er habe da so was läuten gehört. Ich wünsche es ihr von Herzen.

Letzte Woche war sie mal kurz hier. Wir haben, wie früher, einen doppelten Espresso und einen Grappa bei Luigi in der Friedrichstraße getrunken. – Das erste Mal die ganze Strecke ohne Krücken, aber es ging.

Daß wir jemals wieder zusammen losziehen, auf Tour gehen – sie machte so eine Andeutung –, glaube ich allerdings nicht. Bei der Vorstellung, wir beide könnten eines Tages doch noch in Dr. Müllers Fängen landen, mußten wir lachen.

Von der Nacht damals, im Doppelstockbett, sprachen wir nicht. Die bleibt für immer im Dunkel, dort gehört sie schließlich auch hin.

Ich fragte Cora, ob sie wirklich Fromms rechte Hand sei.

Nein, die linke. Aber weißt du nicht, sagte sie, als sie ihren Mantel vom Ständer nahm, daß er Linkshänder ist?

Ich glaube, ich liebe sie immer noch.

Ich sehe es noch vor mir, wie sie mich zum ersten Mal Fromm vorstellte. Und das ist also, fragte Fromm ungläubig, der Herr, der sich mit den *Erwanderungen* beschäftigt?

Cora nickte tapfer.

Fromm sah mich an – so wie man wahrscheinlich den größten Fehler seines Lebens ansieht. Dann schüttelte er mir aber doch die Hand; ich mußte mir dazu die eine der beiden Krücken unter den linken Arm schieben, um die rechte Hand freizubekommen. Da wir uns für den Moment aber nichts weiter zu sagen hatten, klemmte ich mir die Krücke wieder unter und sagte: da will ich also mal wieder an die Arbeit gehen, nicht wahr. Cora hielt mir die Tür auf – und ich schwebte auf dem intakten Bein und den zwei Kassenkrücken hinaus.

Inzwischen geht es schon wieder besser, aber ich muß noch aufpassen. Auch trage ich, obwohl es schon Herbst wird, Sandalen, weil ich mit dem rechten Fuß noch nicht wieder richtig in einen Schuh hineinpasse.

Liebenthal ist nun ganz überraschend bei einer kirchlichen Einrichtung gelandet. Was er da genau macht, davon habe ich keine Ahnung. Aber er ist voll des Lobes, etwas in dieser Richtung hatte er wohl schon immer gesucht. Die letzte Zeit hatten wir uns sehr gut verstanden, er sagte zu mir immer »Herr Oberkartograf«, Betonung auf »Graf«, und ich glaube, er hat es ernst gemeint. Ich schicke ihm hin und wieder eine Mail, damit der Kontakt nicht ganz abreißt – und wenn er antwortet, vergißt er nie »schöne Grüße an die andern Chaoten«.

Auch mit Herrn Pausin komme ich sehr gut aus. Neulich, als jemand von der Zentrale im Konferenzraum die neuen Computer vorstellte und ich etwas später dazukam, stellte Herr Pausin mich dem Referenten mit den Worten vor: und das ist der Mann, der aus dem Osten kam. Wir mußten alle lachen, ich auch.

Und Wenzel?

Wenzel ist damals, einige Wochen später, tatsächlich wiederaufgetaucht, buchstäblich aus dem Nichts. Kam auf seinen Birkenstock-Sandalen einfach so hereinspaziert, sagte kein Wort, gab keine Erklärungen ab und akzeptierte natürlich sofort, daß das Arbeitsverhältnis damit beendet war. Er schien sogar erleichtert darüber zu sein. Soviel Zeit, sagte er, habe ich auch nicht.

Daß an der Wand hinter meinem Schreibtisch zwei Krücken lehnten, hat er damals, glaube ich, gar nicht bemerkt.

In Wust hatte ich ihn seinerzeit übrigens verwechselt. Er ist gar nicht dort gewesen. Insofern, wenn das noch eine Rolle spielt – aber es spielt keine Rolle mehr –, eins zu null für mich. Es waren russische Arbeiter, die auf der Wiese den Graben ausgehoben hatten – irgendwelche Erschließungs- oder Vermessungsarbeiten für die Baustelle. Deswegen war es auch mit der Verständigung so schwierig. Sie kamen, wie ich nachher erfuhr, aus Kostrzyn (früher Küstrin), wo es am Bahnhof den sogenannten Sklavenmarkt gibt, dort kann man ab früh um 6 Billigarbeitskräfte mieten.

Sie waren es auch, die mich damals gleich ins Krankenhaus nach Wust gefahren haben. Ein ziemlich komplizierter Beinbruch, meinte der Arzt und staunte die Knochensplitter auf dem Röntgenbild an. Auch der rechte Fuß hatte etwas abbekommen. Wahrscheinlich verdanke ich es dem Moos, daß nicht mehr passiert ist.

Manchmal tut es noch sehr weh. Letzte Woche war ich noch einmal in Wust, ich bin nur daran vorbeigefahren. Der Baumarkt ist fast fertig. Übernächste Woche ist dort Einweihung, mit Schnäppchenpreisen und so weiter. Aber jetzt ist es sowieso zu spät.

Wenzel: Ich sehe ihn noch vor mir, wie er ins Büro kommt,

seine Schreibtischfächer und das Regal leerräumt, ganz heiter. Nicht, daß er redselig geworden wäre, nein, aber in der Tür drehte er sich doch noch einmal um und sagte: ich habe Sachen erlebt, Mensch, Gruber, das erzähle ich Ihnen, wenn wir mal ein bißchen mehr Ruhe haben.

Genau einen Monat später ist er gestorben. Herzschlag. Ein Schlag daneben – aus.

»... wenn wir mal ein bißchen mehr Ruhe haben.« Jetzt hat er seine Ruhe, für immer – und ich hätte ihn noch so vieles fragen müssen.

Manchmal lese ich lange im schwarzen, krümeligen Kaffeesatz; seit den Krücken habe ich mir angewöhnt, den Kaffee gleich hier im Büro aufzubrühen. Oder ich blättere in den »Findlingen«. Einiges davon, nicht alles, hätte ich ihm gern mal vorgelesen. Ich glaube, er hätte es verstanden.

Vorletzte Woche habe ich seine Frau besucht. Wir haben uns lange über ihn unterhalten. Und jetzt bin ich also zum zweiten Mal Besitzer von Wenzels Handbibliothek geworden (seine Frau kann nichts damit anfangen, sie bat mich, das alles zu übernehmen und würdig fortzuführen); das kann kein Zufall mehr sein, glaube ich.

Ob ich nicht auch in die Pacht von der Datsche eintreten will, hat sie mich gefragt, sie will zu ihrer Tochter nach Gera ziehen. Und mit Gartenarbeit habe sie sowieso nichts am Hut. Hatte er aber auch nicht, sagte ich (ich sah den verwilderten Garten noch einmal vor mir). Da mußten wir beide lächeln.

Ich überlege es mir aber noch. Schlecht wäre es sicher nicht. Im Büro sitze ich ja auch schon an seinem Platz. Da kommt das Licht von links, und man ist nicht gleich zu sehen, wenn die Tür aufgeht. Mein ehemaliger Schreibtisch ist zur Zeit leer. Dort soll demnächst ein Neuzugang sitzen; da bin ich ja mal gespannt.

Bei der Arbeit geht mein Blick immer mal wieder hinüber zu meinem alten Platz. Dort fehlt doch was, denke ich verwundert. Da merke ich, daß ich das ja bin. Manchmal fehle ich mir wirklich sehr.

Dann sitze ich da – und träume vor mich hin, oder zurück, so wie früher. Vielleicht, denke ich, ist auch alles ganz falsch, und wir setzen immer auf die falschen Karten.

Erst beim Maßstab 1:100, zum Beispiel, erscheinen auf Landkarten die Bäume einzeln. Aber: was ist ein Baum ohne Zweige, ohne Blätter? Er rauscht nicht im Wind, ist tot und stumm. Also ist er kein Baum.

Die Richtung, wohin es gehen müßte, ist, denke ich, völlig klar. Wir müßten immer genauer werden: genauer hinsehen, genauer hinhören, genauer hinriechen.

Die einzig wahre Karte, die Krönung aller Kartenwerke, das Hauptwerk überhaupt – das wäre mein Weltplan im Maßstab 1:1! Alles andere ist Stümperei. Sonst vergißt man ja, worauf es ankommt. Worauf kommt es denn an? Auf die Kleinigkeiten. Nur auf die.

Das ist natürlich in sieben Tagen, wie es die Kollegen von der »anderen Fakultät« behaupten, nicht getan. Vielleicht reichen nicht einmal sieben Jahre dafür. Aber eines Tages wäre sie dann doch fertig. Nichts vergessen? Nein. Die Möwen nicht, die sich gelegentlich in unsern Hinterhof verfliegen und dann herumjammern. Auch nicht die Tüte mit den Brotkrümeln, die ich extra für sie bereitgestellt habe, am Fenster, links, neben der Heizung. Das Quietschen und Rattern der S-Bahn nicht, auch nicht das Glockenläuten, das sich manchmal in unsern Hofschacht verirrt und von den Wänden widerhallt. Und schon gar nicht, falls es dort unten tatsächlich wieder mal Frühling werden sollte, den Geruch der Linde, die vor den Mülltonnen steht.

Alles wäre dann erfaßt.

Auch das, was nicht mehr da ist. Ich würde es als Schummerung darstellen, und es würde die Karte erst richtig plastisch machen.

Ich sehe es schon vor mir. Eines Morgens betrete ich wie immer das Büro. So, Leute, sage ich leise, kommt mal alle her – und rolle meine fertige Karte auseinander. Dann gehe ich rasch einen Schritt zur Seite, um die Sicht nicht zu versperren.

Mein Gott, höre ich jemanden nach einer langen Weile flüstern. Ich nicke. War das nicht Cora, die da geflüstert hat? Wer weiß. Ich weiß nur, was ich dann zu tun habe. Als Schöpfer trete ich bescheiden hinter mein Werk zurück und sage, schon halb im Gehen: so, meine Lieben, ich habe getan, was ich tun konnte. Nun seht selbst zu, wie ihr euch damit zurechtfindet!

– Das sind meine Tagträume.

Aber so ist es ja nicht, ich habe zu tun, mehr als. Offiziell bin ich zwar noch immer mit den *Erwanderungen* beschäftigt, das lasse ich auch langsam wieder angehen, spätestens im Frühjahr geht es damit wieder richtig los.

Eines jedoch beschäftigt mich vor allem – mir ist da in letzter Zeit auch vieles klargeworden –: die Geschichte der Wenden muß von Anfang an bis zu ihrem Ende völlig neu erzählt werden. Gerade das Ende liegt noch im Dunkel.

Das wußte auch schon Fontane: »Es bleibt uns noch die Beantwortung der Frage übrig: was wurde aus den Wenden? Sie wurden keineswegs mit Stumpf und Stiel ausgerottet, sie wurden auch nicht einfach zurückgedrängt bis zu den Gegenden, wo sie Stammesgenossen vorfanden – sie blieben vielmehr alle oder doch sehr überwiegenden Teils im Lande und haben in allen Provinzen jenseits der Elbe unzweifelhaft jene Mischrasse hergestellt, die jetzt die preußischen Provinzen bewohnt.«

Da gibt es, wenn ich zurückdenke, noch jede Menge Klärungsbedarf.

Ein großes Glück ist, daß ich vor ein paar Wochen Tanja wiedergetroffen habe. Sie arbeitet jetzt stundenweise bei

Escada in der Friedrichstraße. Wenn die neuen Russinnen mit ihren Geldgebern aufkreuzen, ist es für den Laden ganz gut, eine Dolmetscherin zu haben. Sie verdient dort nicht schlecht.

Vor ein paar Tagen haben wir uns wieder zum Mittagessen in dem kleinen Bistro getroffen, und ich habe etwas von ihr erfahren, was ich schon die ganze Zeit wissen wollte.

»... 98 D (wo sich die weiße und die schwarze Macht direkt gegenüberstehen) ...« Diese Stelle auf Wenzels Blatt war mir bisher immer ein Rätsel geblieben. Ich hatte extra die Karte mit zur Mittagspause gebracht. Tanjas weißer Zeigefinger suchte das 98 D-Areal systematisch ab, dann hatte sie es. Südöstlich von Bautzen gibt es zwei Berge: den Czorneboh (556 m) und den Bieleboh (500 m). Na und, sagte ich.

Ja was na und, sagte Tanja, ich denke, du suchst das. Czornyi heißt schwarz und bielyi heißt weiß. Da hast du es.

Von einem Augenblick zum andern hatte sie dann ihre Stimme gesenkt. Am Nebentisch saßen auch schon wieder Russen (neue!); sie schauten halb mißtrauisch, halb interessiert herüber. Ich hoffe, sie hielten uns nicht gleich – wie wir da so flüsternd über die Karte gebeugt saßen – für die Mafia.

Ohne Tanja hätte ich das wohl nie herausbekommen. Mir fiel dann später auch wieder ein, daß in der Lausitz noch Jahrzehnte nach der Christianisierung von den finster bewaldeten Höhen des Czorneboh der Rauch wendischer Opferfeuer zu sehen gewesen sein soll – eine immer wieder aufflackernde Erinnerung.

Tanja fand vor allem interessant, daß der Czorneboh, der Wohnsitz des schwarzen, »bösen« Gottes, beträchtlich höher als der weiße Berg ist – und was das zu bedeuten hat. Ob man da nicht mal hinfahren sollte, sich das ansehen? Das wäre zu überlegen.

Jedenfalls, sie sagt, ich kann sie jederzeit anrufen, wenn ich eine Frage habe. Neulich am Telefon erklärte sie mir eine Viertelstunde lang die Herkunft des Wortes »Bemme«, früher auch Pomme genannt. Es rührt womöglich vom obersorbischen pomazka, einer »mit Butter bestrichenen Brotschnitte«, her; das wiederum hat seinen Ursprung im russischen pomazat' (= »schmieren«). Bei dieser Gelegenheit unterhielten wir uns auch über die Sprache der Lutki – das waren diese kleinen Fabelwesen, die alles in der Verneinung ausdrückten.

Das kann durchaus einen Sinn haben, meinte Tanja. Im Russischen heißt zum Beispiel »Ich weiß nichts« – Ja nitschewo ne snaju, Wort für Wort übersetzt: »Ich nichts nicht weiß.«

Ich habe mir alles genau mitgeschrieben.

Dann sprachen wir noch über alles mögliche, plötzlich sagte Tanja: Mensch, Olaf, das Leben ist vergangen – und wir haben es kaum gemerkt.

Die Frage 98 D ist zwar nun geklärt. Was mir aber überhaupt nicht klar ist: weshalb bisher niemand einer anderen, ganz naheliegenden Spur gefolgt ist. Vielleicht, weil sie zu offensichtlich ist? Bei Thietmar heißt Rethra Riedegost. Später wird anstelle von Riedegost oft auch der Begriff Radegast gebraucht. Allein auf meiner Karte aber gibt es fünf Ortschaften, die so heißen. Daß da noch niemand drauf gekommen ist!

Eines davon, das bei Bleckede, entfällt sofort. Es ist, selbst bei schlechtestem Wetter, gerade mal eine halbe Tagesreise von Hamburg entfernt. Das Radegast in 24 C, bei Bad Doberan, liegt zwar schon besser, nur gibt es dort keinen See. Ebensowenig wie bei dem Radegast, das sich in der Nähe von Köthen (81 A) befindet und von dem mir mein Gefühl sagt, daß es das nicht sein kann.

Bleiben also noch zwei übrig – eines, in der Nähe von Schwerin, im Planquadrat 30 B. Auf Wenzels alter DDR-Karte (Maßstab 1:200 000) ist südöstlich davon noch ein Sumpf eingezeichnet. Bereits zwanzig Jahre später, auf dem aktuellen Deutschland-Atlas, fehlt von diesem Sumpf jede Spur. Am Maßstab kann es kaum liegen, der ist mit 1:250 000 nur geringfügig kleiner – und der Sumpf war eigentlich groß genug.

Ich vermute, daß das ein Landstrich ist, der relativ schnell austrocknet. Wenn man nun tausend Jahre zurückrechnet, könnte sich an dieser Stelle also einst der große See befunden haben. Nehmen wir noch an, das Wetter damals war wirklich sehr schlecht, Regen, Morast und kein Vorwärtskommen – da wäre es unter Umständen schon möglich, daß man vier Tagesreisen brauchte, um von Hamburg dorthin zu gelangen. Außerdem gibt es in der Nähe ein *Rehna*. Ich muß unbedingt Tanja noch mal anrufen, ob das etwas bedeutet.

Und das letzte Radegast? Das befindet sich in 94 B, zwischen Wurzen und Oschatz. Oschatz? In der »Stammeskunde« war mal von einem »Schwantewitz« die Rede, das es bis ins 18. Jahrhundert in dieser Gegend gegeben haben soll.

Sofort suchte ich alle aktuellen Karten ab, fand aber nichts, bis ich die gelbe, zerfledderte 27. Ausgabe des »Continental Atlas Deutschland und Europa« aufschlug: dort geistert im Register tatsächlich noch ein »Schwannewitz« herum. Wenn man aber auf der angegebenen Karte, S. 35, danach sucht, bleibt es unauffindbar. Das betreffende Dorf, nordwestlich von Oschatz, ist inzwischen nämlich unter einem neuen Namen, als »Schmannewitz«, eingetragen. Es liegt etwa sieben Kilometer von Radegast entfernt.

Genau auf halbem Weg zwischen Schmannewitz und Radegast befindet sich das Dorf »Bortewitz«.Bei den Wenden gab es einen Gott, der zuständig für die Beute war und zugleich Plünderungen des eigenen Bestandes verhinderte; gerade in dieser etwas eigenwilligen Doppelfunktion war er einer der wichtigsten wendischen Schutzgötter – er hieß Porevithur. Früher aber, auf alten Meßtischblättern, ich habe nachgeschaut, war das Dorf »Bortewitz« unter dem Namen »Portewitz« verzeichnet.

Ich muß nur eine Karte aufschlagen, schon geht es los, ich werde kribbelig, und es fängt alles wieder an. Am Wochenende will ich dorthin fahren, um mir das – anders geht es ja nicht – mal eins zu eins anzuschauen, vor allem auch, wie es da mit Wald und Wasser bestellt ist. Vielleicht kommt Tanja ja mit; auf jeden Fall werde ich sie noch mal fragen, vorhin am Telefon ging es viel zu schnell.

Wohin, hatte sie mich gefragt, wollen wir fahren.

Oschatz!, mehr konnte ich nicht sagen, da mußte sie Schluß machen, weil sie vorn im Laden wieder gebraucht wurde. Sie will aber zurückrufen.

Jens Sparschuh
Lavaters Maske

Roman
Gebunden

Ein Schriftsteller wird kalt erwischt: auf die Frage seines Agenten, woran er denn gerade arbeite, antwortet er, er schreibe über Lavater. Eine Notlüge! Als sich ein Filmtycoon für die Verfilmung des Stoffs interessiert, wird es ernst. Er muss nach Zürich, um mehr über den berühmten Begründer der physiognomischen Lehre zu erfahren. Damit nimmt eine ebenso komische wie doppelbödige Geschichte ihren Lauf.

»Sparschuh ist ein Spötter, bei dem sich jede scharf gesetzte Pointe in Menschenfreundlichkeit verwandelt. So ist auch sein Buch: sehr lustig und von jener intuitiv einleuchtenden Wahrheit, die guter Humor immer besitzt.« *Berliner Zeitung*

»Selten hat man sich auf solch hohem Niveau so köstlich amüsiert.« *Hannoversche Allgemeine Zeitung*

»Der Roman ist ein Lesevergnügen.« *Berner Zeitung*